Knaur

Über den Autor:

Thomas Görden wurde 1964 in Wuppertal geboren. Er studierte Anglistik und Neuere Geschichte. Seit vielen Jahren ist er als freiberuflicher Übersetzer tätig. Nach einigen Kurzgeschichten hat er mit *Schattenwölfe* seinen ersten Roman vorgelegt.

THOMAS GÖRDEN

SCHATTENWÖLFE

Roman

Knaur

Besuchen Sie uns im Internet:
www.droemer-knaur.de

Vollständige Taschenbuchausgabe Mai 1999
Droemersche Verlagsanstalt Th. Knaur Nachf., München

Umschlaggestaltung: Agentur Zero, München
Umschlagabbildung: SuperStock, München
Satz: Pinkuin Satz und Datentechnik, Berlin
Druck und Bindung: Ebner Ulm
Printed in Germany
ISBN 3-426-61172-4

2 4 5 3 1

1. KAPITEL

An einem Sonntag spät im August fuhr ein schwarzer Mercedes G mit Kölner Kennzeichen die Landstraße hinauf, die von Buchfeld, das unten im Tal des Flüßchens Altwasser lag, zu den Eifeldörfern Jünkersdorf und Bühlingen und dann weiter Richtung Trier führte. Am Ortseingang von Jünkersdorf bog der schwere Geländewagen nach rechts in einen unbefestigten Waldweg ein. Schwankend rumpelte er durch die Fahrspuren des Weges, vorbei an einer alten, inzwischen stark zugewachsenen Fischteichanlage, dann wieder durch lichten Buchenwald.

Vor einer südöstlich des Dachsberges idyllisch am Rand einer kleinen Lichtung gelegenen Jagdhütte stoppte das hochbeinige Gefährt. Ein sehr großer und kräftiger Mann mit schütteren roten Haaren stieg aus, nahm einen Aktenkoffer und einen Bergsteigerrucksack vom Rücksitz und ging in die Hütte. Er betrat den einfach und rustikal eingerichteten Wohnraum, stellte den Rucksack neben das Bett, den Aktenkoffer auf den Tisch vor dem Fenster. Sein leichtes Sommerjackett zog er aus und hängte es über einen Stuhl, dann legte er das Schulterhalfter mit der Pistole ab und öffnete den Aktenkoffer, entnahm ihm ein Einweg-Spritzbesteck, einen Armriemen aus Gummi und eine Plastikampulle. Er legte diese Dinge auf das kleine Nachtschränkchen, nahm sein Handy, setzte sich auf das Bett und tippte eine Nummer in die Tastatur.

»Dr. Roloff? Gablenz hier«, meldete er sich. »Ich bin in der Eifel eingetroffen und nehme jetzt die Injektion vor. Dann beginne ich mit den Tests im Wildpark. Ich melde mich morgen abend bei Ihnen und gebe einen ersten Bericht. War Kettler sehr verärgert?«

»Letztlich treffe ich die Entscheidungen, nicht er«, sagte die kühle Stimme am anderen Ende der Leitung. »Aber man muß auch seinen Standpunkt verstehen. Er ist für die Sicherheit verantwortlich. Daher hätte er es vorgezogen, wenn das Experiment unter kontrollierten Bedingungen hier in Ihrem Labor stattfände. Aber Sie sind der verantwortliche Projektleiter. Sie müssen selbst entscheiden, wie und wo Sie am besten arbeiten können.«

Gablenz nickte befriedigt mit dem Kopf. »Ja. Kettler kann ganz beruhigt sein. Alles wird optimal verlaufen.«

»Natürlich. Ich habe volles Vertrauen in Ihre wissenschaftlichen Fähigkeiten.«

»Sagen Sie Professor Schlei, daß er sich keine Sorgen machen muß. Sie wissen ja, wie er ist.«

»Allerdings. Gut, ich sage es ihm, wenn Sie es wünschen.«

Nach einem militärisch knapp klingenden Abschiedsgruß unterbrach Gablenz die Verbindung, zog sich Schuhe und Oberhemd aus, lehnte das Kopfkissen gegen die Bretterwand der Hütte, so daß er aufrecht im Bett sitzen konnte, nahm die Spritze, durchstach mit der Nadel den Verschluß der Ampulle und zog die Spritze auf. Dann legte er sie auf das Nachtschränkchen und band sich den Riemen um den linken Oberarm. Er klebte ein Pflaster über die Spritze, stach in die Vene, fixierte die Spritze mit dem Pflaster auf seinem Arm, drückte leicht auf den Spritzkolben, löste den Riemen und preßte die Flüssigkeit aus der Spritze langsam und gleichmäßig in seinen Blutkreislauf.

Als der Kolben leer war, zog er die Nadel heraus, legte die Spritze auf den Tisch zurück und klebte ein kleines Pflaster auf die Einstichstelle, an der sich eine rote, an einen Mückenstich erinnernde Schwellung bildete. Dann lehnte er sich zurück und schloß die Augen. Er fühlte sich sehr ruhig, empfand lediglich ein leichtes Prickeln wie vor einem Jagdausflug in die Wildnis oder einer schwierigen Bergtour. Sein Bergsteigerrucksack enthielt Verpflegung und Ersatzkleidung für mehrere Tage. Anfangs war er unentschlossen gewesen, ob er seine Pistole mitnehmen sollte, doch nun erschien ihm die Entscheidung vernünftig. Es war gut, sich gegen alle Eventualitäten abzusichern. Immerhin unterlag seine Arbeit der Geheimhaltung, und die biotechnologischen Forschungen, die GENOTEC in Köln betrieb, waren eine hochsensible Angelegenheit.

Er fühlte sich körperlich hervorragend, während die injizierte Substanz durch sein Herz ins Gehirn gepumpt wurde. Sich aufs Bett zu legen stellte eine eigentlich überflüssige Vorsichtsmaßnahme dar. Der Juckreiz an der Injektionsstelle, eine völlig normale Reaktion, ließ bereits nach. Er hatte die genetische Trägersubstanz in den letzten Monaten gründlich modifiziert und war absolut sicher, die bei Conrad und Scholl aufgetretenen negativen Effekte nun völlig eliminiert zu haben. Dieses Experiment brachte sie ihrem Ziel ein großes Stück näher, davon war er fest überzeugt.

Die nächsten Tage würde er in Schleis Jagdhütte wohnen, um von dort aus in aller Ruhe die geplanten Tests durch-

zuführen. Seinen kühnen wissenschaftlichen Vorstoß in eine andere Dimension betrachtete er keineswegs als verantwortungsloses Abenteuer. Er war Wissenschaftler und arbeitete diszipliniert nach streng logischen Prinzipien. Die Risiken, die er einging, waren stets wohlkalkuliert.
Er stand wieder auf, packte das Spritzbesteck weg, zog sein Hemd über und setzte sich an den Tisch vor dem Fenster, um einen ersten Test vorzunehmen. Zunächst kontrollierte er Pulsfrequenz und Blutdruck und trug die Werte in das Versuchsprotokoll ein. Sie waren einwandfrei. Er hatte auch nichts anderes erwartet, denn Megatonin war so konzipiert, daß der menschliche Organismus darauf komplikationsfrei reagierte. Gablenz atmete tief durch. Dieses Experiment markierte einen historischen Schritt in der Menschheitsentwicklung: Zum ersten Mal griff der Mensch bewußt in seine eigene biologische Evolution ein, um sein Gehirn endlich optimal nutzen zu können.
Gablenz führte den ersten Test mit einer Taube durch, die draußen vor der Jagdhütte auf einer Fichte saß. Er schaute die Taube intensiv an und konzentrierte sich. Erstaunlich rasch und mühelos gelang es ihm, mit dem Tier in telepathischen Kontakt zu treten. Zunächst empfing er eine Art visuellen Eindruck von der Gehirntätigkeit der Taube, der eindeutig auf energetischem Wege von Gehirn zu Gehirn übertragen wurde. Das empfangene Bild ähnelte einer schwach leuchtenden, sich rasch drehenden Spirale, ein ästhetisch durchaus ansprechender Eindruck. Natürlich war die Energieabstrahlung des im Vergleich zum menschlichen Gehirn primitiven Biocomputers im Taubenschädel gering.
Was Gablenz jedoch sehr erstaunte, war der Reichtum an

emotionalen Empfindungen, über die der Vogel trotz der geringen Größe seines Gehirns offensichtlich verfügte. Ihm drängte sich der Eindruck geradezu auf, daß die Taube *gern* dort oben saß, daß sie die Aussicht genoß und noch von den angenehmen Empfindungen eines kurz zuvor unternommenen Spazierfluges erfüllt war. Er schüttelte den Kopf und setzte diese Formulierungen im Versuchsprotokoll in Klammern. Als Mahnung an sich selbst schrieb er daneben: *Objektiv und präzise formulieren!*
Natürlich stand es für ihn außer Zweifel, daß Emotionen lediglich biochemische Reaktionen im Gehirn darstellten, die dem rationalen Zweck des Arterhalts und damit der Evolution dienten. Er fragte sich, welchem evolutionären Zweck wohl der offensichtliche Gefühlsreichtum dieser Taube dienen mochte. Die Gefühle des Tieres *mußten* dem Arterhalt dienen, alles andere hätte der Evolutionstheorie widersprochen. Ausgeschlossen, daß ein tierischer Organismus einfach ohne Sinn und Zweck spazierenflog.
Nachdem er die Uhrzeit notiert hatte, klappte Gablenz das Protokollbuch zu und stand auf. Es war an der Zeit, Test Nummer zwei in Angriff zu nehmen. Routinemäßig überprüfte er die Funktionstüchtigkeit seiner Pistole, steckte sie in das Schulterhalfter und schnallte es um. Dann zog er sein leichtes Sommerjackett über, schob Protokollbuch und Kugelschreiber in die Innentasche und ging zu seinem Mercedes G.
Er fuhr zurück nach Jünkersdorf, dann auf der Landstraße Richtung Buchfeld. Rechts der Straße konnte er durch die Bäume das kahle, braune Band der neuen Autobahntrasse sehen, das sich, vom bisherigen Endpunkt der Eifelautobahn in Blankenburg kommend, durch den Buch-

felder Staatsforst fraß. Auf einer noch zu bauenden Brükke würde die Autobahn den Taleinschnitt überqueren, durch den die Landstraße, auf der Gablenz fuhr, hinunter nach Buchfeld führte. Dann würde die Trasse den Itzwald in der Mitte durchschneiden und in nur etwa dreihundert Meter Abstand an Schleis Jagdhütte vorbeiführen, was die idyllische Ruhe dort zweifellos beeinträchtigen würde. Gewiß stellte dieses Projekt einen erheblichen Eingriff in die Landschaft dar, zumal der Itzwald teilweise unter Naturschutz stand. Gablenz ging aber davon aus, daß die Planer und die zuständigen Behörden das Für und Wider des Projektes gründlich abgewägt hatten. Der technologische und ökonomische Fortschritt forderte gewisse Opfer, diente aber doch insgesamt einer stetigen Steigerung der menschlichen Lebensqualität.

Einem plötzlichen neugierigen Impuls folgend, stoppte Gablenz den Mercedes am Straßenrand. Er ließ die Seitenfenster herunter und blickte hinauf zum Kopf der Trasse. Der Lärm der Planierraupen drang zu ihm, Motorsägen kreischten, und langsam stürzte ein großer Laubbaum zu Boden. Gablenz schätzte, daß sein Holz einen beachtlichen Verkaufserlös bringen würde. Was ihn interessierte, war, wie die Organismen des Waldes auf diesen massiven Eingriff reagierten. Er konzentrierte sich auf jenen Bereich, wo die Arbeiter gerade dabei waren, Bäume zu fällen.

Jäh wurde sein Bewußtsein von einer großen Woge intensiver Empfindungen geradezu überflutet. Er stöhnte auf, und nur mit Mühe gelang es ihm, den Kontakt wieder abzubrechen. Schweiß trat ihm auf die Stirn. Er umklammerte mit den Händen das Lenkrad, bis seine Fingerknöchel weiß hervortraten, und starrte auf die geordneten, klar

strukturierten Skalen von Tacho und Drehzahlmesser, um die Fassung wiederzugewinnen.
Was ihn schon bei der Taube überrascht hatte, galt für die Organismen dort an der Baustelle in noch größerem Maße: eine enorme Intensität emotionaler Empfindungen, die angesichts der Kleinheit eines Eichhörnchen- oder gar Meisengehirns erstaunte. Wenn er die empfangenen Emotionen mit menschlichen Wertungen belegte, mußte er sich eingestehen, daß er Panik, Verwirrung und Todesangst verspürt hatte.
Etwas irritierte ihn so sehr, daß er zunächst an eine Fehlwahrnehmung glaubte. Er schien auch Empfindungen von Bäumen aufgefangen zu haben, was doch eigentlich undenkbar war. Er zwang sich zu erneuter Konzentration und starrte intensiv auf eine große Buche, in deren Stamm gerade ein Arbeiter seine Motorsäge trieb. Jetzt gelang es Gablenz besser, die Ruhe zu bewahren, gleichmäßig zu atmen, objektiv und nüchtern zu bleiben, während er sein Gehirn gewissermaßen auf Empfang schaltete. Doch, es bestand kein Zweifel: Der Baum strahlte tatsächlich Empfindungen aus. Nach menschlichen Maßstäben *litt* er.
Wie ein aus relativ primitiven Zellstrukturen bestehender Organismus, der nicht über ein Gehirn, ja noch nicht einmal über ein Nervensystem verfügte, dennoch Schmerzen empfinden konnte, war ein Rätsel, für das Gablenz keine wissenschaftliche Erklärung fand. Hier würde noch viel Forschungsarbeit erforderlich sein.
Er ließ den Motor wieder an und fuhr hinunter nach Buchfeld. Im Ort bog er links ab, Richtung belgische Grenze. Durch Felder und Wiesen führte die Straße bergauf. Kurz vor Wiesbach bog Gablenz in eine schmale Zu-

fahrtsstraße ein, die hinunter ins Naturschutzgebiet Itzbachtal führte und dort auf dem Parkplatz des Eifelwildparks endete. In den Sommermonaten war der Park ein beliebtes Ausflugsziel, so daß es nur noch wenige freie Plätze gab.
Gablenz stieg aus dem Wagen. Statt sich in die Schlange vor der Kasse einzureihen, ging er an der Einzäunung des Parks entlang, vorbei an einem idyllischen alten Forsthaus. Am Südrand des Parks grenzte das große Gehege, in dem das Wolfsrudel untergebracht war, unmittelbar an den Wald. Gablenz folgte dem hohen, massiven Drahtzaun bis zu einer Stelle, von der aus er die Freifläche vor der Besuchertribüne gut einsehen konnte, ohne selbst aufzufallen. Er lehnte sich gegen einen Baumstamm, schloß die Augen und konzentrierte sich.
Test Nummer zwei konnte beginnen.

Als Chris Adrian sich mit einer Schubkarre, auf der von Fliegen umschwärmte rohe Fleischbrocken lagen, dem Wolfsgehege näherte, bemerkte sie einen Mann, der außerhalb des Parks ein wenig versteckt zwischen den Bäumen stand und die Freifläche vor der Besuchertribüne beobachtete. Die meisten Leute hätten den Mann vermutlich übersehen, aber Chris' scharfen, in der Wildnis trainierten Augen, die es gewohnt waren, immer ein wenig suchend und sichernd umherzublicken, fiel er auf. Ein großer, kräftiger Mann mit rötlichen Haaren.
Chris fragte sich, warum er die Fütterung von dort draußen verfolgte, statt es sich auf der Tribüne bequem zu machen. Nun, vermutlich irgendein Spaziergänger.
Das rund eineinhalb Hektar große Gehege der Wölfe war im hinteren Teil bewaldet, mit dichtem Unterholz, in das

sich die Wölfe tagsüber zurückzogen. Es gab dort einen schmalen Taleinschnitt, durch den ein kleiner Bach floß. Hier hatte das Rudel mehrere Wurfhöhlen für die Jungen gegraben. Auf der gerodeten, grasbewachsenen Freifläche am Ostrand des Geheges fand am frühen Nachmittag die tägliche Fütterung statt. Damit die Besucher die Wölfe dabei gut beobachten konnten, hatte man direkt am Zaun die große, hölzerne Tribüne mit den Sitzbänken errichtet.

Chris öffnete das Tor und schob die Schubkarre ins Gehege. Jetzt am Sonntagnachmittag drängten sich auf der Tribüne ziemlich viele Besucher, und Chris hörte, wie ein älterer Mann eine Bemerkung darüber machte, daß er sich unter einem Wolfspfleger eigentlich einen großen, vierschrötigen Burschen vorgestellt habe, nicht so eine junge, hübsche, blonde Frau. Sie mußte grinsen. Obwohl sie inzwischen an solche Bemerkungen gewöhnt war, amüsierte es sie nach wie vor. Insgeheim hielten viele Leute Wölfe noch immer für blutrünstige, unberechenbare Bestien. Natürlich durften sich da nur ganze Kerle ins Gehege wagen!

An einem Zaunpfosten lehnte eine Mistgabel. Chris nahm sie, spießte damit die Fleischbrocken auf und schleuderte sie schwungvoll vor die Tribüne. Als die Schubkarre leer war, verließ Chris das Gehege wieder, verriegelte das Tor sorgfältig und stieg nach oben zu den Besuchern. Sie wußte, daß die Wölfe sie die ganze Zeit aufmerksam beobachtet hatten. Nun tauchten sie wie gewohnt zwischen den Bäumen auf: Rex, groß und aufrecht vorneweg, dann Zora, das Alphaweibchen, Hektor, ein starker Rüde, der in diesem Jahr auf die Position zwei unter den männlichen Wölfen vorgerückt war, die ande-

ren in respektvollem Abstand, wobei Strolch, ein besonders mutiger, rauflustiger Jährling, sich weit vorwagte.
Während die Tiere sich dem frischen Fleisch widmeten, begann Chris ihren Vortrag über *Canis lupus*, den Wolf. Ihre »Wolfspredigt«, wie sie es manchmal augenzwinkernd nannte, hielt sie nun seit fast sieben Monaten an jedem Arbeitstag. Dabei mußte sie oft an Silver Bears Auffassung denken, daß auf dem Medizinrad des Lebens Menschen, Wölfe und alle anderen Geschöpfe einen gleichberechtigten Platz einnahmen. Aber von dieser indianischen Denkweise waren die meisten Besucher, die hier in der Eifel die Wolfsfütterung verfolgten, vermutlich ziemlich weit entfernt.
Chris erzählte von der Aufzucht der Welpen und von der Rangordnung im Rudel. Sie erzählte vom Reich der Wölfe, das sie selbst durchwandert hatte, von endlosen Wäldern, einsamen Taigas und Tundren des Nordens, von ihrer Schönheit, aber auch davon, wie sehr selbst diese einst unberührten Landschaften heute durch den selbstmörderischen Krieg bedroht waren, den der Mensch gegen die Natur führte.
Als Chris gerade eine Bemerkung über den vorwitzigen Strolch machte, der Hektor einen Brocken Fleisch weggeschnappt hatte und dafür böse angeknurrt worden war, hoben die Wölfe plötzlich die Köpfe und schauten nach Süden, dorthin, wo der rothaarige Mann zwischen den Bäumen stand. Normalerweise ließen sich die Tiere nicht beim Fressen stören und kümmerten sich kaum um das, was außerhalb des Geheges geschah, weil sie wußten, daß ihnen von dort keine Gefahr drohte. Doch jetzt *reagierten* sie auf irgend etwas. Ein fernes Geräusch, eine ungewohnte Witterung?

»Dann ist das Märchen vom bösen Wolf also Quatsch?« fragte ein Kind. Chris wollte zu einer Antwort ansetzen, vergaß jedoch weiterzusprechen.
Sie sah, wie der Mann sich aus dem Schatten der Bäume löste und sich dem Zaun näherte. Seine Schritte wirkten unsicher, als habe er getrunken. Er war groß wie ein Bär, mit schütteren rotblonden Haaren. Seine großen Hände umfaßten den Zaundraht, und er beugte sich vor, schien förmlich in das Gehege hineinkriechen zu wollen. Seine Augen waren weit aufgerissen, als sei er nicht ganz bei Verstand.
Rex hob den Kopf, legte die Ohren zurück und stieß ein langgezogenes, klagendes Heulen aus. Nach und nach stimmten alle anderen Wölfe in das Geheul ein. Der Mann krümmte sich noch mehr vor, und seine Hände umklammerten den Zaun so fest, daß seine Fingerknöchel weiß wurden. Rex, der zu heulen aufgehört hatte, lief langsam, mit gesenktem Kopf auf den Mann zu.
»Nehmen Sie lieber die Finger vom Zaun weg!« rief Chris, doch der Mann beachtete sie überhaupt nicht. Dicht vor dem Zaun blieb Rex stehen. Die ganze Situation wurde immer sonderbarer. Der Leitwolf zeigte überhaupt keine deutbare Reaktion, nichts, was auf Angst, Wut oder freudige Überraschung hingedeutet hätte. Seine Ohren waren nicht angelegt, der Schwanz ruhig, kein Knurren, Wuffen oder Winseln war zu hören. Er stand einfach nur da und betrachtete den Fremden aufmerksam aus der Nähe. Nun kamen auch die anderen Wölfe heran, genauso ruhig und lautlos wie Rex. Schließlich hatte sich das ganze Rudel am Zaun versammelt, alle Tiere standen ruhig da und schauten den Fremden an. Chris hatte ihren Vortrag völlig vergessen, so gebannt verfolg-

te sie mit den anderen Besuchern das eigenartige Schauspiel.
Wie auf Kommando hoben alle Wölfe gleichzeitig die Köpfe und heulten ein zweites Mal. Da warf der Mann den Kopf in den Nacken und erwiderte das Heulen, nicht ruhig und kontrolliert wie Chris oder andere Wolfsforscher zu heulen pflegten, um die Tiere aufzuspüren oder anzulocken, sondern auf eine wilde, halb wahnsinnige, erschreckende Weise. Dabei rüttelte er am Zaun, als wolle er ihn mit den Händen aufreißen. Plötzlich hielt er inne und schien zu bemerken, daß Chris und die Besucher ihn von der Tribüne aus völlig entgeistert anstarrten. Seine große Gestalt entspannte sich, und es hatte den Anschein, als erwache er aus einem bizarren Traum. Er schüttelte heftig den Kopf, stieß einen seltsam unartikulierten Laut aus, eine Art Stöhnen, drehte sich rasch um und lief in den Wald zurück. Regungslos am Zaun verharrend, schauten die Wölfe ihm nach. Ihr Futter schienen sie völlig vergessen zu haben.
Ein alter Mann sah Chris verwundert an. »Was hat das zu bedeuten?« fragte er. Sie schüttelte den Kopf. »Keine Ahnung.« Sie merkte, daß ihre Stimme ein wenig zitterte. »So etwas habe ich noch nie erlebt.« Ihres Wissens hatte noch kein Forscher jemals ein solches Verhalten eines Wolfsrudels einem Menschen gegenüber beobachtet. Es war rätselhaft, geradezu unheimlich.
Normalerweise reagierten die Wölfe auf Menschen außerhalb des Geheges entweder mit Angst und Flucht oder mit Desinteresse. Aber das Verhalten des Rudels dem Fremden gegenüber erschien Chris völlig *unwölfisch.* Wie sie sich da schweigend um ihn geschart hatten – als sei ihnen der Wolfsgott persönlich begegnet. Erst jetzt lö-

sten sie sich allmählich aus ihrer Starre und wandten sich wieder den vor der Tribüne liegenden Fleischbrocken zu.
»Dieser Kerl hat sich ja gebärdet wie ein Wahnsinniger«, sagte jemand besorgt.
»Na, immerhin habt ihr sie mal richtig schön heulen hören«, meinte eine junge Frau zu ihren drei Kindern. Das größte von ihnen, ein vielleicht achtjähriger Junge, versuchte das Wolfsgeheul nachzumachen, was ihm aber kläglich mißlang. Die beiden anderen lachten.

Als die Wölfe ihr Fleisch vertilgt hatten und allmählich wieder zwischen den Bäumen untertauchten, leerte sich die Besuchertribüne. Chris ging zu ihrer Schubkarre, um sich auf den Rückweg zum Wirtschaftsgebäude des Parks zu machen. Ein Mann löste sich aus der Besuchergruppe, die vor ihr dem Ausgang zustrebte, und blieb am Gehege stehen. Er schaute hinüber zu der Stelle, wo der seltsame Fremde im Wald verschwunden war. Als Chris an ihm vorbeiging, drehte er sich zu ihr um und sagte: »Wirklich faszinierende Tiere. Als Zoologin mit Wölfen zu arbeiten ist bestimmt sehr interessant?«
Chris blieb stehen. »Ja«, sagte sie lächelnd. »Wissen Sie, Wölfe haben ein erstaunliches Sozialverhalten. Manchmal wünschte ich, die Kommunikation zwischen Menschen würde genauso gut funktionieren.«
Der Mann erwiderte das Lächeln, aber nur mit dem Mund, nicht mit den Augen. Chris fand seinen Blick bohrend, nicht sehr angenehm. »War das eben denn ihr normales Sozialverhalten? Ich meine die Art, wie sie auf diesen ... sonderbaren Herrn am Zaun reagiert haben?« Seine Augen bewegten sich nervös hin und her, und er nagte für einen kurzen Moment an seiner Unterlippe.

Chris bemerkte kleine Schweißperlen an seinem Haaransatz.
»Nein«, sagte sie, »das war völlig außergewöhnlich.« Sie schüttelte den Kopf. »So etwas habe ich bei ihnen noch nie erlebt.«
»Gibt es dafür eine Erklärung? Ich meine, wie konnte er die Aufmerksamkeit der Wölfe so auf sich ziehen?«
Chris merkte, wie sie sich innerlich versteifte. »Ich habe keine Ahnung«, sagte sie langsam. Die Art, wie er mit ihr sprach und sie dabei ansah, gefiel ihr nicht. Sie fühlte sich ausgefragt, fast wie bei einem Verhör. War er Journalist?
»Die Sache scheint Sie ja sehr zu beschäftigen«, entgegnete sie.
»Dafür habe ich meine Gründe«, sagte er rasch. »Danke für Ihre Auskunft.«
»Ich konnte Ihnen doch gar nicht weiterhelfen«, wunderte sich Chris.
Doch da hatte der Mann sich bereits abgewandt und ging mit eiligen, langen Schritten in Richtung Ausgang davon. Chris schaute ihm verwundert nach. Unwillkürlich schlossen sich die Finger ihrer rechten Hand um den kleinen Lederbeutel an ihrem Gürtel, wie häufig, wenn sie etwas verwirrte oder beunruhigte. Silver Bears rätselhaftes Abschiedsgeschenk. Rosenquarz, Adlerfeder und eine kleine hölzerne Wolfsfigur. Sie war seinem Rat gefolgt, den Beutel mit den drei »heiligen« Gegenständen immer bei sich zu tragen, und es ließ sich nicht leugnen, daß ihr das guttat. Vermutlich einfach nur deshalb, weil es sie an das sympathische, liebenswerte Wesen des alten Indianers erinnerte, an ihre Freundschaft.
Ach, Silver Bear, dachte sie, bestimmt würdest du mir jetzt sagen, daß dieses sonderbare Verhalten der Wölfe

vorhin eine tiefere Bedeutung habe. Und daß ich in den nächsten Tagen ganz besonders auf Botschaften achten solle, die mir in meinen Träumen geschickt werden. So ähnlich würdest du dich wohl ausdrücken. Sie schüttelte den Kopf, nahm mit einem Seufzer die Schubkarre und ging unter den hohen, alten Bäumen zum Wirtschaftsgebäude zurück.

Der Mann, der mit Chris Adrian gesprochen hatte, eilte über den Parkplatz des Wildparks zu einem silbernen 5er-BMW mit Kölner Kennzeichen. Er stieg ein, fuhr ein Stück von dem belebten Parkplatz weg, ehe er am Straßenrand wieder anhielt, die Seitenscheibe herunterließ, sein Handy nahm und eine Nummer eintippte. Während das Freizeichen ertönte, trommelten die Finger seiner freien Hand unruhig auf das Lenkrad.
»Mist!« stieß er zwischen zusammengebissenen Zähnen hervor, als nach längerem Klingeln niemand abhob. Er wählte eine andere Nummer. Nach kurzer Zeit meldete sich eine spröde Frauenstimme, die ihn nach seinem Namen fragte.
»Oberleutnant Lansky. Ich muß Dr. Roloff sprechen. Dringend.«
»Ich weiß nicht, ob ... eine Minute!«
Der Mann stöhnte und verdrehte die Augen. Er atmete auf, als nach einer ziemlich langen Minute eine Männerstimme sagte: »Ja. Roloff hier. Was gibt es, Lansky? Wieso wenden Sie sich nicht an Kettler?«
»Der ist momentan nicht erreichbar.«
»Verstehe. Gut. Was gibt es?« Die Stimme klang sehr kühl.
»Gablenz hat sich eben am Wolfsgehege sehr sonderbar und auffällig benommen. Er schien, nun ja, sich nicht un-

ter Kontrolle zu haben. Die Reaktion der Wölfe war …«, er räusperte sich, »*erstaunlich.* Die Zoologin, die das Rudel betreut, hat mir versichert, daß die Tiere sich noch nie so benommen haben.«
»Sie haben mit der Zoologin *gesprochen?«* Die Stimme klang jetzt schneidend. »Sie kennen doch Ihre Anweisungen, oder nicht? Beobachten. Dabei unsichtbar bleiben. Nicht eingreifen. Mit niemandem reden! Ich hoffe, Gablenz hat Sie nicht bemerkt. Wenn er mitbekommt, daß wir ihn heimlich beobachten, könnte er das als Vertrauensbruch auffassen.«
»Nein, keine Sorge«, erwiderte der Mann im silbernen BMW und räusperte sich erneut. »Ich habe in der hintersten Reihe gesessen. Er hat mich bestimmt nicht gesehen. Was sollen wir jetzt machen? Ich meine, wenn Gablenz sich weiter so auffällig verhält?«
»Beobachten, Lansky! Nur beobachten, und genau über alles berichten. Verstanden?«
»Ja. Selbstverständlich, Dr. Roloff.« Der Mann im BMW fluchte leise, klappte das Handy zu und steckte es in die Brusttasche seines Hemdes. Dann ließ er den Motor an. Die großen, breiten Räder des BMW rollten knirschend über den Splitt am Straßenrand, ehe er rasch beschleunigte und davonfuhr.

Erst mitten in Buchfeld bemerkte Gablenz, daß er viel zu schnell war, trat auf die Bremse und bog Richtung Trier ab. Seine verkrampft das Lenkrad des Mercedes umklammernden Hände waren schweißnaß. Er hatte völlig die Kontrolle über sich verloren und begriff einfach nicht, wie das überhaupt möglich war. Geschah mit ihm das gleiche wie mit Scholl? Das *konnte* nicht sein!

In dem Maße, in dem meine Intelligenz und meine Sinnesleistungen durch das Megatonin gesteigert werden, müßte meine Selbstkontrolle zunehmen, dachte Gablenz. Ich müßte mich selbst und meine Umgebung immer besser unter Kontrolle haben. Der rationale Verstand ist die größte, stärkste und effektivste Kraft. Er ist es, der den menschlichen Fortschritt vorantreibt. Megatonin müßte mich befähigen, mich völlig über Emotionen und Instinkte zu erheben.

Doch schon auf der Herfahrt hatten die Emotionen der primitiven Organismen, die er an der Autobahnbaustelle aufgefangen hatte, bei ihm eine überraschend heftige Streßreaktion ausgelöst. Er erinnerte sich, wieviel Anstrengung es ihn gekostet hatte, die Fassung wiederzugewinnen.

Was dann am Wolfsgehege geschehen war, hatte ihm einen gewaltigen Schrecken eingejagt. Er hatte der gefühllose, überlegene Forscher sein wollen, der mit seinem leistungsgesteigerten Intellekt die Denkprozesse in den Wolfsgehirnen kühl analysierte und sezierte. Statt dessen hatte die enorme emotionale Kraft der Wölfe ihn überwältigt. Wie eine Marionette an unsichtbaren Fäden war er an den Zaun getaumelt, völlig erfüllt von der Sehnsucht, mit diesem symbiotischen, pulsierenden Organismus des Rudels zu verschmelzen und selbst zum Wolf zu werden.

Erst als er die erstaunten Blicke der Leute bemerkt hatte, war es ihm irgendwie gelungen, sich loszureißen. Doch damit war der Alptraum noch nicht vorüber gewesen. Während er zurück zum Parkplatz rannte, tauchte vor seinem inneren Auge plötzlich das Bild eines Wolfs auf. Es war keine äußere Halluzination, sondern ganz eindeutig ein Bild *in* seinem Kopf: ein riesiger wütender Wolf,

der ihn aus gelb leuchtenden Augen böse anfunkelte, drohend die Zähne fletschte und lautstark knurrte. Erst als er im Wagen saß, verschwand das Gespenst so abrupt wieder, wie es erschienen war.
Scholl hatte Halluzinationen gehabt. Doch dieses Problem war eliminiert. Unmöglich, daß Halluzinationen auftraten. Ausgeschlossen.
Er fuhr wieder an der Autobahnbaustelle vorbei. Diesmal mußte er sich gar nicht besonders konzentrieren, um den Schmerz der Tiere und Pflanzen zu spüren, deren Lebensraum zerstört wurde. Die Empfindungen fielen regelrecht über ihn her, so heftig, daß ihm Tränen in die Augen schossen. Verdammter Mist! Ein bohrender Schmerz pochte in seinem Hinterkopf. Er trat aufs Gaspedal in der Hoffnung, daß der Druck nachlassen würde, wenn er sich wieder von der Baustelle entfernte, doch dem war nicht so.
Er zuckte plötzlich so heftig zusammen, daß er beinahe die Kontrolle über den Wagen verloren hätte. In seinem Kopf hatte sich etwas bewegt, etwas *Fremdes.* Es war wie eine Stoßwelle, die seine Gehirnzellen erschütterte. Etwas wollte herein, wollte in sein Denken eindringen. Etwas von außen ... Oder kam es von innen, aus einer unbekannten Tiefe? Da war die Vision einer Röhre oder eines Schachtes. Etwas kletterte darin nach oben, etwas Großes, Dunkles. Mein Gott, Scholl hatte damals etwas von einem Tor gefaselt, das Megatonin angeblich öffnete, und von einem *Etwas,* das dahinter lauerte. Aber Scholl hatte halluziniert.
Gablenz raste auf das Ortsschild von Jünkersdorf zu und bog mit kreischenden Reifen in den Waldweg ab. Halluzinationen! Verdammt! Er war sicher gewesen, alle diese

störenden Effekte beseitigt zu haben. *Etwas* wollte durch das Tor. *Etwas* wollte die Kontrolle übernehmen. Ich muß mich hinlegen, dachte er, mich entspannen. Einen Tranquilizer nehmen, um diese Nebenwirkung zu dämpfen. Er würde das in den Griff bekommen, er war sicher, daß es sich in den Griff bekommen ließ.

Er bremste so ungeschickt vor der Jagdhütte, daß der Wagen mit der Beifahrertür laut quietschend an einem Baum vorbeischrammte. Ein ungeheurer Druck in seinem Kopf. *Etwas* drängte nach oben, wollte ihn aus seinem eigenen Kopf vertreiben. Eine Halluzination. Nichts weiter.

Er stieg aus dem Wagen, und im selben Moment erreichte das dunkle Wesen das obere Ende des Schachtes. Es stieg durch das weitgeöffnete Tor und richtete sich zu seiner vollen Größe auf. Es sah aus wie ein Bär, ein riesiger Bär. Ohne Vorwarnung griff der Bär an. Gablenz stieß einen entsetzten Schrei aus, als das Wesen sich auf ihn stürzte. Er fiel hin, schlug der Länge nach auf dem Waldboden auf. Er vermochte nicht zu sagen, ob das Etwas sich in seinem Kopf befand oder ihn real von außen angriff. Er spürte den Hieb mächtiger Pranken und sah ein Raubtiergebiß aufblitzen.

Dann umfing ihn Dunkelheit. Er stürzte in den Schacht, aus dem das Wesen emporgeklettert war, fiel schneller und schneller in eine offenbar bodenlose Tiefe. Irgendwann verschwand das Gefühl des Fallens. Jetzt schwebte er in einer undurchdringlichen Schwärze. Es war eine absolute Finsternis, so finster wie das All gewesen sein mußte, ehe der erste Stern darin aufleuchtete. Doch Gablenz war nicht allein. Er spürte, wie jemand seine Schuld abwog. Seine Schuld war alles, was ihm in dieser Dunkelheit geblieben war. Nach einer Ewigkeit sah er Bilder, Bilder seines Lebens, Wendepunkte, an denen er sich falsch entschieden und Schuld auf sich geladen hatte. Ein Licht tauchte weit vor ihm in der Finsternis auf, ein warmes Licht, das aus der Öffnung eines anderen Tunnels schien. Als er seine Fehler eingesehen hatte, fühlte er sich vollkommen schwerelos und trieb wie eine Feder im Wind auf das Licht zu.

Der große, kräftige Männerkörper mit den schütteren roten Haaren hatte sich wie in einem Krampfanfall auf dem Waldboden gewunden, mit Schaum vor dem Mund, war dann abrupt erschlafft. Mehrere Minuten vergingen, in denen der Körper dalag wie tot, starr in den Himmel blikkend.

Dann setzte er sich auf. Ein Eichhörnchen kam aus einem Baum herab, beäugte ihn, kletterte an ihm hoch und setzte sich auf seine Schulter. Er lächelte und streichelte behutsam das rotbraune Fell. Ein Häher strich heran und landete auf seinem Unterarm. Wieder lächelte er. »Habt mich gleich erkannt in meiner neuen Gestalt«, sagte er. »Sagt euren Brüdern und Schwestern, daß ich heraufgekommen bin, um Gericht zu halten.«

Häher und Eichhörnchen verschwanden. Er stand auf, ging in den Werkzeugschuppen hinter der Hütte und suchte eine Drahtschere.

2. KAPITEL

Südlich von Buchfeld wölbte sich der Dachsberg dem Himmel entgegen. Seine Hänge waren bewaldet, die Kuppe selbst jedoch war kahl, so daß man von dort einen weiten Blick über die Eifelhöhen hatte. Chris Adrian saß im Traum oben auf der Kuppe, in der Nähe der Hügelgräber, während ihr Körper sich im Bett unruhig hin und her bewegte. Allmählich merkte sie, daß sie nicht allein war. Ein Tier saß dicht bei ihr. Sie schaute es an, sah dichtes, seidiges, im Sternenlicht silbern schimmerndes Fell. Sie erkannte, daß es ein Wolf war, ein großer, wunderschöner Wolf, und verspürte den unwiderstehlichen Drang, ihn zu streicheln. Tatsächlich stand er auf, kam ganz nah zu ihr heran und reckte wohlig seinen mächtigen Körper, als Chris ihm den Nacken kraulte. Der Eindruck war so real, daß sie glaubte, sein Fell unter ihren Fingern zu spüren.

Plötzlich schien die Erde vor Chris' Augen in flimmernde Bewegung zu geraten. Ein Loch tat sich auf, ein Schacht, der senkrecht in einen rätselhaften Abgrund führte. Chris wollte aufspringen und weglaufen, doch sie konnte nicht. Von dieser schwarzen Öffnung ging eine geradezu magnetische Anziehungskraft aus. Der Wolf neben ihr hob den Kopf und heulte.

Der Drang, zu dem Loch zu kriechen, wurde unwiderstehlich. Als Chris sich über den Rand beugte, sah sie un-

endlich tief unten ein schwaches, rötliches Leuchten. Und über diesem Leuchten bewegte sich im Schacht ein Schatten. Etwas kletterte aus der Tiefe herauf.
Chris wollte fliehen. Aber sie konnte sich nicht rühren, ihre Beine waren wie gelähmt. Zu ihrer Erleichterung lief der Wolf herbei und stellte sich dicht neben sie, so daß sie sein warmes, weiches Fell an ihrer Schulter spüren konnte. Er stieß ein kurzes, heiseres Bellen aus.
Aus dem Loch waren jetzt schabende, kratzende Geräusche zu hören – wie von Krallen, die sich an den Wänden des Schachts emporarbeiteten. Ein runder Kopf tauchte auf, dann ein massiger Körper. Ein riesiges schattenhaftes Geschöpf stieg aus dem Schacht und richtete sich zu seiner vollen Größe auf, so daß seine an einen auf den Hinterbeinen stehenden Bären erinnernde Gestalt die Sterne verdeckte.
Chris wagte kaum zu atmen, aus Angst, von einem einzigen Hieb der mächtigen Pranken zerschmettert zu werden. Doch zu ihrer Überraschung sagte das Wesen mit einer Stimme, die tief und sanft über die Hügel rollte: »Es ist gut, daß du zurückgekommen bist, Schwester Wolfsträumerin. Hast dein Land lange warten lassen.«
Chris erwachte und setzte sich auf. Der Wolf war ihr vertraut erschienen wie ein alter Freund, aber das Bärenwesen hatte ihr solche Angst eingejagt, daß sie halb fürchtete, es könne hier in ihrem Zimmer neben dem Bett stehen. Rasch schaltete sie das Licht ein, rieb sich die Augen und lauschte. Im Forsthaus war es völlig still. Draußen hörte sie den Wind leise in den Zweigen flüstern. Sie war ganz allein in dem großen Haus, ganz allein im Park. Die Wegmeiers befanden sich auf Wohnmobil-

rundreise in Neuseeland, und die Tierpfleger wohnten in den umliegenden Dörfern.
Das war einer von diesen Träumen gewesen. Zum ersten Mal seit ihrer Rückkehr hatte sie einen solchen Traum, einen Traum, bei dem alles so klar und deutlich war, als handele es sich bei den Bildern und Empfindungen um körperlich greifbare Realität. Ich will sie nicht, dachte sie, diese Träume, die einem den ganzen Tag über im Gedächtnis bleiben, ja sogar wochenlang, wenn man sie überhaupt je wieder vergessen kann. Auch wenn Silver Bear mir hundertmal gesagt hat, es sei eine heilige Gabe, solche Träume zu haben. Ich will sie nicht. Und ich will nicht wissen, was sie bedeuten.
Jetzt im Schein der Nachttischlampe ließ die Angst nach. Chris legte sich hin, zog sich die Decke über den Kopf und versuchte wieder einzuschlafen, wagte aber nicht, das Licht auszumachen.

Jonas Faber bückte sich und nahm Butterbrotdose und Thermoskanne aus seiner Aktentasche. Montagmorgen, halb zehn. Zeit für das zweite Frühstück. Ohne Kaffee kam er morgens nicht in Schwung, besonders an Montagen nicht. Er wollte gerade den Deckel der Butterbrotdose abnehmen, was bei diesen Tupperware-Plastikbehältnissen immer ein wenig mühsam war, als Markus Dimmig, der Förster, in sein Büro platzte, natürlich wie immer ohne anzuklopfen. Er und Dimmig kannten sich schon lange, sie hatten hier in Buchfeld zusammen Abitur gemacht. Dimmig hatte aber, im Gegensatz zu Jonas, die Eifel nie verlassen. »Hallo, Jonas«, sagte er. »Komm mal mit raus, ich muß dir unbedingt etwas zeigen.«
»Aber ich wollte gerade frühstücken ...« Dimmig war

schon wieder auf dem Flur. Seufzend stand Jonas auf und registrierte beim Hinausgehen mißbilligend die braunen Spuren, die Dimmigs Stiefel auf dem Teppichboden hinterlassen hatten.

Jonas folgte dem jungen Förster auf den Parkplatz vor der Buchfelder Polizeiinspektion. Dort stand Dimmigs grüner Allrad-Pick-up. Dimmig klappte die hintere Bordwand der offenen Ladefläche herunter. Etwas Undefinierbares verbarg sich unter einer dunkelgrauen Plastikplane. Vielleicht hatte Dimmig einen kapitalen Bock geschossen, den er unbedingt Jonas präsentieren wollte. Die Versuche von Dimmig und Jochen Honadel, dem Buchfelder Bürgermeister – ebenfalls ein Schulfreund –, Jonas mit ihrer Jagdleidenschaft zu infizieren, waren sämtlich fehlgeschlagen. Dazu, in den Schützenverein einzutreten, hatte er sich auch nicht überreden lassen, obgleich er beim Polizei-Schießtraining immer ausgezeichnet abschnitt.

»Das habe ich vorhin gefunden. Drüben am Reiherbruch.« Dimmig schlug die Plane zurück. Darunter lagen die Überreste eines Rehs. Der Leib war eine gähnende, blutige Höhle, aus der die Gedärme und sonstigen Innereien größtenteils herausgerissen waren. Auch das die inneren Organe umhüllende Fleisch war bis auf die Rippen weggefressen. Ziemlich unappetitlich. Jonas schluckte. Ehe er vor gut einem Jahr Leiter der Buchfelder Schutzpolizeiinspektion geworden war, hatte er bei der Kripo in Köln gearbeitet. Was menschliche Leichen betraf, war er einiges gewöhnt. Aber noch nie hatte Jonas den Körper eines großen Geschöpfes gesehen, das offensichtlich von Raubtieren getötet und halb aufgefressen worden war.

»Ich habe sie wohl gestört«, sagte Dimmig. »Anscheinend hatten sie es gerade erst gerissen. Es war noch warm.«
»Sie?« fragte Jonas. Füchse und Dachse, die einzigen hier natürlich vorkommenden größeren Raubtiere, konnten es kaum gewesen sein.
Dimmig zeigte auf eine Stelle am Hals des Rehs. »Schau dir das da mal an.«
Jonas beugte sich über die Ladefläche. Seitlich am schlanken Hals des Rehs befand sich eine häßliche, offenbar von sehr scharfen Zähnen verursachte Wunde. »Ein Tötungsbiß«, sagte Dimmig.
»Streunende Hunde also«, sagte Jonas. »Aber warum ›sie‹? Könnte es nicht auch ein einzelner gewesen sein?«
Dimmig schüttelte den Kopf. »Unwahrscheinlich. Ein einzelnes Tier hätte bestimmt nicht in so kurzer Zeit so viel weggefressen. Außerdem müssen es sehr schnelle, starke Tiere gewesen sein, um ein Reh zu erwischen. Gute Jäger. Merkwürdig. Streunende Hunde stellen sich beim Jagen meistens ziemlich ungeschickt an. Holen sich eher mal ein Schaf aus einem Pferch, weil das leichter zu erwischen ist.«
Wenn es im Oktober kalt wurde, verschwanden die Fliegen. Aber es war August, ihre beste Zeit. Die Fliegen der näheren Umgebung waren inzwischen auf das Reh aufmerksam geworden und schwärmten heran. Eine dicke, grünlich schillernde setzte sich auf etwas im Bauch des Rehs, das wie ein Stück überdimensionaler Regenwurm aussah. Darm vermutlich. Jonas schluckte wieder. »Sei so gut und klapp die Plane wieder zu, ja? Ich wollte jetzt eigentlich was essen.«
»Schade, ich würde gerne das Reh hier essen. Aber die besten Teile sind leider weg«, sagte Dimmig, während er die graue Plastikplane wieder über den Kadaver zog.

»Vielleicht sind ein paar Wölfe aus dem Park entwischt«, überlegte Jonas.
Dimmig kratzte sich am Kopf. »Passen würde das schon. Wegen dem Tötungsbiß. Nach allem, was ich aus der Fachliteratur weiß, ist der typisch für Wölfe. Die Sache hat nur einen Haken ...«
»Aha?« sagte Jonas. Der Kaffee, den er sich vorhin eingeschüttet hatte, war vermutlich längst kalt.
»Die haben im Frühjahr den Zaun erneuert. Das ist ein prima Zaun. Stabiler Draht und sehr hoch. Da kann garantiert kein Wolf darüber springen. Nein, daß von dort Wölfe abgehauen sind, ist ausgeschlossen.« Dimmig schüttelte wieder einmal den Kopf. Dann schaute er auf die Uhr. »So, ich muß wieder los. Ich wollte dir nur kurz Bescheid geben, daß da draußen irgendwelche Hunde oder was auch immer unterwegs sind. Vielleicht haben ja noch mehr Leute etwas beobachtet. Ich werde mich heute nachmittag jedenfalls noch mal in der Ecke umschauen, wo ich das Reh gefunden habe.«
Dimmig stieg in seinen Allrad-Pick-up und fuhr davon. Jetzt wird erst einmal gefrühstückt, dachte Jonas, während er in die Polizeiinspektion zurückging. Er hatte gerade den kalt gewordenen Kaffee weggeschüttet, neuen nachgegossen und in das erste Wurstbrot gebissen, als Schöntges ins Büro kam. Schöntges pflegte immerhin vorher anzuklopfen. Der altgediente, in Ehren ergraute Polizeihauptmeister war so etwas wie die Seele der Wache. »Mahlzeit!« sagte er und fügte augenzwinkernd hinzu: »Ich habe vielleicht sachdienliche Hinweise, die zur Ergreifung des Reh-Killers führen.« Dimmig hatte ihm die Story offenbar erzählt.
Jonas schaute ihn fragend an.

»Da hat eben ein Rentner angerufen«, berichtete Schöntges. »Er will beim Spazierengehen von weitem so ein paar sonderbare Hunde gesehen haben.«
»Was denn für Hunde?« fragte Jonas mit vollem Mund.
Schöntges zuckte die Achseln. »Na ja, er meinte, wir sollen mal im Eifelwildpark nachfragen, ob die keine von ihren Wölfen vermissen.«
»Aber Dimmig hat gesagt, daß ...« Jonas seufzte. »Also gut. Ruf ich halt mal dort an.«
Als er wieder allein im Büro war, griff er zum Telefonhörer, hielt dann aber plötzlich inne und legte den Hörer wieder auf die Gabel zurück. Im Wildpark anrufen, das bedeutete, möglicherweise mit Chris Adrian zu sprechen. Natürlich, vielleicht würde auch der Parkleiter am Apparat sein, dieser Dr. Wegmeier, oder die Frau von der Kasse. Aber wenn nun Chris selbst sich meldete ...
Er wußte, daß sie wieder da war. Nicht so lange wie er, aber doch schon über ein halbes Jahr. In einer kleinen Stadt wie Buchfeld blieben solche Dinge nicht verborgen. Bislang hatte er es vermieden, sie wiederzusehen, und sie hatte auch nichts von sich hören lassen. Seit sechs Jahren waren sie sich nicht mehr begegnet, und er hatte sich wirklich Mühe gegeben, sie zu vergessen, aber so richtig gelungen war es ihm nie.
Also gut. Er wählte die Nummer des Parks.

Als das Telefon klingelte, saß Chris an Dr. Wegmeiers Schreibtisch und ging die Futterbestellungen durch. Sie hatte draußen auf ihrer Terrasse gefrühstückt, in der Morgensonne, während über dem Itzbach noch ein Dunstschleier lag und auf Frau Wegmeiers Rosensträuchern der Tau funkelte. Ein gutes Frühstück: selbstgebackenes Voll-

kornbrot, dick mit Butter und Honig bestrichen, dazu noch ein kleines Müsli mit viel frischem Schlagrahm und Rosinen. Hinterher hatte sie etwas schuldbewußt ihren ziemlich rund werdenden Bauch befühlt. Das Essen schmeckte ihr hier in der Eifel so gut. Sie aß sehr viel.
Anschließend hatte sie Fred beim Einzäunen der neuen Fischotteranlage geholfen und sich dabei bemüht, nicht an den sonderbaren Traum der letzten Nacht zu denken. Die Anlage wurde wirklich schön. An einem kleinen Bachlauf konnten die Besucher die verspielten Otter in ihrer natürlichen Umgebung beobachten. Die hier nachgezüchteten Tiere wurden dann später in geeigneten Biotopen ausgewildert.
Durch das offene Fenster von Dr. Wegmeiers Büro drang der Duft des Waldes. In der Nacht waren über das Hohe Venn ein paar Wolken herangezogen und hatten einen Regenschauer gebracht, so daß die Luft immer noch sehr feucht und würzig roch.
Das Telefon klingelte wieder. Chris legte den Bestellzettel für das Wolfsfleisch aus der Hand und meldete sich.
»Hier ist ... Jonas«, hörte sie.
Ihr Herz geriet für einen Moment aus dem Takt. Sie hatte geahnt, daß er irgendwann anrufen oder vor der Tür stehen würde, auch selbst mit dem Gedanken gespielt, ihn anzurufen, es aber letztlich doch nicht getan.
»Ich rufe, nun ja, dienstlich an. Ich leite hier inzwischen die Polizeiinspektion. Aber das hast du ja sicher schon gehört ...«
Natürlich. Wäre sie öfter nach Buchfeld gekommen, wären sie sich vermutlich ganz automatisch über den Weg gelaufen, aber sie war meistens im Park, und in ihrer Freizeit ging sie im Naturschutzgebiet oder im Itzwald spa-

zieren, oder sie besuchte eine alte Schulfreundin, die jetzt in Bonn wohnte, und die jungen Leute auf dem Bioland-Hof oben in Bühlingen, mit denen sie sich recht gut verstand.

»Wie geht es dir?« fragte sie.

»Ich ... oh, es ist ganz schön, wieder in der Eifel zu sein. Ich konnte die vielen Leichen in Köln einfach nicht mehr sehen.«

Jonas und seine Leichen. Früher war er ganz versessen auf Mordfälle gewesen, hatte unbedingt in die Fußstapfen seines Vaters treten wollen, der Hauptkommissar beim Morddezernat in Euskirchen gewesen war. Er erzählte, daß ein Rentner im Wald angeblich Wölfe gesehen haben wollte. Und sie versicherte ihm, daß das Rudel gestern bei der Fütterung noch vollzählig gewesen sei und daß den neuen, drei Meter hohen Zaun garantiert kein Wolf überspringen könne. Einen Moment spielte sie mit dem Gedanken, ihm von dem rothaarigen Mann zu erzählen, der gestern am Wolfsgehege gewesen war, ließ es dann aber.

»Bisher sind wir uns ja erfolgreich aus dem Weg gegangen«, meinte sie statt dessen und mußte dabei unwillkürlich lächeln. »Willst du nicht doch mal im Park vorbeischauen, zu Kaffee und Kuchen? Den backe ich inzwischen übrigens selber«, fügte sie nicht ohne Stolz hinzu.

»Nanu? Du nimmst dir inzwischen Zeit zum Kuchenbakken?«

»Ach, ich bin ruhiger geworden.«

Nach kurzem Schweigen fragte er: »Warum bist du zurückgekommen? So wie die Leute dich hier früher behandelt haben ...«

Ja – warum? »Es gab auch ein paar, die richtig nett zu mir waren.«

»Das stimmt«, sagte er, und sie war sich fast sicher, daß er dabei lächelte.
»Vielleicht«, beantwortete sie seine Frage zögernd, »hatte ich Heimweh nach der Gegend, wo ich als Kind so gerne herumspaziert bin. Nach dem Itzwald, der Wacholderheide …«
»Und? Spazierst du wieder?«
»Ja. Anfangs war mir alles sehr fremd. Ich mußte mich erst wieder damit vertraut machen. Komm doch mal mit, so wie früher.«
Sie konnte ihn am anderen Ende der Leitung schlucken hören, dann sagte er: »Mal sehen. Ich … komme auf deine Einladung zurück. Bis dann.« Er legte schnell auf, ehe sie noch etwas sagen konnte.

Während Chris am Nachmittag die tägliche Fleisch-Schubkarre zum Wolfsgehege schob, mußte sie dann doch über den Traum nachgrübeln. »Geistervision« nannte Silver Bear solche Träume. Allerdings pflegte er über diese Dinge mit einem ziemlich bissigen Humor zu sprechen, so daß man nie genau wußte, ob er es auch wirklich ernst meinte.
»Wolfsträumerin« hatte das Wesen zu Chris gesagt. Diesen Namen hatte ihr Silver Bear in der Sprache seines Volkes gegeben. Sie sah ihn noch vor sich, wie er ihr den Medizinbeutel mit dem Rosenquarz, der Adlerfeder und der kleinen Wolfsfigur darin in die Hand gedrückt und gesagt hatte: »Hier, Wolfsträumerin, meine Geisthelfer haben mir mitgeteilt, daß diese heiligen Gegenstände dir helfen werden, dein Land zu heilen.« Dabei hatte er sie ganz sonderbar angeschaut.
Warum bin ich zurückgekommen? dachte sie. Ich hatte

dieses Angebot als Hochschulassistentin. Ich hätte in Kanada wunderbar promovieren und mir als Wolfsexpertin einen Namen machen können. Hätte ihr nur Silver Bear nicht ständig damit in den Ohren gelegen, daß es ihre Bestimmung sei, in ihre Heimat zurückzukehren, daß die Menschen, Tiere und Pflanzen dort sie brauchten, daß sie die Gabe besäße, Heilerin und Medizinfrau zu sein … Vielleicht hätte ich einen großen Bogen um dich machen sollen, du alter listiger Indianer, dachte sie. Silver Bear hatte wissend gegrinst, als wie aus heiterem Himmel Dr. Wegmeiers Angebot gekommen war, hier im Eifelwildpark seine Stellvertreterin zu werden und das Wolfsrudel zu betreuen. Ein sonderbarer Zufall, geradezu unheimlich. Dabei kannte Wegmeier sie nur von einem kurzen Praktikum, das sie vor sechs Jahren hier im Park absolviert hatte.
Damals, nachdem sie Silver Bear um Rat gefragt hatte, ob sie Dr. Wegmeiers Angebot annehmen solle, hatte sie zuletzt einen so verstörend klaren Traum wie in der vergangenen Nacht gehabt. Darin hatte sie sich selbst oben auf dem Dachsberg stehen sehen, im Traum hatte sie sofort gewußt, daß es nur der Dachsberg sein konnte. Dort hatte sie eine Art Ritual ausgeführt, getrocknete Kräuter verbrannt, den Rauch in die vier Himmelsrichtungen gefächert und ein Dankgebet gesprochen.
Am nächsten Morgen war sie wie in Trance herumgelaufen, hatte geradezu neben sich selbst gestanden, als sie in Deutschland anrief, um Dr. Wegmeier zuzusagen, und in Vancouver, um Professor Henderson abzusagen. Danach hatte sie sich selbst kopfschüttelnd gefragt: Was mache ich denn da? Ich gehe wirklich zurück?
Durch die mysteriösen Träume ihrer Kindheit, an die sie

sich kaum noch erinnerte, war ein großer, schöner Wolf gegeistert. Aber ich bin heute nicht mehr das wilde Mädchen, das mit den Tieren spricht, dachte sie. Ich bin nicht mehr die verrückte Außenseiterin, diese Zeit ist lange vorbei.

Auf der Tribüne drängten sich zwei Schulklassen. Chris grüßte mit einem Kopfnicken, schloß das Tor auf und schob die Karre ins Gehege. Seltsam, daß noch gar keine Wölfe zwischen den Bäumen auftauchten.

Während sie die Fleischbrocken aufspießte, fragte sie sich, warum sie wohl immer wieder vom Dachsberg träumte. Sie warf einen Blick hinüber zur bewaldeten Flanke des Berges. Voll Unbehagen erinnerte sich Chris an das unheimliche Erlebnis, das sie kurz nach ihrer Rückkehr aus Kanada dort oben gehabt hatte. Sie hatte ein Buch über die Kelten gelesen, das letzte Volk, das in der Eifel eine Naturreligion praktiziert hatte, und war zu den auf der Buchfelder Wanderkarte eingezeichneten keltischen Kultplätzen spaziert. Als sie an einem windigen Morgen unter zerrissenen, von Westen her über die Eifel jagenden Wolken bei den Hügelgräbern, aus denen der keltische Schmuck im Heimatmuseum stammte, auf dem Dachsberg gestanden hatte, überkam sie ein beunruhigendes Gefühl des Déjà-vu.

Und – etwas wollte mit ihr sprechen. Etwas, das *in* ihr zu sein schien und zugleich außerhalb von ihr. Dieses Etwas hatte eine Botschaft, drang aber nicht bis zu Chris durch. Es war, als versuchten unsichtbare Hände vergeblich eine Art Tür in Chris' Geist aufzustoßen, doch es gelang ihnen nicht, sosehr sie auch an der Tür rüttelten.

In Panik war Chris davongerannt, den Weg durch den Itzwald hinunter, bis endlich das alte Forsthaus vor ihr auf-

getaucht war. Seither machte sie bei ihren Streifzügen einen großen Bogen um den Dachsberg.
Sie hatte mit niemandem über dieses Erlebnis zu sprechen gewagt, wie sie als junges Mädchen nach dem Tod ihrer Mutter mit niemandem über ihre verrückten Träume und Erlebnisse gesprochen hatte, aus Angst, in eine Anstalt gesperrt zu werden. Bis sie Jonas begegnet war, mit dem sie über alles hatte reden können.
Chris schob die Erinnerung an das Etwas auf dem Dachsberg ganz weit von sich, verriegelte das Tor wieder und stieg zu den Kindern auf die Tribüne. »Hallo«, sagte sie. Die Kinder begrüßten sie mit Gejohle. »Wo sind denn eure Wölfe?« fragte ein Junge mit einer roten Baseball-Mütze auf dem Kopf.
»Die sind schon ganz hungrig auf das Fleisch, das ich ihnen gebracht habe, und kommen es sich jetzt holen«, sagte Chris lächelnd. Sie begann ihren Vortrag. Die Kinder waren neugierig und stellten pfiffige Zwischenfragen. Weil sie sich ganz auf ihr Publikum konzentrierte, schaute sie gar nicht ins Gehege hinunter.
»Toll, was Sie da alles über die Wölfe erzählen«, sagte der Junge mit der Baseball-Mütze plötzlich ziemlich vorlaut, »aber wir wollen sie auch gerne *sehen!*«
Chris verstummte und blickte irritiert nach unten. Die Fleischbrocken lagen, von Fliegen umschwärmt, im Gras. Unberührt. So angestrengt Chris auch zwischen die Bäume spähte, sie entdeckte keinen einzigen Wolf. Das war … unerklärlich. »Sie … sie kommen bestimmt gleich. Ihr werdet sehen.« Chris schluckte nervös. Sie spürte wieder diese Unruhe, genau wie gestern bei dem Vorfall mit dem großen, rothaarigen Mann, eine hilflose Unruhe angesichts eines Geschehens, das eigentlich un-

denkbar war. Die Kinder fingen an zu maulen. Sie mußte etwas tun, um die Situation zu retten.
»Ich weiß etwas, worauf die Wölfe ganz bestimmt reagieren«, sagte sie, legte den Kopf in den Nacken und heulte, schön und schaurig. Chris war stolz auf ihr Heulen. Die Wölfe antworteten normalerweise immer darauf, die Parkwölfe ebenso wie die kanadischen Wölfe. Chris heulte noch einmal. Sie hatte das unangenehme Gefühl, sich lächerlich zu machen. Ein paar Kinder fingen an zu kichern. Nichts. Das Windrauschen in den Bäumen als einzige Antwort.
Eine der Lehrerinnen, eine etwas verhärmt aussehende Frau Ende Dreißig, ging zu Chris und baute sich regelrecht vor ihr auf. Mit zitronensaurem Gesicht sagte sie: »Hören Sie, als ich hier im Wildpark angerufen habe, wurde mir gesagt, daß die Wölfe bei der Fütterung *auf jeden Fall zu* sehen seien. Die Kinder haben während der ganzen Busfahrt von nichts anderem geredet. Jetzt sind sie natürlich enttäuscht.«
»Ich verstehe das auch nicht«, sagte Chris hastig. »Die Wölfe kommen sonst *immer* zur Fütterung. Ich muß feststellen, was da los ist. Entschuldigen Sie mich. Sie können sich ja noch die Wildschweine ansehen ...«
»Die Wildschweine? Wir werden das Eintrittsgeld zurückverlangen!« Die Stimme der Lehrerin klang jetzt noch schriller.
»Meinetwegen. Wenn Ihnen dann wohler ist!« gab Chris patzig zurück und ließ sie einfach stehen. Sehr diplomatisch war das nicht gerade gewesen, aber in dieser Hinsicht war sie einfach nicht so begabt wie Dr. Wegmeier. Sie stürmte davon, um Fred zu holen. Sie mußten im Gehege nachschauen. Plötzlich kam ihr der schreckliche Ge-

danke, daß jemand die Wölfe vergiftet haben könnte. Aber wer war imstande, so etwas zu tun? Und wozu? Sie mußte wieder an den seltsamen Mann von gestern denken, an das bizarre Verhalten der Wölfe ihm gegenüber. Was war denn los mit den Tieren?

Fred war gerade dabei, die Rothirsche zu füttern. Als Chris herbeirannte, hob er erstaunt den Kopf. »Die Wölfe kommen nicht zur Fütterung.« Chris war so außer Atem, daß sie die Worte kaum herausbrachte.

Fred, ein bedächtiger Ur-Eifler, schüttelte langsam den Kopf. »Sie kommen *immer* zur Fütterung.«

Schwerfälliger Fred! Heute nicht, heute sind sie nicht gekommen! Chris atmete tief durch. Okay, sie mußte sich zusammenreißen. Daß sie hier herumrannte wie eine Verrückte, machte die Sache auch nicht besser. »Wir müssen ins Gehege. Nach ihnen sehen.« Jetzt war ihre Stimme wieder ruhiger.

Fred hob die Hände. »Du weißt, ich geh da nicht gerne rein.«

»Wir nehmen Elektroschlagstöcke und Schreckschußpistolen mit, zur Vorsicht.«

Fred zuckte die Achseln. »Na gut, wenn du meinst.« Grinsend fügte er hinzu: »Du bist die Chefin, jetzt wo Wegmeier verreist ist.«

Sie holten sich Schlagstöcke und Pistolen und gingen zügig zum Wolfsgehege zurück. Fred ging grundsätzlich. Chris hatte ihn noch nie rennen sehen. Unterwegs kamen ihnen die beiden Schulklassen entgegen, die offenbar dem Ausgang zustrebten. Kurz bevor sie das Gehege erreichten, durchzuckte Chris die Hoffnung, daß die Wölfe vielleicht einfach nur verschlafen hatten, warum auch immer, und jetzt putzmunter ihr Futter verschlangen. Doch diese Hoffnung erfüllte sich nicht. Das Fleisch lag unberührt vor der Tribüne. Kein Wolf war zu sehen.

»Komisch«, sagte Fred. »Was ist denn in die Viecher gefahren?«

Chris zitterte vor Unruhe. »Los, sehen wir nach«, sagte sie, ging entschlossen zum Tor und öffnete es.

In den meisten Fällen wurden Gehegewölfe von Menschen aufgezogen, so daß eine starke soziale Bindung an den betreffenden Menschen entstand. Die Wölfe hier im Eifelwildpark lebten dagegen praktisch wild. Sie zogen ihre Jungen selbst auf, und von der Fütterung abgesehen, bei der der Tierpfleger ja nur ein paar Meter ins Gehege hineinging, um Fleisch zu bringen, blieben die Wölfe normalerweise unter sich. So hatten sie ihre natürliche Scheu vor dem Menschen bewahrt und verhielten sich genauso, wie Chris es von den Wölfen der kanadischen Wildnis kannte.

Bei der Anordnung von Dr. Wegmeier, das Gehege nur zu zweit, mit Elektroschlagstöcken und Schreckschußpistolen bewaffnet, zu betreten, handelte es sich um eine reine Vorsichtsmaßnahme. Während der sieben Jahre, die das Wolfsgehege nun bestand, war es noch nie zu einem Zwischenfall gekommen, und das, obwohl die Tiere sich immer wieder an neue menschliche Gesichter und Gerüche gewöhnen mußten, weil das sie betreuende Personal häufig wechselte. Auch als Chris kurz nach ihrer Ankunft mit Dr. Wegmeier zum ersten Mal ins Gehege gegangen war, um einen bei einer Beißerei schwer verletzten Wolf herauszunehmen, hatten die Wölfe nur ein paarmal gewufft, um die Welpen zu warnen, und die beiden Wissenschaftler ansonsten aus sicherer Distanz beobachtet, ohne ihnen zu nahe zu kommen.

Nachdem Chris das Tor von innen wieder verriegelt hatte, ging sie langsam über das offene Gelände vor der Tribüne. Fred blieb, sichtlich widerstrebend, ein paar Schritte hinter ihr. Normalerweise betrat er das Wolfsgehege nie. Chris wußte, daß Fred die Wölfe nicht sehr mochte. Seine Liebe gehörte den pflanzenfressenden Parkbewohnern, für deren Pflege er zuständig war, den Hirschen, Rehen, Wildschweinen, Schafen und Ziegen. Und da Wölfe nun einmal seine Lieblinge aufzufressen pflegten, wenn man sie nicht daran hinderte, hielt sich seine Sympathie für *Canis lupus* in Grenzen.
Und Fred war Eifeler Bauernsohn, das kam noch hinzu. Chris wußte, daß Generationen seiner armen, sich mühselig plagenden Vorfahren im Wolf immer nur den lästigen Feind gesehen hatten, die Schafe, Ziegen und Kälber raubende Heimsuchung. Als 1888 in der Eifel der letzte Wolf abgeschossen worden war, hatten die hiesigen Bauern ihm bestimmt keine Träne nachgeweint.
An die Freifläche schloß sich ein bewaldeter Hügel an, hinter dem der kleine Bach entlangfloß, in dessen Uferböschung die Wölfe ihre Wurfhöhlen gegraben hatten. Wie in freier Wildbahn benutzte auch das Rudel hier im Gehege mehrere dieser Höhlen als Ausweichquartiere, um die Welpen bei Gefahr in Sicherheit bringen zu können. Während Chris den Hügel hinaufstieg, hielt sie nach den Wölfen Ausschau. Es mußten doch endlich, endlich ein paar Wolfsgesichter zwischen den Bäumen auftauchen und die beiden zweibeinigen Eindringlinge halb neugierig, halb ängstlich beobachten! Doch sie konnte keines der Tiere entdecken. Lediglich ein Eichhörnchen saß mit dem Kopf nach unten an einem Buchenstamm, beäugte Chris und Fred wachsam und fing laut an zu schimpfen.

Ansonsten war es beunruhigend still im Gehege, kein warnendes Wuffen kam von den Wölfen, gar nichts. Chris fürchtete schon auf tote oder sich in Krämpfen windende Wölfe zu stoßen. In Kanada gab es immer noch Gegenden, wo die Wölfe mit vergifteten Ködern bekämpft wurden, weil man sie als lästige Konkurrenz für zahlungskräftige Freizeit-Trophäenjäger betrachtete. Doch wer hätte hier in der Eifel ein Interesse daran haben können, harmlose Gehegewölfe zu vergiften, die zudem als »eines der größten Wolfsrudel Europas« eine wertvolle Touristenattraktion darstellten?
»Hör mal«, sagte Fred leise.
Da war ein dünnes, klägliches Winseln. Chris spähte vorsichtig hinunter zum Bach. An seinem Ufer saßen, dicht zusammengedrängt, die fünf diesjährigen Welpen, die jetzt, im Alter von vier Monaten, anfingen mit den Altwölfen durch das Gehege zu streifen und sie auch schon hinunter zum Futterplatz begleiteten. Sie hockten, offensichtlich durch irgend etwas verunsichert oder verängstigt, dicht beieinander in der Nähe ihrer Wurfhöhle. Von den erwachsenen Wölfen war weit und breit nichts zu sehen.
Während Chris oben vom Hügel aus die Welpen beobachtete, war Fred hinüber zum Zaun auf der Westseite des Geheges gegangen, jenem Zaun, der das Gehege vom Wald außerhalb des Wildparks trennte. Weiter unten bei der Tribüne hatte gestern nachmittag der Fremde hinter diesem Zaun gestanden. Jetzt schien Fred dort etwas entdeckt zu haben, denn er winkte plötzlich, für seine Verhältnisse ungewöhnlich heftig und aufgeregt. Rasch lief Chris zu ihm. Als sie sich dem Zaun näherte, blieb sie wie angewurzelt stehen. »Scheiße!« stieß sie hervor.

Dann sagte sie leise, gepreßt: »Wir müssen die Polizei rufen.«
Nun würde sie Jonas unerwartet rasch wiedersehen. Und aus einem äußerst unerfreulichen Grund.

Mit Schöntges und Dimmig, den er zusätzlich verständigt hatte, ging Jonas Faber an der Kasse vorbei und nickte der Kassiererin zu. Vor ungefähr zwei Jahren war er zuletzt im Park gewesen, mit seiner kleinen Nichte. Chris Adrian war damals noch in der kanadischen Wildnis umhergestreift.
Sein Herz klopfte nicht so sehr wegen der Sache, die Chris ihm mit aufgeregter Stimme am Telefon mitgeteilt hatte. Die war so verrückt, daß er noch etwas Zeit brauchte, um sie zu verarbeiten. Im Polizeihandbuch ließ sich für einen solchen Fall mit Sicherheit keine Dienstvorschrift finden. Nein, sein Herz klopfte ganz privat. Vermutlich wäre es vernünftiger, sie nicht wiederzusehen, dachte er. Ich hätte auf der Wache bleiben und statt dessen Biggi und Hannes hinschicken sollen.
Chris stand am Tor des Geheges, vor der großen hölzernen Zuschauertribüne. Sie trug beige Shorts und ein sanftgrünes Shirt, das die Schultern frei ließ. Ihre Vorliebe für erdige Naturfarben hatte sie also beibehalten. Und genauso braungebrannt wie früher war sie. Erfreut registrierte er, daß sie ihre Haare wieder zu der gleichen etwas wirren, wilden blonden Löwenmähne hatte wachsen lassen wie in ihrer Teenagerzeit. Nicht mehr diese strenge Kurzhaarfrisur, die sie sich zugelegt hatte, als sie unbedingt seriöse Wissenschaftlerin werden wollte. Ganz schön mollig war sie geworden, aber er fand auf Anhieb, daß ihr das gut stand.

Jonas schenkte sie ein leises »Hallo« – etwas steif und zurückhaltend, was nach so vielen Jahren nicht verwunderlich war. Schöntges wurde von ihr freundlich begrüßt, Dimmig ziemlich frostig, was Jonas nicht weiter verwunderte, denn Dimmig gehörte zu denen, die ihr einst das Leben schwergemacht hatten.

Ihre blauen Augen schauten noch immer so unbestimmt wie früher. Man wußte nie genau, ob Chris einen ansah oder in eine rätselhafte Ferne blickte. Vermutlich konnte sie heute ebensowenig wie damals sagen, was sie dort sah. Dieses Träumerisch-Versponnene an ihr hatte in der Schulzeit eine geradezu magische Wirkung auf ihn ausgeübt. Daß sie in dem Ruf stand, »irgendwie anders« zu sein, hatte ihn nicht abgeschreckt, sondern fasziniert.

»Kommt, ich zeige euch die Stelle«, sagte sie und ging voraus. Ihre Bewegungen wirkten ruhiger, weicher. Mollige Polster auf Schultern und Hüften, füllige Schenkel und Arme. Vor sechs Jahren war sie dünn, nervös und unglücklich gewesen. Er fand, daß diese neuen Rundungen ihr etwas Behagliches, Gemütliches verliehen.

Erst als sie auf das Loch zeigte, wurde ihm richtig bewußt, was hier geschehen war. Das ganze Rudel entlaufen. Verdammt!

Das Loch war sehr sorgfältig in den Zaun geschnitten worden. Jonas ging in die Hocke und betrachtete es einen Moment nachdenklich. »Ungefähr einen Meter breit und eins zwanzig hoch, schätze ich«, sagte er, während er sich wieder aufrichtete. Er schaute Chris an. »Kannst du uns diesen Mann beschreiben, den du am Telefon erwähnt hast?«

Höchstwahrscheinlich würde sie jetzt »Hm« sagen und

nachdenklich die Unterlippe vorschieben, was sie auch prompt tat. Er mußte lächeln. Ach, verdammt!
Sie schnaufte und schüttelte ihre Mähne. »Ich sehe ihn noch genau vor mir, weil das, was passierte, so *verrückt* war«, sagte sie. »Ziemlich groß und kräftig, mit schütteren roten Haaren. Altersmäßig schätze ich ihn auf irgendwas zwischen vierzig und fünfzig.«
»Immerhin, die Beschreibung paßt nicht auf jeden. Das ist doch schon etwas«, sagte Jonas und war nicht sicher, ob Chris, die mit großen Augen in den Wald starrte und gedankenverloren eine Haarsträhne um den Finger wikkelte, ihn überhaupt gehört hatte. Aber das war ihm von früher vertraut. Sie konnte von einer Sekunde zur anderen in Tagträumen versinken, oft mitten im Satz.
»Verdammt«, sagte sie leise. »Was tun sie dort draußen? Ich verstehe das nicht. Und wieso haben sie ihre Welpen zurückgelassen? Wölfe lassen *niemals* ihre Welpen zurück ...«
»Und es ist wirklich das ganze Rudel weg?« fragte Dimmig, der Förster, ungläubig.
»Ja, das ganze Rudel, mit Ausnahme der diesjährigen Welpen«, antwortete Chris zögernd, als könne sie selbst nicht glauben, was sie da sagte.
»Wie viele Tiere sind das denn?« fragte Schöntges.
»Zwanzig«, sagte Chris, etwas kleinlaut.
»Heiliges Blech!« ächzte Schöntges. »Zwanzig Wölfe!«
»Jedenfalls wissen wir jetzt, wer das Reh auf dem Gewissen hat«, sagte Dimmig. »Das wird eine Menge Ärger geben. Die Wölfe werden noch mehr Rehe reißen, und Schafe, vielleicht auch Kälber, um satt zu werden. Sie müssen so schnell wie möglich zurück ins Gehege, sonst wird man sie abschießen ...«

Chris' blonde Mähne wirbelte herum. »Sie abschießen? Nein, auf keinen Fall!«
Ihre enge Beziehung zu Tieren und Pflanzen, zur Natur insgesamt, die andere Leute sonderbar fanden, hatte Jonas immer an Chris bewundert. Wieder mußte er lächeln, dann sagte er: »Abschießen kommt wirklich nur als letzte Notmaßnahme in Frage«, worauf Chris ihm einen dankbaren Blick zuwarf. Er betrachtete erneut das Loch im Zaun. »Etwas verstehe ich nicht: Gemessen an der Größe des Geheges ist das Loch winzig, und vermutlich ist es letzte Nacht passiert, als es dunkel war. Wie haben die Wölfe denn das Loch überhaupt gefunden? Oder kann der Mann sie irgendwie angelockt haben, mit einer Hundepfeife vielleicht?«
Chris schüttelte den Kopf. »Wölfe kann man nicht mit einer Hundepfeife anlocken. Wahrscheinlich haben sie ihn gewittert – seinen Geruch kannten sie ja – und sind zum Zaun gelaufen, um nachzuschauen. Aber *warum* haben sie so auf ihn reagiert?«
»Ist er vielleicht ein ehemaliger Pfleger?« fragte Schöntges.
»Nein«, antwortete Chris. »Das habe ich schon nachgeprüft. Hier im Park hat nie jemand gearbeitet, auf den die Beschreibung paßt. Und damit die Wölfe so heftig auf ihn reagieren, hätte er sie schon selbst mit der Flasche aufziehen müssen. Doch keiner unserer Wölfe ist von Menschen aufgezogen worden. Die sind alle hier im Gehege selbständig aufgewachsen.«
Jonas blickte auf die schweigenden, in der Nachmittagssonne silbrig glänzenden Buchenstämme jenseits des Zaunes. Irgendwo dort draußen war jetzt ein Rudel von zwanzig Wölfen unterwegs. Daß der Mann die Tiere be-

täubt und einfach abtransportiert hatte, war eigentlich ausgeschlossen. Dann hätte es irgendwelche Spuren geben müssen, die auf einen Abtransport hindeuteten. Nein, er hatte die Wölfe offensichtlich nur befreit. Aber wozu, um alles in der Welt? Und natürlich gab es überhaupt noch keinen Beweis, daß es sich um den sonderbaren Rothaarigen handelte, der Chris gestern bei der Fütterung aufgefallen war.

»Auf jeden Fall müssen wir rasch etwas tun«, sagte Markus Dimmig. »Wie gesagt: Es wird Ärger geben, mit den Bauern, den Jägern, und Bürgermeister Honadel wird auch nicht begeistert sein. Wie reagieren diese Wölfe denn auf Menschen? Ich meine: Haben sie Angst vor uns, oder können sie gefährlich werden?«

»Ihr Fluchtreflex ist so ausgeprägt wie bei wild lebenden Wölfen. Das haben wir hier im Gehege immer wieder beobachtet«, antwortete Chris.

Sie drehte den Kopf und schaute Jonas an. »Hör mal, ich will auf keinen Fall, daß den Tieren etwas passiert. Ich bin sicher, daß sie von sich aus ins Gehege zurückkommen. Sie *müssen* zurückkommen, weil ihre Welpen noch hier sind. Bestimmt schon heute nacht.«

»Okay«, sagte Jonas. »Warten wir noch bis morgen früh. Ich werde den Bürgermeister informieren. Wenn die Wölfe am Morgen nicht wieder da sind, stellen wir einen Suchtrupp zusammen. Meinst du, daß man sie mit Fleischködern zurück ins Gehege locken könnte, Chris?«

»Wir können es wenigstens versuchen, bevor irgendwelche schießwütigen Jäger« – sie warf Dimmig einen wütend funkelnden Seitenblick zu – »auf dumme Gedanken kommen. Aber das wird nicht nötig sein. Die Wölfe kehren ganz sicher heute nacht zurück. Vielleicht könnt ihr

ja inzwischen diesen geistesgestörten Rothaarigen verhaften.«
»Langsam, langsam«, entgegnete Jonas, »noch wissen wir ja nicht, ob er überhaupt den Zaun aufgeschnitten hat.«
»Der Typ gehört bestimmt zu einer Gruppe von diesen radikalen Tierschützern«, sagte Dimmig. »Die machen doch in letzter Zeit immer wieder Schlagzeilen mit irgendwelchen verrückten Aktionen. Sicher flattert Jonas morgen ein Bekennerschreiben auf den Tisch, oder die haben schon längst in der Redaktion vom *Eifelkurier* angerufen.«
»Und der andere Mann, den du erwähnt hast, der, der dir diese Fragen gestellt hat, wie hat der ausgesehen?« fragte Jonas.
Chris zuckte die Achseln. »Ziemlich unauffällig, würde ich sagen. Kurze, dunkle Haare. Gepflegt. Drahtig hat er gewirkt.«
»Drahtig?«
»Na ja, fit. Durchtrainiert. Sein Gang war sehr sportlich federnd. Und er wirkte nervös. Die Sache mit den Wölfen und dem Fremden schien ihn irgendwie zu beunruhigen.«
Jonas lächelte. »Du beobachtest noch so gut wie früher.«
Chris erwiderte das Lächeln. »Ist halt mein Job, Tiere sehr genau zu beobachten. Na, und Menschen sind schließlich auch große Säugetiere.« Nach einer kurzen Pause fügte sie hinzu: »Aber es ist ja nicht gesagt, daß da ein Zusammenhang besteht. Vielleicht war er nur ein ganz normaler Besucher. Einfach ein bißchen neugierig.«
Obwohl Chris sich ganz offensichtlich große Sorgen um die Wölfe machte, hatte sie ihm zum Abschied freundlich zugewinkt. Er hatte ihr für alle Fälle seine Büro-

durchwahl und seine Privatnummer auf einen Zettel geschrieben. Während sie mit dem Streifenwagen zurück in den Ort fuhren, drehte Schöntges den Kopf, grinste Jonas an und sagte augenzwinkernd: »Alte Liebe rostet nicht, was?«

»Ach, halt die Klappe«, brummte Jonas. Aber er merkte, daß er sich mehr über das Wiedersehen freute, als er erwartet hatte. Nach so langer Zeit.

Schöntges lachte und schüttelte den Kopf. »Mein Gott, haben sich die Leute damals über euch beide das Maul zerrissen. Was mußte sich der Sohn vom braven Gemeinderat Faber, dem angesehenen Herrn Kriminalkommissar, ausgerechnet mit diesem verrückten Mädchen einlassen, das niemand verstand! Dem unehelichen Kind dieses Flittchens. Und ihr beide wart ja wirklich unzertrennlich.«

Jonas schaute Schöntges erstaunt an. »Ich wußte gar nicht, daß du dich so genau daran erinnerst.«

»Ich bin bloß zugereister Rheinländer«, sagte Schöntges mit einem verschmitzten Lächeln. »Hab hier nie zum örtlichen Klüngel gehört. Vielleicht mag ich deshalb Außenseiter. Vielleicht bin ich bei der Polizei, um was für die zu tun, um die sich sonst keiner kümmert.«

Es klang ein wenig rührend. Aber Jonas mochte Schöntges deswegen, auch wenn der Polizeihauptmeister ein bißchen alt und schwerfällig wurde.

Schöntges schüttelte den Kopf. »Ich glaube, im Mittelalter wäre das arme Ding irgendwann auf dem Scheiterhaufen gelandet! Da kam aber auch wirklich alles zusammen: uneheliches Kind einer Mutter, die in dem Ruf stand, jedem verheirateten Mann den Kopf zu verdrehen. Und dann ihre, nun ja, etwas sonderbare Ausstrahlung, die sie

zur perfekten Außenseiterin abstempelte. Herrgott, haben Thönnes und die anderen Arschlöcher ihr damals übel mitgespielt! Ein Glück, daß damals noch der alte Dr. Rosenstein Direktor vom Gymnasium war, der so einen Schwachsinn nicht mitmachte, sonst hätten sie glatt durchgesetzt, daß man sie von der Schule verwiesen und in eine Sonderschule gesteckt hätte, oder am Ende gar in die Klapsmühle wie ihre Mutter!«
Jonas erinnerte sich noch gut und spürte, wie die alte, hilflose Wut wieder in ihm hochstieg. Thönnes' Tochter war eine von Chris' wenigen Freundinnen gewesen, was dem Vater natürlich überhaupt nicht paßte. Sie war eine Zeitlang mit Chris im Wald herumgestromert und hatte wohl zu Hause ziemlich viel von ihrer verrückten neuen Freundin erzählt, die die meiste Zeit draußen in der Natur verbrachte und sich einbildete, mit Tieren sprechen zu können. Ein solches Mädchen als Freundin seiner Tochter, ein Mädchen mit abgerissener Jeans und wilden Haaren, ohne richtige Eltern, das bei einer alten Tante lebte, die selbst längst jenseits von Gut und Böse war! Und dann hatte Chris eines Tages Karola auch noch gesagt, daß ihr Vater sein Geld auf schlechte Art verdiene, weil er mit seinen Kiesgruben und Straßenbauprojekten die Erde verletze! Thönnes hatte durchgesetzt, daß Chris in eine andere Klasse versetzt wurde, und wenn es nach ihm gegangen wäre, hätte man sie ganz von der Schule geworfen.
»Ich verstehe nicht, warum Chris überhaupt zurückgekommen ist«, sagte Schöntges, »so, wie die Leute sie damals behandelt haben.« Er lachte bitter. »Weißt du, daß damals sogar ein Bauer zu uns gekommen ist und sie angezeigt hat, weil sie angeblich sein Vieh verhext hätte? Ich weiß, es klingt unglaublich, aber wegen all dem dummen

Gerede über sie war er überzeugt, sie hätte den bösen Blick und sei schuld an der Krankheit seiner Kühe.«
Jonas schüttelte ungläubig den Kopf. »Davon hat sie mir nie erzählt.«
»Sie hat es auch nie erfahren. Ich habe mich natürlich geweigert, die Anzeige überhaupt aufzunehmen, und den Kerl rausgeschmissen! Das war damals, als ihre Mutter gerade gestorben war. Da war sie, glaube ich, erst zwölf oder dreizehn. Sie ist alleine draußen herumgestreift, sie hatte ja niemanden. Bei den Viehweiden dieses Bauern gibt es auf einer Hügelkuppe einen kleinen, uralten Steinkreis. Keine Ahnung, vielleicht ist er von den Kelten angelegt worden, oder noch früher. Dort hat sie oft stundenlang gesessen, weil von dem Ort eine schöne, heilende Kraft ausging, wie sie das genannt hat. Du kennst ja ihre etwas sonderbare Ausdrucksweise.«
Jonas warf Schöntges einen erstaunten Blick zu. »Sie hat mit dir über diese Dinge gesprochen?«
Schöntges lächelte. »Damals hatte ich noch meinen Schäferhund. Mit dem bin ich gern spazierengegangen. Dabei ist sie mir öfter begegnet. Immer allein. Das war ja zwei oder drei Jahre, bevor ihr beide ein unzertrennliches Paar wurdet und du sie immer begleitet hast. Sie muß damals sehr einsam gewesen sein, ohne ihre Mutter. Irgendwie tat sie mir leid. Schließlich wußte ich, welcher Scheiß im Ort über sie verbreitet wurde. Wenn sie mir draußen begegnete, versuchte ich, ein bißchen mit ihr ins Gespräch zu kommen, aber sie war sehr scheu und hat nur ganz wenig von sich erzählt.«
Nach einer kurzen, nachdenklichen Pause fügte er hinzu: »Ich nehme an, sie hat mir nicht vertraut, weil sie fürchtete, ich hätte so wenig Verständnis für sie wie die ande-

ren Leute.« Er schüttelte traurig den Kopf. Dann gab er Jonas einen freundschaftlichen Rippenstoß. »Hör mal, kümmere dich ein bißchen um sie, jetzt, wo sie wieder da ist, okay? Menschen wie sie brauchen das Gefühl, nicht allein zu sein. Daß man sie mag, obwohl sie etwas ... sonderbar erscheinen.«

3. KAPITEL

»Aber wir *brauchen* die Autobahn. Der Fortschritt läßt sich nicht aufhalten«, sagte Jochen Honadel, Bürgermeister von Buchfeld, zu Jonas und trank einen großen Schluck Pils. Jonas hatte sich, eher widerstrebend, überreden lassen, ihn auf »ein« Bier in die *Pfeffermühle* zu begleiten. Die Sache mit den Wölfen hatte Honadel relativ ruhig aufgenommen. Er war sofort damit einverstanden gewesen, noch bis morgen abzuwarten, ob die Tiere, wie Chris hoffte, von sich aus ins Gehege zurückkehren würden. Ihm lag offensichtlich daran, daß möglichst wenig Wirbel entstand.

»Du mußt mit der Zeit gehen oder du wirst gefressen.« Honadel prostete Jonas zu und leerte sein Glas in einem Zug.

»Die Zeiten ändern sich«, entgegnete Jonas. »Eine schöne, gesunde Landschaft ist doch auch etwas wert, oder nicht? Oder glaubst du, die Touristen kommen, um sich die Autobahn anzuschauen?«

»Aber sie kommen *auf* der Autobahn. Ich gebe ja zu, die Trasse ist nicht gerade eine Bereicherung für die Landschaft, aber drum herum bleibt noch genug schöne Natur übrig. Im Spessart und in den Alpen gibt es schließlich auch Autobahnen, und trotzdem fahren die Leute hin. Aber es geht ja nicht nur um die Touristen. Denk mal an die Arbeitsplätze und die Gewerbesteuer. Glaubst du, irgendein Unternehmer interessiert sich für unsere Gewerbeflächen, wenn wir ihm keine gescheite Verkehrsanbindung bieten können?« Honadel unterstrich seine Worte durch ausladende Gesten. Sein Gesicht hatte sich etwas gerötet.

Jonas mußte grinsen. »Du brauchst mir keine Wahlrede zu halten. Dazu kennen wir uns schon zu lange«, sagte er und leerte sein Bierglas. »Und außerdem hast du die Wahl ja gewonnen. Du *bist* Bürgermeister.«

Jetzt grinste auch Honadel. »Du hast recht, ich könnte mich eigentlich ein bißchen entspannen.« Ein Schatten huschte über sein Gesicht, er seufzte, straffte sich dann und machte eine wegwerfende Handbewegung. »Schluß für heute mit der Politik! Du trinkst doch noch einen mit? Klar, keine Frage! Willy!« Er winkte dem Wirt zu.

»Ich wollte eigentlich ...« Aber da stand schon das nächste Pils vor Jonas. Willy hatte anscheinend auf Vorrat gezapft. Jonas zuckte die Achseln und trank einen Schluck. Er war sicher, daß bei einer Bürgerbefragung sechzig Prozent der Leute hier gegen die Autobahn gestimmt hätten. Sie war das Lieblingskind von Honadel und seinen Parteifreunden, besonders dem Bundestagsabgeordneten Henn und dem alten Baulöwen Thönnes, dem Jonas damals, als das mit Chris geschehen war, am liebsten sämtliche Knochen gebrochen hätte. Für Thönnes war der Autobahnbau ein Riesengeschäft. Man munkelte, Thönnes habe Honadel den Bürgermeisterwahlkampf finanziert und wolle ihn als Henns Nachfolger im Bundestag aufbauen. Honadel war vor gut einem Jahr mit nur einunddreißig Jahren zum Bürgermeister gewählt worden. Jonas' stockkonservativer Vater und andere Schwarze prophezeiten Jochen eine glänzende politische

Zukunft. Jonas selbst hielt sich von der Parteipolitik lieber fern.
Der bislang recht abgelegenen Region um Buchfeld brachte die Autobahn angeblich den großen Aufschwung, da die Trasse in nur vier Kilometer Abstand an Buchfeld vorbeiführen und der Ort eine eigene Ausfahrt bekommen sollte. Von Gewerbegebieten war die Rede, von Ferienanlagen und einem großen Sporthotel. Über zwanzig Jahre lang hatte die Eifelautobahn nur als eine Art Planungsgespenst existiert, rot gestrichelt auf Straßenkarten eingezeichnet. Doch jetzt hatte man sich ganz oben dazu durchgerungen, den heftig für die Autobahn trommelnden Kommunalpolitikern nachzugeben und die Sache durchzuziehen, »Lücken im Autobahnnetz schließen«, wie es hieß. Natürlich hatte sich eine Bürgerinitiative dagegen gebildet, und auch die Grünen protestierten lautstark, aber ohne Erfolg.
Die Trasse führte von Blankenburg, wo der von Köln kommende Autobahnstumpf bislang geendet hatte, durch den Buchfelder Staatsforst und sollte durch den Itzwald nach Rheinland-Pfalz verlaufen, wo sie dann in die Autobahn Koblenz–Trier einmünden würde. Ein häßlicher, brutaler chirurgischer Schnitt durch den ruhigsten, schönsten und waldreichsten Teil der Eifel. »Warum steckt ihr das viele Geld nicht statt dessen in den öffentlichen Nahverkehr?« fragte Jonas. »*Das* wäre wirklich zeitgemäß. In zwanzig Jahren ist das Benzin garantiert so teuer, daß sich die kleinen Leute ohnehin kein Auto mehr leisten können. Wenn ihr so weitermacht, wähle ich beim nächsten Mal die Grünen!«
»Ach, die Grünen«, sagte Honadel etwas verächtlich, »ein paar von denen sind ganz in Ordnung, das gebe ich ja zu

– aber es sind mir immer noch zu viele Träumer und Spinner dabei.«

Jonas mußte an Chris denken, die neue, mollig gewordene Chris. Während seiner Jahre in Köln hatte er versucht, sich an den hektischen Lebensrhythmus der Großstadt anzupassen, und sich mit einigen mageren, stark geschminkten, durchgestylten Stadtfrauen eingelassen. Die Beziehungen hatten nie lange gehalten und meistens damit geendet, daß diese Frauen ihn mit seinen idyllischen Träumen vom Häuschen im Grünen mit Kindern, Hund und Katze als unerträglich spießig abqualifizierten. Zeitweilig hatte er sich auch selbst für hoffnungslos altmodisch gehalten und geglaubt, mit ihm stimme etwas nicht. Aber mit einer Frau, der die Ruhe auf dem Land nicht auf die Nerven ging, die gern gärtnerte und Tiere mochte … nun, zumindest träumen konnte er ja davon.

»Und deine Hexe ist also wieder in der Gegend«, sagte Honadel unvermittelt. Jonas zuckte unwillkürlich zusammen. So hatten sie sie damals immer genannt. Boshaft und spöttisch. *Seht nur, da kommen Jonas und die Hexe!* Dabei war sie gar nicht klein und rothaarig und hinkend und schiefzähnig, sondern groß und schön und blond und blauäugig. Aber das hatte ihr nichts genützt. Sie war *anders.* Das genügte.

Er spürte die alte Wut wieder in sich hochsteigen, jäh und überraschend heftig. »Nenn sie nicht so!« sagte er schroff.

Honadel hob die Brauen. »Ich wußte nicht, daß … ich meine …« Einen Moment schwieg er betreten, dann sagte er: »Entschuldige, war nicht so gemeint. Ich glaube, wir sind damals manchmal ganz schön gemein zu euch gewesen.« Er zuckte die Achseln. »Na ja, wie junge Leute halt so sind, die es nicht besser wissen.« Er prostete Jonas versöhnlich zu. »Ach, komm, lassen wir doch die alten Geschichten! Wie man hört, ist ja wohl doch noch was Anständiges aus Chris geworden. Die Vorträge, die sie dort am Wolfsgehege hält, sollen wirklich gut sein. Die Lehrer hier an der Schule loben sie jedenfalls in den höchsten Tönen.«

Jonas war die Lust auf weiteres Biergerede vergangen. Er schaute auf die Uhr und sagte kurz angebunden: »So, Schluß für heute.«

Honadel seufzte. »Okay, wie du meinst. Und noch mal: Entschuldigung.« Ganz jovialer Bürgermeister, winkte er Willy zu sich. Sie zahlten und gingen hinaus, wo ein sternenklarer Himmel sich über der Eifel wölbte.

Ihr Weg führte ein Stück in die gleiche Richtung. Als sie ein paar Schritte gegangen waren, blieb Honadel plötzlich stehen und faßte Jonas am Arm. »Da! Hör mal ...«

Bisher war das Heulen der Wölfe aus dem Wildpark nicht bis nach Buchfeld gedrungen, da der Park hinter der hoch aufragenden Kuppe des Dachsberges lag. Jetzt hörte auch Jonas sie, leise, aber dennoch klar und deutlich – ein unheimlicher, klagender Gesang.

»Sind wohl drüben beim Dachsberg unterwegs«, sagte Honadel leise. »Das klingt wie in Sibirien oder in Kanada.«

»Ein bißchen gespenstisch«, murmelte Jonas. Natürlich hatte er sie im Wildpark schon heulen gehört, aber das war tagsüber gewesen, im hellen Sonnenschein und mit einem beruhigend hohen Zaun zwischen ihm und den Wölfen.

»Wir sind bestimmt nicht die einzigen, die das Geheule hören«, sagte Honadel. »Die Leute werden sich Gedanken machen. Vor allem, wenn sich die Wölfe heute nacht ein Schaf oder ein Kalb holen. Morgen müssen wir unbedingt etwas unternehmen.«

Chris hatte mit Fred den Zaun repariert, so gut es ging. Dann hatten sie die Welpen eingefangen, was ziemlich mühselig gewesen war. Nach einigen erfolglosen Versuchen war es ihnen schließlich gelungen, die kleinen Wölfe mit Fleisch anzulocken und in den Tiertransport-Anhänger zu verfrachten. Der Anhänger mit den fünf Welpen darin stand nun vor der Besuchertribüne im Gehege. Chris hatte an der gewohnten Futterstelle frisches Fleisch für die Wölfe ausgelegt und das Tor des Geheges weit geöffnet. Außerdem hatte sie, damit die Wölfe wieder in den Park hineinkonnten, das Gatter des Wirtschaftsweges, der westlich des Wolfsgeheges hinaus in den Wald führte, weit geöffnet.
Nun, am späten Abend, saß Chris mit einer Wolldecke, einer Thermoskanne voll Früchtetee und einem Stück selbstgebackenem Nußkuchen auf der hölzernen Besuchertribüne und wartete. Wenn die Wölfe zurückkehrten und, hoffentlich, ins Gehege zum Fleisch und ihren Welpen liefen, wollte Chris leise von der Tribüne steigen und rasch das Tor schließen. Das schien ein ganz brauchbarer Plan zu sein, und sie hoffte, daß er funktionieren würde. Fred war nur sehr widerstrebend nach Hause gefahren. »Es gefällt mir nicht, daß du ganz allein im Park bist, wenn da irgendwelche Typen herumschleichen, die Zäune durchschneiden und Wölfe befreien«, hatte er gesagt. »Und was ist, wenn die Wölfe dich angreifen, während du versuchst das Tor zuzumachen?« Sie hatte ihm versprechen müssen Elektroschlagstock und Schreckschuß-

pistole mitzunehmen und sofort zum Forsthaus zu laufen und ihn anzurufen, falls etwas Unvorhergesehenes geschehen sollte.
Ehe er zu Bürgermeister Honadel ging, hatte Jonas kurz angerufen und angeboten abends vorbeizuschauen und mit ihr auf der Tribüne zu wachen, aber Chris hatte abgelehnt, weil sie nicht wollte, daß die Wölfe durch einen unvertrauten Geruch abgeschreckt wurden.
Normalerweise machte Chris das Alleinsein draußen in der Natur nichts aus. Allein zu sein war oft leichter, als mit Menschen zusammenzusein, denen sie etwas vorspielen mußte, weil sie sie sonst nicht verstanden hätten. Hier im Wald fühlte sie sich wohl. Als sie an den rothaarigen Mann dachte, an die Art, wie er geheult und am Zaun gerüttelt hatte, wurde ihr aber doch ein bißchen mulmig.
Um sich abzulenken, legte Chris den Kopf in den Nakken und genoß den Anblick der Millionen Lichtpunkte namens Milchstraße. In Kanada hatte sie manchmal fast die ganze Nacht am heruntergebrannten Lagerfeuer gelegen und hinauf zu den Sternen geschaut, endlos weite, menschenleere Landschaft unten und endlos weites Weltall oben. Chris hatte gelesen, daß es in den USA einen Psychiater gab, der seine Patienten mit Astronomie behandelte. Sie hielt das für eine ausgezeichnete Idee. Vielleicht würden die Menschen friedlicher und ausgeglichener werden, wenn sie in jeder klaren Nacht für ein, zwei Stunden in die Sterne schauten statt ins Fernsehen. Man könnte eine Religion daraus machen, überlegte sie. Der Sternenhimmel war die schönste aller Kathedralen.
Sie blickte wieder nach unten, zum Wolfsgehege. Im Transportanhänger war es jetzt ruhig. Die Welpen schlie-

fen offenbar, nachdem sie zuvor immer wieder leise gewinselt oder gejault hatten. Chris hatte gute Augen, und in einer so klaren Nacht gab es genug Licht, um die Konturen der Dinge deutlich wahrzunehmen. Chris war sicher, daß sie die Wölfe sehen würde, wenn sie ins Gehege zurückkehrten. Und dann hieß es, rasch das Tor zuzusperren. Auf keinen Fall durfte sie einschlafen. Sie beugte sich vor, nahm die Thermoskanne und trank etwas Tee. Die Wölfe *mußten* zurückkommen. Die Sorge für die Welpen war ein besonders stark ausgeprägter, der Arterhaltung dienender Instinkt.

Chris bekam plötzlich Appetit. Sie breitete das Küchenhandtuch, in das sie den Kuchen eingeschlagen hatte, auf ihrem Schoß aus, brach ein Stück vom Kuchen ab und biß hinein. Er war ihr recht gut gelungen. Viele gute Sachen waren darin: Vollkornmehl von den Bühlinger Feldern, Haselnüsse von den Nußsträuchern hinter dem Forsthaus, Honig von Dr. Wegmeiers Bienen, die im Wald und im Itzbachtal herumschwirrten, Eier, viel Biobutter … Er war nicht zu trocken, sondern schön saftig. Für eine Weile beschäftigte sie sich ganz mit dem Kuchen. Als sie ihn aufgegessen hatte, fühlte sie sich wohlig satt. Sie faltete das Küchenhandtuch wieder zusammen und legte es neben sich auf die Bank.

Wenn sie sich morgens im Spiegel betrachtete, fand sie es eher faszinierend als erschreckend, wie sehr sie sich äußerlich veränderte. Eigentlich hätte der Speck, den sie um Taille und Hüften ansetzte, sie gewaltig stören müssen. Vor meiner Rückkehr in die Eifel hätte ich es niemals geduldet, daß mein Körper so viel zunimmt, dachte sie. Ich bekomme ja schon ein Doppelkinn. Doch angesichts ihrer immer rundlicher werdenden Arme

und Oberschenkel wollte sich keinerlei Panik einstellen, eher eine sanfte Verwunderung über dieses weiche, pummelige Wesen, das sie da morgens aus dem Spiegel anblickte.
Sie ging ja nur noch spazieren und döste gern in der Sonne. Jahrelang hatte sie das Wort »Spazierengehen« überhaupt nicht in den Mund genommen, da war bei ihr nur von »Trekking« und »Wandern« die Rede gewesen, was bedeutet hatte, möglichst viele Kilometer möglichst rasch zu marschieren und dabei den Körper bis an seine Grenze zu belasten. Jetzt ging sie wieder, wie als junges Mädchen, ohne Eile, blieb zwischendurch stehen, wenn sie etwas Interessantes entdeckte – einen Käfer, eine schöne Blüte oder ein neugieriges Eichhörnchen. Oder sie saß einfach untätig im Naturschutzgebiet zwischen den Wacholdersträuchern, sah die kreisenden Bussarde, hörte ihnen und den anderen Vögeln zu und picknickte ausgiebig.
Das Essen war ihr wichtig geworden – gutes, sahniges, erdiges Vollwertessen aus Frau Wegmeiers Garten und von den Biobauern der Umgebung. Frau Wegmeiers Küche erschien Chris wie ein duftendes Paradies. Silver Bear hätte Frau Wegmeier vermutlich als »Kochlöffel-Schamanin« bezeichnet, und zwar mit echter Hochachtung. Chris hatte inzwischen eine Menge von ihr gelernt und das Kochen und Backen ganz neu für sich entdeckt. Es war sehr entspannend und befriedigend, wenn die Hände, statt eine Fertigpizza in die Mikrowelle zu schieben, Teig aus frisch gemahlenem Mehl kneteten oder Gemüse putzten, das noch nach Gartenerde roch.
Ein kühler Wind kam auf, rauschte in den Bäumen und wehte ihr eine Haarsträhne aus der Stirn. Chris seufzte,

hängte sich die Wolldecke um die Schultern und setzte sich auf der harten Holzbank etwas bequemer zurecht. Sie dachte an Jonas. Hatten sie sich tatsächlich sechs Jahre nicht gesehen? Die Art, wie er sie anschaute, erschien ihr völlig unverändert. Seine Blicke hatten ihr immer das Gefühl gegeben, körperlich vollkommen zu sein, als sei ihr Körper eine wunderschöne Landschaft. Nun ja, diese Landschaft war um einiges hügeliger geworden.
Nie wieder war sie einem Mann begegnet, dem sie so vertrauen konnte wie Jonas damals. Und seit über einem Jahr hatte sie gar keine intime Beziehung mehr gehabt. Unbehaglich dachte sie daran, daß ihre letzte Begegnung mit Jonas vor sechs Jahren durch ihre eigene Schuld so schmerzlich verlaufen war, jedenfalls gab sie sich die Schuld. Vielleicht war es einfach besser, wenn sie allein lebte.
Sie fing an, schläfrig zu werden, rieb sich die Augen, gähnte, bemühte sich krampfhaft wach zu bleiben.
»Sie sind doch jetzt auch schon neunundzwanzig, Frau Adrian«, hatte Dr. Wegmeier zu ihr gesagt. Irgendwann muß man Wurzeln schlagen.
Wenn er in drei Wochen aus Neuseeland zurückkam, wollte er eine Antwort. Ihr Einjahresvertrag lief im kommenden Februar aus. Wegmeier hatte ihr eine Festanstellung angeboten, mit einer schriftlichen Zusage der Bezirksverwaltung, daß ihr die Parkleitung übertragen werden würde, wenn er im Oktober nächsten Jahres in Pension ging. Alles paßte so gut. Das Land schien sie festhalten und nicht mehr loslassen zu wollen, jetzt, wo sie hierher zurückgekehrt war. *Es ist deine Bestimmung,* hatte Silver Bear gesagt. Aber natürlich brauchte sie sich überhaupt nicht um das Gerede des alten Indianers zu

kümmern. Sie konnte nächsten Februar oder auch früher ihren Rucksack packen und auf Nimmerwiedersehen nach Kanada verschwinden. Dort würde sie dann allerdings, um dem alten Zauberer nur ja nicht zu begegnen, einen großen Bogen um das Gebiet in British Columbia machen, wo Silver Bears Stamm lebte. Alaska war auch eine Möglichkeit. Gute Kontakte dorthin hatte sie. Es gab mindestens zwei oder drei Forschungsprojekte, an denen sie hätte mitarbeiten können.

Schließlich fielen Chris doch die Augen zu. Als sie mit einem heftigen Ruck wieder erwachte, fröstelte sie. Die Luft hatte sich weiter abgekühlt. Chris rieb sich die Augen und spähte hinunter ins Gehege.

Die Wölfe waren zurück! Chris' Herz begann heftig zu klopfen. Sie konnte die dunklen Silhouetten der Wölfe deutlich erkennen. Es schienen tatsächlich alle zurückgekommen zu sein. Zwei Wölfe standen dicht am Transportanhänger, vermutlich Rex und Zora. Chris hörte die Welpen leise winseln. Die anderen Wölfe fraßen von dem Fleisch, das Chris ausgelegt hatte, hoben zwischendurch immer wieder die Köpfe und schauten zu ihr hoch. Offenbar hatten sie Chris' Anwesenheit bemerkt. Jetzt mußte sie schnell handeln, möglichst leise hinunter zum Tor steigen und es rasch zusperren. Sie legte die Wolldekke zur Seite und stand auf. Sie glaubte aus den Augenwinkeln unten bei den Sträuchern zwischen Tribüne und Zaun eine Bewegung bemerkt zu haben, einen Schatten. Chris schaute noch einmal genauer hin, doch da war nichts.

Langsam, mit einem unbehaglichen Kribbeln im Bauch, stieg sie die hölzernen Stufen hinunter, die leise knarrten, obwohl sie so sachte wie möglich auftrat. Die Wölfe befanden sich nach wie vor im Gehege, ein paar von ihnen hatten aber die Köpfe gehoben und schauten in Chris' Richtung.

Behutsam einen Fuß vor den anderen setzend, ging sie auf das Tor zu. Plötzlich löste sich ein großer Schatten aus der Schwärze zwischen den Sträuchern und stellte sich ihr in den Weg. Chris erstarrte. Im silbrigen Licht von Mond und Sternen erkannte sie den Mann wieder. Groß und bärenhaft ragte seine Gestalt vor ihr auf. Oh, verdammt! Schlagstock und Schreckschußpistole lagen oben auf der Tribüne ...

Chris' Puls beschleunigte sich, und ihre Handflächen wurden feucht. Sie hatte das Gefühl, daß sich ihr Magen, trotz des Kuchens, zu einem kleinen, empfindlichen Klumpen zusammenzog. »Was wollen Sie?« fragte sie leise und bemühte sich, ihre Stimme fest und sicher klingen zu lassen.

»Du hast die Wölfe wirklich lieb und fühlst dich für sie verantwortlich«, sagte er mit einer freundlich klingenden Stimme, die tief aus seinem großen Brustkorb kam. »Das ist gut. Sie spüren das und mögen dich. Jetzt möchtest du gerne das Gehege zumachen.«

»Das ... das ist auch vernünftig so«, sagte Chris rasch. »Im Gehege sind die Wölfe in Sicherheit. Draußen würden sie bestimmt schnell abgeschossen. Wenn Sie die Wölfe auch mögen, dann sollten wir jetzt zusammen das Tor zumachen ...«

»Sie sind nur zurückgekommen, um das Fleisch zu fressen, das du für sie hingelegt hast. Sie müssen sich stärken.« Er wiegte den Kopf hin und her, während er sprach. Sonderbar sah das aus, wie bei einem Bären. »Ich bin heraufgekommen, um Gericht zu halten, und die Wölfe werden mir dabei helfen.«

»Gericht halten?« fragte Chris. »Was ... meinen Sie damit?« Der Angstschweiß brach ihr aus. Der Kerl schien wirklich geistesgestört zu sein. Hatte er gesagt *herauf*gekommen? Herauf – woher? Hoffentlich merkte er ihr nicht an, daß ihre Knie weich wie Pudding waren. Sie hatte einmal einen Selbstverteidigungskurs mitgemacht, aber das lag Jahre zurück.

»Das Land leidet. Seit Jahrhunderten wartet es darauf, daß die Menschen aufwachen und wieder auf gute Weise zu ihm und seinen Kindern sprechen. Daß sie wieder tanzen, beten und danken. Der Fluß der Energie ist schwach geworden, weil die Menschen ihre Pflichten im Gewebe des Lebens vergessen haben. Wenn der Energiefluß ganz erlischt, sterben das Land und alle seine Kinder. Ich bin heraufgekommen, um bittere Strafen zu verhängen gegen jene, die das Land leiden lassen. Ich werde die Menschen an ihre Pflichten erinnern.«

Mein Gott, was er sagte, klang ungeheuer indianisch. Aber er mußte verrückt sein, vollkommen verrückt. Chris überlegte fieberhaft. Die Wölfe hatten jetzt alle die Köpfe gehoben und schauten zu ihnen herüber. Offenbar hatten sie das ganze Fleisch aufgefressen. Einige näherten sich bereits langsam wieder dem Tor. Wenn sie nicht sofort handelte, war es zu spät. Sie konnte versuchen, einfach an ihm vorbeizurennen und das Tor zuzusperren. Vielleicht war er ja ein *harmloser* Verrückter und würde ihr gar nichts tun ...

Sie beschloß es zu versuchen, holte Luft und rannte los, wollte links an ihm vorbei.

Chris war mit ihren eins dreiundsiebzig nicht gerade winzig, aber er überragte sie um mindestens zwanzig Zentimeter. Er machte einfach einen Schritt seitwärts und faßte Chris bei den Schultern. Auch wenn sie in letzter Zeit ruhiger und runder geworden war, hatte Chris doch nach wie vor viel Kraft in Beinen und Armen. Dennoch fühlte es sich an, als wäre sie gegen einen dicken Baumstamm gerannt. Einen kurzen Moment war sein Gesicht so nah, daß sie seinen Atem auf ihrer Stirn spüren konnte. Dann stieß er sie zurück. Eigentlich war es gar kein Stoß, sondern mehr ein leichter, fast behutsamer Stups, der aber genügte, sie rückwärts auf dem Hosenboden landen zu lassen.

Von dort schaute sie zu ihrem Gegner hoch. Aus diesem Blickwinkel wirkte er tatsächlich wie ein mächtiger Bär. Sie versuchte krampfhaft sich an das zu erinnern, was sie damals in dem Selbstverteidigungskurs für solche Fälle gelernt hatte. Sollte sie ihn kräftig in die Eier treten, wenn er über sie herfiel? Ihr Atem ging schnell und heftig. Sie fühlte sich wie ein gejagtes Tier in der Falle.

Als er sich über sie beugte, blieb ihr fast das Herz stehen. Er legte seine große, schwere Hand auf ihre Schulter. »Hab keine Angst«, sagte er mit tief rollender, sanfter Stimme, »dir wird nichts geschehen. Du gehörst nicht zu denen, über die ich Gericht halte. Wenn meine Arbeit getan ist, werde ich dich zu mir rufen. Dann wird sich deine Bestimmung erfüllen, *Schwester Wolfsträumerin.*«

Seine Augen schimmerten im Mondlicht, und sie konnte seinen Blick fast körperlich spüren. Dann richtete er sich langsam auf und schaute zum Tor. Er pfiff leise und melodisch, hob den rechten Arm und winkte.

Chris sah ungläubig die Wölfe, geführt von Rex und Zora, einen nach dem anderen durch das offene Tor kommen. Sie wollte aufspringen, aber sie war wie gelähmt. Ihre Beine und Arme gehorchten ihr einfach nicht, schienen regelrecht am Boden festzukleben.

Fassungslos mußte sie mit anschauen, wie der Mann ein paar Schritte auf das Rudel zuging und die Wölfe sich um ihn scharten, als seien sie eine Herde Schafe und er ihr Hirte!

Ohne sich noch einmal zu Chris umzudrehen, setzte er sich in Bewegung und ging mit ruhigen, festen Schritten auf das weit offenstehende Gatter zu, durch das der Wirtschaftsweg hinaus in den Wald führte. Die eigenartige Lähmung fiel von Chris ab. Sie rappelte sich auf und starrte dem Mann und dem Wolfsrudel hilflos hinterher.

Die Nacht war mondhell. Während der große Mann auf das Gatter zuging und die Wölfe um ihn herumtänzelten oder vorausliefen, sah Chris etwas, das ihr einen eisigen Schauder über den Rücken jagte. Seine Gestalt *veränderte* sich. Nein, sie blieb weiterhin sichtbar, aber ein anderes Bild schien sich gewissermaßen über sie zu schieben, wie bei einem doppelt belichteten Film. Das Bild einer mächtigen, an einen auf den Hinterbeinen laufenden Bären erinnernden Gestalt. Das mysteriöse Bärenwesen aus Chris' Traum. Dieses unheimliche Doppelbild war für Chris nur wenige Sekunden sichtbar, aber es genügte, um ihren Nerven den Rest zu geben. Etwas stieg ganz tief aus ihrem Bauch hoch, überwältigend, unbezwinglich. Panik.

Sie hörte sich selbst einen unartikulierten Schrei ausstoßen. Ihre Füße wollten plötzlich nur noch rennen, immer schneller rennen. Während sie atemlos unter den schwarzen, mächtigen Baumkronen herjagte, war sie erfüllt von der Angst des kleinen Kindes vor einer Welt voller unerklärlicher Gefahren. Vor dem Sturm, der mit tau-

send Geisterstimmen ums Haus heult, vor dem Gewitter, wenn blitzeschleudernde, gräßliche Trolle von den Bergen herabsteigen. Chris lief, so schnell sie konnte, wollte nur noch das Forsthaus erreichen, die Tür hinter sich zusperren und wie ein furchtsames Kaninchen im Bau darauf warten, daß die Nacht endlich vorüberging.
Chris rannte in den rettenden Lichtschein der Laterne vor dem Forsthaus, zog den Schlüssel aus der Tasche, ließ ihn fallen, hob ihn wieder auf, öffnete zitternd und keuchend die Tür, schlug sie hinter sich zu und lehnte sich dagegen. Als sie die Augen zumachte, sah sie noch einmal dieses Doppelbild des Mannes und des gespenstischen Bärenwesens. *Was* hatte sie da gesehen? Wurde sie verrückt?
Nachdem sie das Licht im Zimmer angeknipst hatte, ließ sie die Rolläden an der Terrasse bis zum letzten Spalt herunter. Sie warf das Bettzeug auf ihren Futon, streifte die Schuhe ab und verkroch sich unter der Decke.

Chris träumte, daß etwas Großes, Dunkles, Geheimnisvolles sie verfolgte. So schnell sie auch rannte, sie konnte ihm nicht entkommen. Es blieb ihr immer dicht auf den Fersen. Plötzlich rief das Etwas hinter ihr: »Du brauchst keine Angst zu haben, brauchst nicht weglaufen. Bleib doch stehen! Schau mich an!«
Statt dessen wachte sie auf. Fahles Licht rieselte durch die Ritzen der Rolläden. Sie knipste die Lampe aus, die sie hatte brennen lassen, stand auf und zog die Rolläden hoch. Ein weißlich grauer Himmel hing tief über dem Garten.
Sie setzte sich im Schneidersitz aufs Bett, schlang sich die Decke um die Schultern und starrte eine Weile in den allmählich heller werdenden Morgen. Dann zog sie den Zet-

tel, den ihr Jonas gegeben hatte, aus der Tasche und wählte seine Nummer.
Seine Stimme klang noch sehr verschlafen. Im Hintergrund hörte sie Musik. Sein Radiowecker vermutlich. Ob er allein war? Möglicherweise war eine andere Frau bei ihm, vielleicht hatte er längst geheiratet. Fred Schmitz hatte nur erzählt, daß Jonas wieder im Ort war und die Polizeiwache leitete, und nach mehr hatte sie nicht gefragt. Warum eigentlich nicht, wunderte sie sich jetzt.
»Und? Sind die Wölfe wieder da?« fragte er.
»Nein. Sie *waren* da, aber ...« Es kostete sie einige Überwindung, ihm die ganze Geschichte zu erzählen, nicht nur das zu beschreiben, was *äußerlich* passiert war, sondern auch den Traum von dem Wolf und dem Bärenwesen und das unheimliche *Doppelbild.*
Wie früher, dachte sie. Nach Jonas hatte sie nur mit Silver Bear über solche Dinge gesprochen. Und mit diesem Psychiater, zu dem sie damals gerannt war, aber der zählte nicht, denn es hatte zu seinem Job gehört, sich verrückte Geschichten von verrückten Leuten anzuhören. Wenn sich Jonas nun verändert hatte? Wenn er so geworden war wie alle und ihr nicht mehr glaubte?
Schweigen am anderen Ende der Leitung.
Dann sagte Jonas langsam: »Klingt ganz schön ... unheimlich.« Sie konnte förmlich sehen, wie er nachdenklich seine große Nase massierte, bemüht, in dem, was sie ihm erzählt hatte, einen Sinn zu finden. »Als nüchterner, realistischer Bulle müßte ich jetzt natürlich schlußfolgern, daß du nicht alle Tassen im Schrank hast ...«
Offenbar hatte er gehört, wie sie erschrocken Luft einsog, denn er fügte rasch hinzu: »Aber seit du damals die-

sen Traum von Ilonas Motorradunfall hattest, kann ich nicht leugnen, daß es zwischen Himmel und Erde ziemlich ungewöhnliche Dinge gibt. *Dich* zum Beispiel.«

Sie atmete auf. Wenn er es so mit Humor nahm, war es okay. Aber die Erinnerung an den Motorradunfall ihrer Freundin, den sie im Traum gesehen hatte, etwa zur selben Zeit, als er, mehrere hundert Kilometer entfernt, tatsächlich geschehen war, jagte ihr auch jetzt, nach über zehn Jahren, noch einen Schauder über den Rücken. Ich glaube, wenn Jonas damals nicht bei mir gewesen wäre, wäre ich wirklich wahnsinnig geworden, dachte sie.

»Warum hast du mich nicht gleich in der Nacht angerufen? Ich wäre sofort zu dir rausgefahren.« Dann beantwortete er sich die Frage gleich selbst: »Na ja, wenn dir danach gewesen wäre, hättest du's sicher getan.«

Sie entspannte sich wieder. Das war etwas, das sie an ihm immer besonders gemocht hatte: Nie hatte er sie bedrängt, etwas von ihr verlangt oder ihr Vorwürfe gemacht, sondern immer akzeptiert, was sie von sich aus geben mochte.

»Okay«, sagte er. »Dann stelle ich jetzt einen Suchtrupp zusammen. Ich melde mich wieder bei dir. Einverstanden?«

»Ja. Es ist wohl das Beste, was wir tun können.«

Nachdem Jonas aufgelegt hatte, starrte Chris grübelnd in den Garten hinaus. Angenommen, es gelang ihnen, die Wölfe aufzuspüren – wie sollten sie sie dann ins Gehege zurückbringen, solange dieser Mann seinen unheimlichen Einfluß auf das Rudel ausübte? Jemand, der offenbar zwanzig Wölfen seinen Willen aufzwingen konnte, würde sich wohl kaum von Jonas und den paar Buchfelder Streifenpolizisten beeindrucken lassen. Und was hatte der Fremde damit gemeint, daß er Chris zu sich rufen würde? Sie fröstelte und rieb sich die Schultern.

Jonas brauchte bis zum Mittag, um seinen Suchtrupp zusammenzubekommen. Dimmig und Honadel, die beide unbedingt dabeisein wollten, konnten nicht früher, und so war es bereits kurz nach eins, als sie sich neben der Besuchertribüne am leeren Wolfsgehege versammelten: er selbst, Schöntges, seine beiden jungen Streifenpolizisten Biggi und Hannes. Dimmig und Honadel trugen, was Chris sichtliches Unbehagen bereitete, ihre Jagdbüchsen bei sich, die Polizisten nur ihre Dienstpistolen.
Chris hatte ein Betäubungsgewehr geschultert. Sie wirkte bleich und übernächtigt. Zur Begrüßung hatte Jonas sie freundschaftlich umarmt, was sie recht steif und unbeholfen erwiderte. Offenbar hatte sie schon sehr lange niemand mehr liebevoll in die Arme genommen.
Sie gingen über den Wirtschaftsweg, der außerhalb des Parks zunächst durch ebenes Gelände mit einigen Kahlschlägen führte, die mit Buchen wieder aufgeforstet wurden. Aus den Wolken, die am Morgen aufgezogen waren, hatte es zu regnen begonnen, ein ungemütlicher Nieselregen, der nicht den Eindruck machte, daß er so bald wieder aufhören wollte. Jonas ärgerte sich, weil er statt seiner Regen- nur die leichte Windjacke übergezogen hatte, die nach kurzer Zeit völlig durchweicht war. Zwar leitete er eine Schutzpolizeiinspektion, trug als junger Kriminalkommissar aber Zivil.
Dimmigs Vermutung, daß es sich bei dem seltsamen Wolfsmann um ein Mitglied irgendeiner radikalen Tierschutzorganisation handelte, bestätigte sich bislang nicht: Weder bei der Polizei noch beim *Eifelkurier*, der hiesigen

Lokalzeitung, war ein entsprechendes Bekennerschreiben eingegangen, und es hatte auch keine anonymen Telefonanrufe gegeben. Aber wieso sollten radikale Tierschützer auch ausgerechnet ein Wolfsrudel befreien, das in einem riesigen Gehege artgerecht gehalten wurde? Da gab es zweifellos lohnendere Ziele.

Inzwischen schlängelte sich der Weg durch den alten Laubwaldbestand am Südhang des Dachsberges. Als sie etwa zwanzig Minuten gegangen waren, kamen sie zu einer großen Lichtung, wo Dimmig mit seinen Waldarbeitern eine Futterpflanzung für Rehe angelegt hatte, damit die ewig hungrigen Tiere nicht alle jungen Bäume abfraßen. »Unserem Wald täte so ein Wolfsrudel sicher gut«, sagte Dimmig.

Bürgermeister Honadel klopfte auf seine Jagdbüchse. »Und wir Jäger wären dann wohl überflüssig?« entgegnete er.

Jonas schaute Chris an. »Heul uns doch mal etwas vor«, sagte er.

Chris lächelte ein bißchen schüchtern, legte den Kopf in den Nacken und heulte, laut und eindrucksvoll.

Jonas fand, daß es sehr überzeugend klang. Sie machte das wirklich gut, so daß man eine richtige Gänsehaut bekam. Alle lauschten angespannt in die auf das Heulen folgende Stille. Nichts. Keine Antwort. Nur das leise Plätschern des Regens.

»Versuch's noch mal«, sagte Dimmig leise.

Chris heulte wieder, diesmal etwas höher und länger. Und jetzt kam eine Antwort! Jonas zuckte zusammen, als plötzlich das durchdringende Heulen eines Wolfes ertönte, überraschend nah und laut. Dann fielen auch die anderen Wölfe in das Heulkonzert ein. Es klang gewaltig, und Jonas überlief ein Schauder. Als wieder Stille herrschte, sagte Chris leise: »Sie sind ganz in der Nähe.« Langsam ging sie über die Lichtung. Die anderen folgten ihr.

Plötzlich blieb Chris stehen und drehte sich um. »Da ist der Mann!« sagte sie aufgeregt und zeigte zum Waldrand auf der anderen Seite der Lichtung. Jetzt sah Jonas ihn auch. Er stand drüben zwischen den Bäumen und beobachtete sie. »Okay«, sagte Jonas, »Gerd und Hannes! Wir versuchen ihn zu schnappen. Ihr anderen bleibt hier. Vielleicht ist er bewaffnet.«

Er rannte los, Gerd Schöntges und Hannes hinterher. Der Mann drehte sich um und lief in den Wald. Als sie die Bäume erreichten, war er nicht mehr zu sehen. »Verdammt«, sagte Schöntges atemlos. »Er ist uns entwischt!« Plötzlich tauchte der Mann, vielleicht dreißig Meter weit weg, hinter einer mächtigen alten Buche auf, winkte ihnen zu und lief weiter den Hang hoch. Was sollte das? Wollte er mit ihnen Verstecken spielen? Er hatte wohl einen etwas sonderbaren Sinn für Humor. Mit gezogener Dienstwaffe eilte Jonas ihm hinterher. »Stehenbleiben!« rief er. »Polizei!«

Aber der Mann lief schnell wie der Teufel, und Jonas spürte, daß er und Hannes es nicht schaffen würden, ihn einzuholen, von dem laut keuchenden und japsenden Schöntges ganz zu schweigen. Der Mann war unbewaffnet, so daß es völlig ungerechtfertigt gewesen wäre, auf ihn zu schießen. Jonas mußte ihn wohl oder übel entwischen lassen, blieb stehen und steckte schwer atmend seine Waffe wieder weg, Hannes ebenso. Schöntges, der ein Stück zurückgefallen war, holte sie schnaufend ein.

»Den kriegen wir nicht«, sagte Jonas. Bestimmt hatte der

Mann irgendwo auf der anderen Seite des Dachsbergs seinen Wagen stehen.
»Was ist, wenn er uns nur von den anderen weglocken wollte?« fragte Schöntges keuchend.
»Scheiße«, sagte Jonas. Auf diese Idee war er noch gar nicht gekommen. Einen Moment herrschte Stille. Jonas hörte nur den auf die Blätter tropfenden Regen und Schöntges' Atem.
Plötzlich schrie jemand, kurz darauf hallte ein Schuß durch den Wald, und dann noch einer. »Das kommt von der Lichtung!« stieß Hannes hervor, und sie rannten zurück. Als sie die Lichtung erreichten, sah Jonas Dimmig, der gerade zum dritten Mal mit der Jagdbüchse feuerte. Biggi hatte ihre Pistole gezogen, schoß aber nicht.
Dann sah er die Wölfe. Wie graubraune Schatten jagten fünf oder sechs von ihnen in raschem, geschmeidigen Lauf über die Lichtung. Auch Dimmigs dritter Schuß verfehlte sie, und die Wölfe verschwanden wieder im Wald.
Jonas begriff nicht sofort, was eigentlich passiert war. Honadel, der am Boden lag, hielt sich mit schmerzverzerrtem Gesicht das rechte Bein. Chris beugte sich über ihn.
»Sie haben uns angegriffen!« rief Dimmig aufgeregt, als Jonas, Hannes und Schöntges näher kamen. »Ganz plötzlich. Ohne jede Vorwarnung. Kamen aus dem Wald und rannten genau auf uns zu. So schnell, daß wir gar nicht zum Schießen kamen! Einer von ihnen schnappte nach Jochen und hat ihn am Bein erwischt!«
»Es ist nicht so schlimm«, sagte Honadel tapfer, doch es klang ziemlich kläglich. »Bloß eine Fleischwunde.« Er war kreidebleich. An seinem rechten Oberschenkel war ein Stück Stoff aus der Hose gerissen. Darunter klaffte eine

kleine, aber ziemlich tiefe und häßliche Wunde, die stark blutete.
Chris hatte ihren kleinen Rucksack geöffnet und ein Päckchen Verbandszeug hervorgeholt, mit dem sie nun Honadels Verletzung notdürftig verarztete. »Hab ich immer bei mir«, sagte sie. »Eine Angewohnheit aus der Wildnis.« Ihre Stimme zitterte, und als sie kurz den Kopf hob, sah Jonas, wie blaß sie war. Er bewunderte, wie ruhig und sicher sie trotzdem die Wunde verband. »Das muß unbedingt im Krankenhaus genäht werden«, sagte sie und schüttelte den Kopf. »Es ist ... Wölfe tun so etwas nicht. Das gibt es einfach nicht ...«
»Sie tun es!« sagte Dimmig heftig. »Das hast du doch selbst gesehen!«
»Glaubst du, daß du gehen kannst?« fragte Jonas. Honadel nickte und versuchte ein tapferes Grinsen. Hannes und Schöntges halfen ihm auf. Mit schmerzverzerrtem Gesicht machte er ein paar humpelnde Schritte.
Jonas schaute Chris fragend an. »Meinst du, die Wölfe werden noch mal angreifen?« Sie zuckte die Achseln und machte ein ratloses Gesicht. »Ich weiß es nicht«, sagte sie dumpf. »Ihr Verhalten ist absolut *anormal.* Was hat dieser Kerl nur mit ihnen angestellt?«
Diese sonderbaren Erlebnisse der letzten Nacht, von denen sie ihm am Telefon erzählt hatte ... überreizte Phantasie? Nein. Nicht bei Chris. Was hier geschah, war ... *unheimlich.*
»Okay«, sagte Dimmig. »Mein Pick-up steht im Wildpark. Hundert Meter weiter zurück ist eine Schutzhütte. Stellt ihr euch dort unter. Ich laufe voraus und hole den Wagen.«
»Aber sei vorsichtig.«

Dimmig klopfte auf sein Gewehr. »Das nächste Mal schieße ich nicht vorbei.«
Trotzdem wies Jonas vorsichtshalber Hannes an, den Förster zu begleiten. Die beiden marschierten rasch davon. Die anderen gingen, sich immer wieder wachsam umschauend, langsam zur Schutzhütte, wobei Honadel sich abwechselnd auf Jonas und auf Schöntges stützte. Jonas war inzwischen naß bis auf die Haut. Chris' schönes blondes Haar hing tropfend herab. In der Schutzhütte ließ sich Honadel stöhnend auf die hölzerne Sitzbank fallen, während die anderen drei besorgt die Umgebung beobachteten. Doch die Wölfe und der geheimnisvolle Fremde ließen sich nicht noch einmal blicken.
»Scheiße«, brach es aus Honadel heraus. »Ich dachte wirklich, die gehn mir an die Kehle! Und ich war viel zu erschrocken, um zu schießen. Hab einfach mein Gewehr fallen lassen!« Schöntges klopfte ihm beruhigend auf den Arm.
»Eigenartig, daß nur Jochen Honadel gebissen wurde«, sagte Chris nach einer Weile. »Er stand ein bißchen abseits von uns beiden, und die Wölfe liefen genau auf ihn zu, so als hätten sie es nur auf ihn abgesehen gehabt. Verrückt, nicht wahr?«
»Ja«, sagte Jonas. »Ein verrückter Zufall.«
Er streckte die Hand aus und berührte kurz Chris' Schulter. »Jedenfalls freue ich mich, daß dir nichts passiert ist.« Sie lächelte und nickte.
Honadel sagte plötzlich: »Seltsam. Der Mann, der da weggelaufen ist, kam mir bekannt vor. Wenn ich ihn doch nur aus der Nähe gesehen hätte. Ich könnte schwören, daß ich ihn von irgendwoher kenne.«
»Vielleicht fällt's dir später noch ein«, sagte Jonas. Nach-

denklich schaute er in den Regen hinein. Bis jetzt war der Wald für die Menschen hier eine Art großer Vorgarten gewesen, wo man sonntags spazierenging, wo die Kinder spielten und Holz geerntet wurde – ein friedlicher, ungefährlicher Ort. Mit dieser Sicherheit war es nun vorbei, solange das Wolfsrudel dort draußen umherstreifte. Sie mußten es so schnell wie möglich finden und unschädlich machen.

Als endlich Dimmigs Pick-up herantuckerte, merkte man allen die Erleichterung deutlich an. Chris bestand darauf, daß der verletzte Honadel sich vorne zu Dimmig ins Führerhaus setzen sollte, so daß sie nun, während der Pick-up langsam über den vom Regen aufgeweichten Waldweg schaukelte, dicht neben Jonas auf der Ladefläche saß.
Jonas mußte an damals denken: Als er sich in sie verliebte, war er siebzehn gewesen und sie fünfzehn. In der Schule hatte er sie kaum bemerkt, lediglich ab und zu etwas Gerede über sie gehört. Dann, als er eines Tages mit Jochen Honadel und Markus Dimmig im Wald herumstromerte, sahen sie plötzlich Chris auf einer Lichtung sitzen. Sie hielt einen Beutel mit Nüssen in der Hand und fütterte zwei Eichhörnchen, die keinerlei Scheu vor ihr zeigten, sondern sich so nah herangewagt hatten, daß Chris sie streicheln konnte. Sie redete leise auf die beiden Eichhörnchen ein und wirkte dabei so geheimnisvoll und selbstvergessen, daß es völlig verzauberte.
Honadel und Dimmig sahen sich an und signalisierten Jonas mit Zeichensprache an Ort und Stelle zu bleiben, während sie um die Lichtung herumschlichen. Plötzlich sprangen sie mit lautem Geheul hinter Chris aus dem Gebüsch. Sie erschrak furchtbar, die Eichhörnchen stoben

davon, Chris packte den Beutel mit den Nüssen und rannte los. Jonas schämte sich, daß sie ihr einen solchen Schrecken einjagten. Die Rolle, die sie ihm in dem albernen Spiel zugedacht hatten, bestand offensichtlich darin, sich Chris von der anderen Seite in den Weg zu stellen, aber er hatte nicht die Absicht, das zu tun. Er stand auf und wollte sie einfach vorbeirennen lassen, doch sie erschrak wieder, stolperte über einen Ast und fiel der Länge nach hin.

Jetzt waren Honadel und Dimmig bei ihr. Dimmig zerrte sie vom Boden hoch und hielt sie an den Schultern fest. Sie schrie, und Jonas sah ihre Tränen. Dimmig plusterte sich groß und drohend auf und sagte: »Na, du Hexe! Deine Mutter hat's mit allen Kerlen im Ort getrieben, und du treibst es dafür lieber mit den Tieren! Willst du's dir nicht mal von ein paar richtigen Männern wie uns besorgen lassen?«

Jonas konnte sich nicht erinnern, je zuvor in seinem Leben so wütend gewesen zu sein. Er war einen halben Kopf größer als Dimmig und mußte auf ihn zugestürmt sein wie ein wütender Stier. Er wußte nachher nicht mehr genau, was er gebrüllt hatte, aber Honadel meinte, irgend etwas wie: »Bist-du-bescheuert-faß-sie-nicht-an-du-Arschloch!!!« Er hatte wirklich kurz davorgestanden, Dimmig nach Strich und Faden zusammenzuschlagen. Dimmig ließ Chris erschrocken los und wich ein paar Schritte zurück.

Zitternd vor Wut und gleichzeitig mit den Tränen kämpfend, hatte Jonas die verstreuten Haselnüsse wieder eingesammelt, sie in den Beutel gefüllt und ihn Chris zurückgegeben. Dabei berührten sich für einen kurzen Moment ihre Hände. Sie wischte sich mit der freien Hand

die Tränen aus dem Gesicht, schniefte leise »Danke!« und verschwand im Unterholz wie ein fliehendes Reh.
»Reg dich doch nicht so auf wegen der«, sagte Honadel, »die tickt doch nicht richtig.«
Und Dimmig sagte beschwichtigend: »Ich hätte ihr doch nicht wirklich was getan. Wollte ihr bloß ein bißchen Angst einjagen.«
Auf dem Nachhauseweg fühlte sich Jonas wie ein Stück Scheiße, weil er solche Freunde hatte.
Chris ging ihm seit diesem Tag nicht mehr aus dem Kopf. Er brauchte sehr lange, um ihr Vertrauen zu gewinnen, denn sie war furchtbar scheu. Doch als sie dann endlich erkannte, daß er sie aufrichtig gern hatte, wirkte sie überglücklich, nach dem Tod ihrer Mutter endlich wieder einen Menschen gefunden zu haben, dem sie vertrauen konnte. Von da an waren sie unzertrennlich, und es gab für ihn nichts Schöneres, als nach der Schule mit Chris durch die Natur zu streifen. Dimmig, Honadel und die anderen zogen ihn auf, weil er sich mit dieser »Verrückten« abgab, doch das kümmerte ihn nicht.
Chris war so wunderschön und sonderbar. Anfangs fragte er sich, ob sie nicht tatsächlich verrückt war, wie die Leute behaupteten, geisteskrank. Aber er erlebte mit ihr so mysteriöse Dinge, daß er beschloß, ihr ganz einfach zu glauben, wenn sie ihm von ihren Träumen und Intuitionen erzählte. Zum Beispiel zog sie Tiere geradezu magisch an. Auf ihren langen Spaziergängen begegneten ihnen ständig alle Arten von Tieren, und sie zeigten Chris gegenüber so gut wie keine Scheu. Vögel setzten sich sogar auf ihre Hand, Eichhörnchen ließen sich von ihr streicheln. Selbst Rehe oder Hirsche flohen nicht, so daß sie sich ihnen bis auf wenige Meter nähern konnten. Bei

Haustieren war es ebenso: Pferde kamen aus dem hintersten Winkel ihrer Koppel zum Zaun getrabt, um sich von Chris den Kopf streicheln zu lassen. Die furchterregendsten Hunde wedelten mit dem Schwanz und leckten Chris die Hand.

Alles, was sie sagte und tat, schien von einem geheimnisvollen Zauber umgeben zu sein, und damals entwickelte Jonas die feste Überzeugung, daß Wunder möglich waren und daß es in der Welt Dinge gab, die der Verstand nicht zu erfassen vermochte.

Drei Jahre erlebten sie eine unvergleichliche Liebe, dann, als Chris achtzehn wurde, wollte sie plötzlich um jeden Preis »normal« werden, keine Außenseiterin mehr sein, und der Zauber verflog. Sie schnitt sich die wilde Mähne ab, kleidete sich wie ihre Mitschülerinnen, suchte die Gesellschaft von Mädchen, die Jonas schrecklich langweilig und oberflächlich fand, und ging mit ihnen in Discos und ins Kino. Sie konnte die andere, fremdartige Seite in ihr nicht loswerden, aber sie versuchte diesen Teil von sich zu unterdrücken und sprach nicht mehr über ihre Träume. Jonas merkte, daß sie sich dabei geradezu selbst vergewaltigte, daß sie ganz unglücklich und innerlich wund wurde. Sie gewöhnte sich das Rauchen an, magerte ab, war jetzt oft sehr unruhig und gereizt. Sie fing an sich mit ihm wegen eigentlich belangloser Kleinigkeiten zu streiten, und hinterher tat es ihr furchtbar leid, und er merkte, wie sehr sie sich dafür haßte, daß sie ihm ungewollt solchen Kummer machte.

Sie setzte sich in den Kopf, ihre Faszination für Tiere und die Natur sei nur dann »normal« und akzeptabel, wenn sie daraus eine seriöse Berufstätigkeit machte, und beschloß nach dem Abitur Biologie zu studieren. Doch Jonas spürte, wie sehr die rationale, wissenschaftliche Betrachtung des Lebens ihrer Seele weh tat. Er ging zur Polizei nach Köln, und Chris erhielt einen Studienplatz in Gießen. Ihre Beziehung erkaltete und erlosch schließlich völlig. Jonas war für sie untrennbar mit ihrem früheren, »verrückten« Leben verbunden, an das sie nun nicht mehr erinnert werden wollte.

Dann, vor sechs Jahren, machte sie ein mehrwöchiges Praktikum bei den Wölfen im Eifelwildpark, meldete sich bei ihm, und für kurze Zeit lebte ihre Liebe wieder auf. Aber Chris schien die Verbindung zu ihrem Herzen, die ihn früher so an ihr fasziniert hatte, verloren zu haben und versuchte, alles nur noch mit dem Kopf zu tun. Sie hatte sich in eine dünne, ehrgeizige, reizbare Studentin verwandelt, die promovieren und als Wissenschaftlerin Karriere machen wollte. Wenn er sie an ihre frühere Beziehung zu Tieren und Pflanzen erinnerte, schüttelte sie den Kopf und machte sarkastische Bemerkungen über ihre eigene Naivität. Innerlich schien sie ihm jedoch völlig zerrissen. Sie schlief schlecht, wurde von dunklen Träumen gequält und schluckte Beruhigungstabletten, die irgendein Seelenklempner ihr verordnet hatte.

Es folgten einige für sie beide schmerzhafte Wochen. Er versuchte in ihr jenes wilde, rätselhafte Mädchen wiederzufinden, das er so geliebt hatte, während sie unbedingt wollte, daß er ihr neues Selbstbild als vernünftige, nüchterne Wissenschaftlerin akzeptierte, das sie sich so krampfhaft aufrechtzuerhalten bemühte. Sie trennten sich ziemlich frustriert und enttäuscht.

Chris verschwand nach Kanada, und Jonas schwor sich, endgültig einen Schlußstrich unter diese Liebe zu ziehen. Aber es war ihm schwergefallen, sehr schwer.

Vor ihnen tauchte das Gatter des Wildparks aus dem Regen auf. Jonas drehte den Kopf und sah ihr rundlich gewordenes Gesicht neben sich, mit den vor Nässe ganz zotteligen Haaren. Ihre träumerisch ins Unbestimmte blickenden großen blauen Augen. Plötzlich spürte er den starken Drang, sie auf die Wange zu küssen, ganz sacht. Nein. Er rückte ein Stück von ihr ab. Nie wieder.

4. KAPITEL

Am Mittwochmorgen schaute im dritten Stock des Kölner Polizeipräsidiums eine junge Frau Anfang Dreißig leicht gelangweilt aus dem Fenster ihres Büros auf den grauen Innenhof, wo die Dienstwagen parkten. Susanne Wendland hatte das Büro erst vor drei Tagen bezogen, als sie offiziell zur Nachfolgerin des pensionierten Hauptkommissars Möller ernannt worden war.

Ja, ja, unsere ehrgeizige Frau Hauptkommissarin, wieder ein Stück die Leiter hochgestolpert – Kriminalrat Antweilers besonderer Liebling. Kantinengequatsche. Sie war nur aus einem Grund Antweilers »Liebling«: weil sie gut war. Im Gegensatz zu manchen Herren im Präsidium pflegte sie die meisten ihrer Fälle aufzuklären. Sie ließ nicht locker, bis sie die Lösung gefunden hatte. Männer mit diesem kriminalistischen Talent galten als »verwegene Spürhunde« und wurden von den Kollegen mit einer gewissen Ehrfurcht behandelt – wie Möller in seinen besseren Tagen. Aber bei ihr schien ihnen das eher unheimlich zu sein. Außer bei der Sitte gab es noch immer kaum Kripokommissarinnen. Und dann war sie obendrein auch noch mit nur zweiunddreißig Jahren zur Hauptkommissarin befördert worden, früher als fast alle männlichen Kollegen.

Susanne grinste. Ach was, sollten die Herren nur lästern! Die Kriminalistik war ihre Leidenschaft, so wie für andere Leute vielleicht Klavierspielen. Ihre Mutter hatte einmal zu ihr gesagt: Bei deiner Neugierde konntest du ja nur zur Kripo gehen oder Enthüllungsjournalistin werden. Und bei der Kripo stellte sie ihre unstillbare Neugierde immerhin in den Dienst einer edlen Sache, war gewissermaßen staatstragend. Daß sie dabei oft ziemlich eigenwillig vorging und zu riskanten Alleingängen neigte, ließ ihr Antweiler meistens durchgehen – weil sie ihm Erfolge brachte.

Jetzt saß sie endlich in Möllers Büro, an dem legendären Schreibtisch, über den die spannendsten Fälle der letzten fünfzehn Jahre gewandert waren, doch bislang gab es nur Routine. Zum Gähnen.

Das Telefon klingelte. Susanne seufzte. Hoffentlich war es irgendetwas *Besonderes.* Sie drückte ihre Zigarette im Aschenbecher aus und hob ab. Das grüne Lämpchen blinkte. Ein Außenanruf. »Wendland. Kommissariat Fünf«, meldete sie sich mit ihrer rauchigen Stimme, die auf Männer angeblich ungeheuer erotisierend wirkte, was sie selbst aber als völligen Schwachsinn empfand.

»Kommissarin Wendland?«

*Haupt*kommissarin, wollte sie berichtigen, unterließ es dann aber, über sich selbst lächelnd. »Ja, bitte?«

»Sie haben damals in der ... GENOTEC-Angelegenheit ermittelt ... erinnern Sie sich?«

Eine Männerstimme. Die Worte kamen stockend, als sei der Anrufer unsicher, ob er das Richtige tat. Die Stimme klang gepreßt. Vermutlich verstellte der Mann sich, um nicht erkannt zu werden. Dennoch kam ihr seine Stimme bekannt vor, auch wenn sie nicht auf Anhieb sagen konnte, woher. Der Anruf kam offenbar aus einer Telefonzelle. Im Hintergrund glaubte Susanne Verkehrsgeräusche

zu hören. »Ja, natürlich erinnere ich mich.« GENOTEC. Damals war sie noch in Kommissariat Sieben gewesen. Einer von diesen Fällen, die man nicht so leicht vergaß, bei denen ein nagendes Unbehagen zurückblieb.
»Nun, also ... die Ermittlungen sind ja damals gewissermaßen im Sande verlaufen. Aber ... es gibt neue Entwicklungen ...«
Im Sande verlaufen war nicht ganz zutreffend. Im Gegenteil, Susannes Ermittlungen hatten klar ergeben, was damals bei GENOTEC geschehen war und wer dafür die Verantwortung trug – nur hatten sie nicht gegen den betreffenden Herrn vorgehen können, weil »gewisse übergeordnete Stellen« – eine von Antweilers unnachahmlichen Formulierungen – schützend die Hand über ihn gehalten hatten. Wirklich unklar und mysteriös war allerdings die Sache mit dem Autounfall gewesen, doch ehe sie da richtig nachhaken konnte, hatte sich das BKA eingeschaltet, und man hatte ihr den Fall entzogen. Susanne hatte damals eine ganze Woche Magenschmerzen gehabt, so wütend und frustriert war sie gewesen. »Neue Entwicklungen?« fragte sie und bemühte sich ihre Erregung zu verbergen. Sie spürte, wie sehr ihr die Sache immer noch an die Nerven ging, sogar jetzt, nach über einem Jahr. Schon die bloße Erwähnung von GENOTEC genügte.
»Ja. Dr. Alexander Gablenz ist ... verschwunden.«
Gablenz. Ein weiterer Name, der in Susannes Gedächtnis äußerst negativ besetzt war und ihre Nervosität um einige Grade steigerte. Dr. Frankenstein. Sie spürte, wie die Härchen in ihrem Nacken zu kribbeln begannen. »Verschwunden, sagen Sie?« Verflucht, wem gehörte diese quäkend verstellte Stimme? Sie war sicher, daß sie den

Anrufer kannte. Sie nahm eine Zigarette aus der Packung und zündete sie an.
»Entgegen dem, was damals gegenüber der Oberstaatsanwaltschaft erklärt wurde, hat er seine Forschungen fortgesetzt, Megatonin weiterentwickelt.«
Megatonin. Sie hatte damals kaum etwas über diese Substanz herausbekommen können, die Gablenz offenbar entwickelt hatte. Aber es stand fest, daß das Leben zweier junger Menschen durch dieses Teufelszeug für immer zerstört worden war. »Glauben Sie, er ist einem Verbrechen zum Opfer gefallen? Wer spricht denn da überhaupt? Wer sind Sie?«
»Unwichtig. Wichtig ist, daß Sie die Ermittlungen wiederaufnehmen. Sie müssen unbedingt etwas tun. Gablenz ist gefährlich.«
Bei den letzten Worten wurde die Stimme sehr schrill und dünn. Ehe Susanne weitere Fragen stellen konnte, legte der Mann auf. »Scheiße!« zischte sie. Hatte sie sich eben noch über Langeweile beklagt?
Kriminaloberinspektor Mallmann kam herein, ein Tablett mit zwei Kaffeetassen und zwei Stück Käsekuchen balancierend. Das Mallmännchen hatte sie zusammen mit dem Büro von Möller geerbt. Leider war Susannes Bitte, ihr einen etwas besser zu ihrem Arbeitsstil passenden Assistenten zuzuteilen, vielleicht Martin oder Schommers, bei Antweiler auf taube Ohren gestoßen. Ausgerechnet das Mallmännchen!
»Susanne, was ist los?« sagte er. »Du siehst sauer aus.«
»Hm. Weiß noch nicht.« Sie fuhr sich mit der Hand durch ihr sehr kurz geschnittenes, dunkles Haar. »Ein komischer Anruf, der bei mir unerfreuliche Erinnerungen geweckt hat.« Sie stand auf, drückte die erst halb gerauchte

Zigarette aus und ging zur Tür. »Ich muß mal kurz ins Archiv.«
»Und dein Kaffee?« flötete Mallmann hinter ihr her.
»Stell ihn kalt«, brummte sie.
Mit langen Schritten eilte sie über den Flur und durchs Treppenhaus hinab in den Keller, in den alle Akten verschwanden. Ihr Magen grummelte ein wenig. Vielleicht hätte ich doch erst noch das Stück Kuchen essen sollen, überlegte sie. Mallmann, diese Glucke, hält mich wohl für unterernährt und versucht mich zu mästen, so wie meine Mutter früher. Aber das war hoffnungslos. Sie war nun einmal lang und knochig, mit schmalen Hüften und kaum Busen. Dafür hatte sie das kräftige Kreuz einer guttrainierten Schwimmerin. Ja, fit war sie immer noch, trotz der vielen Qualmerei. Beim Nahkampftraining machte ihr von den Herren der Schöpfung so schnell keiner etwas vor.
Im Archiv thronte der alte Hengstenberg gutmütig und behäbig hinter seinem Schreibtisch. »Sieh da, die Susanne«, sagte er. »Schmauchst du ein Zigarettchen mit mir?« Er hielt ihr die Packung hin. Er war einer von diesen hartgesottenen, allmählich aussterbenden Nikotin-Junkies, die Reval ohne Filter rauchten. Sie beugte sich über die Ausgabetheke, nahm eine, und er gab ihr Feuer.
»Und, ist das Mallmännchen auch nett zu dir?«
Sie grinste und blies schweren Reval-Rauch zur Decke. »Klar. Er verwöhnt mich richtig. Bringt mir Kaffee und mästet mich mit matschigem Käsekuchen aus der Kantine. Vermutlich werde ich demnächst genauso fett wie du.«
Er lachte und hustete rasselnd. »Da mußt du aber noch Berge von Käsekuchen vertilgen. Hat dir denn schon irgendein neidischer Kollege Reißzwecken auf den Stuhl gelegt?«

Susannes Gesicht verfinsterte sich. »Glaubst du etwa auch, daß ich zu jung für Möllers Nachfolge bin?«
»Nein, nein«, entgegnete Hengstenberg leicht gekränkt. »An diesem dummen Gequatsche beteilige ich mich nicht, das weißt du doch. Die sind selber schuld, daß keiner von ihnen Möllers Stelle bekommen hat. Hätten sie halt bessere Ermittlungsergebnisse abliefern sollen! Du hast wenigstens Biß. Du bringst mir so gut wie nie Akten mit den drei peinlichen E: Ermittlungen ergebnislos eingestellt. Wenn einer würdig ist für die Möller-Nachfolge, dann du. Es wäre eine Schweinerei gewesen, wenn Antweiler jemand anderem den Job gegeben hätte.«
Susannes Gesicht hellte sich wieder auf. »Danke für die Blumen«, sagte sie mit rauchigem Charme in der Stimme.
Hengstenberg schmolz sichtlich dahin. »Kannst du mir mal die Akte GENOTEC/Gablenz raussuchen?«
»Klar. Moment.« Er rückte die Brille zurecht und tippte langsam, mit schwerfälligem Zweifingersuchsystem einen Befehl in die Computertastatur vor ihm. Man sah ihm dabei deutlich an, daß er so kurz vor der Pensionierung keine rechte Lust mehr hatte, sich mit dem neuen elektronischen Kollegen anzufreunden. Auf dem Bildschirm erschien ein Aktencode. Hengstenberg wuchtete sich aus seinem Stuhl und verschwand hinten zwischen den Regalen. Nach kurzer Zeit tauchte er mit einer sehr flachen Aktenmappe wieder auf, die er Susanne mit der Bemerkung: »Ziemlich dünn für deine Verhältnisse« aushändigte.
Susanne legte die Mappe auf die Theke und blätterte darin. Sie spürte, wie die Wut von damals wieder in ihr hochstieg. Einvernahme Dr. Alexander Gablenz. Einvernahme des Wissenschaftlichen Direktors des GENO-

TEC-Institutes, Professor Herbert Schlei. Gablenz war höflich, aber auch ziemlich überheblich aufgetreten, schien sich selbst für ein unfehlbares wissenschaftliches Genie zu halten. Die beiden jungen Doktoranden, Scholl und Conrad, Gablenz' wissenschaftliche Assistenten, seien sich der Risiken durchaus bewußt gewesen und hätten vor dem Experiment die entsprechenden Einverständniserklärungen unterschrieben. Im Interesse des wissenschaftlichen Fortschritts müßten mitunter persönliche Risiken eingegangen werden.
Aber befreite das Gablenz von seiner Verantwortung? Susanne war sicher gewesen, bei der Staatsanwaltschaft eine Anklage gegen ihn durchsetzen zu können. Einvernahme Eltern des Roland Scholl. Einvernahme Eltern des Michael Conrad. Roland Scholl in der Psychiatrie, für immer, wie es schien. Nicht vernehmungsfähig. Michael Conrad tot. Beide erst siebenundzwanzig.
Die Verzweiflung in den Gesichtern ihrer Eltern. Die Wut auf Gablenz, gegen den sie Anzeige erstatteten. Das Entsetzen von Conrads Vater darüber, wie sein Sohn sich in den drei Wochen zwischen dem Drogenexperiment und dem tödlichen Autounfall psychisch verändert hatte. Seine etwas wirr klingenden Andeutungen, Gablenz habe gar nicht, wie offiziell behauptet, an der Entwicklung neuer Psychopharmaka gearbeitet, sondern an geheimen militärischen Forschungen. Das habe ihm sein Sohn selbst erzählt, kurz vor seinem Tod. Sein hilfloser, ohnmächtiger Zorn, als er den Verdacht äußerte, bei dem Unfall sei es nicht mit rechten Dingen zugegangen, »sie« – die GENOTEC-Leute oder irgendwelche mysteriösen Militärs – hätten seinen Sohn beseitigen wollen, weil er wegen seiner psychischen Verfassung zum Risiko geworden war.

Susanne hatte mit den Kollegen gesprochen, die den Unfallhergang aufgenommen hatten. Mit den Zeugen. Der Verdacht des Vaters war ihr gar nicht mehr abwegig erschienen. Es gab bei diesem Unfall tatsächlich einige Merkwürdigkeiten. Doch dann hatte ihr Antweiler plötzlich, sie hatte gerade eine erneute gründliche Untersuchung des Unfallwagens angeordnet, den Fall entzogen. Einfach so. Das BKA hatte sich eingeschaltet. Der Unfallwagen wurde, ohne in Köln noch einmal untersucht worden zu sein, nach Wiesbaden abtransportiert. Schluß. Herrgott, war sie damals wütend gewesen! Und aus Wiesbaden war nichts mehr gekommen. Keine Kurzinformation über die weiteren Ermittlungsergebnisse. Nichts. Sie hatte ein paarmal deswegen bei Antweiler nachgefragt, doch der hatte nur die Augen verdreht und gestöhnt, sie möge die Sache doch endlich vergessen.
Susanne stutzte plötzlich. Sie blätterte die Akte noch einmal von Anfang an durch. Anzeigenaufnahme. Einvernahme Gablenz, Schlei, Eltern Scholl, Eltern Conrad, Korrespondenz mit der Staatsanwaltschaft. Sonst nichts.
»Was ist?« fragte Hengstenberg.
»Da fehlt was«, sagte Susanne ungläubig. »Ungefähr zehn Seiten. Ein ausführlicher Bericht über einen Autounfall!«
»Das gibt's doch nicht!«
»Hat irgend jemand die Akte angefordert, nachdem ich sie bei dir abgelegt hatte?«
»Moment«, sagte Hengstenberg. »Ich schau mal nach.« Er tippte etwas in den Computer, starrte einen Moment wartend auf den Bildschirm. Dann schüttelte er den Kopf. »Niemand. Bist du sicher, daß dieser Unfallbericht bei der Akte war?«
»Klar«, erwiderte Susanne. »Ich weiß genau, daß ich ihn

eingeheftet habe.« Sie hatte in dem Bericht alle Indizien, die auf eine Fremdeinwirkung bei Conrads Unfall hindeuteten, ausführlich dargestellt. Sie merkte, wie sich ihr Magen zusammenzog und ihre Handflächen feucht wurden. Es gab nur eine Erklärung. Jemand war heimlich ins Archiv eingedrungen und hatte den Bericht verschwinden lassen. Daß sich das BKA damals ausgerechnet in dem Moment einschaltete, als sie Hinweise darauf entdeckt hatte, daß Michael Conrad möglicherweise ermordet worden war, schien ihr im nachhinein immer noch merkwürdig. Und die Oberstaatsanwaltschaft hatte von diesem Augenblick an schlagartig jedes Interesse an der Sache verloren. Das nagende Unbehagen, das sie damals empfunden hatte, kehrte zurück, stärker denn je.

»Wahnsinn«, sagte sie mit einem schiefen Lächeln. »Offenbar gibt's hier im Archiv Aktenläuse, die mit Vorliebe Unfallberichte fressen. Vielleicht solltet ihr mal einen Kammerjäger kommen lassen.«

Hengstenberg war die Sache sichtlich unangenehm. Das Archiv war seit fast zwanzig Jahren sein Allerheiligstes. »Soll ich eine Verlustmeldung aufsetzen?« fragte er unglücklich.

Susanne schüttelte den Kopf. »Nein, laß mal.« Sie nahm die Akte GENOTEC/Gablenz, deren wichtigster Bestandteil fehlte, und ging damit zu ihrem Büro zurück. Ich glaube, jetzt brauche ich wirklich erst einmal ein Stück Käsekuchen, dachte sie.

Chris war von der Kreisverwaltung angewiesen worden, den Park bis auf weiteres geschlossen zu halten. Man hatte sich auf die offizielle Sprachregelung geeinigt, es seien zwei oder drei Wölfe durch eine schadhafte Stelle im

Zaun entkommen, es bestehe aber keine Gefahr für die Bevölkerung. Der Park bleibe einstweilen wegen Reparaturarbeiten geschlossen. Ein ziemlich aufdringlicher Zeitungsreporter rief an und löcherte Chris mit Fragen zu den entlaufenen Wölfen, aber sie blieb standhaft und verwies ihn an die Pressestelle der Kreisverwaltung.

Hinterher lehnte sie sich mit einem Seufzer in Dr. Wegmeiers Schreibtischstuhl zurück. Sie hatte Kopfschmerzen. Seit sie wieder in der ruhigen Eifel lebte, hatte sie keine Beschwerden mehr gehabt. Aber momentan hatte sie ja wirklich Unruhe genug.

Sie massierte langsam mit den Fingerspitzen ihre Schläfen. Der Landrat war gestern abend ziemlich entgeistert gewesen, als sie ihm mitteilte, das ganze Rudel sei entlaufen. Aber dann hatte er ihr versprochen, sich um die Presse zu kümmern. Daß so wenig Aufregung wie möglich in der Bevölkerung entstand, lag auch in Chris' Interesse. Sie hatte nämlich Angst, daß man fordern würde, das Rudel abzuschießen.

Chris erschien es immer noch unbegreiflich, daß die Wölfe angegriffen hatten. Wölfe waren dem Menschen gegenüber extrem scheu, was nach der jahrhundertelangen Verfolgung keineswegs erstaunlich war. Es gab keinen einzigen dokumentierten Fall, wo Wölfe draußen in der freien Natur Menschen angegriffen und verletzt hätten. Diese Dinge hatten für sie bisher in den Bereich der Schauermärchen gehört. In Kanada wußten die Menschen, die in der Wildnis lebten, daß man sich vor Grizzlybären in acht nehmen mußte, weil so ein Grizzly mitunter ziemlich unberechenbar und gefährlich sein konnte, aber niemand fürchtete sich dort vor Wölfen, obwohl es sie noch in großer Zahl gab.

Was war mit den Tieren geschehen? Es mußte eine Erklärung für ihre völlig außergewöhnliche Aggressivität geben. Und warum hatten sie so gezielt Jochen Honadel attackiert? Lag es daran, daß er etwas abseits von den anderen gestanden hatte?
Das sanfte Massieren mit den Fingern brachte keine Linderung – im Gegenteil, der drückende Kopfschmerz verschlimmerte sich weiter. Ihr wurde ein wenig flau, und vor ihren Augen flimmerte es. Seltsam, unter Kreislaufproblemen litt sie sonst eigentlich nie.
Das Telefon klingelte wieder. Hoffentlich nicht noch ein Reporter. Erst wollte sie einfach nicht abheben, nahm dann aber doch den Hörer und meldete sich. Es war Jonas.
»Alles in Ordnung bei dir?« fragte er. »Deine Stimme klingt ein wenig … müde.«
»Ach, nichts«, sagte sie rasch. »Hab etwas Kopfschmerzen. Kein Wunder, bei der ganzen Aufregung.« Mit der freien Hand massierte sie ihre Stirn. Das Flimmern wurde stärker.
»Im Präsidium in Euskirchen sind sie durch den Angriff der Wölfe gestern inzwischen doch ein wenig wachgerüttelt worden«, berichtete Jonas. »Ich soll bald Verstärkung erhalten, und jetzt schicken sie erst mal einen Hubschrauber, mit dem wir die Gegend nach dem Rudel absuchen können. Ich habe ihn zum Park beordert und fahre jetzt zu dir raus, um mit dir gemeinsam von oben die Lage zu erkunden.«
Fliegen? Chris flog gar nicht gerne. Das war einer der negativen Aspekte ihrer Kanadazeit gewesen: Die Notwendigkeit, fliegen zu müssen. »Okay«, hörte sie sich matt sagen. »Wann kommt der Hubschrauber?«

»In einer Viertelstunde. Er landet auf dem Parkplatz. Wir treffen uns dort, einverstanden?«
Mit einem ziemlich gequälten Seufzer sagte sie ja. Ausgerechnet ein Hubschrauber. Damit war sie noch nie geflogen.
Sie hatte eben den Telefonhörer aus der Hand gelegt, als aus dem Flimmern ein einziger, großer, gleißend heller Blitz wurde, wie ein schreckliches Unwetter, das abrupt über sie hereinbrach. Sie schrie laut auf und schlug die Hände vors Gesicht.

Als Jonas den Streifenwagen auf den Parkplatz des Wildparks lenkte, sah er Chris neben dem geschlossenen Haupteingang stehen. Sie ließ die Schultern hängen und schaute nicht wie sonst in die Ferne, sondern starrte vor sich auf den Boden.
Besorgt sprang er aus dem Wagen und ging eilig zu ihr. Als sie den Kopf hob, sah er, daß sie geweint hatte, und unter der Sonnenbräune war ihr Gesicht sehr blaß. Er berührte sie sanft an der Schulter. »He«, sagte er leise, »was ist denn los?«
Plötzlich klammerte sie sich an ihn, und er spürte, daß sie am ganzen Körper zitterte. Sie schluchzte und stammelte, und erst nachdem er eine Weile beruhigend auf sie eingeredet, ihre Schultern gestreichelt und ihr zärtlich durchs Haar gestrichen hatte, bekamen ihre herausgestotterten Worte allmählich einen Sinn. Sie hatte wieder eine der dunklen Visionen gehabt, gegen die ihr damals von dem Psychiater die Beruhigungstabletten verordnet worden waren. Sie hatte gehofft, das sei endlich ausgestanden, was sich aber offensichtlich als Irrtum erwies.
Chris' »dunkle« Visionen waren während ihrer Teenager-

zeit ein Phänomen gewesen, das Jonas ziemlich beunruhigt hatte. Meistens hatten ihre Träume und Intuitionen einen freundlichen, heilenden Charakter. Aber sie hatte geträumt, daß eine Freundin bei einem Motorradunfall umkommen würde, was, wie sich herausstellte, tatsächlich geschehen war. Und sie hatte den Tod ihrer Tante in der Nacht davor im Traum erlebt, mit allen Begleitumständen, die dann auch wirklich so eintrafen. Das alles hatte ihr damals große Angst eingejagt und sie sehr verwirrt.

Daran mußte er denken, als sie erzählte, sie habe schreckliche Kopfschmerzen gehabt, die Augen geschlossen und nach einem grellen Lichtblitz plötzlich einen Mann gesehen, der durch den Wald rannte, auf der Flucht vor einer Gefahr, angstvoll und erschöpft keuchend. Schnelle Bewegungen habe sie gesehen. Etwas habe geknurrt und ihn von hinten angesprungen.

»Er hat geschrien, furchtbar geschrien, und dann war da nur noch Blut, schrecklich viel Blut.« Sie klammerte sich noch fester an Jonas. Dann schaute sie ihn verzweifelt an, gequält. »Glaubst du, ich werde verrückt? Ich meine, wirklich verrückt?« Ihre Stimme zitterte, aber ihr Körper hatte sich nun, nachdem die Geschichte heraus war, endlich wieder etwas entspannt.

»Ich glaube nicht einfach irgendwas«, sagte Jonas langsam und bemühte sich seine Stimme ruhig und fest klingen zu lassen. »Ich versuche den Dingen auf den Grund zu gehen und sie zu verstehen. Es gibt Menschen, die sind eine Gefahr für sich und andere. Darum muß man sie einsperren, um sie vor sich selbst zu beschützen. Damit sie keinen Schaden anrichten. Für mich besteht da, ehrlich gesagt, kein großer Unterschied zwischen Geisteskranken und Verbrechern. Auch Verbrecher halte ich in gewisser Weise für geistesgestört. Dann gibt es Menschen wie dich, die anders sind. Ich meine, ihre *Wahrnehmung* ist anders. Ein Hund hört zum Beispiel Frequenzen, die das menschliche Ohr nicht mehr wahrnimmt. Trotzdem sind diese Frequenzen wirklich da. Ich meine, sie existieren nicht bloß in der Phantasie des Hundes.« Er schüttelte den Kopf und sagte mit Nachdruck: »Nein, du bist ganz bestimmt nicht verrückt!«

»Danke.« Ihre Stimme klang erleichtert. »Ich bin dir wirklich sehr, sehr dankbar, daß du das sagst.«

Ihr Körper ruhte jetzt ganz weich in seinen Armen, die Verkrampfung und das Zittern waren verschwunden. »Weißt du, das ist die ganzen Jahre hindurch meine größte Angst gewesen: daß sie mich für geisteskrank erklären und in eine Anstalt sperren würden wie Mutter. Ich glaube, darum habe ich mich so krampfhaft bemüht *normal* zu wirken. Ich könnte es nicht ertragen, eingesperrt zu sein, ohne den Waldboden unter meinen Füßen, und ohne Tiere.«

»Du bist nicht allein«, sagte Jonas mit belegter Stimme. »Du magst verrückt erscheinende Träume und Visionen haben, aber es gibt trotzdem Leute, die dich mögen. Der gute, alte Schöntges, zum Beispiel.«

Chris seufzte und lächelte. »In letzter Zeit kehren all die Erinnerungen aus meiner Kindheit, die ich so lange völlig verdrängen wollte, zurück. Er ist damals sehr freundlich zu mir gewesen. Aber ich glaube, ich hatte trotzdem Angst vor ihm. Ich hatte ja vor allen Leuten Angst, nachdem Mutter fort war. Bis du kamst. Und ich blöde Kuh habe unsere Liebe kaputtgemacht, bloß weil ich nicht mehr so sein wollte, wie ich bin … ich meine, ich wollte

etwas sein, das einfach nicht meinem ... Wesen entspricht ...« Sie verstummte und schüttelte traurig den Kopf.
»Okay, wir sollten uns etwas pragmatischer mit dem befassen, was du gesehen hast«, sagte Jonas, auch, um von dem unbehaglichen Thema ihrer früheren Liebesbeziehung abzulenken. »Dieser Mann ... kannst du ihn beschreiben? Hat er dich an jemanden erinnert?«
»Nein«, sagte Chris nach kurzem Nachdenken. »Ich habe ihn nicht deutlich gesehen. Es war mehr ein gefühlsmäßiger Eindruck.« Sie schloß die Augen. »Rennende Füße auf dem Waldboden. Ich konnte seinen keuchenden Atem hören und seinen Angstschweiß riechen.« Jonas merkte, wie sie sich dabei wieder anspannte, und streichelte beruhigend ihre Schultern.
Aus der Ferne näherte sich pfeifender, knatternder Rotorenlärm.
Das Leben ist völlig bescheuert, dachte Jonas. Ich wollte ihr nie wieder zu nahe kommen, und jetzt stehe ich hier und halte sie im Arm.
»Ich weiß, daß du nicht gern fliegst, weil du immer die Erde unter deinen Füßen spüren willst«, sagte er. »Aber wenn ich neben dir sitze, wird es gehen, ja?«
Chris löste sich aus seinen Armen und lächelte tapfer.
Der grünweiße Polizeihubschrauber setzte auf dem Parkplatz auf. Jonas streckte seine Hand aus, Chris nahm sie. Zusammen gingen sie auf die mit laufendem Rotor wartende Maschine zu. Wie früher, dachte er. Oh, verdammt.

Unter ihnen breitete sich die Hochebene der Nordeifel aus. Der Flug dauerte schon ein paar Minuten, und Chris' Atmung beruhigte sich allmählich wieder. Sie sah die vielen Wacholdersträucher auf den mattgrünen Hängen oberhalb das Itzbachtals. Die Schafe dazwischen wirkten wie kleine Wattebäusche. Es war nicht so, daß Chris Angst vor dem Fliegen an sich hatte. Unbehagen bereitete ihr vielmehr das Gefühl, den Kontakt zur Erde zu verlieren. Sie mußte lächeln. Wie gut Jonas sich daran erinnert hatte.

Jeder Transatlantikflug war für sie ein einziger Alptraum gewesen. Ihr Gefühl sagte ihr, daß sie hoch in der Luft fehl am Platze war, daß sie hinunter aufs feste Land gehörte, wo sie die Erde riechen und mit ihren Zehen streicheln konnte. Auch wenn die Vernunft ihr sagte, daß das alles Unsinn war – ihr Körper reagierte trotzdem mit heftigem Unwohlsein. In Kanada hatte sie es, soweit es irgend ging, vermieden, in ein Buschflugzeug zu steigen. Die anderen Biologen im Forschungsteam hatten sich deswegen lustig über Chris gemacht.

Erst Silver Bear, der in seinem ganzen Leben noch nie in einem Flugzeug gesessen hatte, zeigte Verständnis. Für ihn waren all die Dinge, die sie so krampfhaft vor anderen zu verbergen versuchte, völlig normal. Aber in seiner Kultur drohte ihm deswegen nicht die geschlossene Abteilung einer psychiatrischen Klinik. Bei den Indianern galten Menschen wie er als vom Großen Geist für eine besondere Bestimmung ausersehen und waren hoch geachtet.

»Wie ist es?« hörte sie Jonas' Stimme über den Kopfhörer.

Sie schaute ihn an, lächelte und sagte: »Geht so. Die Erde ist ja noch ziemlich nah.«

Der Hubschrauber flog eine weite Rechtskurve und schwebte dann niedrig über der bewaldeten Flanke des

Dachsberges dahin. Chris war sicher, daß der Mann von einem Wolf angefallen worden war. Aber Wölfe machten keine Jagd auf Menschen. Der Mensch war für sie einfach keine natürliche Jagdbeute. Nein, dieser Eindruck, den sie empfangen hatte, mußte eine Halluzination gewesen sein, keine Vision. Wie nannte man es, wenn Menschen Dinge zu sehen glaubten, die nicht wirklich existierten? Schizophrenie.

Chris blickte zur kahlen Kuppe des Dachsberges. Dort oben bei den Hügelgräbern war sie panisch vor dem Etwas geflohen, das anscheinend in ihre Gedanken einzudringen versuchte. Vermutlich würde ein Psychiater das, was ich gegenwärtig erlebe, einen schizophrenen Schub nennen, überlegte sie und spürte, wie sie dabei ein Schaudern überlief.

Als sie tief über dem Itzwald in Richtung Jünkersdorf flogen, sah Chris plötzlich durch die Lücken im Blätterdach eine Bewegung. Graubraun schimmerndes Fell, rascher, geschmeidiger Lauf. »Da unten sind Wölfe!« rief Chris aufgeregt. Der Pilot ging tiefer. Es waren nur vier oder fünf. Sie blieben einen Moment stehen und blickten hoch zum Hubschrauber. Chris konnte ihre schönen, schlanken Köpfe mit den gelb funkelnden Augen deutlich erkennen. Dann sprangen sie seitwärts ins Unterholz davon und waren unter dem dichten Blätterdach der Buchen nicht mehr zu sehen. Es mußte herrlich für die Tiere sein, sich so frei fühlen zu können wie die Wölfe in Kanada – nicht länger hinter hohen Zäunen gefangen. Wenigstens vorübergehend.

»Vielleicht ist der Mann ja auch hier irgendwo!« rief Jonas ins Mikrophon. Der Pilot zog den Hubschrauber etwas höher.

»Da vorn steht ein Wagen!« erklang die Stimme des Piloten im Kopfhörer.
Jetzt sah Chris den Wagen auch. Es war eine große, silberne Limousine, die auf einem der Wirtschaftswege neben einem Holzstapel parkte. Der Pilot ging in den Schwebeflug über und senkte den Hubschrauber langsam nach unten.
»Ein 5er-BMW«, sagte Jonas. »Mit Kölner Kennzeichen.«
Soweit Chris erkennen konnte, saß niemand im Wagen, und auch in der Nähe war kein Mensch zu sehen.
»Landen kann ich hier nicht«, sagte der Pilot.
»Okay. Ich habe mir das Kennzeichen gemerkt. Machen Sie mir eine Verbindung zu Schöntges.«
Während Jonas Schöntges, der in der Buchfelder Polizeiwache am Funk saß, das Kennzeichen des BMW durchgab, steuerte der Pilot die Schonung beim Reiherbruch an, in der Nähe der alten Fischteiche, zu denen Chris in diesem Sommer mehrmals spaziert war, um Graureiher zu beobachten. Von diesen Vögeln war sie schon als Kind fasziniert gewesen. In ihrer unbewegten, silbernen Schönheit wirkten sie wie Geschöpfe aus einer Traumwelt.
Chris hörte, wie Schöntges über Kopfhörer durchgab, der Wagen habe eine verschlüsselte Nummer. Jonas machte ein erstauntes Gesicht. »Was bedeutet das?« fragte sie ihn.
»Das heißt, daß es ein Wagen des Militärgeheimdienstes ist, auf dessen Daten wir keinen unmittelbaren Zugriff haben. Seltsam. Die fahren sonst biedere Opel, keine teuren BMW. Muß eine besonders gut ausgerüstete Sondereinheit sein. Aber was suchen die hier bei uns im Wald?«
Als der Hubschrauber ein zweites Mal die Schonung überflog, sah Chris am Waldrand, fast im Schatten der

Bäume verborgen, etwas Dunkles liegen. »Was ist das da?« Sie zeigte es Jonas, der den Piloten anwies, tiefer zu gehen.
Die Schonung, in der junge, mit Draht vor Wildverbiß geschützte Buchen standen, wurde größer. Chris spürte, wie sich ihre Nackenhaare aufstellten. Was dort lag, war ein Mensch.
Er trug einen dunklen Anzug, und da war Blut, sehr viel Blut. Sie schloß die Augen und öffnete sie erst wieder, als der Hubschrauber sanft neben der Schonung landete. Jonas hatte seine Kopfhörer in die Halterung unter der Plexiglaskuppel gehängt. Er berührte Chris sanft am Arm. Als sie ihre ebenfalls abgenommen hatte, sagte er über das Pfeifen der Turbine hinweg: »Ich geh raus und schau ihn mir an. Bleib du hier.«
Chris schüttelte den Kopf. Nein. Ausgeschlossen. »Ich komme mit. Ich bin für die Wölfe verantwortlich. Ich muß wissen, was hier vorgeht.«
Jonas zog seine Dienstpistole. »Okay. Dann bleib dicht hinter mir.« Zum Piloten sagte er: »Lassen Sie die Turbine laufen, damit wir im Notfall sofort abhauen können.«
Ein friedlicher Spätsommertag im Wald. Nachdem die gestrigen Regenwolken in der Nacht weitergezogen waren, brannte die Sonne am späten Vormittag schon ziemlich heiß. Ein schöner Tag, um es sich im Schatten unter hohen Bäumen bequem zu machen, zu picknicken, ein gutes Buch zu lesen, Vögel zu beobachten, schläfrig hinauf in den Himmel zu blicken.
Chris mußte sich zwingen, auf den Toten zu schauen, dem sie sich vorsichtig näherten, während Jonas, die Hand an der Waffe, wachsam die Umgebung beobachtete. Fliegen krabbelten über das Gesicht und die Hände

des Mannes. Er trug einen dunklen, für das Wetter eigentlich zu warmen Anzug. Neben ihm lag eine Pistole, die er offenbar in der Hand gehalten hatte.
Eine klaffende Wunde an seiner Kehle, wo scharfe Reißzähne sich festgekrallt hatten. Offenbar hatten diese Zähne seine Halsschlagader durchtrennt, so daß das Blut in einer großen Fontäne hervorgesprudelt sein mußte. Daher die rote Pfütze, in der er lag. Chris' Mageninhalt drängte nach oben, sie krümmte sich und würgte.
Als sie sich wieder aufrichtete und sich mit ihrem Taschentuch den Mund abwischte, sah sie Jonas mit bleichem, verkniffenem Gesicht die Jackentaschen des Toten durchsuchen. Mit einer Brieftasche in der Hand stand er auf. Chris stellte sich neben ihn. Sie fühlte sich zittrig, mit Knien aus Gummi, aber der Anblick war jetzt zu ertragen, der Schock verging.
Chris zwang sich, das Gesicht über der durchgebissenen Kehle genauer zu betrachten. »Ich kenne ihn«, sagte sie langsam. Ihre Stimme war heiser, und sie hatte den widerlichen Geschmack von Erbrochenem im Mund. »Das ist der, der mir im Park diese neugierigen Fragen gestellt hat.«
Jonas warf ihr einen erstaunten Blick zu, dann entdeckte er in der Brieftasche einen Ausweis und klappte ihn auf. »Der Typ ist vom Geheimdienst«, sagte er. »Ein Oberleutnant Lansky vom MSD. Seltsam. Ich kenne den MAD, den Militärischen Abschirmdienst. Aber MSD? Nie gehört!« Dann legte er Chris die Hand auf die Schulter und sah sie besorgt an. »He, du bist kreidebleich. Geht es wieder?«
»Er ist auch der Mann aus ... meiner Vision. Ich bin mir sicher, daß er es ist.«

Jonas nickte. »Ja. Das hatte ich vermutet. Aber das brauchen nur wir beide zu wissen. Ich werde es nicht in deine Zeugenaussage aufnehmen. Okay?«

Jonas ging noch einmal zu dem Toten, bückte sich, legte prüfend die Hand an dessen Wange. Dann bewegte er Finger und Arm der Leiche ein wenig. »Der Körper ist noch warm«, sagte er. »Und die Leichenstarre hat noch nicht eingesetzt. Er kann kaum länger als eine Stunde tot sein.«

Mein Gott, dachte Chris schaudernd, womöglich ist es genau in dem Moment geschehen, als ich die Vision hatte.

Als sie zum Hubschrauber zurückgingen, schaute sich Jonas wachsam um, aber die Lichtung lag verlassen und still. Während er über Funk mit dem Polizeipräsidium in Euskirchen sprach, lehnte Chris matt und immer noch ziemlich zittrig am Rumpf der Maschine.

Tötungsbiß. Tötungsbiß in die Kehle. Die Jagdbeute wurde angesprungen, mit den Zähnen am Hals festgehalten und zu Boden gerissen. Sie war sicher, daß ein Wolf diesen Mann getötet hatte. Aber verstehen konnte sie es trotzdem nicht. Der Mensch *war* keine Jagdbeute für Wölfe. Er gehörte nicht zu ihren natürlichen Beutetieren. Menschen lösten bei Wölfen keinen Jagdtrieb aus wie Rehe, Hirsche oder Karibus. Und *wenn* sie diesen Mann tatsächlich gehetzt und getötet hatten wie eine Jagdbeute, was aller wissenschaftlichen Erkenntnis über das Verhalten von Wölfen widersprach, wieso hatten sie ihn dann anschließend nicht gefressen?

Wölfe jagten nicht zum Vergnügen wie menschliche Freizeitjäger, sondern aus Hunger. Wenn sie nicht hungrig waren, vergeudeten sie keine Energie für anstrengende

Hetzjagden. Waren sie gestört worden, ehe sie sich in Ruhe über ihre Beute hermachen konnten? Aber selbst dann hätten sie wenigstens ein paar Brocken Fleisch aus dem Körper gerissen.

Ein Graureiher strich mit langsamen, majestätischen Flügelschlägen über die Lichtung und flog zu den Fischteichen. Chris klammerte sich geradezu an seinen Anblick, versuchte darin Halt zu finden. Vielleicht war der Vogel ja ein kleines Hoffnungszeichen, das die Natur ihr inmitten all dieser schrecklichen, unerklärlichen Ereignisse senden wollte. Sie atmete tief durch. *Wenn Dinge passieren, bei denen du glaubst, dir würde der Boden unter den Füßen weggezogen, mußt du tief hinunter in den Bauch atmen,* hatte Silver Bear ihr einmal geraten. *Stell dir vor, daß die Erde dich trägt, denn das tut sie immer. Und denke daran, daß du nicht allein bist.*

Als sie sich zu Jonas in den Hubschrauber setzte, zitterten ihre Muskeln nicht mehr, und ihre Hände fühlten sich wieder warm an.

5. KAPITEL

Susanne Wendland saß an ihrem neuen, Möllers altem Schreibtisch, rauchte und starrte nachdenklich zum offenen Fenster, durch das Straßenlärm und stickige Luft hereindrangen. Über der Stadt hing eine flimmernde, von der Mittagssonne aufgeheizte Dunstglocke.

GENOTEC/Gablenz. Die unvollständige Akte lag vor ihr auf dem Schreibtisch. Diese schrille, nervöse Stimme des anonymen Anrufers ...

Schaudernd erinnerte sie sich an ihren letzten Besuch im Institut vor gut einem Jahr. Sie hatte Schlei und Gablenz mit dem Verdacht von Conrads Vater konfrontiert, bei Michael Conrads Unfall sei es nicht mit rechten Dingen zugegangen. Schlei war kreidebleich geworden, doch Gablenz hatte nur kurz die Brauen gehoben und gesagt: »Daß der Tod seines Sohnes eine starke seelische Belastung für den Mann darstellt, ist verständlich. Vermutlich trübt das seine Objektivität ein wenig.«

»Wie ist es mit der Behauptung von Herrn Conrad, hier im Institut fänden geheime militärische Forschungen statt und es gehe bei diesem Megatonin-Projekt gar nicht um die Entwicklung eines neuen Antidepressivums?« fragte Susanne.

Schlei schnaufte, wurde noch weißer und schien einem Kreislaufkollaps nahe zu sein, doch Gablenz lächelte überlegen. »Wenn Michael Conrad seinem Vater einen

solchen Unsinn erzählt hat, beweist das nur, in welch bedauerlicher Verfassung er sich vor dem tragischen Unfall befand«, konstatierte er kühl. Dann fügte er in, wie Susanne fand, spöttischem Tonfall hinzu: »Sollten hier bei uns wirklich *geheime* Forschungen stattfinden, wie Conrads Vater behauptet, bin ich natürlich kaum befugt, irgendeiner Kommissarin der örtlichen Kripo darüber Auskünfte zu erteilen.«
Susanne wollte zu einer heftigen Erwiderung ansetzen, als er die Hände ausbreitete und sagte: »Ich möchte Sie aber gerne davon überzeugen, daß wir hier völlig seriöse biomedizinische Grundlagenforschung betreiben, und lade Sie daher zu einer kleinen Reise in die Unterwelt ein.«
Sie hörte, wie Schlei leise zischte: »Was soll das, Alexander? Kettler ist das bestimmt nicht recht!«
Ohne Schlei zu beachten, führte Gablenz sie zum Lift. In der Aufzugskabine fiel ihr erneut auf, was für ein Riese er war. Seine schütteren roten Haare berührten fast die Kabinendecke. Sein Körper wirkte massig, aber auf eine durchtrainierte, muskulöse Art, ähnlich wie bei einem Ringer oder Hammerwerfer. Eigentlich wirkte er gar nicht unsympathisch. Seine Stimme war angenehm tief und volltönend. Vermutlich fiel es ihm leicht, irgendwelche Gremien vom Sinn seiner Forschungsprojekte zu überzeugen.
Nach einem leisen Klingelzeichen öffnete sich die Aufzugstür wieder. »Darf ich bitten, das erste Untergeschoß«, sagte Gablenz jovial.
Daß in diesem Institut Tierversuche durchgeführt wurden, hatte Susanne zwar gewußt, war aber auf den nun folgenden Alptraum trotzdem nicht vorbereitet gewesen. Sie sah genmanipulierte Ratten und Kaninchen mit

riesengroßen Tumoren, Schweine, die, zwischen enge Gitter gepfercht, giftige Dämpfe einatmen mußten, Katzen, die epileptisch zuckten und zitterten. Während Susanne darum kämpfte, die Kontrolle über ihren revoltierenden Magen zu behalten, dozierte Gablenz mit ungerührter Stimme über den großen Nutzen, den diese Experimente für die Menschheit brächten. Man müsse das völlig unsentimental sehen. Die doch recht primitiven Tiergehirne empfänden ohnehin nicht so intensiv wie ein Mensch.
Dann fuhren sie ins zweite Untergeschoß. »Nun möchte ich Sie in mein Allerheiligstes einladen«, sagte Gablenz und führte sie in eine Art Schleusenkammer vor einem leuchtend gelben Schott mit der Warnaufschrift: ACHTUNG! ARBEIT MIT ERBGUTVERÄNDERNDEN SUBSTANZEN! ZUTRITT NUR MIT KENNCODE ALPHA!
Begleitet vom gespenstischen Surren eines Lüfters, mußte Susanne sich an einem silbernen Waschbecken die Hände mit einer stechend riechenden Flüssigkeit desinfizieren und eine weiße Schutzkleidung überstreifen, die nur eine runde Öffnung um Augen und Nase frei ließ. Das Schott öffnete sich zischend, und Gablenz ging mit ihr über einen langen, von kaltem Neonlicht erhellten Korridor zu einer Stahltür, wo er eine Ziffernkombination in ein Codeschloß tippte.
Das Licht der Lampe über der Tür wechselte von Rot auf Grün. Es klackte laut, er öffnete, und sie traten ein. Hinter ihnen fiel die Tür mit einem dumpfen Schnappen wieder zu. Dann zog er sich die Kapuze ab und steckte sie in eine Seitentasche des Anzugs. »Sie können Ihre auch ruhig abnehmen. So spricht es sich leichter.«

Susanne war froh, das lästige Ding ausziehen zu können. In dem Labor herrschte ein gelbliches Dämmerlicht, an das sich ihre Augen nach der grellen Flurbeleuchtung erst gewöhnen mußten. Als sie sich umschaute, sah sie, daß entlang der Wände lange Reihen von Tierkäfigen standen, in denen Katzen, Ratten und Rhesusaffen aufgeregt herumsprangen, offenbar durch den fremden Besuch aufgescheucht.

Mitten im Raum stand auf einem langen Tisch etwas, das auf den ersten Blick wie ein sehr großes, flaches Aquarium wirkte. Es enthielt eine Art Labyrinth – viele ineinander verschlungene kleine Pfade aus Glas oder Plexiglas.

»Das ist der Ratten-Parcours«, sagte Gablenz. »Er dient dazu, die Intelligenz und das Lernvermögen von Laborratten zu testen. Um an ihr Futter zu kommen, müssen sie zunächst das Labyrinth durchqueren und dann hier hinten verschiedene Aufgaben bewältigen – zum Beispiel durch diese mit Wasser gefüllte Röhre dort tauchen, oder mehrere elektrische Schalter betätigen.«

»Und wozu testen Sie die Intelligenz der Ratten?« fragte Susanne und überlegte, wie sich wohl ein Mensch fühlen würde, wenn er sich, um seinen Hunger zu stillen, durch einen solchen Parcours quälen müßte.

Gablenz warf ihr einen schwer zu deutenden Blick zu. »Um festzustellen, ob die Gehirnleistung der Tiere durch ... die Verabreichung gewisser Substanzen gesteigert werden kann.«

»Das verstehe ich nicht ganz«, entgegnete Susanne. »Wieso beschäftigen Sie sich mit der Gehirnleistung von Tieren, wenn es bei Ihren Forschungsarbeiten um die Entwicklung eines neuen Antidepressivums geht?«

»Wenn die getesteten Substanzen die Gehirnleistung von

Tieren steigern, wäre auch ein Einsatz beim Menschen denkbar, etwa bei Demenz-Patienten oder lernbehinderten Kindern«, sagte Gablenz. »Sie ließen sich aber auch ganz allgemein zur Steigerung der menschlichen Intelligenz einsetzen. Gewissermaßen als Nebeneffekt würden durch eine solche Leistungssteigerung des Gehirns Depressionen eliminiert.«

Susanne schüttelte ungläubig den Kopf. »Sozusagen eine Intelligenzpille für alle? Das wäre ja für die Pharmaindustrie ein Riesengeschäft!«

»Aber das ist natürlich noch Zukunftsmusik«, sagte Gablenz und hob abwehrend die Hände. »Kommen Sie, wir gehen in mein Arbeitszimmer.«

Sie folgte ihm in ein angrenzendes Büro, wo er die Deckenbeleuchtung einschaltete. Hier war es heller als in dem großen Raum mit den vielen Tierkäfigen. Das Büro war kühl und funktionell eingerichtet, mit verschlossenen Aktenschränken aus Metall, einem nüchtern wie eine Werkbank aussehenden Schreibtisch und einem PC-Arbeitsplatz. Nur zwei Dinge in dieser sterilen Umgebung hatten einen persönlichen Charakter: An der Wand hing eine alte Jagdbüchse mit kunstvollen Gravuren auf Lauf und Schaft. Könnte glatt von Old Shatterhand stammen, dachte Susanne. Und daneben zog ein großes eingerahmtes Foto ihren Blick an. Es zeigte Gablenz, der, ein Gewehr in der Hand, in stolzer Pose den Fuß auf die Flanke eines erlegten Wolfes legte.

»Die Jagd ist wohl eine Leidenschaft von Ihnen?« fragte Susanne.

Gablenz lächelte. »Nein. Ich schätze sie als intellektuelle Herausforderung. Ich unternehme Jagdreisen nach Kanada, Alaska und Sibirien in klimatisch extreme Gebiete. Dazu muß man nicht nur körperlich fit sein, sondern man muß auch sorgfältig planen. Dort zu jagen bedeutet über die Natur zu triumphieren und sich selbst zu beweisen, daß man auch unter extremen Bedingungen alles unter Kontrolle hat. Ich bin ein sehr rationaler Mensch, wissen Sie. Menschen mit Leidenschaften erscheinen mir primitiv. Starke Gefühlsreize und Emotionen sind Relikte unserer tierischen Vergangenheit. Die besondere Leistung der biologischen Evolution besteht darin, die Großhirnrinde hervorgebracht zu haben, wo Vernunft und Logik regieren. Der menschliche Intellekt kann nun ordnend in die zufallsbestimmten, chaotischen Systeme der Natur eingreifen. An der Schwelle zum einundzwanzigsten Jahrhundert tritt unsere Zivilisation in eine neue Phase ein: Wir werden die weitere Evolution auf diesem Planeten bewußt planen und rational lenken, und wir werden alles ausmerzen, was für Unordnung in der menschlichen Psyche sorgt und den Fortschritt gefährdet.«

Gablenz machte eine kurze Atempause, in die hinein Susanne rasch sagte: »Doktor, der Vater Michael Conrads vermutet, sein Sohn sei ermordet worden, und hat deswegen Anzeige erstattet. In dieser Sache habe ich zu ermitteln, wie Sie wissen. Ehrlich gesagt, begreife ich nicht ganz, was Ihre Ausführungen damit zu tun haben und was ich hier in diesem Labor soll. Falls Sie mir nichts mehr zur Sache mitzuteilen haben, möchte ich jetzt gerne gehen.« In Susannes Magen rumorten noch die gefolterten Schweine und epileptisch zuckenden Katzen. Die sterile, metallisch riechende Luft dort unten schien ihren Bronchien mehr zuzusetzen als Zigarettenrauch. Und was Gablenz zuletzt gesagt hatte, klang in Susannes Ohren überhaupt nicht fortschrittlich, sondern eher wie das Geschwätz eines der Gruft entstiegenen Rassenhygienikers aus Deutschlands blutiger Vergangenheit.

»Ich führe Sie durch unser Institut und gewähre Ihnen einen Einblick in unsere Arbeit«, entgegnete Gablenz, »damit Sie erkennen, daß jeder Verdacht, bei uns ginge etwas nicht mit rechten Dingen zu, vollkommen absurd ist. Wir sind eine seriöse Forschungseinrichtung. Der GENOTEC-Konzern ist ein international aktives Großunternehmen. Wir unterhalten beste Beziehungen zu den Regierungen aller Länder, in denen wir tätig sind. Natürlich mögen manche unserer Forschungsprojekte in den Augen der breiten Öffentlichkeit, nun, ein wenig problematisch erscheinen, so daß eine gewisse Geheimhaltung nötig ist. Aber ich versichere Ihnen, daß wir unsere Informationspolitik eng mit unseren Partnern in Bonn abstimmen. Da die breite Masse der Menschen in ihrem Denken immer etwas rückständig und emotional zu sein pflegt, muß man sie ganz allmählich an die neuen Möglichkeiten der Wissenschaft gewöhnen, um keine irrationalen Schockreaktionen auszulösen. Sie als intelligente Polizistin, deren Aufgabe es ist, für Ruhe und Ordnung einzutreten, werden das gewiß verstehen. Hier bei GENOTEC arbeitet die wissenschaftliche Elite. Wir sind die Vordenker für eine neue Zeit und genießen das volle Vertrauen aller staatlichen Stellen. In Sicherheitsfragen haben wir unsere Ansprechpartner unmittelbar in Bonn. Es ist völlig unnötig, daß die Kölner Kripo sich noch länger mit dieser Sache befaßt. Ich bin überzeugt, Sie werden schon bald entsprechende Anweisungen erhalten.«

Susanne war froh gewesen, aus diesem Tierversuchs-Hades wieder ins Tageslicht zurückzukehren, und hatte auf dem Parkplatz erst einmal eine beruhigende Zigarette geraucht.

Gablenz hatte recht behalten: Die »Ansprechpartner in Bonn« besaßen ganz offensichtlich einen langen Arm, denn am nächsten Tag hatte das BKA sich eingeschaltet und Antweiler ihr den Fall entzogen.

Die Stimme des anonymen Anrufers ... Schlei. Schlei war während ihrer beiden Besuche bei GENOTEC vor einem Jahr auffallend nervös gewesen. Sie glaubte, seine dünne, schrille Stimme noch im Ohr zu haben, sah seine schlaffe, teigige Gestalt wieder vor sich. Der Klang einer Stimme war wie ein Fingerabdruck.

Vielleicht sollte sie Kriminalrat Antweiler über den anonymen Anruf und den verschwundenen Unfallbericht informieren, ehe sie etwas unternahm. Sie griff zum Telefonhörer, hielt einen Moment inne, schüttelte den Kopf und warf einen Blick in die Akte. Immerhin, Adresse und Telefonnummer befanden sich noch bei den Unterlagen.

GENOTEC Germany – Institut für biomedizinische Forschungen Köln.

Susanne wählte die Nummer und ließ sich mit dem Vorzimmer des Wissenschaftlichen Direktors Professor Schlei verbinden. Die Sekretärin stellte den Anruf anstandslos durch.

»Ja. Schlei ...« Sie konnte ihn nervös schlucken hören.

»Kommissarin Wendland hier. Sie erinnern sich an mich, nehme ich an?«

Kurzes Schweigen, in das er schnaufend hineinatmete, dann: »Ja ... natürlich. Was kann ich für Sie tun?« Er war kein guter Schauspieler. Dieser schrille, nervöse Unterton entlarvte ihn. Kein Zweifel, er hatte sie angerufen.

»Wir haben einen ... *anonymen* Hinweis erhalten, daß Dr. Gablenz verschwunden ist. Stimmt das?«
Erneutes Schweigen. Schlei räusperte sich. »Nun, da kann ich Sie beruhigen. Das ist eindeutig eine Fehlinformation. Dr. Gablenz geht ganz normal seiner Arbeit nach.«
Sie konnte seine Nervosität hören. Vermutlich log er. Es *klang* wie eine Lüge. Okay, dachte sie, er *hat* dich angerufen, das weißt du jetzt, aber von seinem Büro aus wird er nicht reden wollen. Sie sagte, dann sei ja alles in Ordnung, und entschuldigte sich für die Störung.
Eine knappe halbe Stunde später rief Schlei wieder an und sagte, er wolle sich in fünfzehn Minuten mit ihr am Rheinufer treffen. Er beschrieb ihr die Stelle. Jetzt spätestens hätte sie Antweiler informieren müssen. Jedenfalls hätte Mallmann ihr gewiß dazu geraten – wenn sie ihn um Rat gefragt hätte. Sie eilte aus dem Büro, sprang in ihren Dienst-Opel und fuhr in Richtung Rhein. Wenn Antweiler schon wütend war, weil sie sich eigenmächtig wieder in den Fall eingeklinkt hatte, wollte sie ihm wenigstens ein paar interessante Neuigkeiten bieten können.

Auf dem grauen Flachdach eines klobigen, zehngeschossigen Ungetüms aus Stahlbeton und Glas, nicht weit vom Rhein entfernt, stand ein stämmiger, bullig wirkender Mann und schaute in den dunstigen Himmel. Aus der Straßenschlucht ein paar Meter hinter ihm drang Verkehrslärm herauf. Da er sein Jackett wegen der Schwüle offenbar im Büro gelassen hatte, sah man sein Schulterhalfter mit der Pistole. Sein Hemd zierten unter den Achselhöhlen dunkle Schweißflecken.
Ein moderner Reisehubschrauber mit Einziehfahrwerk

schwebte heran. Auf dem an einen überdimensionalen Delphin erinnernden Rumpf prangte der silbergraue GENOTEC-Schriftzug. Die Maschine setzte auf dem dafür vorgesehenen roten Landekreuz auf, und während die breiten Rotorblätter langsam ausliefen, stieg hinten aus der Kabine ein großer, hagerer Mann mit kurzen, eisgrauen Haaren und gebräunten, scharfkantigen Gesichtszügen. Der Bullige mit dem Schulterhalfter ging ihm entgegen.

Der Neuankömmling drückte ihm die Hand und fragte: »Wie steht's in der Eifel, Kettler?«

Kettler verzog sein breites, derbes Gesicht und sagte ohne Umschweife: »Lansky ist tot.«

Der Hagere erbleichte unter seiner Bräune. »Wie konnte das passieren?«

Während sie sich in den Schatten des Aufzugturmes zurückzogen, berichtete Kettler: »Wir wissen noch nichts Genaues. Lansky hat heute morgen allein observiert. Als er sich zuletzt über Funk meldete, teilte er mit, er hätte Gablenz dabei beobachtet, wie er auf einer Lichtung mit dem Wolfsrudel *spielte.*« Dabei schüttelte Kettler den Kopf, als könnte er selbst nicht glauben, was er da sagte. »Knapp zwei Stunden später hat der örtliche Polizeidienststellenleiter vom Hubschrauber aus zufällig Landskys Leiche entdeckt und den Leichenfund dem Präsidium Euskirchen gemeldet. Unser dortiger Informant hat die Meldung sofort an uns weitergereicht.«

»Mein Gott. Glauben Sie, Gablenz hat ...«

Kettler zuckte die Achseln. »Wer sollte es sonst gewesen sein? Seit er sich Megatonin injiziert hat, verhält er sich völlig ... bizarr. Er wollte heimlich, ohne viel Aufsehen, am Gehege ausprobieren, ob er einen telepathischen Kon-

takt zu dem Rudel herstellen und die Tiere eventuell sogar beeinflussen kann. Statt dessen *befreit* er die Wölfe! Verdammt! Ich habe Sie gewarnt, Dr. Roloff! Der Versuch hätte auf jeden Fall im Labor durchgeführt werden müssen, unter kontrollierten Bedingungen. Nach all dem Ärger mit Conrad und Scholl ...«
Dr. Roloffs Augen blitzten auf. »Für die Probleme in der Sache Conrad sind allein Sie verantwortlich, Kettler! Hätten Sie sorgfältiger gearbeitet, wäre diese neugierige Kripokommissarin gar nicht erst auf dumme Gedanken gekommen!« Er strich sich durch sein eisgraues Haar. »Ach, lassen wir das. Sie wissen doch, wie dringend ich bei dem Megatonin-Projekt einen Erfolg brauche. Die Konzernzentrale sitzt mir im Nacken! Der Einkauf von Gablenz und Schlei hat damals sehr viel Geld gekostet, und wir haben inzwischen beträchtliche Summen in Gablenz' Megatoninforschung gesteckt. Gablenz ist nun einmal eigenwillig, wie die meisten genialen Forscher. Es erschien mir am sinnvollsten, ihm möglichst freie Hand zu lassen, damit er endlich zu verwertbaren Ergebnissen kommt. Ich konnte doch nicht ahnen, daß er, nun ja, *durchdrehen* und dieses Wolfsrudel befreien würde! Aber ich kann nicht glauben, daß er nun auch noch Lansky getötet haben soll. Aus welchem Grund denn?«
Kettler schnaubte ärgerlich. »Vielleicht ist er mit seinen neu erworbenen telepathischen Fähigkeiten dahintergekommen, daß wir ihn vorsichtshalber heimlich beobachten, und da ist ihm der Faden gerissen und er hat Lansky erledigt. Übrigens hat er obendrein auch noch den Sender entdeckt und zerstört, den wir in seinem Hosengürtel versteckt hatten. Er *muß* ihn zerstört haben, denn daß das Ding von selbst ausfällt, ist praktisch ausgeschlossen.«

Dr. Roloff wirkte jetzt ziemlich erschrocken. »Das heißt, Sie haben ihn verloren?«
»Momentan ja. Major Bergner vom MSD ist mit seinen Leuten zum Fundort unterwegs, um Lanskys Leiche in Sicherheit zu bringen. Anschließend machen sie sich auf die Suche nach Gablenz.«
Roloff fuhr sich erneut durchs Haar. »Hören Sie, Kettler: Ich will in dieser Sache so wenig Aufsehen wie möglich. Wir können momentan weiß Gott keine schlechte Presse brauchen. Halten Sie die örtliche Polizei und die Medien nach Möglichkeit außen vor und erledigen Sie das allein mit Ihren Leuten und dem MSD. Ziehen Sie Gablenz um Himmels willen aus dem Verkehr, so schnell es nur irgend geht!«
»Sollen wir ihn umlegen, oder wollen Sie ihn lebend?« fragte Kettler ungerührt.
Dr. Roloff stöhnte. »Damit noch einmal so ein Schlamassel passiert wie bei Conrad? Nein, nein! Natürlich lebend!«
»Okay«, sagte Kettler. »Aber ohne großes Aufgebot an Bundeswehr und Bereitschaftspolizei kann es zwei, drei Tage dauern. Nun, wie Sie meinen. Schlei gefällt mir übrigens gar nicht. Daß Gablenz ausgerastet ist und das Wolfsrudel befreit hat, scheint seinen Nerven den Rest zu geben. Fehlt uns noch, daß er zur Kölner Kripo oder gar zur Presse rennt. Na, jetzt ist er erst mal zum Onkel Doktor gefahren, um sich was für den Kreislauf verschreiben zu lassen.«
Roloff schüttelte den Kopf. »Ach was, Schlei ist eine Niete. Eine völlige Memme. Um uns zu hintergehen, hat er viel zu wenig Mumm. Hätte sein Busenfreund Gablenz ihn uns damals nicht aufs Auge gedrückt, säße er immer

noch in seinem lächerlichen kleinen Institut in Aachen herum. Sollte Gablenz durch dieses Experiment völlig ausfallen, habe ich für Schlei sowieso keine Verwendung mehr. Schließlich sitzt Schlei nur auf diesem lächerlichen und überflüssigen Direktorenposten, um Gablenz bei Laune zu halten.«
»Aber Schlei weiß zu viel«, wandte Kettler ein.
Dr. Roloff, der seine Fassung rasch wiedergewonnen zu haben schien, winkte ab. »Dafür findet sich eine Lösung. Letztlich findet sich für alles eine Lösung.«
Sie gingen in den Aufzugsturm. »Sind der Staatssekretär und der General vom MSD schon eingetroffen?«
»Vor etwa zwanzig Minuten«, antwortete Kettler.
»Gut, daß Schlei beim Arzt ist«, sagte Roloff. »Seine Anwesenheit bei den Direktoriumssitzungen wird zunehmend zum Ärgernis. Der Mann ist inzwischen ja ein einziger wandelnder Nervenzusammenbruch. Sehr kontraproduktiv.«
Ihre Stimmen verhallten im Treppenhaus, während sie in der obersten Etage in den Lift stiegen und in den Tiefen des GENOTEC-Gebäudes verschwanden.

Schlei hockte in sich zusammengesunken auf der verabredeten Bank und schaute aufs Wasser, als Susanne, die länger als erwartet nach einem Parkplatz gesucht hatte, etwas atemlos eintraf und sich neben ihn setzte. Er sah noch genauso aus wie vor einem Jahr: teigig, schlaff, bleich und verschwitzt. Er starrte auf ein langsam vorbeigleitendes weißrotes Ausflugsschiff der Köln-Düsseldorfer Reederei, als wäre er am liebsten in den Rhein gesprungen und hinterhergeschwommen.
»Sie kommen spät, Frau Kommissarin«, sagte er. »Zum

Glück ist mir niemand gefolgt. Sie glauben, ich wäre beim Arzt.«
»Wer: sie?« fragte Susanne.
»Kettler und seine Leute.«
»Kettler? Ich erinnere mich, daß dieser Name voriges Jahr auch schon mal fiel. Ist dieser Herr bei GENOTEC für die Sicherheit zuständig?«
Schlei lachte bitter. »Kettler ist ein Killer.«
Susanne horchte auf. »Sie meinen, er hat damals Conrad ...«
Plötzlich fing Schlei heftig an zu schluchzen. Sein schwerer Körper wurde regelrecht durchgeschüttelt. »Sie sind Verbrecher ... alle Verbrecher ... völlig skrupellos ... gehen über Leichen ...« Der Mann schien völlig am Ende zu sein, aber er war Susanne so unsympathisch, daß sie kein Mitleid empfinden konnte. Mit zitternden Fingern zog er ein großes kariertes Taschentuch aus der Hose und schneuzte geräuschvoll hinein.
»Warum haben Sie mich denn nun herbestellt?« fragte Susanne. »Die Ermittlungen sind mir damals entzogen worden. Wenn Sie mir keine stichhaltigen Informationen liefern können, bekomme ich unter Umständen großen Ärger, weil ich mich überhaupt mit Ihnen treffe.«
Schlei bemühte sich sichtlich, sein Schluchzen und Zittern in den Griff zu bekommen. »Zuerst einmal müssen Sie ... Gablenz finden. In seinem momentanen Zustand ist er eine Gefahr ... für sich und andere.«
»Er ist also tatsächlich verschwunden«, sagte Susanne.
»Er ist in der Eifel. Ich besitze dort im Itzwald in der Nähe des Ortes Buchfeld eine Jagdhütte. Dort hält er sich auf.«
»Was tut er da?« fragte Susanne. »Und wieso ist er gefährlich?«

Schlei schneuzte sich wieder die Nase. Dann sagte er: »Er hat sich im Selbstversuch Megatonin injiziert.«
»Mein Gott! Dieses Zeug, durch das damals Conrad und Scholl ...«
»Er war der Ansicht, er hätte die bei den beiden aufgetretenen Nebenwirkungen inzwischen eliminiert.«
»Ziemlich fatale Nebenwirkungen«, sagte Susanne grimmig.
»Nun, Sie kennen Gablenz. Er ist ein sehr rationaler und kontrollierter Mensch. Er neigt normalerweise überhaupt nicht zu chaotischen, unvernünftigen Verhaltensweisen. Doch jetzt hat er unter dem Einfluß von Megatonin ... Wölfe aus einem Gehege befreit und womöglich gar einen Menschen getötet. Einen Geheimdienstoffizier, der ihn beobachten sollte.«
Susanne schüttelte ungläubig den Kopf. »Sind Sie sicher, daß Sie da nicht irgendwas zusammenphantasieren?«
»Hören Sie! Sie müssen Gablenz finden. Möglicherweise ist er von derselben Paranoia wie Scholl befallen. Er braucht Hilfe und muß so schnell wie möglich in eine psychiatrische Klinik. Ich wende mich an Sie, um die örtliche Polizei in die Sache einzuschalten. Wenn Gablenz nach Ansicht Roloffs zum Sicherheitsrisiko für GENOTEC wird, räumen sie ihn genauso aus dem Weg wie Conrad!«
»Wer ist Roloff?«
»Der Deutschland-Chef von GENOTEC. Sehr mächtig, einflußreich und gefährlich.«
Plötzlich sank Schlei vornüber und wurde noch bleicher.
»Oh, mir ist plötzlich furchtbar schwindelig. Der Kreislauf!«
Einen Moment fürchtete Susanne, er werde von der Bank

kippen, aber er fing sich wieder etwas. Sie zog ihr Handy aus der Tasche. »Wie sind Sie denn hergekommen?«
»Mit dem Taxi.« Seine Stimme klang sehr dünn und weinerlich.
»Okay. Dann rufe ich Ihnen jetzt eines hierher, das Sie dann wirklich zum Arzt bringt. Einverstanden?«
»Das mit dem Arzttermin war sowieso nicht nur vorgetäuscht.« Er wischte sich mit dem Taschentuch den Schweiß von der Stirn.
Nachdem das Taxi neben der Rheinuferstraße gestoppt und sie den zittrigen und weinerlichen Schlei auf den Rücksitz verfrachtet hatte, ging sie rauchend zur Uferpromenade zurück und stützte sich auf das Geländer. Während sie in das gelblich braune, von den vorbeituckernden Frachtschiffen aufgewühlte Wasser starrte, versuchte sie gedanklich die Informationen zu sortieren, die sie von Schlei erhalten hatte. Mit der Zigarette im Mundwinkel nahm sie das Handy, rief auf der Kölner Leitstelle an und ließ sich dort die Nummer der Polizeiwache in Buchfeld heraussuchen.

Jonas sah einen olivgrünen Lieferwagen auf dem Waldweg heranrumpeln. Es war ein geschlossener VW-Transporter mit Allradantrieb. Auf der Frontsitzbank saßen drei Mann nebeneinander: ein grau Uniformierter am Steuer, ein weiterer Uniformierter in der Mitte und rechts einer im dunklen Zivilanzug. Das konnte doch unmöglich schon der Militärgeheimdienst sein! Es war noch keine zwei Stunden her, daß Jonas den Leichenfund über Funk ans Präsidium gemeldet hatte. Er war davon ausgegangen, daß die Militärs morgen irgendwann jemanden schicken würden, wenn dieser Oberleutnant

Lansky längst in Euskirchen in der Pathologie im Kühlfach lag.
Auf Jonas' Frage, was denn der MSD sei, hatte Kriminalrat Weyerbusch mit Erstaunen reagiert. Davon habe er noch nie gehört, es müsse wohl etwas Supergeheimes sein. Aber er hatte versprochen, sich sachkundig zu machen.
Der VW-Transporter mit Bundeswehrkennzeichen hielt am Rand der Lichtung, und die drei Männer stiegen aus. Die beiden Uniformierten blieben beim Wagen stehen, der Mann in Zivil ging zielstrebig auf Jonas zu, und damit auch auf den blutüberströmten Toten, der hinter Jonas leer in den Himmel starrte.
»Sind Sie der leitende Ermittlungsbeamte?« fragte der Mann. In seinem leichten, dunklen Anzug sah er dem Ermordeten gar nicht unähnlich, war aber etwas größer und schlanker und hatte mehr Grau in den Haaren. Außerdem trug er statt eines hellblauen Hemdes ein weißes. Jonas konnte nur rätseln, wieso diese Leute trotz der Hitze die Anzugjacke anbehielten. Vermutlich, damit niemand ihre Schulterhalfter sah. Er nickte und streckte die Hand aus. »Kommissar Faber.« Um zu erraten, daß er momentan die Ermittlungen leitete, brauchte man nicht viel Phantasie. Außer ihm standen nur noch die beiden jungen Streifenpolizisten Biggi Schmitz und Hannes Landsberg in der Gegend herum. Seine Hand faßte ins Leere. Offenbar gaben diese Geheimdienstler nur Personen die Hand, die zum inneren Zirkel gehörten. Jonas zog seine Hand wieder zurück.
Der Geheimdienstmann deutete mit einem Kopfnicken auf den Toten, über dessen Gesicht und in dessen Haaren die Fliegen krabbelten. Es wurde Zeit für den Kühlschrank. Bei diesem schwülwarmen Wetter würde die

Leiche schnell anfangen zu stinken. »Wir nehmen ihn mit«, sagte er. Es war nicht als Frage formuliert, auch nicht als Aufforderung, sondern als nüchterne Feststellung.

Jonas hob die Brauen. Was sollte das denn? Ihn mitnehmen? Der gehörte in die Pathologie. Wenn die Pathologen mit ihm fertig waren, konnte der MAD – oder MSD – ihn sich immer noch abholen. »Sie müßten eigentlich wissen, wie so was abläuft«, sagte er. »Wir warten gerade auf den Staatsanwalt, und der Leichenwagen, der ihn« – jetzt deutete auch Jonas mit dem Kopf auf den Toten – »nach Euskirchen in die Pathologie bringt, ist auch schon angefordert.«

»In *diesem* Fall läuft es nicht so ab«, sagte der Geheimdienstler völlig ungerührt. »Sie können den Leichenwagen wieder abbestellen.«

»Sie wissen, daß ich den Toten nicht freigeben kann«, entgegnete Jonas. »Das ist Sache der Staatsanwaltschaft.« Verdammt, die kalte, herablassende Art dieses Burschen konnte einen auf die Palme bringen! »Ich nehme an, Sie können sich ausweisen?« setzte er schroff hinzu.

Der andere reagierte darauf mit einem kleinen, lässigen Achselzucken und hielt Jonas einen Dienstausweis unter die Nase. Der sah genauso aus wie der, den Jonas bei dem Toten gefunden hatte. Nur daß es sich diesmal sogar um einen Major handelte. Major Bergner. »Es würde Zeit sparen, wenn Sie mir die Leiche gleich übergeben«, sagte er.

»MSD«, sagte Jonas. »Dieser Dienst ist mir völlig unbekannt.«

»Es handelt sich um eine neue Spezialabteilung des MAD«, erklärte Major Bergner knapp. »Sie besteht erst seit zwei Jahren. Erkundigen Sie sich bei Ihrer überge-

ordneten Dienststelle, wenn Sie Zweifel an meinen Befugnissen haben.«
Jonas überlegte. Weyerbusch kannte den MSD nicht, doch das mußte nichts bedeuten, wenn es sich wirklich um einen neuen, supergeheimen Laden handelte. Aber welche Funktion erfüllte diese angebliche Spezialabteilung, die der normale MAD nicht erfüllen konnte, und wieso trieben sie sich hier in der Eifel herum? Außerdem stand für ihn fest, daß es einen Zusammenhang zu dem geheimnisvollen Wolfsbefreier gab. »Darf ich fragen, was Sie hier draußen bei uns zu tun haben? Immerhin leite ich die hiesige Polizeiinspektion. Es wäre doch wohl angebracht, mich zu informieren.«
»Sie dürfen fragen«, entgegnete der Major ungerührt. »Aber Sie bekommen von mir keine Antwort. Die Angelegenheit ist für Sie nicht von dienstlichem Interesse.«
Nicht von dienstlichem Interesse! Was für eine Formulierung. Hier im Buchfelder Wald lag ein auf bestialische Weise ermordeter Geheimdienstoffizier, und das sollte für Jonas nicht von Interesse sein! Himmel, war dieser Bursche überheblich und aufgeblasen! »Ich gebe die Leiche nicht frei«, sagte Jonas eisig. »Wir warten auf den Staatsanwalt. Soll der entscheiden.«
»Eine unnötige Verzögerung«, brummte Bergner. Ohne ein weiteres Wort drehte er sich um, ging zu dem im Schatten unter den Bäumen stehenden VW-Transporter zurück und setzte sich wieder auf den Beifahrersitz. Die beiden Uniformierten stiegen ebenfalls ein. Was machen Sie denn jetzt? fragte sich Jonas. Wieder fahren? Nein. Sie blieben einfach schweigend im Wagen sitzen und warteten.
Jonas wandte sich Biggi zu, die verunsichert in der Nähe

herumstand. »Frag doch mal über Funk nach, wo der Staatsanwalt bleibt.« Sie nickte und ging zum Streifenwagen. Verdammt, bisher war alles völlig routinemäßig abgelaufen. Jonas hatte Biggi und Hannes mit dem Spurensicherungskoffer kommen lassen. Der zweite Buchfelder Streifenwagen hatte einen der beiden hiesigen Hausärzte herbeigeholt, damit er, entsprechend der Dienstvorschrift, den Tod feststellte, wozu in diesem Fall keine großen medizinischen Fachkenntnisse nötig gewesen waren. Der Hubschrauber war nach Euskirchen zurückgeflogen, um den zuständigen Staatsanwalt zu holen.
Andererseits, überlegte Jonas, was ist an dieser ganzen Sache schon routinemäßig? Vor ein paar Minuten hatte ihnen Schöntges über Funk von dem Anruf Susanne Wendlands auf der Wache berichtet. Natürlich kannte Jonas Schleis Jagdhütte. Die ganze Gegend hier war ihm wohlvertraut. Als Kinder hatten sie oft in den Fischteichen gebadet, sehr zum Ärger des damaligen Pächters. Schlei kannte er dem Namen nach. Seine Familie stammte von hier, und Honadel hatte den Mann gelegentlich erwähnt. Er war einer der Jagdkameraden und Parteifreunde von Honadel, Henn und Thönnes. Honadel hatte gesagt, der Mann, den sie vor dem Angriff der Wölfe im Wald gesehen hatten, sei ihm bekannt vorgekommen. Wenn es sich bei diesem Gablenz um einen Bekannten Schleis handelte, waren sie sich vielleicht schon bei Henn begegnet. Und wenn dieser Gablenz unter Drogeneinfluß stand, lieferte das eine Erklärung für sein sonderbares Verhalten.
Susanne hatte nur gesagt, sie sollten nach einem großen, rothaarigen Mann namens Gablenz Ausschau halten, der momentan in Professor Schleis Jagdhütte hause, unter

Drogeneinfluß stehe und möglicherweise gefährlich sei. Und Jonas solle sie zurückrufen. Er erinnerte sich gut an sie. In Köln hatten sie gelegentlich miteinander zu tun gehabt, wobei er sie stets sehr kollegial und sympathisch gefunden hatte. Das unter manchen Herren im Präsidium immer noch verbreitete dumme Vorurteil, Kriminalistik sei Männersache, gehörte seiner Ansicht nach auf den Sperrmüll.

Jonas mußte an Chris denken. Sie war ein bißchen blaß um die Nase gewesen, hatte sich aber sehr tapfer gehalten. Jonas hatte sie von dem Streifenwagen, der den Arzt zurückfuhr, nach Hause bringen lassen. Ihre Vision konnte einem schon eine Gänsehaut über den Rücken jagen. Zwar bemühte er sich bei seiner Arbeit stets, einen kühlen Kopf zu bewahren, aber die Liebe zu Chris damals hatte sein Bild von der Wirklichkeit für immer verändert. Immerhin gab es Dinge, die standen in keinem Schulbuch und spielten auch bei der Polizeiausbildung keine Rolle, dennoch ließen sie sich nicht leugnen. Wenn man nach dem vierten oder fünften Bier nachfragte, wußte fast jeder noch so hartgesottene Polizist von Situationen zu berichten, wo ihn eine plötzliche Ahnung, ein diffuser sechster Sinn oder eine Art Schutzengel davor bewahrt hatte, eine Kugel oder ein Messer in den Rücken zu bekommen, und auch Jonas selbst hatte schon etwas Derartiges erlebt.

Wenn dieser Gablenz wirklich Lansky getötet, ihm die Halsschlagader durchtrennt hatte, dann hatte Chris in schrecklicher Gefahr geschwebt, als sie ihm nachts am Gehege begegnet war. Er schauderte bei diesem Gedanken und schüttelte den Kopf. Oder hatte, wie Chris glaubte, ein Wolf den MSD-Mann getötet? Aber sie hatte selbst gesagt, daß Wölfe sich nicht so verhielten.

»Der Hubschrauber muß jeden Moment hiersein!« rief Biggi vom Streifenwagen herüber.
Verdammt, er war in die Eifel zurückgekehrt, um endlich wieder ein normales Leben zu führen. Wenn man lange Zeit bei der Mordkommission in einer Großstadt arbeitete, bekam man irgendwann das Gefühl, daß das Leben nur aus Perversitäten und Verbrechen bestand. Die Eifel war ihm im Vergleich dazu als Hort des Friedens erschienen, wo Gewaltverbrechen nicht zum Alltag gehörten. Er fühlte sich für die Sicherheit der Menschen hier verantwortlich und wollte alles daransetzen, daß bald wieder Frieden einkehrte.
Endlich näherte sich aus der Ferne das Brummen eines Hubschraubers, und als die Maschine auf der Lichtung landete, tauchte dieser Major Bergner plötzlich wieder neben Jonas auf, ohne ihn eines Blickes zu würdigen. Den Staatsanwalt, der herauskletterte, hatte Jonas noch nie gesehen. Er war jung, sehr jung, ein Neuling offenbar, groß und dünn. Die Art, wie er mit gewichtiger Miene auf Jonas und den Major zustolzierte, ließ ihn ziemlich schnöselig erscheinen. Erneut streckte Jonas die Hand aus und stellte sich mit Namen und Dienstgrad vor.
Diesmal wurde sie ergriffen. Die Hand des Staatsanwaltes fühlte sich kühl und feucht an. »Ah, Sie haben den Toten entdeckt?« Seine Stimme klang krampfhaft um Autorität bemüht. Jonas nickte. Der Staatsanwalt streckte seine Hand dem Major entgegen, der ihr jedoch keine Beachtung schenkte. »Und Sie …«
»Major Bergner vom MSD«, half Jonas aus.
Der Major beschränkte die Begrüßungsformalitäten auf ein knappes Kopfnicken.
»MSD?« fragte der Staatsanwalt leicht verwirrt.

»Eine Spezialabteilung des MAD«, antwortete der Major knapp und fügte hinzu: »Der Kommissar hier war der Meinung, wir sollten mit dem Abtransport der Leiche bis zu Ihrem Eintreffen warten. Eine unnötige und ärgerliche Verzögerung.«
»Mit dem Abtransport der ... Wo ist sie denn überhaupt?«
Jonas zeigte sie ihm. Der Staatsanwalt stöhnte. »Mein Gott, das sieht ja furchtbar aus!« Dann sagte er zu Bergner: »Nun, üblicherweise muß die Leiche zunächst in die Pathologie nach Euskirchen ... ich weiß nicht, ob ...« Das klang ziemlich schwächlich und ließ nichts Gutes ahnen.
»Man hat Sie offensichtlich unzureichend informiert«, sagte Major Bergner, unverändert herablassend und aufreizend ruhig. »Sie sollten mit Ihrem Vorgesetzten telefonieren. Am besten jetzt gleich.«
Der Staatsanwalt warf Jonas einen unsicheren, beinahe hilfesuchenden Blick zu. Na, was ist, soll ich dir die Nummer deines Oberstaatsanwalts raussuchen, oder was? dachte Jonas. Ein Handy hast du ja bestimmt dabei. Laut sagte er: »Die Leiche muß auf jeden Fall in die Pathologie.«
Der Staatsanwalt zog tatsächlich ein Handy aus der Tasche. Technisch war er offensichtlich auf dem neuesten Stand, nur an der nötigen Courage mangelte es. Er ging ein Stück von ihnen weg, um zu telefonieren, entfernte sich vielleicht zehn Meter weit und drehte ihnen den Rükken zu. Mit dem Handy am Ohr krümmte er sich etwas vor, so daß er wie ein schüchterner Schuljunge wirkte, der mit seiner ersten großen Liebe telefoniert. Jonas konnte sich ein Grinsen nicht verkneifen.
Das Gespräch dauerte ziemlich lange, wobei der Staatsan-

walt fast ausschließlich »ja, verstehe« sagte und mit dem Kopf nickte. Dann kam er zurück. Jonas dachte: So, eigentlich müßte er jetzt sagen: »Bedaure, unsere Ermittlungen sind noch nicht abgeschlossen. Die Leiche kommt bis auf weiteres nach Euskirchen, zur pathologischen Untersuchung.« Statt dessen sagte er ziemlich dünn und kläglich: »Ich soll Ihnen vom Oberstaatsanwalt ausrichten, daß er das Mißverständnis bedauert. In diesem besonderen Fall können Sie die Leiche natürlich sofort mitnehmen.«

»Gut«, sagte Major Bergner nur und wandte sich schon zum Gehen.

»Langsam!« sagte Jonas. »So einfach geht das doch nicht! Ich habe in einem Mordfall zu ermitteln. Es gibt Indizien, daß der Mörder identisch mit demjenigen ist, der vor ein paar Tagen das Wolfsrudel befreit hat …« Wieso ließ die Staatsanwaltschaft das mit sich machen? So etwas hatte er noch nie erlebt.

Da sagte Bergner, der Jonas' Anwesenheit plötzlich wieder wahrzunehmen schien, einen Satz, bei dem Jonas glaubte, seinen Ohren nicht zu trauen: »Es besteht kein Grund für weitere polizeiliche Ermittlungen. Die Identität des Mörders ist uns bekannt. Wir kümmern uns um dieses Problem.«

»Die Person ist …« Jonas verstummte. Sein Blick wanderte zwischen Bergner und dem Staatsanwalt hin und her. Doch der Staatsanwalt schwieg. Jonas wandte sich wieder Bergner zu. »Sie müssen …« Ruhig. Überleg dir, was du sagst. Er atmete tief durch. »Dann ersuche ich Sie hiermit offiziell um Amtshilfe!«

Bergner schüttelte den Kopf. »Bedaure.« Dann sagte er sehr laut und eindringlich, wohl, damit auch Biggi und Hannes ihn gut verstanden: »Ich empfehle Ihnen, diesen

Vorfall aus Ihrem Gedächtnis zu streichen. Es gibt keine Leiche, und es hat sich kein Mord ereignet.«

Damit drehte er sich um, ging hinüber zum Bundeswehr-VW und gab seinen beiden grauen Gorillas einen Wink.

»Moment!« Jonas konnte seine Wut kaum noch zügeln, als die beiden Uniformierten zielstrebig auf die Leiche zugingen. »Das gibt's doch nicht!« sagte er zu dem Staatsanwalt. »Dieser MSD kennt den Mörder und wir ... Hören Sie, das können Sie doch nicht einfach mitmachen!«

Plötzlich wurde der Staatsanwalt richtig giftig. »Ich rate Ihnen, sich diese Idee aus dem Kopf zu schlagen!« zischte er Jonas an.

»Welche Idee?« fragte Jonas.

»Die Idee, daß ein Zusammenhang zwischen dieser Sache hier und der Sache mit den Wölfen besteht!«

»Aber so abwegig ist diese Idee doch wohl nicht?«

»Vergessen Sie's! Vergessen Sie das Ganze hier, verstanden?« Der Staatsanwalt ging zum Hubschrauber.

»Ich werde meinem Vorgesetzten über alles berichten, was hier passiert ist«, sagte Jonas, wußte aber zugleich, daß das eine ziemlich zahnlose Drohung war. Der Staatsanwalt, schon im Begriff in den Hubschrauber zu klettern, drehte sich noch einmal um und sagte herablassend: »Wenn es Sie beruhigt.«

Jonas biß die Zähne zusammen und wandte sich schweigend ab. Er sah, wie die beiden grau Uniformierten die Leiche in den Laderaum des VW-Transporters schoben. Sie hatten noch nicht einmal eine Bahre oder einen Blechsarg dabei, hatten ihren toten Kollegen einfach an Schultern und Beinen gepackt. Und die Art und Weise, wie sie ihn auf die Ladefläche packten, wirkte grob und pietätlos, als handelte es sich um eine Gliederpuppe, die für den Sperrmüll bestimmt war. Metzger, dachte Jonas schaudernd. Ohne sich noch einmal umzuschauen, setzten sie sich nach vorn zu dem Major, der bereits eingestiegen war, und fuhren davon.

Biggi kam zu ihm, mit großen Augen. Ihr Gesicht wirkte zugleich wütend und traurig. »Ich verstehe das nicht«, sagte sie kopfschüttelnd. »Du mußt unbedingt mit Weyerbusch reden.«

»Erhoff dir davon lieber nicht zu viel«, sagte Jonas. Er sah ihr Gesicht und fügte hinzu: »Doch, ich rufe ihn nachher an. Versprochen. Ich muß sowieso nachhören, wann wir endlich Verstärkung kriegen.« Biggi war achtundzwanzig und stammte hier aus der Eifel. Sie war die erste Frau, die in der Buchfelder Wache Dienst tat, und eine sehr engagierte Beamtin. Für jemanden, der seinen Beruf mit so viel Idealismus ausübte, war eine Sache wie diese hier ein herber Nackenschlag.

Natürlich konnte man sich leicht über Biggis vielleicht etwas naiven Glauben an die Polizei als Freund und Helfer, als Beschützerin von Demokratie und Rechtsstaat lustig machen. Aber war der allgegenwärtige Zynismus vielleicht besser? Die schleichende Korrosion, die immer mehr um sich griff, vor allem in den großen Städten. Wenn die Menschen nichts mehr hatten, was ihrem Leben Sinn gab, verkam und zerfiel alles.

»Sollen wir das Gelände trotzdem absperren?« fragte Hannes, Biggis vier Jahre jüngerer Kollege.

»Du hast doch gehört: Es gibt keinen Mord, es gibt keine Leiche! Wozu also absperren?« Jonas merkte, daß seine Worte bitterer und sarkastischer klangen, als er beabsichtigt hatte.

Sie gingen zurück zum Streifenwagen. Jonas setzte sich

auf den Rücksitz. Während der Wagen langsam über den Waldweg schaukelte, rekapitulierte Biggi, wie ein Wasserfall redend, noch einmal alles, was sie eben erlebt hatten. »Hat er wirklich gesagt: Es gibt keine Leiche, es gibt keinen Mord?« Sie schüttelte heftig den Kopf. »Das ist doch unglaublich!«

Sosehr Jonas sich auch den Kopf zerbrach, das Ganze ergab keinen Sinn: Wenn der MAD, beziehungsweise dessen geheimnisvoller Ableger MSD, tatsächlich die Identität des Mörders und damit vielleicht auch des Wolfsbefreiers kannte, wieso mauerten sie dann gegenüber der Polizei?

Kurz bevor der Waldweg in die Landstraße einmündete, kam ihnen der Leichenwagen entgegen. Herrje, den hatte Jonas ganz vergessen! Hannes stoppte, und Biggi stieg aus, um dem Fahrer Bescheid zu sagen. Während der Streifenwagen stand, schaute Jonas durchs Seitenfenster ins Gebüsch. Für einen Moment glaubte er zwischen den Zweigen Wolfsaugen zu sehen, die ihn neugierig musterten. Er blickte weg, blickte wieder hin, und die Augen waren verschwunden. Die Nerven, dachte er, die Nerven und die verdammte Hitze. Hoffentlich gab es am Abend endlich ein erfrischendes Gewitter.

Im Präsidium ging Susanne nun doch zu Kriminalrat Antweiler. Er war gerade dabei, seine Brille zu putzen. »Ah, Wendland«, sagte er, »und, gefällt Ihnen Möllers Schreibtisch? Ich gebe zu, er ist ziemlich verschlissen. Aber vielleicht bewilligt die Haushaltsstelle Ihnen ja einen neuen.«

»Danke«, sagte Susanne, »es sitzt sich ganz gut daran. Irgendwie atmet er den Geruch von Möllers vielen gelösten Fällen.«

»Ausgezeichnet!« sagte Antweiler. »Dann lassen Sie sich davon inspirieren.«
Sie berichtete ihm von dem Anruf und ihrem Treffen mit Schlei.
Wie sie insgeheim gehofft hatte, wurde er nicht wütend, sondern grinste. »Typisch, daß Sie erst hinfahren, ehe Sie mich einweihen!« So, wie er es sagte, klang es ein wenig verschwörerisch, als wollte er ihr spitzbübisch zuzwinkern.
Einen Moment war sie versucht, ihm auch von dem verschwundenen Unfallbericht zu erzählen, unterließ es dann aber, weil sie ahnte, wie Antweiler reagieren würde: *Zunächst einmal nach der nächstliegenden Erklärung suchen – sind Sie sicher, daß Sie den Bericht nicht vielleicht doch vergessen haben abzuheften?* hörte sie ihn sagen. Sie würde also erst selbst die Akten im Büro durchgehen, ehe er sie danach fragte, auch wenn sie sicher war, daß der Bericht nicht dort dazwischengerutscht sein konnte. Sie *hatte* ihn abgeheftet, und jemand hatte ihn aus dem Archiv gestohlen. Aber wer, um alles in der Welt? Wer hier im Präsidium konnte ein Interesse daran haben, daß eine Fremdeinwirkung bei Michael Conrads Autounfall vertuscht wurde?
»Eine sehr sonderbare Geschichte«, sagte Antweiler. »Ich finde, wir sollten uns wirklich wieder um die Sache kümmern. Allerdings muß ich zunächst beim BKA nachfragen. Die haben sich ja damals eingeschaltet, wie Sie wissen« – in der Tat, das wußte Susanne nur zu gut –, »und wir sollten die Kollegen dort zumindest über die neue Entwicklung informieren.«
Das klang vernünftig. Außerdem erhielten sie vom BKA vielleicht weitere Informationen, was Susanne allerdings

bezweifelte, da sie seinerzeit bezüglich Conrads Unfallwagen auch nie wieder etwas aus Wiesbaden gehört hatten. Antweiler versprach sie sofort anzurufen, wenn er mit dem BKA gesprochen habe.

Als sie in ihr Büro zurückkam, lächelte Mallmann ihr kuchenmampfend entgegen und zeigte auf ihren Schreibtisch. »Da«, sagte er mit vollem Mund und Kuchenkrümeln auf dem Kinn, »hab dir eins mitgebracht.«

Susanne verzog das Gesicht. Diesmal war es Kirschkuchen, der genauso matschig und traurig aussah wie der Käsekuchen. »Danke, nett von dir«, sagte sie mit einem gequälten Lächeln.

6. KAPITEL

Am Donnerstagmorgen ratterten zwei Mountainbikes über einen Waldweg, der zwischen Buchfeld und dem Eifelwildpark hinauf auf den Dachsberg führte. Eigentlich hätten Tobias und Alexa in der Schule sein müssen, aber in letzter Zeit schwänzten sie gerne. Oben auf der runden Kuppe des Dachsberges gab es eine kleine Schutzhütte, von der man einen schönen, weiten Ausblick hatte – hoch über Buchfeld, der Schule und allen nervtötenden Lehrern. In der Hütte waren die beiden um diese Zeit ungestört, konnten reden, selbstgedrehte Zigaretten rauchen, und Tobias konnte Alexas schmalen, warmen Körper erforschen.

Während sie durch den Wald radelten, sahen sie vor sich, etwas ins Gebüsch hineingezwängt, einen olivgrünen Lieferwagen stehen, den Tobias sofort als die Allradversion des VW-Transporters identifizierte. An dem Lieferwagen lehnte ein zigarettenrauchender Mann in grauer Uniform. Und eine Maschinenpistole.

Tobias und Alexa fuhren langsamer. Der Mann stellte sich breitbeinig mitten auf den Weg. »He, ihr!« rief er. »Mal anhalten!« Das mußten sie sowieso, wenn sie ihn nicht überfahren wollten. Als sie ihre Mountainbikes kurz vor ihm gestoppt hatten, fragte er: »Wo wollt ihr denn hin?«

»Auf den Dachsberg«, sagte Tobias. »Ist das neuerdings verboten?« Er warf einen Seitenblick auf die Maschinen-

pistole, die ihm nicht ganz geheuer war. Was trieb denn die Bundeswehr hier im Wald? Ob die nach den Wölfen suchten? In Buchfeld erzählte man, daß zwei oder drei Wölfe aus dem Park entlaufen waren. Der Mann war ziemlich jung und hatte eine Figur wie Arnold Schwarzenegger. Mit dem wollte sich Tobias lieber nicht anlegen.
»Sucht ihr nach den Wölfen?« fragte Alexa prompt und streckte neugierig ihre Stupsnase vor.
»Das geht euch gar nichts an«, sagte der Mann schroff. »Ich weiß nicht, ob ich ...« Er drehte sich um. »Benno!« rief er laut. »Komm doch mal!«
»Verdammte Scheiße! Kannst du mich nicht in Ruhe pissen lassen?« dröhnte eine tiefe, brummige Stimme aus dem Gebüsch. Dann tauchte hinter dem Wagen ein zweiter Mann auf. Er war noch dabei, sich den Hosenschlitz zuzumachen, und trug ebenfalls eine graue Uniformhose, ein kurzärmeliges graues Hemd und am breiten weißen Gürtel eine große weiße Pistolentasche. Auch an seinen Oberarmen wölbten sich imposante Muskeln, aber er schien einige Jahre älter zu sein als der andere. »Ja, wen haben wir denn da?« sagte er dröhnend und breit grinsend. »Habt wohl hitzefrei, was?«
Tobias fand, daß dieser Kerl, trotz seines scheinbar gutmütigen Grinsens, gefährlich wirkte. Ein bißchen wie Tobias' Vater, dem, wenn er einen über den Durst getrunken hatte, leicht die Hand ausrutschte.
Er wandte sich seinem jüngeren Kollegen zu und schnauzte ihn an: »Kannst du mir verraten, warum du sie nicht durchläßt, du Schwachkopf? Glaubst du, ich will Ärger bekommen, weil wir unsere Kompetenzen überschreiten?«
»Major Bergner hat ...«

»Keine Namen! Jedenfalls hat er nichts davon gesagt, daß wir Zivilisten am Betreten des Waldes hindern sollen. Dazu sind wir überhaupt nicht befugt.«
Der Jüngere stand immer noch mitten auf dem Weg. Er fuhr sich mit der Hand durch die kurzgeschorenen Haare und sagte unsicher: »Ich dachte nur ... es sind doch noch halbe Kinder und wir wissen nicht, ob die Zielperson ...«
»Überlaß das Denken denen, die etwas davon verstehen!« schnauzte der Ältere. »Laß sie durch!«
Der Jüngere zuckte die Achseln und gab den Weg frei. Tobias und Alexa radelten rasch weiter, ehe diese beiden seltsamen Kerle es sich womöglich anders überlegten. Als sie außer Hörweite waren, sagte Alexa: »Das waren aber komische Bullen.«
»Nö«, sagte Tobias, »das waren keine Bullen.«
»Wie kommst du darauf?«
»Wegen dem Y-Kennzeichen. Das haben nur Bundeswehrautos.« Davon hatte Alexa natürlich keine Ahnung. Sie schwieg einen Moment, dann fragte sie: »Ob denn die Bundeswehr wegen den Wölfen hier ist?«
»Ach wo, die Wölfe sind bestimmt schon wieder im Gehege«, sagte Tobias.
Der Weg schlängelte sich jetzt durch dichten Nadelwald steil den Hang des Dachsberges hinauf, so daß sie keine Puste mehr zum Reden übrig hatten. Nach ein paar hundert Metern hielt Alexa keuchend an. »Uff!« ächzte sie. »Pause ... trinken!«
Tobias war ebenfalls arg durchgeschwitzt, denn es hatte nach dem Gewitter gestern überhaupt nicht abgekühlt, und die warme, feuchte Luft schien regelrecht auf den Wald herabzudrücken. Tobias sah zu, wie Alexa ihre Fla-

sche aus der Halterung nahm. Ihre Lippen schlossen sich um den Flaschenhals, und sie trank einen großen Schluck Limo. Tobias fand, daß Alexa tolle Lippen hatte, einen richtigen Kußmund.
Nicht weit von ihnen knackte und raschelte es laut im Unterholz, als ob ein paar große Tiere eilig davonliefen. Alexa setzte die Flasche ab. »Hast du das gehört?« fragte sie.
Tobias zuckte die Achseln. »Das waren sicher Rehe.«
»Wovor laufen sie wohl weg ...« Alexa schaute sich um.
Tobias stöhnte. »Na, vor uns. Wovor denn sonst?«
»Und wenn die Wölfe doch noch nicht wieder im Park sind?«
Tobias grinste, legte den Kopf in den Nacken und stieß ein schauerliches Geheul aus.
»Laß doch den Scheiß!« sagte Alexa wütend. Tobias merkte, daß sie sich zu fürchten begann. Manchmal ärgerte er sie gern ein wenig. Jetzt schwang er sich wieder aufs Rad. »Los, komm endlich!«
In diesem Moment ertönte zwischen den Bäumen ganz in ihrer Nähe ein lautes Heulen, viel schauerlicher klingend als das von Tobias. Und dann hörten sie es wieder heulen, näher vor ihnen. Tobias schlug das Herz plötzlich bis zum Hals. »Die Wölfe«, sagte Alexa leise, mit zitternder Stimme. Sie war ganz blaß geworden.
Tobias drehte sich um. Zunächst meinte er, es seien Schäferhunde, die da hinter ihnen den Weg hochrannten, genau auf sie zu. Aber nein, sie hatten graubraunes Fell und lange schmale Köpfe. Er kannte sie aus dem Park. Es waren tatsächlich Wölfe. Drei Wölfe, und sie liefen schnell. Tobias schaute nach vorn. Da waren auch welche! Und die stürmten gleichfalls genau auf Tobias und Alexa los.

»Da zwischen den Bäumen sind sie auch!« schrie Alexa. »Was machen wir denn jetzt?«
In Tobias' Kopf wirbelten die Gedanken wild durcheinander. Wo kamen bloß diese ganzen Wölfe her? Das war ja das ganze Rudel aus dem Park. Tobias spürte, wie ihm etwas wie eine große, kalte, harte Klammer die Brust zusammendrückte. Ein noch nie erlebtes Gefühl: Todesangst.
»Dort vorn auf den Baum!« Tobias hatte es gerufen, ohne nachzudenken, einfach aus dem Bauch heraus. Da war diese Eiche nah beim Weg, ein einzeln stehender Baum mit breit ausladenden Ästen. Sie ließen die Räder fallen und rannten los. Die Wölfe näherten sich sehr schnell, ohne einen Laut von sich zu geben. Nur das Prasseln ihrer Pfoten auf dem Waldboden war zu hören.
»Nun mach schon!« Alexa, die vor Angst am ganzen Körper zitterte, rutschte vom Baumstamm ab. Tobias schob sie hoch, während er gleichzeitig die Wölfe immer näher kommen sah. Endlich schaffte sie es, sich zu dem ersten dicken Ast hochzuziehen. Tobias schwang sich auf den Ast ihr gegenüber, als der erste Wolf den Baum schon fast erreicht hatte.
Jetzt standen sie beide in knapp zwei Meter Höhe und umklammerten den Baumstamm. Tobias sah Alexas schreckgeweitete Augen. Der Wolf sprang am Stamm hoch und stützte sich mit den Vorderbeinen ab, so daß er mit der Schnauze fast Tobias' Füße erreichte. Tobias hörte sein lautes Schnüffeln.
»Hau ab, du Mistvieh!« rief Tobias. Die Wölfe scharten sich um den Baum. Viele Wölfe. Sie starrten Tobias und Alexa aus ihren gelben Augen an, gaben aber keinen Laut von sich.
»Ich glaube, mir wird schlecht«, stöhnte Alexa. Sie war

kreidebleich. Sie darf um Himmels willen nicht herunterfallen, dachte Tobias. Alexa umklammerte den Baum so fest, daß ihre Knöchel ganz weiß wurden. Tobias, der fest auf seinem Ast stand, löste den einen Arm vom Baumstamm und streichelte damit sanft über Alexas Schulter. »Ruhig, ganz ruhig«, sagte er, obwohl seine eigene Stimme angstvoll zitterte. »Hier oben kann uns nichts passieren. Sieh nicht runter. Schau mich an. Vielleicht hauen sie ja wieder ab, wenn sie sehen, daß sie nicht an uns rankönnen.«

In Tierbüchern hatte Tobias gelesen, daß Wölfe in der freien Wildbahn nie Menschen angreifen würden, sondern einen großen Bogen um sie machten. Aber diese Wölfe hier hatten offenbar nicht die Absicht, sich an diese Regel zu halten. Statt dessen standen sie unter dem Baum und starrten zu ihnen hoch. Seltsam war nur, daß sie sich dabei sehr still verhielten und gar nicht knurrten oder bellten wie aggressive Hunde. Minuten vergingen, die Tobias wie Tage vorkamen. Er spürte, wie sehr seine Knie zitterten. Alexa wurde immer blasser. Verdammt, dachte er, wenn sie vom Baum fällt, werden diese Biester sich auf sie stürzen.

»Kommt herunter vom Baum, ihr beiden Kleinen!« Eine Männerstimme. Tobias blickte nach unten. Da war tatsächlich jemand aufgetaucht, stand mitten unter den Wölfen, als wären sie eine harmlose Schafherde. »Ihr braucht keine Angst zu haben. Die Wölfe wollten nur ein bißchen spielen. Sie sind neugierig wie Menschenkinder«, sagte der Mann. Er war groß, kräftig und rothaarig, hatte Bartstoppeln im Gesicht, und seine zerknautschte, fleckige Kleidung wirkte, als schliefe er seit Tagen hier draußen im Wald.

»Kommt herunter! Euch droht hier nichts Böses. Ihr seid ohne Schuld. Kommt!« Seine tiefe Stimme klang weich und freundlich, aber Tobias war dieser riesige Kerl überhaupt nicht geheuer.

Alexa sah Tobias aus weitaufgerissenen Augen an. »Nein«, sagte sie mit fester Stimme und schüttelte den Kopf. »Nein!«

Tobias seufzte. Sie konnten nicht ewig auf dem Baum bleiben. Immerhin machten die Wölfe wirklich keinen sehr aggressiven Eindruck. Sie strichen ruhig um den Mann herum und schauten, wie es schien, lediglich neugierig zu ihnen hoch. Langsam ließ er sich am Stamm hinunter. Als seine Füße den Boden berührten, machten die beiden am nächsten stehenden Wölfe einen Satz zurück und stießen ein kurzes, rauhes Bellen aus.

»Siehst du«, sagte der Mann. »Gute Wölfe. Sie fressen dich nicht auf.« Seine Augen musterten Tobias so intensiv, daß er geradezu das Gefühl hatte, geröntgt zu werden. »Ihr mögt den Wald, nicht wahr? Ihr seid gerne hier. Das ist gut. Schade, daß eure Eltern euch heute nicht mehr beibringen, auf richtige Weise zu tanzen und mit den Steinen, Pflanzen und Tieren zu sprechen. Ihr habt verlernt, zum Land zu beten und Energie fließen zu lassen. Aber die Zeiten ändern sich. Mag sein, daß Schwester Wolfsträumerin es euch wieder lehren wird.«

Dieser Bursche schien irgendwie nicht ganz bei sich zu sein. Er redete so komisch, und wie er dabei den Kopf hin und her wiegte. Ganz merkwürdig sah das aus. Aber der Klang seiner Stimme war sehr angenehm. Schwester Wolfsträumerin? Wer war das denn? Jetzt wagte sich auch Alexa vom Baum herunter und klammerte sich ängstlich an Tobias. »Wer sind Sie?« fragte sie leise.

Der Mann lachte dröhnend, tief aus dem Bauch heraus.
»Du könntest ein Eichhörnchen fragen, oder einen Dachs. Sie wissen, wer ich bin. Die alten Völker, die früher auf diesem Land lebten, hatten viele Namen für mich. Doch die Augen von euch Menschen sind schwach geworden. Nur wenige unter euch haben noch das zweite Gesicht.«
Der Typ schien wirklich verrückt zu sein. Aber der Klang seiner Stimme fesselte Tobias völlig, auch wenn die Worte keinen Sinn ergaben.
»Nun schwingt euch auf eure merkwürdigen Drahtgestelle und sagt den Menschen in Buchfeld, daß ich heraufgekommen bin wie in den alten Tagen. Ich werde ein Strafgericht halten unter denen, die gegen die Gesetze des Lebens verstoßen. Und ich werde die Menschen an ihre Pflichten gegenüber dem Land und seinen Kindern erinnern. Los, ihr zwei! Auf!«
Er klatschte in die Hände, und es klang wie ein Peitschenknallen, so daß Tobias und Alexa heftig zusammenzuckten. Plötzlich verschwand die Magie seiner Stimme. Da war ein großer, starker, geisteskrank wirkender Mann und ein riesiges Wolfsrudel. Tobias und Alexa wirbelten herum und rannten zu ihren Mountainbikes. Als Tobias sich auf den Sattel schwang, riskierte er einen kurzen Blick zurück. Für eine Sekunde glaubte er aus den Augenwinkeln dort, wo der Mann stand, einen riesigen, auf den Hinterbeinen stehenden Bären zu sehen.
Bestimmt war das nur eine optische Täuschung, aber Tobias trat in die Pedale, so schnell er konnte. Sie sausten bergab und wagten erst, als sie nach einer ganzen Weile an eine Weggabelung kamen, kurz anzuhalten. Gott sei Dank, hinter ihnen war niemand zu sehen, kein Wolf, kein

rothaariger Mann und kein Bär, oder was auch immer. »Komm, wir fahren hier herunter. Dann müssen wir nicht noch mal bei den Bundeswehrtypen vorbei«, sagte Tobias. Unten auf der Landstraße radelten sie mit aller Kraft, bis sie, völlig atemlos, endlich die Häuser Buchfelds erreichten. Tobias wußte, daß sie eine Menge Ärger bekommen würden, wenn man sie jetzt, am Morgen, durch den Ort fahren sah, wo sie doch eigentlich in der Schule sein sollten. Aber es kümmerte ihn nicht. Hauptsache, sie waren aus dem Wald heraus und inmitten friedlicher Häuser, umgeben von ganz normalen Menschen.

Am Ende der morgendlichen Dienstbesprechung, während die anderen Kommissare den Raum verließen, winkte Antweiler Susanne zu sich. »Ich habe mit dem BKA telefoniert«, sagte er. »Die sind bereits an der GENOTEC-Sache dran. Und sie wußten auch schon, daß Gablenz verschwunden ist.«
»So?« sagte Susanne. Das BKA interessierte sich also nach wie vor für GENOTEC. Warum eigentlich? So große Dimensionen, daß er in die Zuständigkeit Wiesbadens fiel, schien der Fall nicht zu haben. Oder doch? »Was soll ich jetzt weiter unternehmen?«
»Nichts«, sagte Antweiler mit Nachdruck. »Der Fall ist beim BKA. Die regeln das allein.«
Susanne verzog das Gesicht, enttäuscht, ärgerlich.
Antweiler lächelte. »Damit Ihre Neugierde nicht völlig unbefriedigt bleibt, habe ich sie gebeten, uns einen Ermittlungsbericht zu schicken. Der soll in den nächsten Tagen hiersein. Ich gebe ihn dann gleich an Sie weiter.«
Ein schwacher Trost. Nach der Sache mit dem Unfallwagen damals hegte Susanne starke Zweifel, daß dieser Be-

richt je eintreffen würde. Schlechtgelaunt schaute sie kurz in ihr Büro, knurrte wegen einer Belanglosigkeit Mallmann an, der zum Glück immerhin heute noch keinen Kuchen geholt hatte, und fuhr dann zu einer Tatortbesichtigung.
Die Fahrtstrecke führte ziemlich nah an der Franziskus-Fachklinik für Psychiatrie vorbei, in die man Roland Scholl damals eingeliefert hatte. Susanne entdeckte das Hinweisschild an einer der Kreuzungen. Höchstwahrscheinlich befand er sich dort immer noch. Sie fragte sich, was wohl aus ihm geworden war. Ob sein Zustand sich inzwischen gebessert hatte?
Bei der Tatortbesichtigung handelte es sich um einen Routinefall. Die uniformierten Kollegen hatten die Sachlage praktisch schon aufgeklärt. Einem Berber war am Rheinufer von einem Saufkumpanen mit einer Weinflasche der Schädel eingeschlagen worden, nachdem sie sich wegen irgendeiner dummen, im Suff gefallenen Bemerkung gestritten hatten. Der Täter war flüchtig, aber es gab mehrere Augenzeugen. Der Mann war einschlägig bekannt, so daß es nur eine Frage der Zeit war, bis er gefaßt werden würde.
Tatsächlich kam, noch während Susanne den neben einer blutbefleckten Bank liegenden, verdreckten, nach Schweiß und Urin stinkenden Toten in Augenschein nahm, über Funk die Meldung, daß eine Streife den Totschläger am Hauptbahnhof festgenommen hatte. Der Erschlagene sah aus wie siebzig, war seinen Papieren nach aber erst einundfünfzig. Das Leben auf der Straße und der Alkohol ließen diese Menschen rasch altern.
Obgleich es sich um reine Routine handelte, erledigte Susanne ihre Arbeit am Tatort zwar zügig, aber dennoch

umsichtig. Auch ein toter Berber verdiente es, daß die Polizei bei ihren Ermittlungen sorgfältig vorging. Auf der Rückfahrt zum Präsidium sah sie wieder das Hinweisschild zur Franziskus-Klinik.

Susanne zögerte eine Sekunde, setzte dann den Blinker und ordnete sich auf der Abbiegespur ein. Sicher, Antweiler hatte gesagt, daß sie in der Sache nichts mehr unternehmen sollte, aber ihre Neugierde ließ ihr nach der Begegnung mit Schlei keine Ruhe. Wenn Scholl inzwischen vernehmungsfähig war, konnte er ihr vielleicht Auskunft darüber geben, was es mit dem sogenannten Megatonin auf sich hatte, das Gablenz damals an ihm und Conrad getestet hatte, und in wessen Auftrag diese Tests stattgefunden hatten. Diese Informationen konnte sie dann an Jonas Faber weitergeben. Er hatte sie gestern nachmittag noch zurückgerufen, und sie hatten ihre spärlichen Erkenntnisse in der Angelegenheit ausgetauscht. Mein Gott, Gablenz hatte ein Rudel von zwanzig Wölfen aus einem Gehege befreit! Offensichtlich wirkte dieses geheimnisvolle Megatonin bei ihm noch verheerender …

Im Präsidium brauchte ja niemand etwas von ihrem Besuch in der Klinik zu erfahren. Die Tatortbesichtigung am Rheinufer war so rasch vonstatten gegangen, daß es kaum auffallen würde, wenn sie hier noch zwanzig Minuten dranhängte. Zur Not kann ich mich damit herausreden, daß ich Scholl aus rein privatem Interesse besuche, dachte sie, während sie ihren Wagen auf dem Parkplatz der Klinik abstellte. In gewisser Weise stimmte das sogar, denn Arbeit und Privatleben waren bei ihr, die ganz für den Beruf lebte, ohnehin kaum zu trennen. Genauer gesagt, ein Privatleben fand bei ihr so gut wie gar nicht statt.

Aus diesem Grund kühlten Männer, die in Liebe zu ihr entflammten, meistens rasch wieder ab, und Susanne hatte sich inzwischen mit einem Dasein als Single abgefunden.
Der Pförtner schaute in seiner Computerkartei nach. Ja, Roland Scholl befand sich nach wie vor in der geschlossenen Abteilung. Nach einem kurzen Telefonat wurde Susanne persönlich von dem behandelnden Arzt, einem Dr. Pollmann, an der Pforte abgeholt.
»Sie sind die Dame von der Kripo? Kommen Sie bitte mit.« Pollmann schien selbst eine Therapie gegen Depressionen gebrauchen zu können, so traurig hingen seine Gesichtszüge herab. Er sprach leise, hatte Ringe um die Augen und ging, obwohl höchstens Anfang Vierzig, langsam und leicht vorgebeugt.
Wenn ihre Ermittlungen Susanne in eine psychiatrische Klinik führten, was glücklicherweise nur selten geschah, war das jedesmal eine beklemmende Erfahrung. Auch jetzt, während sie mit Dr. Pollmann über die Klinikflure zum Zimmer Roland Scholls ging, schockierten sie wieder diese erloschenen, der Wirklichkeit entflohenen Gesichter. Selbst schwere körperliche Krankheiten oder Verletzungen fand Susanne nicht so beängstigend wie das Schicksal jener Menschen, deren Geist nicht mehr richtig funktionierte, so daß sie unfähig wurden, mit den greifbaren, alltäglichen Dingen angemessen umzugehen.
Leer in eine fremd gewordene Welt blickende Augen, Münder, die Unverständliches vor sich hin murmelten. Äußerlich gesund wirkende Menschen, die sich mit kleinen, schlurfenden, unsicheren Schritten und gesenktem Kopf voranbewegten. An einem Fenster stand eine alte Frau, die eigenartige, pantomimenhafte Handbewegun-

gen ausführte. Früher, in einem anderen Leben, hatten diese Bewegungen vielleicht einen vergessenen Sinn gehabt. Dazu sagte die Frau immer wieder laut: »Bis morgen.«
Susanne merkte, wie sie gebannt auf die Frau starrte, und blickte rasch in eine andere Richtung, beschämt. »Wir haben hier viele Alzheimerpatienten, und es werden immer mehr«, sagte Dr. Pollmann. »Manchmal kommt es mir fast wie eine Epidemie vor. Der Geist der alten Menschen scheint sich aus einer Welt zurückzuziehen, in der immer weniger Platz für sie ist.«
»Wie ist denn Scholls Zustand?« fragte Susanne, auch, um von dem unbehaglichen Thema abzulenken. Alzheimer? Ein schrecklicher Gedanke, die Kontrolle über die eigene Welt zu verlieren.
»Ich fürchte, Sie werden nicht viel aus ihm herausbekommen«, sagte Pollmann. »Dieses unverantwortliche Drogenexperiment scheint in seinem Gehirn einen irreparablen Schaden verursacht zu haben. Er leidet an einer, wie wir inzwischen glauben, unheilbaren Psychose, die auf Medikamente kaum anspricht.«
»Ist er gefährlich?«
Pollmann rückte seine Brille zurecht. »Nur für sich selbst. Er hat schon mehrere Suizidversuche hinter sich. Das ist eigentlich alles, was wir für ihn tun können: Ihn davon abhalten, sich umzubringen. Viel mehr an Therapie scheint leider nicht möglich.«
Vor ihnen blockierte ein massives Stahlgitter den Durchgang. Wie im Gefängnis, dachte Susanne. An der Decke war eine Kamera montiert. Dr. Pollmann winkte mit einer müden Armbewegung in die Kamera. Daraufhin ertönte ein lautes Surren und Klacken, Pollmann schob ei-

nen Teil des Gitters auf, ging mit Susanne hinein und schloß es wieder sorgfältig. Dahinter war der Flur menschenleer. Hier schlurften keine Patienten herum. Während sie weitergingen, schrie hinter einer Tür plötzlich jemand laut, ein böser, haßerfüllter Schrei. Susanne zuckte zusammen.

»Das ist Kurt«, sagte Pollmann. »Er ist schon sehr lange bei uns. Wenn er gleich seine Spritze bekommen hat, hört das Schreien auf.«

Sie kamen zu einem aseptisch wirkenden hellen Stationszimmer, hinter dessen großem, auf den Flur hinausgehenden Fenster ein weißgekleideter Pfleger an einem Pult saß. Neben ihm an der Wand hingen mehrere Monitore.

»Morgen, Herr Doktor«, sagte er. An einem Tisch weiter hinten saßen noch zwei Pfleger, rauchten, tranken Kaffee und spielten Karten. »Kommen Sie«, sagte Dr. Pollmann zu Susanne und zeigte auf einen der Monitore, »ich möchte, daß Sie sich ihn erst einmal von hier aus anschauen.«

Auf dem Bildschirm sah man das Innere eines Krankenzimmers aus dem Blickwinkel einer über der Tür montierten Kamera. Das Zimmer war vollkommen kahl und leer, enthielt lediglich ein Bett, einen kleinen Tisch und einen Stuhl. Auf dem Bett hockte ein Mann, die Beine angezogen, das Gesicht in den Händen vergraben.

»Es müßte nicht so unwohnlich da drinnen sein«, sagte Pollmann. »Andere Patienten schmücken ihre Zimmer mit selbstgemalten Bildern, mit Fotos oder Kalenderblättern. Scholl *will*, daß sein Zimmer so leer ist. Und er lehnt alles ab, was ihn ein wenig ablenken oder sein Leben angenehmer machen könnte. Wir haben ihm Maltherapie angeboten, Musiktherapie. Alles zwecklos.«

»Am besten wäre es, wenn wir seine Dosis erhöhen«, sagte der Pfleger.

Dr. Pollmann seufzte. »Ja, *bequemer* wäre es.« Er lachte kurz auf, was bitter klang, resigniert. »Aber vielleicht wäre es für ihn am besten, wenn wir ihn nicht länger daran hindern ...«

»Ihn woran hindern?« fragte Susanne.

»Daran, sich umzubringen.«

Pollmann führte Susanne in Scholls Zimmer. »Guten Morgen, Roland«, sagte er, »ich habe dir Besuch mitgebracht. Die Kommissarin möchte dir ein paar Fragen stellen.« Susanne wunderte sich, daß er Scholl duzte. Aber vermutlich war das hier der übliche Umgangston gegenüber den Patienten.

Scholl saß immer noch mit angezogenen Beinen auf dem Bett, den Rücken gegen die Wand gelehnt, das vorgebeugte Gesicht in den Händen verborgen. Jetzt hob er langsam den Kopf, so daß sein Gesicht über den Händen auftauchte. Es erinnerte nur wenig an das Paßfoto in der Ermittlungsakte: Es war aufgedunsen, ungesund fahl, dunkle Schatten unter den Augen, krauses, fettiges Haar. »Erst will ich eine Zigarette«, sagte er. »Gib mir eine.« Seine Stimme klang gepreßt und zitterte leicht, als ob ihm etwas in der Kehle saß. Daß ein Patient auch den Arzt duzte, fand Susanne ungewöhnlich. Es ließ auf ein vertrautes, freundschaftliches Verhältnis zwischen den beiden schließen.

Als Susanne sein Gesicht genauer betrachtete, sah sie, daß die Haut um den Mund und auf den Wangen vernarbt und entstellt war, offenbar von einer Brandverletzung, auch Scholls Handrücken waren mit diesen Narben bedeckt.

Dr. Pollmann zog eine Zigarettenschachtel aus seinem Arztkittel und gab Scholl eine Zigarette, die der sich mit

zitternden Fingern an die Lippen steckte. Zunächst falsch herum, mit dem Filter vorne. Er bemerkte seinen Fehler, drehte sie rasch um, und Pollmann zündete sie ihm an. Mit geschlossenen Augen nahm Scholl einen tiefen Zug. »Zigaretten und Feuerzeug mußten wir ihm wegnehmen«, sagte Pollmann, zu Susanne gewandt, »seit er versucht hat sich anzuzünden.«
Mein Gott. Was mußte in einem Menschen vorgehen, daß er auf die Idee kam, sich mit einem Feuerzeug anzuzünden? Dr. Pollmann bot auch Susanne eine Zigarette an. Sie nahm sie dankbar. Er selbst rauchte offenbar nicht, ließ die Packung wieder in seinem Kittel verschwinden. Susanne räusperte sich und sagte: »Herr Scholl, ich möchte Sie zu dem Experiment befragen, das Dr. Gablenz mit Ihnen durchgeführt hat. Sie erinnern sich daran, hoffe ich?«
Ein Ruck lief durch Scholls Körper. Er sprang auf, ging rasch zum vergitterten Fenster und zurück zum Bett, setzte sich wieder, sog Rauch ein und schaute Susanne an. »Es hat nicht funktioniert«, sagte er. »Wir wollten die absolute Kontrolle. Totale Vorherrschaft des rationalen Intellekts. Hundert Prozent Leistung der Großhirnrinde. Aber es hat nicht funktioniert.« Seine Hände zitterten jetzt noch stärker, er schlug die Beine übereinander, wippte mit dem Fuß.
»Roland«, sagte Dr. Pollmann, »erzähl der Kommissarin von dem *Etwas.*« Was für ein Etwas? Pollmann betonte dieses Wort sehr eigenartig.
Abrupt sprang Scholl wieder auf und packte Susanne an der Schulter. Sie zuckte erschrocken zusammen. »Kommen Sie«, sagte er erregt, »ich zeige es Ihnen!« Er zog sie zum Fenster. Susanne schaute sich hilfesuchend nach Pollmann um.

»Keine Angst«, sagte der Arzt, »er tut Ihnen nichts.« Scholl schob Susanne ganz nah an das von innen vergitterte Fensterkreuz heran. Sie konnte seinen raschen, gepreßten Atem dicht neben sich spüren. »Sehen Sie?« fragte er. »Die Bedrohung!«

Susanne schaute nach draußen. Was für eine Bedrohung? Draußen lag der Park der Klinik, ein schöner Park mit mächtigen alten Bäumen. Einige Patienten gingen dort spazieren oder saßen auf Bänken in der Morgensonne. Sogar ein paar Wildkaninchen hoppelten hinten bei den Bäumen im Gras herum. Durch das aufgekippte Fensterviertel drang Vogelzwitschern herein.

Daß sie nicht begriff, schien Scholl zu verärgern. »Na!« stieß er hervor. »Das alles! Die Bäume, Kaninchen, die verdammten Vögel!«

Susanne schüttelte unwillkürlich den Kopf. »Sie glauben, daß die Kaninchen Sie bedrohen, und die Vögel? Daß sie Ihnen etwas tun wollen?«

»Nicht sie«, sagte Scholl. »*Wir* sind die Angreifer! Es« – er pochte heftig mit dem Zeigefinger auf seine Schädeldecke – »das *Etwas*, verteidigt sich nur! Wir sind die Zivilisation, wir greifen an. Wir wollen kontrollieren und beherrschen. Wir planen und bauen, erzeugen überall Geraden und rechte Winkel. Aber das müssen wir doch, nicht wahr?« Er schaute Susanne fast flehend an, wie es ihr schien. »Wir müssen doch so sein! Wo kämen wir hin, ohne Kontrolle?«

Scholl begann nervös wie ein Tiger im Käfig zwischen Susanne und Pollmann auf und ab zu gehen. »Das war das große Ziel, Gablenz' großes Ziel« – er breitete exaltiert die Arme aus – »absolute Kontrolle!«

In seinem Gesicht zuckte es. Er blieb wieder stehen, und

Susanne sah, wie sich seine Schultern krümmten und verkrampften. »Doch es hat nicht funktioniert. Statt dessen hat Megatonin ein Tor geöffnet, das sich nicht wieder schließen läßt. Nie wieder.« Er rieb sich stöhnend mit beiden Händen die Kopfhaut, als ob sein Schädel zu zerspringen drohte. »Und hinter diesem Tor lauert das *Etwas …«*

»Aber was ist dieses *Etwas?«* fragte Susanne.

Er kam zu ihr, stellte sich mit seinem von Brandnarben entstellten, aufgedunsenen Gesicht ganz dicht vor sie hin und schaute ihr in die Augen. Sein Blick schien etwas Hypnotisches zu haben, das ihr angst machte. »Das *Etwas«,* sagte er gedämpft, als fürchtete er, unliebsame Ohren könnten mithören, »ist überall. Es bewacht das Land unter unseren Füßen. Wir haben diese Riesenstadt darüber gebaut, aber es ist immer noch da. Es hat Millionen Augen.« Er schaute sich gehetzt um. »Die Ratten und Mäuse in der Kanalisation. Die Katzen in den Hinterhöfen. Die Tauben und Krähen auf den Dächern. Millionen Augen und Ohren und Nasen, selbst hier zwischen all dem Beton. Zähne und Schnäbel und Krallen. Es will sich rächen für das, was die Zivilisation ihm antut. Durch mich will es sich rächen.« Er schüttelte heftig den Kopf. »Aber das lasse ich nicht zu. Ich kämpfe dagegen an, so gut es geht. Tag und Nacht. Das Etwas *darf* nicht die Kontrolle bekommen. Dann wären wir ohnmächtig. Die Zivilisation würde untergehen!« Seine Stimme wurde schrill. »Ich, ich, ICH würde untergehen!« Jetzt schrie er beinahe, hysterisch, mit sich überschlagender Stimme.

Dann stand er schlaff und zitternd da und begann zu weinen. »Ich will nicht untergehen«, schluchzte er leise.

Langsam setzte er sich auf sein Bett und nahm wieder die Haltung ein, in der sie ihn zu Anfang vorgefunden hatten.
Die nun folgende Stille war bedrückend. Susanne spürte, daß es keinen Sinn hatte, Scholl mit weiteren Fragen zu quälen. Sie fühlte sich sehr unbehaglich und wollte möglichst schnell nach draußen, an die frische Luft. Die Begegnung mit Scholl hatte tief in ihr etwas aufgestört, irgendwelche alten Ängste, die sie vielleicht als Kind zuletzt gespürt hatte. Verflucht, was für eine Bedrohung meinte Scholl? Die Natur als Bedrohung?
»Gehen wir.« Dr. Pollmanns Stimme, väterlich ruhig. »Er sagt jetzt nichts mehr. Immer wenn dieses Thema zur Sprache kommt, steigert er sich nach kurzer Zeit in eine Art hysterische Blockade hinein und ist nicht mehr ansprechbar. Ich werde den Pflegern sagen, daß sie heute seine Beruhigungsmitteldosis heraufsetzen sollen.«
Draußen vor der Klinik atmete Susanne erleichtert durch. Als sie sich eine Zigarette anzündete, merkte sie, daß ihre Hände zitterten. Sie blies den Rauch hinauf in den blauen Himmel. Rauchend ging sie langsam zu ihrem Wagen. Jetzt, hier in der Sonne, beruhigten sich ihre Nerven allmählich. Der Tag wurde heiß, genau wie gestern, und am Abend würde vielleicht ein Gewitterregen den Staub aus der Stadtluft waschen.
Susanne schüttelte energisch den Kopf. Dort drinnen, in Scholls Krankenzimmer, hatte sein Gerede so beklemmend gewirkt. Dieses »Etwas«, das angeblich versuchte ihn zu beherrschen. Sie war tatsächlich nahe daran gewesen, ihm zu glauben. Und natürlich glaubte er selbst, was er sagte. Aber in Wirklichkeit konnte es sich nur um die

wirren Phantasien eines drogengeschädigten Gehirns handeln, um nichts weiter.
Sie mußte an das Ratten-Labyrinth denken, das Gablenz ihr damals in seinem Labor gezeigt hatte. Da war diese Droge zur Steigerung der Intelligenz, an der Gablenz angeblich arbeitete. War Scholl diese Droge verabreicht worden? Und was meinte er damit, daß Gablenz »absolute Kontrolle« angestrebt hätte? Die ganze Sache war zutiefst beunruhigend, und zwar auf eine ganz andere Weise als die Gewaltverbrechen, mit denen Susanne sonst konfrontiert war. Fast wünschte sie sich, sie hätte ihrer Neugierde diesmal nicht nachgegeben und sich den Besuch bei Scholl erspart.
Gablenz ist gefährlich, hatte Schlei gesagt, und Schlei mußte es schließlich wissen. Zwanzig Wölfe befreit, und dann dieser mysteriöse Mordfall, von dem Jonas ihr erzählt hatte! Sie schüttelte den Kopf. Sie würde Jonas anrufen und ihm berichten. Was konnte sie sonst tun? Antweiler hatte ihr untersagt, in der Sache etwas zu unternehmen. Wenn es hart auf hart ging, drohte ihr ein Disziplinarverfahren, und man würde sie ganz schnell wieder von Möllers Schreibtisch verbannen.
Mit einem unbehaglichen Seufzen ließ sie ihre zu Ende gerauchte Zigarette auf den Parkplatzasphalt fallen und trat mit dem Schuh die Glut aus. Dann fuhr sie zurück ins Präsidium – so unkonzentriert, daß sie beinahe eine rote Ampel übersehen und einen Auffahrunfall verursacht hätte.

Während draußen langsam ein Gewitter heranzog, in der Ferne Blitze flackerten und Donner rollte, saß Chris Adrian auf Jochen Honadels Veranda und aß Mokka-

creme. Es war eine dieser ziemlich chemiehaltigen Fertigcremes, wie es sie in den Supermärkten zu kaufen gab. Das schmeckte Chris deutlich heraus.
Jahrelang war sie, was das Essen anging, sehr gleichgültig gewesen. Erst Silver Bear hatte in ihr neues Interesse an der Qualität ihrer Nahrung geweckt. »Viele Weiße, und leider inzwischen auch manche Indianer, wollen am liebsten in einer künstlichen Welt leben, einer keimfreien, pflegeleichten Plastikwelt«, hatte er gesagt. »Ihr ersetzt den erdigen, kräftigen Geschmack der Produkte von in natürlichem Boden gewachsenen Pflanzen und gesunden Tieren durch Chemie aus dem Labor. Wahrscheinlich werden sich zunächst eure Gaumen in Plastik verwandeln, und schließlich eure ganzen Körper. Dann werdet ihr blutleere Geschöpfe sein, wie ein Krankenhausflur riechen, Deodorant schwitzen und destilliertes Wasser pinkeln.«
Chris mußte bei der Erinnerung daran unwillkürlich grinsen.
»Schmeckt es dir?« fragte Sabine Honadel, ein zierliches, hübsches, aber ein wenig verhuscht wirkendes Wesen mit braunen Locken und großen, ängstlich in die Welt blikkenden Augen.
Chris sehnte sich nach Frau Wegmeiers nur mit Honig gesüßten Sahnedesserts, sagte aber höflich, weil Sabine so empfindsam und verletzlich wirkte: »Ja, ist echt prima.« Sabine lächelte dankbar.
Jonas erzählte gerade von den beiden Schulschwänzern, die heute vormittag auf der Polizeiwache erschienen waren und aufgeregt von ihrer unheimlichen Begegnung mit den Wölfen und dem Fremden berichtet hatten. Anschließend hatten sie dann kleinlaut darum gebeten, sie

nicht an ihre Eltern zu verpfeifen. Jonas lächelte und schüttelte den Kopf. »Immerhin haben sie Verantwortungsbewußtsein bewiesen, indem sie uns die Sache gemeldet haben.«

»Und? Wirst du sie verpfeifen?« fragte Honadel über sein Bierglas hinweg.

»Ach was«, sagte Jonas. »Schließlich gab es da mal zwei besonders talentierte Schulschwänzer ...«

Honadel grinste. »Und es ist trotzdem etwas aus uns geworden. Zwar nur Kleinstadtpolizist und Kleinstadtbürgermeister, aber immerhin ...« Er trank einen kräftigen Schluck Bier. Dann schüttelte er den Kopf. »Möglicherweise ist die Phantasie mit den beiden durchgegangen. Ein Strafgericht ... soll dieser Verrückte wirklich von einem Strafgericht geredet haben, das er angeblich veranstalten will? Klingt ja schauerlich.«

»Davon, daß er gekommen ist, um Gericht zu halten, hat er mir gegenüber auch gesprochen«, warf Chris ein. »Sie können sich das alles also nicht völlig aus den Fingern gesogen haben.«

»Daß du ihnen glaubst, ist klar«, sagte Honadel. »Schließlich hast du ja früher auch immer verrückte Geschichten aus dem Wald erzählt.«

Chris sah, wie Jonas ihm einen böse funkelnden Blick zuwarf, worauf Honadel rasch sein Glas hob und sagte: »Ach was, trinken wir darauf, daß sich alles zum Guten wendet.«

Es gab Zeiten, da hätte sie sich über Honadels Bemerkung geärgert, sich provoziert gefühlt, weil in alten Wunden herumgestochert wurde. Aber neuerdings überkam sie, was ihre Vergangenheit anging, eine große Gelassenheit. Dimmig und Honadel hatten ihr in ihrer Jugendzeit übel mitgespielt und keine Gelegenheit ausgelassen, sich über sie lustig zu machen. Aber das war Jahre her. Irgendwann mußte man einen Schlußstrich ziehen, sonst wurde man von seinen Erinnerungen tyrannisiert und konnte in der Gegenwart nicht glücklich sein.

Chris war erstaunt gewesen, daß Honadel sie mit zum Essen eingeladen hatte. »Hast du dich da auch nicht verhört?« hatte sie Jonas gefragt. »Nein, nein«, hatte der geantwortet, »Honadel hat wörtlich gesagt: ›Ihr seid doch immer noch gute Freunde, nicht wahr? Also bring sie mit. Außerdem ist sie die Wolfsexpertin. Ich will von ihr wissen, wie wir dieses Wolfsproblem ohne viel Aufsehen aus der Welt schaffen können.‹«

Diese Frage war bislang glücklicherweise noch nicht zur Sprache gekommen, denn Chris hatte nicht die leiseste Ahnung, was sie darauf antworten sollte. Die Hoffnung, die Wölfe würden von sich aus ins Gehege zurückkehren, hatte sie inzwischen aufgegeben. Nicht, solange der geheimnisvolle Mann seinen unheimlichen Einfluß auf die Tiere ausübte. Was sie sehr beunruhigte, ohne daß sie mit jemandem darüber hätte sprechen können, Jonas vielleicht ausgenommen, war der rätselhafte Zusammenhang zwischen den Geschehnissen und ihrem Traum. Oder redete sie sich das alles nur ein? Nein, sie *hatte* dieses gespenstische Doppelbild gesehen. Und dieser offenbar unter Drogeneinfluß stehende Mann hatte den Kindern gegenüber von einer *Schwester Wolfsträumerin* gesprochen. So war Chris in ihrem Traum von dem Bärenwesen genannt worden. Die Kinder konnten sich das doch kaum eingebildet haben!

Chris schauderte und starrte auf das rasch heranziehende Gewitter. Die Wolken mit den zuckenden Blitzen wirk-

ten wie lebendige Wesen. *Mutter Erde ist zornig.* Chris schüttelte den Kopf. Sie war eine vernünftige, wissenschaftlich ausgebildete Europäerin und lebte nicht in irgendeiner indianischen Märchenwelt. Unwillkürlich glitten ihre Finger in die Hosentasche und schlossen sich um den kleinen Lederbeutel. Von dem Rosenquarz ging eine beruhigende Wirkung aus. Am liebsten hätte sie ihn herausgenommen und eine Weile in der Hand gehalten.
Inzwischen hatte es zu dämmern begonnen, und das Gewitter trieb Windböen vor sich her, in Tischdecke und Servietten fahrende und Kerzen ausblasende Windböen.
»Vielleicht sollten wir lieber nach drinnen umziehen«, sagte Sabine, die ganz offensichtlich keine Gewitter mochte, ängstlich. »Ach wo«, sagte Honadel. »Hier werden wir nicht naß.«
Schwere Regentropfen klatschten auf das Plastikdach der Veranda. Honadel sagte in das Prasseln des Regens hinein nachdenklich: »Ich kann einfach nicht glauben, daß dieser Verrückte Gablenz sein soll, *der* Dr. Alexander Gablenz.« Er schaute Jonas an. »Könnte sich deine Kollegin in Köln nicht geirrt haben? Ich muß zugeben, daß der Mann Gablenz ähnlich sieht, soweit ich ihn aus der Entfernung erkennen konnte. Deswegen kam er mir ja bekannt vor. Aber daß Gablenz die Wölfe befreit und am Ende gar diesen Geheimdienstoffizier getötet haben soll? Unvorstellbar!«
»Woher kennst du Gablenz denn?« fragte Jonas.
Chris fand, daß Honadel mit seinem Bauch und der Stirnglatze älter wirkte, als er war. In seinem Gesicht schien eine Anspannung und Müdigkeit zu liegen, die im Widerspruch zu seinem Image als politischer Shooting-Star stand. Eine Krücke lehnte neben seinem Korbsessel, und

er trug Shorts, so daß man den dicken Verband an seinem rechten Oberschenkel sehen konnte.
»Wie du weißt, stammt Professor Schlei von hier. Er und Henn sind seit vielen Jahren befreundet. Er war häufiger bei Henn eingeladen. Gablenz, der ebenfalls Jäger ist, hat ihn in den letzten Jahren oft begleitet. Gablenz ist ein wirklich beeindruckender Bursche. Eine imposante Erscheinung, nicht nur äußerlich. Leute von seiner Sorte bräuchten wir viele, dann müßten wir uns um die Zukunft unseres Landes keine Sorgen machen.«
»Er scheint dich ja mächtig beeindruckt zu haben«, sagte Jonas trocken.
»Er ist ein genialer Wissenschaftler. Du hättest ihn reden hören sollen! Einmal hat er in Euskirchen auf unserem Kreisparteitag einen Vortrag über die Möglichkeiten der Gentechnik gehalten. Ich sage euch, das war wirklich aufregend! Der Mann ist keiner von diesen professionellen Schwarzsehern und Bedenkenträgern …«
»Gentechnik?« fragte Jonas und zwinkerte Chris dabei zu. »Dann ist er also einer von diesen Typen, die uns mit viereckigen Tomaten und stapelbaren, bein- und flügellosen Brathähnchen beglücken wollen?«
Honadel machte eine wegwerfende Handbewegung. »Ach was, alberne Klischees! Das sind verantwortungsbewußte Forscher, die wissen, was sie tun. Gablenz ist ein international renommierter Wissenschaftler, und die Perspektiven, die er da bei seinem Vortrag aufgezeigt hat, waren beeindruckend. Gentechnik wird uns allen das Leben schöner und angenehmer machen. Diese ganze Biotechnologie ist ein enormer Wachstumsmarkt. Wenn wir Deutschen da nicht voll einsteigen, geraten wir gegenüber den Asiaten und Amerikanern hoffnungslos ins Hinter-

treffen. Aber bei uns wird ja immer alles Neue negativ beurteilt, statt daß man Optimismus verbreitet und den Leuten Mut macht! Man muß ihnen die Angst vor dem technischen Fortschritt nehmen. Es kann doch ein spannendes Abenteuer sein, die Welt mit Hilfe von Wissenschaft und Technik völlig neu zu gestalten, besonders für die jungen Leute!«

Honadel hatte sich richtig in Fahrt geredet, aber Chris brauchte keine technologischen Höhenflüge und kein Designer food, um glücklich zu sein, und sie vermutete, daß es nicht nur ihr so ging. Die Argumente von solchen Fortschrittspäpsten wie diesem Dr. Gablenz und den Politikern, die deren Sprüche in ihre Sonntagsreden aufnahmen, klangen schrecklich logisch und vernünftig, als handele es sich beim ständigen Wirtschaftswachstum und *dem* technischen Fortschritt um unabänderliche Naturgesetze. Diese Leute schienen immer eine Antwort zu wissen und überschütteten einen geradezu mit ihren klugen Sätzen. Aber es kam alles aus dem Kopf, Herz und Bauch verkümmerten völlig.

Unbehaglich mußte Chris daran denken, daß sie selbst auf dem besten Wege gewesen war, genauso zu werden, ein totaler Kopfmensch – die coole, distanzierte Superzoologin.

Ein gewaltiger Donnerschlag entlud sich, wie es schien, fast genau über Honadels Haus. Sabine flüchtete, eine Entschuldigung murmelnd, in die Küche.

Chris mußte daran denken, was Silver Bear über die pflegeleichte, leblose Plastikwelt gesagt hatte, die sich die Weißen offenbar wünschten, und sprach in die auf den Donner folgende Stille hinein: »Warum müssen wir denn die Welt überhaupt neu gestalten? Es gibt doch, so wie sie ist, so viel Schönes darauf! Können wir denn nicht damit zufrieden sein, nun ja, ich weiß, das klingt naiv und kitschig, einfach friedlich und harmonisch auf ihr zu leben? Ohne sie in eine Wüste aus Beton und Glas und Plastik zu verwandeln? Nehmt zum Beispiel die Autobahn, die hier in die Landschaft gebaut wird. Was ist denn dadurch wirklich gewonnen? Die Leute kommen vielleicht zehn Minuten, oder meinetwegen eine halbe Stunde, schneller von Euskirchen nach Trier oder Koblenz. Und? Was haben Sie davon?« Sie sah, wie Jonas ihr zulächelte, während Honadel das Gesicht verzog.

»Na, das ist doch offensichtlich«, sagte Honadel. »Sie sparen Zeit, und in der freien Wirtschaft ist jede Minute gesparte Zeit bares Geld. Und an diesem Geld hängen Arbeitsplätze.«

»Aber was fangen die Leute an mit all der Zeit, die sie einsparen, und all dem Geld, das sie verdienen?« fragte Chris. »*Genießen* sie denn das Leben mehr? Ich meine, nehmen sie sich die Zeit, in einer Blumenwiese zu sitzen und den Schmetterlingen zuzuschauen? Ich weiß nicht, ich habe eher den Eindruck, daß sie nur noch vor dem Computer hocken und immer gehetzter werden und immer mehr unter Druck stehen, obwohl sie doch angeblich ständig so viel Zeit einsparen.« Sie schüttelte nachdenklich den Kopf. »Irgendwie erscheint mir das ziemlich absurd.«

Eine Weile tranken sie schweigend, Honadel Bier, Jonas, der noch fahren mußte, Apfelsaftschorle, und Chris nippte an ihrem Weißwein. Das Gewittergrollen entfernte sich, das Rauschen des Regens wurde schwächer. Honadel kratzte sich am Kopf und sagte: »Ich hänge doch auch mit dem Herzen an der Landschaft hier. Ich bin schließlich genau wie ihr hier geboren. Dieser Autobahnbau ist schon ein harter Eingriff, das gebe ich ja zu. Aber als Politiker muß ich mit dem Verstand entscheiden. Ohne Sentimentalitäten. Ich kann doch nicht sagen, nur weil ich als Kind oft in dem Wald gespielt habe, bin ich gegen das Projekt. Wenn die Fachleute mir sagen, das bringt so und so viele Arbeitsplätze und verbessert die Infrastruktur und steigert die Gewerbesteuereinnahmen, dann muß ich das doch befürworten, oder etwa nicht? Was würdet ihr denn an meiner Stelle tun?«

»Auf das Herz hören.« Chris gab diese Antwort ganz schnell und spontan, ohne langes Nachdenken, und war selbst überrascht, wie sicher ihre Worte klangen. »Wenn dein Herz dir sagt, daß es nicht gut ist, diese Autobahn zu bauen, dann solltest du auf dein Herz hören. So würde ich es jedenfalls machen.« Ich lerne wieder, es so zu machen, dachte sie. Vor ein, zwei Jahren hätte ich diese Antwort als genauso naiv abgetan wie Honadel jetzt vermutlich.

»Mich vor den Gemeinderat stellen und sagen: Mein Herz rät mir ...« Honadel seufzte. »Ach, Chris, du bist eine Träumerin. Das warst du immer schon.« Er sagte es nicht vorwurfsvoll, sondern es klang eher wehmütig. Irgendwann ist er auch einmal ein kleines Kind mit Träumen gewesen, dachte Chris.

Nach erneutem längerem, nachdenklichen Schweigen gähnte Jonas geräuschvoll. »Oh, Leute«, sagte er. »Bei solchen politischen Diskussionen bekomme ich entweder Kopfschmerzen, oder ich werde furchtbar schläfrig.« Er richtete sich im Sessel auf.

Draußen hatten sich die Wolken weitgehend verzogen. Chris konnte über den Dächern Sterne funkeln sehen.

»Was ich noch fragen wollte: Wie steht's mit deiner Verstärkung?« erkundigte sich Honadel.
Jonas stand auf und reckte sich. »Habe vorhin mit meinem Chef in Euskirchen telefoniert. Die Sache ist offenbar so heiß, daß sich das BKA damit befaßt. Die schicken morgen einen Spezialisten, einen Kriminalrat, mit einer Sondereinheit. Klingt ziemlich mysteriös, wenn du mich fragst. Aber was ist an dieser Sache nicht mysteriös?« Er zuckte die Achseln.
»Na, wenigstens tut sich endlich etwas«, sagte Honadel befriedigt.
Sie verabschiedeten sich von Sabine. Als Honadel sie, sich schwer auf seine Krücke stützend, zur Tür brachte, erzählte er: »Das letzte Mal habe ich Gablenz übrigens voriges Jahr auf Henns Gartenfest getroffen. Das ist ja morgen abend auch schon wieder – Henns großes Gartenfest. Wird ziemlich lästig sein, dort mit dieser dämlichen Krükke herumzuhumpeln!«
Als Chris Honadel die Hand gab, überlief sie etwas wie ein kalter Hauch, ein Frösteln. *Wenn er nicht auf sein Herz hört,* sagte eine leise Stimme in ihr, *dann ist er so gut wie tot – innerlich abgestorben, wie ein Baum mit durchtrennten Wurzeln.*
Plötzlich heulte ein Wolf, langgezogen und klagend. So nah, daß Chris vor Schreck zusammenzuckte. Honadel schaute sie irritiert an, sagte aber nichts und ging ins Haus. Als die Haustür sich hinter ihnen geschlossen hatte, fragte Jonas: »Was war los? Ich habe gesehen, daß dich etwas erschreckt hat.«
»Hast du das Wolfsgeheul gehört?« fragte Chris.
Jonas nickte. »Ja. Zum Glück ganz leise und weit weg. Sicher sind sie irgendwo im Itzwald unterwegs.«

Chris schaute ihn verwundert an. Wieso hatte sie das Heulen so nah gehört? Vielleicht waren ihre Nerven ganz einfach ein wenig überreizt.
Sie warf einen Blick auf Honadels Haus, das in der Dunkelheit groß und massiv wirkte, ein wenig wie eine trutzige Burg. Hier in diesem Neubaugebiet, das am Hang des Dachsberges, wo früher Schrebergärten und Streuobstwiesen gewesen waren, dem Wald entgegenwuchs, sahen alle Häuser so aus. Ausladend, mit dicken, klobigen Mauern, als versuchten ihre Bewohner verzweifelt die Welt auszusperren. Chris atmete tief durch. Die Luft roch gut nach dem Gewitterregen. »Laß uns noch ein Stück gehen«, schlug sie vor.
Jonas kratzte sich hinter dem Ohr. »Eigentlich bin ich reif fürs Bett. Aber wenn du möchtest, gern.«
Schweigend gingen sie die Straße hinunter. Alles wirkte so gleichförmig. Die Häuser, die Gärten davor. Einfallslos. Wenn ich Geld hätte, ein Haus zu bauen, würde es bestimmt nicht so langweilig werden, dachte Chris, seufzte und hob die Schultern. »Ach, es ist traurig, daß diese Leute, die Verantwortung tragen, alle so ... gefühllos sind.«
»Ich glaube nicht, daß Honadel gefühllos ist.«
»Nein, nicht wirklich. Aber er achtet nicht auf seine Gefühle. Er *handelt* nicht nach ihnen, weil er das für kindisch oder naiv hält. Und weil die sich alle so verhalten, kommen solche unglaublich dummen Entscheidungen wie dieses Autobahnprojekt zustande.«
Sie gingen noch ein Stück, und Chris rückte dabei näher an Jonas heran. »Fast wie früher«, flüsterte sie. »Wir sind oft unter den Sternen spaziert, weißt du noch?«
»Stimmt. War schon gar nicht so schlecht mit uns bei-

den«, brummte er. Als sie ihm das Gesicht zuwandte, sah sie, daß er lächelte.
Am Ende der Straße machten sie kehrt, um langsam zu Jonas' Wagen zurückzuschlendern – und blieben beide wie angewurzelt stehen. Jonas stockte hörbar der Atem, und Chris umklammerte seinen Arm.
Vor ihnen, ungefähr auf der Höhe von Honadels Haus, stand das ganze, große Wolfsrudel. Chris sah im Laternenlicht gelb leuchtende Augenpaare und silbrig schimmernde Wolfsgestalten. Inmitten des Rudels ragte groß und bärenhaft der Mann auf, der ihr nachts am Gehege solche Angst eingejagt hatte.
»Verdammt!« knurrte Jonas mit zusammengebissenen Zähnen. »Ich habe meine Pistole nicht bei mir.«
Die Wölfe hoben die Köpfe und stimmten ein gewaltiges Geheul an. In den Häusern entlang der Straße gingen die Lichter an, Fenster wurden geöffnet. Und in die Stille, die auf das Heulen folgte, rief der Mann mit dröhnender Stimme:
»Menschen von Buchfeld! Ich bin hier, um einen von euch zu holen, der schlecht gegen das Land gehandelt hat! Ich bin hier, um euch an eure Pflichten zu erinnern! Der Tod, den ich bringe, soll euch eine Warnung sein! Lernt wieder auf richtige Weise zu beten, zu danken und zu tanzen. Ihr nehmt nur noch und habt das Geben verlernt. Der Energiefluß ist sehr schwach geworden, weil ihr eure Pflichten nicht mehr erfüllt! Wenn er durch eure Schuld ganz erlischt, stirbt das Land und ihr mit ihm!«
Entsetzt sah Chris wieder das Doppelbild. Wie ein Phantom überlagerten die dunkel und unheimlich aufragenden Umrisse des Bärenwesens die Gestalt des Mannes. »Siehst du ... den Bären auch?« fragte sie Jonas ängstlich.

»Einen Bären? Nein«, antwortete Jonas, und sie konnte deutlich hören, daß auch er sich fürchtete. »Aber, mein Gott. Seine Stimme ist so laut, daß ihn selbst bei geschlossenem Fenster alle Leute in der Straße gehört haben müssen!«
Dann fiel in die Stille ein entsetzlicher, gepeinigter Schrei.

Nachdem Chris Adrian und Jonas sich verabschiedet hatten, war Sabine Honadel nach oben gegangen, um nach den Kindern zu schauen. Die kleine Nadine schlummerte tief und fest, hatte das Gewitter offensichtlich verschlafen. Tim war wach, und Sabine mußte ihm noch einen Gutenachtkuß geben und ihm gut zureden, ehe er sich wieder richtig hinlegte und die Augen zumachte.
Als sie die Treppe herunterkam, rief Jochen aus dem Wohnzimmer: »Komm, Kleines, setz dich noch ein bißchen her zu mir!«
Er saß auf der Couch, hatte sein verletztes Bein hochgelegt und den Fernseher eingeschaltet. In der einen Hand hielt er die Fernbedienung, in der anderen sein Bierglas. Sabine setzte sich neben ihn. Er stellte das Glas ab und legte den Arm um ihre Schultern. »Soll ich nicht lieber die Verandatür zumachen, wegen der Mücken?« fragte sie.
»Nein, laß ruhig noch ein bißchen frische Luft herein.« Er küßte sie auf die Wange. Sein Atem roch nach Bier. »Und, wie findest du Chris Adrian, Häschen?«
Er hatte ihr erzählt, was für eine »verrückte Ziege« Chris früher gewesen war, aber sehr verrückt war sie Sabine gar nicht vorgekommen, sondern so sympathisch, daß sie mit dem Gedanken spielte, sie einmal im Wildpark zu besuchen – falls Jochen nichts dagegen hatte, natürlich. »Nun, sie ...«

»Ja. Hat sich doch noch ganz ordentlich rausgemacht. Hat sogar ein Biologie-Diplom. Beachtlich, wenn man bedenkt, aus welchen Verhältnissen sie kommt. Klar, daß sie was gegen die Autobahn hat. Hätte mich gewundert, wenn es anders wäre. Ich wette, daß sie die Grünen wählt.« Er zappte durch die Programme, ohne richtig hinzusehen. Während er sich Bier nachgoß, sah Sabine auf dem Bildschirm einen Mann mit einem langen, blutigen Messer auf eine nackte Frau einstechen, dann folgte ein Werbespot für Eiscreme.

»Was glaubst du, geben Jonas und sie ein hübsches Paar ab?«

Chris mußte ungeheuer mutig sein. Mit Rucksack und Zelt allein durch die kanadische Wildnis zu wandern. Ich könnte das niemals, dachte Sabine, ich mit meinen vielen Ängsten, gegen die nur Tabletten helfen. Schlaftabletten und Tranquilizer. »Na ja ...«

»Ich wette, Jonas ist schon wieder genauso verrückt nach ihr wie früher. Ganz schön kräftig ist sie geworden. Na ja, wenn man auf so was steht. Einigermaßen normal scheint sie ja inzwischen zu sein. Früher sah's doch arg danach aus, daß sie genauso in der Klapse landen würde wie ihre Mutter.«

Sabine glaubte, draußen auf der Veranda eine Bewegung wahrgenommen zu haben, einen Schatten, der dort nicht hingehörte. »Jochen ...«

»Au! Verdammt! Warum tut das blöde Bein plötzlich so weh? Es pocht und brennt so!«

Der Schatten verschwand nicht. Er war immer noch da und näherte sich der Verandatür.

»Jochen. Ich glaube, da ist ... etwas draußen ...«

Er stand auf. Als er dabei das Bein belastete, stöhnte er

auf und hielt sich den Oberschenkel. »Ach, Scheiße! Unsinn. Du siehst wieder mal Gespenster.« Er humpelte auf die Verandatür zu, wohl, um sie zuzumachen, doch in der Mitte des Zimmers blieb er wie angewurzelt stehen.
Ein Kopf schob sich ins Licht des Wohnzimmers, silbergrau, mit großen, spitz zulaufenden Ohren, einer schwarzen Nase. Ein ... *Wolfskopf.* Sabine hörte, wie der Wolf schnüffelte und witterte. Es war ein stattliches, mächtiges Tier, das dort in der Tür stand und Jochen anschaute, der sich noch immer nicht rührte. »Wo ... kommst du denn her?« fragte Jochen mit zitternder Stimme. Der Wolf stand ruhig da, lediglich seine Ohren bewegten sich, als Jochen sprach. Er beobachtete Jochen aus runden, gelb leuchtenden Augen. Von Sabine schien er keine Notiz zu nehmen.
»Verschwinde!« zischte Jochen. »Mach, daß du rauskommst!« Er ging einen Schritt auf den Wolf zu, der daraufhin den Kopf senkte und ihn von unten her anstarrte. In diesem Moment erscholl draußen auf der Straße ein gewaltiges Geheule, das Sabine durch Mark und Bein ging. Sie fuhr von der Couch hoch. Eine dröhnende Männerstimme schrie Worte, die für Sabine überhaupt keinen Sinn ergaben. In der anschließenden, unheimlichen Stille veränderte sich der Gesichtsausdruck des Wolfes. Seine gelb leuchtenden Augen wurden schmal, die Schnauze verzerrte sich, lange, spitze Fangzähne blitzten auf. Er duckte sich zum Sprung.
Ohne zu überlegen, rannte Sabine in die Küche, packte das lange Tranchiermesser und stürzte ins Wohnzimmer zurück, gerade als der Wolf Jochen ansprang. Jochen fiel nach hinten. Sabine sah, wie die Zähne des Wolfes sich in Jochens Hals gruben. Eine grellrote Blutfontäne spritzte

hervor. Jochen stieß einen gräßlichen, gurgelnden Laut aus. Er lag auf dem Rücken. Der Wolf hielt ihn bei der Kehle gepackt, und seine Schnauze färbte sich rot von Jochens Blut. Etwas in Sabine brach auf, ein Schrei, der ihr vielleicht schon sehr lange Zeit in der Brust gesteckt hatte, löste sich und erfüllte das Zimmer. Sie schrie und schrie, und ihr Arm mit dem Messer stach auf den Wolf ein. Der Wolf ließ Jochens zerbissene Kehle los, wo aus der durchtrennten Halsschlagader das Blut sprudelte, jaulte schrill und klagend und schnappte nach Sabine, doch sie wich ihm aus und rammte das Messer immer wieder in seinen Leib, und ihr schrilles Kreischen vereinigte sich mit dem gepeinigten Jaulen des Wolfes.

Eigentlich waren es zwei unterscheidbare Stimmen: das panische Kreischen einer Frau und die Todesschreie eines Tieres. Chris und Jonas rannten gleichzeitig los, zu Honadels Haus. Ohne sich weiter um den Mann und das Wolfsrudel zu kümmern, liefen sie um das Haus herum und sprangen über den Jägerzaun in den Garten.
Dann standen sie keuchend auf der Veranda und starrten ins hellerleuchtete Wohnzimmer, wo die plappernden Stimmen irgendwelcher Talk-Show-Gäste aus dem Fernseher drangen. Zuerst sah Jonas Sabine, die wie eine Salzsäule in der Mitte des Zimmers stand, mit beiden Händen ein langes, blutiges Messer umklammernd. Er sah den sterbend auf der Seite liegenden Wolf, dessen zitternde Flanke von Messerstichen zerfetzt war. Er sah Honadels starr zur Decke blickende Augen, die klaffende Wunde an seiner Kehle, aus der sich eine Blutfontäne über den Teppich, den Couchtisch und Sabines Kleid ergossen hatte.

Jonas taumelte von der Veranda und erbrach sich würgend hinter Honadels Thujenhecke. Als er sich zitternd den Mund abgewischt hatte und das Zimmer betrat, war Chris bereits zu Sabine gegangen, hatte ihr das Messer abgenommen und auf den Boden gelegt. Jetzt nahm sie Sabine in den Arm und redete beruhigend auf sie ein. Jonas sah, wie Sabines Erstarrung sich löste. Sie fing an zu schluchzen. Chris drehte sie mit sanfter Gewalt von Jochen und dem Wolf weg und führte sie hinüber in die Küche.

Der Wolf hatte jetzt zu zittern aufgehört. Jonas nahm die ebenfalls blutbeschmierte Fernbedienung und schaltete den Fernseher ab, um dieses unerträgliche Geplapper zum Schweigen zu bringen. Er hörte oben Nadine und Tim leise weinen. Verdammt. Rasch ging er wieder hinaus auf die Veranda. Nachbarn versammelten sich am Zaun.

»Was ist denn los? Sollen wir die Polizei rufen?«

»Die ist schon da«, sagte Jonas. »Wo sind die Wölfe und der Mann, der bei ihnen war?«

»Sind im Wald verschwunden«, sagte eine ältere Frau. »Was hat das alles zu bedeuten? Was hat der Mann damit gemeint, daß das Land stirbt und wir mit ihm?«

Jonas hatte nicht die leiseste Ahnung. »Morgen ... werden wir mehr wissen.« Das klang wenig überzeugend. Er schob das Kinn vor und bemühte sich, so viel polizeiliche Autorität wie möglich in seine Stimme zu legen. »Gehen Sie jetzt wieder nach Hause. Hier gibt es nichts zu sehen.«

Er machte die Verandatür von innen zu, durchquerte das Zimmer, den Blick fest auf die Diele geheftet, löschte das Licht und machte die Tür zu. Zum Glück blieben die Kinder oben. Auf keinen Fall durften sie ihren Vater so zu

Gesicht bekommen. Chris saß mit Sabine in der Küche und wiegte sie in den Armen. Als Jonas vom Telefon in der Diele aus die Nummer der Wache wählte, sah er die Tasten durch einen Tränenschleier. Er informierte Schöntges und rief Sabines Vater an. Dann ging er nach oben, um nach den Kindern zu sehen.

Mitten in der Nacht, irgendwann zwischen zwei und drei Uhr, stand Chris müde vor Honadels Haus und sah zu, wie die beiden Leichen abtransportiert wurden. Auch der Staatsanwalt und die Beamten der Spurensicherung gingen wieder zu ihren Autos.

Der Staatsanwalt, ein kleiner, untersetzter, etwas asthmatischer Mann, war ziemlich fassungslos gewesen. Chris hatte ihm mehrfach bestätigen müssen, daß es sich bei dem toten Tier tatsächlich um Rex, den Leitwolf des Rudels aus dem Wildpark, handelte. Er bevorzugte eindeutig die Version, daß es sich um einen »zugegebenermaßen sehr wolfsähnlichen Hund« handeln mußte, der von einem »offenbar geistesgestörten Täter aus noch aufzuklärenden Motiven auf den Bürgermeister gehetzt« worden war, hatte Chris' Aussage aber zu Protokoll genommen. Zunächst hatte er die Vermutung geäußert, Honadels Ehefrau hätte »in akut wahnhaftem Zustand« sowohl den »Wolfshund« als auch ihren Mann mit dem Messer getötet. Als er Honadels Leiche näher in Augenschein nahm, hatte er aber zugeben müssen, daß dessen tödliche Halsverletzung eindeutig von Reißzähnen und nicht von einem Tranchiermesser hervorgerufen worden war.

Als Jonas im Zusammenhang mit dem befreiten Wolfsrudel den Namen Gablenz erwähnt hatte, schien bei dem Staatsanwalt irgend etwas »klick« zu machen. Sein Atem klang plötzlich noch pfeifender, und er verschwand nach draußen, um ungestört zu telefonieren. Als er zurückgekehrt war, hatte er mit, wie Chris fand, sehr amtlicher und offizieller Miene verkündet, jede Verbindung zwischen Dr. Gablenz, einem hochangesehenen Wissenschaftler, der für ein Großunternehmen von einwandfreiem Ruf arbeite, und diesem abscheulichen Verbrechen sei kategorisch auszuschließen. Mehr könne er in dieser Angelegenheit nicht sagen, aber morgen würden Spezialisten des BKA vor Ort eintreffen und sich des Falles annehmen.

Chris fand es seltsam, daß auch der tote Wolf in einem Blechsarg abtransportiert wurde. Sie hörte, wie einer der beiden Polizisten, die den Sarg trugen, mit bemüht wirkender Lässigkeit witzelte: »Scheiße, dieses Beweisstück ist eine Nummer zu groß für unsere Plastikbeutel.« In einen solchen Plastikbeutel hatten sie das Tranchiermesser gepackt, und ein Fotograf hatte Bilder von Honadel und Rex und den Blutlachen im Wohnzimmer gemacht. Am großen Medizinrad nehmen alle Geschöpfe einen gleichberechtigten Platz ein, hatte Silver Bear gesagt. Daher hätte der alte Medizinmann es wohl begrüßt, daß auch Rex die Ehre eines Sarges zuteil wurde.

Chris' Gedanken waren quälend immer wieder um die Frage gekreist, was um alles in der Welt Rex veranlaßt haben mochte, die Geborgenheit des Rudels zu verlassen, allein in dieses für ihn völlig angstbesetzte Gebiet einer menschlichen Wohnsiedlung vorzudringen, sich durch eine offene Verandatür zu schleichen und jenen Mann zu töten, den er zuvor schon am Bein verletzt hatte. Ihn zu töten wie eine Jagdbeute. Und beim Biß in den Hals die

Schlagader zu durchtrennen wie bei dem toten Geheimagenten. Der Mann hatte gerufen, er wolle sich jemanden »holen«. Hatte er dem Wolf so etwas wie einen *telepathischen* Befehl erteilt? Aber das war doch kompletter Irrsinn. Völlig unvorstellbar!

Rex war ein so beeindruckendes, faszinierendes Tier gewesen! Mit der besonders ausdrucksvollen Fellzeichnung seines Wolfsgesichts und seiner kräftigen Statur hatte er etwas sehr Stolzes und Würdevolles ausgestrahlt. Chris spürte, daß er ihr in den vergangenen Monaten ans Herz gewachsen war. Nun würde sie ihn nie mehr wachsam auf seinem Aussichtshügel am Rand des Geheges stehen sehen, nie mehr beobachten können, wie er mit den Welpen spielte oder zärtlich Zoras Fell liebkoste.

Fetzen aus einem Traum, die in Chris' Bewußtsein auftauchten wie die grauen, flackernden Bilder eines alten Stummfilms. Wolf sprang über die Hügel, schöner, großer, geschmeidiger Wolf. *Traumwolf.* Ihr nächtlicher Spielkamerad damals, als sie ein Kind war. Er hatte ihr alles erzählt, was sie wissen wollte. Wenn er sie aus seinen klugen gelben Augen anschaute, hörte sie seine Worte, nicht mit den Ohren, sondern als leise, freundliche Stimme in ihrem Kopf. Nie hatte sie sich als Kind im Dunkeln gefürchtet. Immer war Traumwolf bei ihr gewesen und hatte sie beschützt.

– Ich bin immer noch da, sagte die leise Stimme, du mußt nur *glauben,* daß ich da bin, dann kann ich dir helfen.

Chris preßte die Fingerspitzen an die Schläfen. »Nein«, sagte sie laut. Ich bin erwachsen, ich unterhalte mich nicht mit Traumgestalten, die nur in meiner Phantasie existieren!

– Ohne mich *hättest* du überhaupt keine Phantasie, flü-

sterte Traumwolfs leise Gedankenstimme. »Sei still!« Erschrocken schaute Chris sich um, aber niemand schien ihr Selbstgespräch bemerkt zu haben.
Offenbar hatte sie Traumwolf verscheucht, denn in ihr stellte sich eine klare Ruhe ein. Sie blickte hoch zu den Sternen, die unbeirrt funkelten, was auf der Erde auch immer Schreckliches geschehen mochte. Honadels Haus hinter ihr war ein groß aufragender Schatten. Die Luft war schwer und feucht. Am Zaun standen Nachbarn und versuchten dahinterzukommen, was sich im Haus des Bürgermeisters abgespielt hatte. Chris hörte, wie sie über die sonderbaren Sätze diskutierten, die der Fremde ihnen zugerufen hatte.
Kindheitserinnerungen tauchten aus dem Nebel auf, in dem sie lange Jahre verborgen gewesen waren. Auf ihren nächtlichen Streifzügen hatte Traumwolf Chris alle Geheimnisse des Landes gezeigt. Er hatte sie mit den Geistern aller Tiere und Pflanzen bekannt gemacht, die in dem Gebiet um Buchfeld lebten, und sie hatte mit ihnen anregende Unterhaltungen geführt, an deren Details sie sich nicht mehr erinnerte. Wie alt war sie damals gewesen? Sieben, acht Jahre?
Nach der Abfahrt der Polizeiwagen kam Jonas mit Sabine, ihrem Vater und den beiden Kindern durch die Vordertür. Die Gesichter der Kinder wirkten im matten Licht der Straßenlaterne bleich und ernst. Chris fragte sich, ob man ihnen schon gesagt hatte, daß sie ihren Vater nie wiedersehen würden. Chris hatte Sabine geholfen, das viele Blut abzuwaschen, ehe sie vorhin mit dem Großvater nach oben zu den Kindern gegangen war. Sabine versuchte ein tapferes Kopfnicken, als sie an Chris vorbeiging, aber es gelang ihr nicht besonders gut. In ihrem Gesicht

zitterte und zuckte es. Jonas half Honadels Vater, ein paar eilig gepackte Taschen und Koffer zu dessen Mercedes zu tragen. Dann ging er noch einmal zum Haus zurück, löschte das Licht und schloß die Vordertür ab.
Chris hörte Autotüren schlagen. Dann sprang der Dieselmotor des Mercedes nagelnd an. Jonas ging auf sie zu. »Komm«, sagte er, »ich fahre dich nach Hause.« Er sah sehr erschöpft aus.
Auf der Fahrt zum Wildpark gab es in ihrem Kopf keine Worte, nur ein dumpfes, schmerzendes Pochen. Ab und zu schaute sie zu Jonas hinüber, der schweigend hinter dem Lenkrad kauerte. Er fuhr einen nicht mehr ganz neuen Opel Caravan, weiß, etwas nüchtern, praktisch, ein Wagen, der gut zu ihm paßte. Sie hätte sich Jonas nicht in irgendeinem extravaganten Lifestyle-Auto vorstellen können. Als der Wagen über die Holzbrücke rumpelte und das Forsthaus vor ihnen aus der Dunkelheit auftauchte, bekam Chris Angst vor dem Alleinsein. Vielleicht würde sie schreckliche Träume haben, und es würde niemand in der Nähe sein, wenn sie aufwachte. Traumwolf war nur ein Schemen aus ihrer Kindheit. Sie wollte nicht von einer Stimme in ihrem Kopf getröstet werden.
Jonas räusperte sich und sagte: »Ich weiß, daß du ein großes Mädchen bist und keine Angst im Dunkeln hast, aber du brauchst dich nicht zu schämen, wenn du heute nacht nicht allein sein willst. In meine leere Wohnung zieht's mich, ehrlich gesagt, auch nicht besonders.«
Chris atmete auf. »Vielleicht können wir noch ein bißchen zusammensitzen und reden, bis es draußen hell wird«, sagte sie leise.
Abgesehen von dem Rauschen des Windes in den Bäumen war es im Park völlig still. Als Jonas Chris am frühen

Abend abholte, hatte sie ihn nicht hereingebeten, sondern draußen auf dem Parkplatz auf ihn gewartet. Jetzt führte sie ihn ins Forsthaus, und ihr wurde bewußt, daß, abgesehen von Dr. Wegmeier und Fred Schmitz, den sie einmal mit seiner Frau zum Essen eingeladen hatte, hier noch nie ein Mann bei ihr zu Besuch gewesen war. Sie zeigte Jonas ihre kleine Wohnung: das ziemlich enge Bad, die Küche, die groß genug war, daß ein Eßtisch mit vier Stühlen hineinpaßte, das einzige, aber immerhin recht geräumige Zimmer.

Dort schaute sich Jonas interessiert um. »Du hast es wirklich gemütlich hier«, sagte er anerkennend und ganz offensichtlich froh, sich für den Moment mit etwas anderem beschäftigen zu können als dem Entsetzlichen, Unbegreiflichen, das hinter ihnen lag. Er betrachtete das Hundertwasser-Bild, das sie aus einem Kalender ausgeschnitten und gerahmt hatte. Sie mochte Hundertwassers organische, wie natürlich gewachsen wirkende Ornamente und Farbenspiele.

»Ja. Das ist mir wichtig geworden. Jahrelang habe ich nur in irgendwelchen unbequemen Buden gehaust, die ich mir meist noch mit anderen Wissenschaftlern teilen mußte. Aber das war mir damals gleichgültig. Mein Sinn für Schönheit war mir, glaube ich, völlig abhanden gekommen. Jetzt entdecke ich ihn allmählich wieder.«

Jonas lächelte. »Das ... freut mich für dich. So eine Art Heilungsprozeß, nehme ich an?«

Chris hob die Schultern. »Schon möglich. Jedenfalls möchte ich, wenn ich auf meinem Futon sitze und mich in meinem Zimmer umschaue, überall etwas Schönes sehen, das mir Freude macht. Die Pflanzen da, die Bilder, das Mandala hier ... meine Wohnung soll eine behagliche

Höhle sein, in die ich mich zurückziehen kann. Aber natürlich läßt sich die Welt nicht aussperren. Wenn draußen schreckliche Dinge passieren ...« Sie schloß die Augen und schüttelte den Kopf.

Jonas setzte sich mit einem erschöpften Seufzer in den alten Schaukelstuhl, den die Wegmeiers ihr geschenkt hatten.

Chris fragte ihn, ob er etwas trinken wolle. Er rieb sich müde die Stirn und murmelte, ein Glas Sprudel wäre nicht schlecht. Sie mußte in den Keller, eine frische Mineralwasserflasche heraufholen. Als sie mit der Flasche und zwei Gläsern ins Zimmer zurückkehrte, war Jonas im Schaukelstuhl eingeschlafen. Leise stellte sie Flasche und Gläser auf das Tischchen zwischen Stuhl und Futonbett, goß die Gläser voll, nahm das eine und setzte sich damit auf den Futon. Während sie mit langsamen Schlucken trank, betrachtete sie den schlafenden Jonas. Er hatte sich nur wenig verändert. Sein schmales Gesicht mit der großen Nase war etwas ausgeprägter und kantiger geworden, sein immer noch widerspenstiger dunkler Haarschopf von ersten Silberfäden durchzogen. Seine großen, aber schlanken Hände waren tief gebräunt, ebenso wie das Gesicht.

Auf der Hinfahrt zu Honadel hatte er ihr erzählt, daß er jetzt in dem alten Haus wohnte, das er von seinen Großeltern geerbt und selbst renoviert hatte. Es sei eine Heidenarbeit gewesen, den völlig verwilderten Garten dahinter wieder herzurichten, aber das Gärtnern mache ihm großen Spaß. Er habe es ganz neu für sich entdeckt und fände es sehr entspannend. Er könne dabei so schön nachdenken. Chris stellte sich lächelnd vor, wie Jonas nach Dienstschluß in einem Gemüsebeet herumwerkelte, zwischendurch innehielt und sich mit erdigen Fingern nachdenklich die Nase rieb.

Sein Kopf war seitlich auf die Schulter gesunken. Wenn er aufwachte, würde ihm möglicherweise der Nacken weh tun. Sie überlegte, ihn zu wecken und ihm anzubieten, sich zu ihr zu legen. Doch dann entschied sie, ihn schlafen zu lassen, stellte das Glas weg, nahm sich eine Wolldecke und knipste das Licht aus. *Denke immer daran, daß du nicht allein bist,* hatte Silver Bear gesagt. Sie rollte sich auf dem Futon zusammen, starrte in die Dunkelheit und lauschte auf Jonas' gleichmäßige Atemzüge.

7. KAPITEL

Chris träumt. Chris atmet im Rhythmus des Landes – Erdatem. Sie ist eine große alte Buche, spürt, wie die Energie der Erde in ihrem Stamm aufsteigt, um sich in ihren Blättern mit dem Sonnenlicht zu vereinigen. Der Wind spielt mit ihren Zweigen.

Sie ist ein Bussard, der vom Buchenast auffliegt, ihr Schrei gellt weit über das Land, sie spürt die tragende Kraft der Luft unter ihren Schwingen. Ihren scharfen Augen entgeht nichts, Flügelschlagen und ruhiges Gleiten sind eine Lust. Sie ist ein Eichhörnchen, das verspielt und neugierig durch die Baumkrone turnt. Sie ist ein kleiner Käfer im trockenen Laub, durchpflügt auf sechs Beinen einen endlosen, moosigen Ozean, jeder in den Himmel ragende Baum erscheint ihr gigantisch wie eine Galaxie. Sie ist das Land selbst. Die Bäume sind ihre Bronchien, eine Schicht aus Laub, Gräsern und Moos bedeckt wärmend, nährend und schützend ihre nackte, verletzliche Haut. Sie spürt die lebenspendende Wärme der Sonnenstrahlen, die zärtliche Massage des durstlöschenden Regens, das kühle, alles verändernde Tuch des Schnees. Sie spürt die Pfoten von Marder, Fuchs und Dachs, die Hufe von Reh und Hirsch.

Alles ist ein Teil von ihr, lebt als Zelle in ihrem großen, pulsierenden Körper: von den Pilzfäden und Würmern in ihrer Humushaut bis zu den Tauben, Hähern und Eulen über den Baumwipfeln. Sie fließt in Bächen und wohnt in

Teichen. Sie atmet Tau und Rauhreif, und tief unter Millionen Jahre altem Gestein glüht ihr Herz aus flüssigem Feuer.
Sie spürt die Zonen des Todes auf ihrer Haut, graue, kalte, harte Bänder, auf denen Blechtiere ohne Seele dahinjagen und stinkenden Rauch ausatmen. Sie spürt eine breite, häßliche Furche, ihr von Zweibeinern ins Fleisch gegraben, die verlernt haben, auf ihr Herz zu hören und darin den Rhythmus der Erde zu finden. Jede Baggerschaufel, die den Humusboden verletzt, ohne daß irgend jemand um Erlaubnis gefragt oder um Verzeihung gebeten hätte, ist ein Dorn in ihrem Fleisch. Jede Motorsäge, die das lebendige Holz eines Baumes durchtrennt, raubt ihr ein Stück ihrer Kraft.
Chris sieht eine graue Masse aus Teer und Beton das Land begraben. Alles eingeebnet, planiert und tot, um es optimal nutzen zu können für Autobahnen, Flughafenpisten und Parkplätze. Dann schüttelt sich das Land in einem gewaltigen, befreienden Beben, und aus hunderttausend Rissen im Asphalt sprießt frisches, leuchtendgrünes Unkraut hervor.
Sie setzte sich auf und rieb sich die Augen. Es war schon ein wenig Licht im Zimmer, der Morgen nicht mehr fern. Da sie sich angezogen auf den Futon gelegt hatte, steckte der Medizinbeutel noch in ihrer Hosentasche. Sie zog ihn heraus und breitete ihren kleinen Schatz vor sich aus. Noch war es so dunkel, daß sie Rosenquarz, Wolfsfigur und Adlerfeder kaum erkennen konnte. Wenn sie die Augen schloß, sah sie Traumwolf, der sie aus seinen gelben Augen aufmerksam betrachtete.
– Traumwolf, dachte sie, wozu hat mir Silver Bear diese drei Dinge geschenkt?

– Diese Frage hätte ich dir schon viel früher beantworten können, wenn du mich früher gefragt hättest.
– Sei nicht beleidigt. Ich habe Zeit gebraucht, um zu verstehen, was Silver Bear damit meinte, daß ich niemals allein wäre.
– Gut, daß du es jetzt endlich verstehst. Also: Die Adlerfeder ist für die schamanische Schau. Sie ermöglicht es dir, dich emporzuschwingen und Reisen zu unternehmen, von denen du heilendes Wissen mit zurückbringst. Ich bin dein Totemtier, wie Silver Bear es nennen würde, obwohl die alten Völker dieses Landes andere Namen für mich hatten. Die kleine Wolfsfigur enthält meine Kraft. So bin ich immer bei dir und helfe dir. Im Rosenquarz glüht das wärmende Feuer der Erde. Er schenkt deinem Herzen Wärme und die Macht zu heilen. Genügt das einstweilen, oder hast du weitere Fragen?
Chris starrte nachdenklich auf Feder, Wolfsfigur und Kristall. Sie bedankte sich bei Traumwolf und sah ihn auf den Pfaden ihrer Träume davoneilen. Sie wußte jetzt, daß sie ihn jederzeit herbeirufen konnte, wenn sie die kleine hölzerne Figur in die Hand nahm und an ihn dachte.
Jonas setzte sich im Stuhl auf und rieb sich den Nacken. »Schlecht geträumt?« fragte er schlaftrunken.
»Ich glaube, ich sollte endlich Freundschaft mit meinen Träumen schließen«, sagte Chris. »Ich sollte mich nicht mehr gegen sie wehren, sondern versuchen, aus ihnen zu lernen.«
Jonas tastete im Halbdunkel nach dem Wasserglas auf dem Tischchen und trank einen Schluck. Dann rieb er nachdenklich seine Nase. »Kann sein, daß du lernen mußt, deine Träume zu pflegen wie einen Garten, so wie

ich hinter meinem Haus das Gärtnern lerne. Vielleicht sprießen dann mit der Zeit dort ganz überraschende und nützliche Dinge hervor.«

»Die Erde … leidet«, sagte Chris zögernd, beinahe widerstrebend. »Ich muß … heilen. Ich glaube, es ist meine Bestimmung, Heilerin zu sein. Aber ich habe keine Ahnung, wie ich das anstellen soll.« Sie schüttelte verwirrt den Kopf.

Jonas schaute sie an. Im schwachen Dämmerlicht sah sie die Konturen seines Gesichts, das sie immer noch blind hätte zeichnen können, trotz der vielen Jahre, die sie getrennt gewesen waren. »Du kannst nicht die ganze Erde heilen. Das wäre ein bißchen viel für einen einzelnen Menschen«, sagte er.

»Ja. Aber ich glaube, ich weiß jetzt, warum ich hierher zurückkommen mußte.«

»Dann wirst du bleiben?«

Sie seufzte: »*Vernünftig* ist es nicht. Vernünftig wäre es, nach Kanada zurückzugehen und dort zu promovieren.«

»Komisch«, sagte Jonas langsam, »erst wollte ich dich nicht wiedersehen, und jetzt will ich nicht, daß du wieder fortgehst.«

Chris fand, daß seine Stimme unsicher und hilflos klang. Für einen kurzen Moment wünschte sie, er möge sich zu ihr aufs Bett legen, damit sie sich wie früher aneinander schmiegen, sich vielleicht sogar lieben könnten. Doch sie schwieg, und Jonas blieb stumm und nachdenklich im Schaukelstuhl sitzen.

Während es draußen allmählich hell wurde, versuchte Chris mit dem dumpfen Schmerz fertig zu werden, den der Traum in ihr ausgelöst hatte. Baggerschaufeln, die sich ins Fleisch des Landes gruben. Kreischende Motorsägen.

Sie hatte sogar das Harz gerochen, das aus den gefällten Stämmen tropfte wie Blut.

Josef hatte schlecht geträumt, einen eigenartigen Traum. Mit einem Ruck war er daraus erwacht und hatte dann verschwitzt im Bett gesessen. Lohmann hatte geschrien in dem Traum, grell, wie in Todesangst. Daß Lohmann schrie, war relativ normal, allerdings aus Wut, nicht aus Angst. Lohmann hatte ein eher cholerisches Temperament, und wenn er das Gefühl hatte, daß die Arbeiter nicht begriffen, was er von ihnen wollte – das kam ziemlich oft vor –, schrie er herum. Wenn Lohmann nicht auf der Baustelle war, schrie Krossner herum, der Vorarbeiter. Vermutlich schrien sie so viel, weil sie prinzipiell davon ausgingen, daß Raupenfahrer schwerhörig waren. Josef war aber nicht schwerhörig. Er trug auf der Raupe grundsätzlich Ohrenschützer.
Josef ließ den Dieselmotor hochdrehen und schob schwere Baumwurzeln zu einem Haufen zusammen, von wo sie mit dem Bagger auf einen LKW geladen werden würden. Das war ein wirklich ungewöhnlicher Traum gewesen. Josef träumte nicht oft, und meistens hatte er seine Träume schon beim Frühstück wieder vergessen. Doch dieser war so lebhaft gewesen, daß ihm selbst jetzt noch der Anblick von Lohmanns angstverzerrtem Gesicht deutlich vor Augen stand und Lohmanns Schrei ihm noch in den Ohren zu klingen schien. So verstört war er gewesen, als er nach dem Traum senkrecht im Bett saß, daß er erst einmal ein Vaterunser gebetet hatte, um wieder zur Ruhe zu kommen. Lohmann tagsüber zu erleben, reichte Josef vollauf. Daß der Chef ihn nun bis in den Schlaf verfolgte, hatte ihm gerade noch gefehlt. Andererseits hatte es ihm aber

eine diebische Freude bereitet, Lohmann so in Angst und Schrecken zu sehen. Wovor Lohmann sich so gefürchtet hatte, wußte Josef nicht mehr. Aber zweifellos würde einer der Arbeiter eines Tages, in voller Absicht, über Lohmanns Füße fahren oder ihm eine Baggerschaufel darauf stellen, und dann würde der Chef Grund zum Schreien haben.

Josefs Blick ruhte einen Moment auf dem Bild der schwarzen Madonna von Tschenstochau, das in einem kleinen, silbernen Plastikrähmchen auf dem Armaturenkasten der Raupe haftete. In Gedanken bat er die Madonna um Entschuldigung dafür, daß er seinem Chef etwas so Schlimmes wünschte. Menschen wie Lohmann, aber auch wie Krossner, machten es einem mitunter schwer, ein guter Katholik zu sein.

Er drehte sich auf dem Sitz um und ließ die Raupe rückwärts laufen. Dann schaute er wieder nach vorn, um die Raupe ein Stück zu wenden und die nächsten Baumstümpfe zu schieben. Doch der Diesel tuckerte einen Moment im Leerlauf. Josef war seitlich am Waldrand etwas aufgefallen, etwas, das dort nicht hingehörte. Waldrand war eigentlich keine zutreffende Bezeichnung, denn genaugenommen befanden sie sich mitten im Wald. Die Schneise für die Autobahn fraß sich durch ein großes, zusammenhängendes Laubwaldgebiet. Links und rechts der Trasse, die sie planierten, und gut fünfzig Meter vor ihnen, wo die bisherige Rodung endete, glänzten die hohen, silbrigen Buchenstämme nackt, ohne schützende Sträucher und Büsche, in der Sonne. Josefs Raupe befand sich vielleicht zwanzig Meter vom rechten Rand der Trasse entfernt. Langsam drehte Josef den Kopf und schaute noch einmal nach rechts.

Augenpaare, die ihn neugierig bei der Arbeit beobachteten. Viele Augenpaare. Und es war ausgeschlossen, daß solche Augenpaare sich dort befanden. Josef kannte Wölfe, konnte durchaus einen Wolf von einem Hund unterscheiden. In seiner Heimat in Südostpolen hatte er seinen Großvater, der Förster gewesen war, ab und zu auf die Jagd begleitet. Er wußte, wie lebendige Wölfe aussahen, hatte seinen Großvater Wölfe schießen gesehen und ihm dabei helfen müssen, ihnen das Fell über die Ohren zu ziehen. Eine blutige Arbeit, vor der er sich immer sehr geekelt hatte. Wölfe waren die wohl scheuesten Tiere, die man sich vorstellen konnte. Obwohl es in den Wäldern Südostpolens Hunderte von ihnen gab und sie immer wieder Haustiere rissen, bekam man sie so gut wie nie zu Gesicht. Selbst einem so geschickten Jäger wie seinem Großvater war es nur selten gelungen, einen Wolf vor die Büchse zu bekommen.
Josef schloß die Augen, öffnete sie wieder. Die Wölfe waren noch da. Viele Wölfe, ein großes Rudel. Wolfsgesichter im flimmernden Licht der Morgensonne zwischen den Buchen. Wölfe, die nichts so sehr fürchteten wie den Menschen, standen dort seelenruhig, mit leicht gesenkten Köpfen unter den Bäumen, keine dreißig Meter von den lärmenden Planierraupen, Baggern und LKWs entfernt, und schauten ihnen bei der Arbeit zu.
Er drehte den Kopf entschlossen wieder nach vorn. *Heilige Madonna*, flüsterte er auf polnisch. Die Raupe ruckte an, schob den nächsten Baumstumpf. Es mußte an dem Traum liegen. Vermutlich hatte dieser Traum ihn so verstört, daß er jetzt in ein paar flimmernden Schatten zwischen den Bäumen schon Wölfe zu sehen glaubte. Außerdem gab es in der Eifel, soweit er wußte, überhaupt

keine Wölfe. Am Alkohol konnte es nicht liegen, denn Josef trank keinen Tropfen, nichts, kein Bier, keinen Schnaps. Die Kollegen machten sich deswegen oft über ihn lustig.

Josef schob noch drei mächtige Baumwurzeln, die an riesige, anklagend zum Himmel gekrümmte Hände erinnerten, zu dem Haufen. Dann war Zeit für die Frühstückspause. Er schaltete den Diesel aus, nahm die Ohrenschützer ab und kletterte von der Raupe herunter. Er widerstand dem Drang, über die Schulter zu den Bäumen zu blicken. Nein, da *konnten* keine Wölfe gewesen sein, nur Sonnenlicht und Schatten. Doch er spürte ein seltsames Kribbeln im Nacken, als ob jemand ihn von hinten beobachtete. *Heilige Madonna, steh uns bei,* murmelte er leise auf polnisch.

Langsam ging er über den zerwühlten und von breiten Raupenspuren durchzogenen Humusboden, in den seine Arbeitsschuhe weich einsanken, zu den anderen Männern hinüber. Sie saßen vor dem gelben Bauwagen in der Morgensonne, tranken Bier und aßen Wurstbrote.

Josef wußte, daß ihre Arbeit Sünde war. Er wußte es noch nicht lange, erst seit gut zwei Wochen. Gott hatte es ihm selbst gesagt. Er hatte in der Kirche gekniet und gebetet, als er plötzlich Gottes leise Stimme hörte. *Josef,* hatte Gottes Stimme zu ihm gesagt, *es ist Sünde, solche Wunden in das Gesicht der Erde zu graben. Es wird Zeit, daß du dir eine andere Arbeit suchst.* Ja, hatte Josef geflüstert, wenn das dein Wille ist, will ich ihn befolgen. Aber erlaube mir noch diesen einen Sommer. Ich habe fast alles Geld zusammen, das ich brauche, um in Polen neu anzufangen. Der Priester, dem er bei der Beichte davon erzählt hatte, wollte ihm die Sache ausreden: Es komme öfter vor, daß

Menschen eine leise Stimme hörten, die sie für die Stimme Gottes hielten. In Wahrheit handele es sich bei dieser Stimme aber nur um ihr eigenes Unterbewußtsein. Schließlich übe Josef als Baggerfahrer einen anständigen Beruf aus, bei dem er auf ehrliche Weise sein Geld verdiene. Das könne unmöglich eine Sünde sein.

Doch Josef war sicher, die Stimme Gottes von der Stimme seines eigenen Unterbewußtseins unterscheiden zu können. Womöglich war Gott jetzt zornig mit ihm, weil er seinen Rat nicht befolgt hatte, und schickte ihm deshalb Alpträume. Aber Josef brauchte das Geld so dringend. Zum ersten Mal war er damals, kurz bevor General Jaruzelski das Kriegsrecht verhängt hatte, nach Deutschland gegangen. Nach der Öffnung der Ostgrenzen kehrte er nach Polen zurück und machte seine eigene Schlosserei auf, doch die Sache ging gründlich schief. Jetzt wollte er einen zweiten Anlauf wagen, zusammen mit seinem Schwager: ein eigener Installateursbetrieb in seinem Heimatort Lesko. *Bitte, Gott, erlaube mir noch diesen Sommer. Dann habe ich genug Geld verdient und setze mich bestimmt nie wieder auf einen Bagger.*

Josef hockte sich etwas abseits von den Deutschen zu Mehmet. Sie schienen heute gutgelaunt zu sein, friedlich, und quatschten über Fußballergebnisse. Willi verzichtete darauf, einen seiner Polacken- oder Türkenwitze zum besten zu geben. Josef war der einzige polnische Baggerfahrer auf der Baustelle. Lohmanns andere Polen – sie waren alle in Baracken außerhalb von Buchfeld untergebracht, wo sie nur ein Plumpsklo hatten und sich das Wasser aus einem Bach holen mußten – arbeiteten in der Kolonne weiter hinten oder auf anderen Baustellen. Den Job als Baggerfahrer hatte ihm noch Thönnes selbst gegeben.

»Dä Jung is' zuverlässig, den kann ich brauchen«, hatte Thönnes damals gesagt, doch der »Alte«, wie er in der Firma nur genannt wurde, ließ sich nach seinem Herzinfarkt im vorigen Jahr kaum noch draußen blicken. Das machte jetzt alles Lohmann, sein Schwiegersohn.
»He, Gastarbeiter, willste ein Bier?« rief Willi grinsend zu ihm herüber und hielt eine Flasche hoch. »So was Gutes gibt's bei euch in Polen nicht!« Im Gegensatz zu Mehmet verstand und sprach Josef sehr gut deutsch. Aber er sagte nichts, setzte einfach nur ein etwas dümmliches Lächeln auf und schüttelte den Kopf.
»Ach ja, deine heilige Madonna erlaubt dir ja nur Kamillentee und Buttermilch.« Willi grinste noch breiter. Die anderen lachten, bis auf Mehmet und Krossner, der gereizt Zigarettenrauch ausblies. Sich von Willi provozieren zu lassen, war gefährlich. In der vorigen Woche hatte er nach der Arbeit Selim krankenhausreif geschlagen, weil der *Rassistenschwein* zu ihm gesagt hatte. Lohmann hatte getobt deswegen, nicht aus Mitgefühl für Selim, sondern weil der Mann nun für zwei Wochen ausfiel.
»Willi, fang mir bloß nicht wieder Scheiß an«, brummte Krossner. »Du weißt doch, wie der Chef beim letzten Mal im Dreieck gesprungen ist. Also, laß mir unseren Polakken in Ruhe.«
Mit gesenktem Blick trank Josef seinen Früchtetee. Diesen Sommer noch, dann würde er in seine Heimat zurückkehren, das ganze Jahr über bei seiner Frau und den Kindern sein. Er drehte den Kopf von den Deutschen weg und betrachtete die Trasse, die sie durch die Landschaft gruben, eine fünfzig Meter breite Schneise der Verwüstung. Ja, es war ganz bestimmt Sünde, was sie hier taten.
»So! Auf!« rief Krossner. »Weitermachen!«

»Langsam, langsam«, sagte eine Stimme hinter ihnen. Josef und die anderen drehten sich um. Ein Mann stand dort, nur ein paar Meter entfernt, ungefähr in der Richtung, in der Josef vorhin im Wald die Wölfe zu sehen geglaubt hatte. Offenbar stand er schon eine Weile dort und beobachtete sie, aber weil keiner von ihnen in diese Richtung geschaut hatte, hatten sie ihn nicht bemerkt.
Der Mann war groß wie ein Bär und rothaarig. Er hatte Bartstoppeln im Gesicht und sah aus, als hätte er ein paar Tage im Freien geschlafen, draußen im Wald. »Was tun Sie hier?« fragte Krossner. Josef hörte die Unsicherheit in der Stimme des Vorarbeiters, der offenbar nicht wußte, ob der Fremde zu jenen gehörte, denen gegenüber man sich besser unterwürfig verhielt, wie Lohmann oder die Bauingenieure, oder ob aggressives Auftreten angebracht war.
»Was tut *ihr* hier?« entgegnete der Mann. »Mit welchem Recht stört ihr den Frieden der Bäume und der anderen blättertragenden Wesen, den Frieden der Achtbeinigen, Sechsbeinigen und Vierbeinigen, und den Frieden der Geflügelten?«
Josef war sich sicher, daß er die Worte des Mannes verstanden hatte, aber sie ergaben für ihn keinen rechten Sinn. Beim Sprechen wiegte er auf sehr eigenartige Weise seinen Kopf hin und her, was ihn noch bärenhafter wirken ließ.
Krossner war aufgestanden. »Sind Sie … von den Grünen, oder von der Presse?« fragte er vorsichtig.
»Ich will deinen Chef sprechen«, sagte der Mann. »Diesen Menschen …« Er schloß für einen Moment die Augen, als müsse er sich besonders konzentrieren. »Ja, *Lohmann.*«

Die Augen des Fremden öffneten sich wieder. Irgend etwas war mit diesen Augen. Josefs Blick wurde magisch von ihnen angezogen. Sie schienen *alles* zu sehen, aber auch einfach durch alles hindurchzublicken. Unsinn, sagte sich Josef, es sind ganz normale Augen, rede dir bloß nichts ein. Dennoch spürte er ein unbehagliches Ziehen in der Magengegend.
»Der Chef kommt erst heute nachmittag auf die Baustelle«, sagte Krossner, »da werden Sie schon nach Buchfeld fahren müssen, zu unserer Firmenverwaltung.«
Der Mann schüttelte den Kopf. »Nein. Dieser Zweibeiner mit Namen Lohmann muß herkommen. Sofort. Du hast doch so ein Ding zum Hineinsprechen, nicht wahr? Ein *Handy,* wie ihr das nennt.«
Jetzt veränderte sich Krossners Gesichtsausdruck. Josef kannte das sehr gut. Der Vorarbeiter fing an wütend zu werden. »Also, Sie haben mich doch verstanden, oder nicht? Sie stören uns bei der Arbeit. Wenn Sie den Chef unbedingt sprechen wollen, fahren Sie nach Buchfeld!«
Zweibeiner. Dieses Wort hatte Josef noch nie gehört, es erschien ihm ganz ungebräuchlich. Für einen Moment herrschte ein unangenehmes Schweigen, dann machte der Fremde einen Schritt auf Krossner zu und sagte ruhig: »Du wirst Lohmann jetzt anrufen und ihm sagen, daß ich seinen Arbeitern nicht länger gestatte, mit seinen Maschinen die Haut der Erde zu mißhandeln und zu verletzen. Dann wird er kommen.«
Krossner war offenbar zu der Ansicht gelangt, es mit einem armen Irren zu tun zu haben. Er streckte seinen Bierbauch vor und fing an zu grinsen. »Ach ja?« sagte er. »Soweit ich sehe, sind Sie allein. Sie allein gegen mich und meine sieben Arbeiter. Wenn ich Sie wäre, würde ich hier

keine großen Töne spucken, sondern mich verpissen, und zwar schnell!«
Willi und ein paar von den anderen lachten, doch Josef spürte immer noch dieses Ziehen in der Magengegend, und der Fremde blieb unerschütterlich ruhig. »Es ist an der Zeit für euch, zum natürlichen Weg zurückzukehren, sonst werdet ihr alle sterben«, sagte er.
Da lachte auch Krossner. »Mann, kommst du aus der Klapsmühle, oder was?«
Wenn der Fremde verrückt war, dann gewiß auf eine alles andere als harmlose Weise. Josef fragte sich, ob es klug von Krossner war, diesen Burschen zu provozieren, der ihn um fast einen Kopf überragte.
Ein Knurren ertönte, laut und drohend. Da stand ein großer, kräftiger Wolf, keine drei Meter hinter Krossner war er unvermittelt aus dem Schatten des Bauwagens aufgetaucht, und diesmal wußte Josef, daß es sich nicht um eine optische Täuschung handelte. »Was, zum Teufel ...« Krossner machte einen Schritt von dem wütend knurrenden Tier weg. »Ist das Ihr ... *Hund?*«
»Wolf«, verbesserte der Fremde, »Wolf. Die Zeit ist reif Gericht zu halten und Urteile zu vollstrecken.«
Plötzlich waren da noch mehr Wölfe, viele Wölfe. Sie tauchten hinter dem Bauwagen auf, hinter dem LKW und den Planierraupen, schlichen mit gesenkten Köpfen rasch von allen Seiten an die Männer heran. Ihre gelben Augen funkelten, wie es Josef schien, böse und gefährlich. *Heilige Madonna, steh uns bei,* flüsterte er. Willi und der lange Carlo waren aufgesprungen, die anderen Männer wagten nicht sich zu rühren.
Jetzt zog Krossner sein Handy aus der Tasche. »Ich ... ich rufe die Polizei!« stieß er hervor. Es sollte wohl dro-

hend klingen, aber Josef sah, daß der Vorarbeiter vor Angst zitterte.

Der Wolf, der als erster hinter Krossner aufgetaucht war, und ein zweiter näherten sich ihm, knurrten noch lauter und schnappten nach seinen Beinen. Krossner wich vor ihnen zurück, bis er mit dem Rücken am Bauwagen stand. Die beiden Wölfe standen dicht vor ihm und beobachteten ihn wachsam. Krossner hielt unschlüssig das Handy vor der Brust, wagte aber offensichtlich nicht seine Drohung wahr zu machen.

»Verdammt, wie lange wollt ihr euch diese Scheiße denn noch gefallen lassen?« rief Carlo, packte einen Vorschlaghammer, der an einer leeren Bierkiste lehnte, und schwang ihn drohend. Das hätte er besser nicht getan. Jetzt knurrten alle Wölfe gleichzeitig, ein furchterregendes Konzert, das Josef förmlich das Blut in den Adern gefrieren ließ. Heiliger Vater, dachte er, sie werden uns alle in Stücke reißen.

Blitzschnell sprang ein Wolf den langen Carlo von hinten an und biß ihn in die Schulter. Carlo, ein fast zwei Meter großer, blonder Hüne, schrie gellend auf und ließ den Hammer fallen. Er schwankte und fiel nach vorn aufs Gesicht. Der Wolf hockte auf Carlos Rücken, die Zähne immer noch fest in dessen Schulter verbissen. Josef sah, wie Blut hervorsprudelte, leuchtend rot. Er schloß für einen Moment die Augen, zitternd vor Angst, und betete: *Lieber Gott, bitte mach, daß wir hier lebend wegkommen, dann werde ich dir von jetzt an immer gehorchen.*

Der Fremde spitzte die Lippen und pfiff leise und melodisch, was angesichts der grausigen Situation wie ein Hohn wirkte. Der Wolf ließ Carlos Schulter los. Blut tropfte ihm von den Zähnen, und das Fell seiner Schnauze war blutbeschmiert. Nachdem er von Carlos Rücken heruntergestiegen war, reihte er sich wieder in den Kreis ein, den die Wölfe um die Männer gezogen hatten. Wir sind umzingelt, dachte Josef, wenn wir eine falsche Bewegung machen, fallen sie über uns her. Vor Schmerzen stöhnend, setzte Carlo sich auf und hielt sich die blutende Schulter.

Seelenruhig ging der Fremde zwischen den Männern hindurch zu dem Vorarbeiter, der, von den beiden Wölfen bewacht, immer noch zitternd am Bauwagen stand. »Es ist notwendig, daß du gehorchst«, sagte er zu Krossner, dessen Blick angsterfüllt zwischen den Wölfen und dem Fremden hin und her huschte. Mit einer jähen, raschen Bewegung versetzte er dem Vorarbeiter eine so schallende Ohrfeige, daß Krossners Kopf hin und her pendelte. Josef zuckte unwillkürlich zusammen. Krossners Nase fing an zu bluten, und bestimmt war ihm von dem Schlag das Trommelfell geplatzt. Willi sprang erneut auf, doch als die Wölfe knurrten und einer von ihnen nach Willis Bein schnappte, setzte er sich rasch wieder hin.

Der Fremde zeigte auf das kahle, braune Band der Autobahntrasse, das sich kilometerweit durch die Landschaft erstreckte. »Ist dir nicht klar, daß die Erde Schmerzen leidet, wenn ihr solche Furchen durch ihre Haut zieht?« fragte er.

Krossner wischte sich mit der freien Hand die blutende Nase. »Wir tun doch bloß unsere Arbeit«, sagte er. Seine Stimme klang weinerlich wie bei einem kleinen Jungen, der von einem strengen Lehrer ertappt wurde.

Der Fremde hob beide Hände und legte sie Krossner in einer Geste, die zunächst beinahe zärtlich aussah, auf die Wangen. Aber jäh krümmten sich seine Finger zu Klauen,

und er riß die Hände abrupt nach unten. Krossner schrie laut auf. Vier tiefe Kratzwunden, die sofort stark zu bluten begannen, hatten die Finger des Fremden ihm in jede Wange gegraben. Krossner ließ das Handy fallen und versuchte nach dem anderen Mann zu schlagen, ihn wegzustoßen, doch der wich Krossners Armen gewandt und mühelos aus. Krossner schlug die Hände vor sein blutendes, zerkratztes Gesicht.
Der Fremde hob das Handy auf und hielt es Krossner hin. »Spürst du nun, wie schmerzhaft Furchen auf der Haut sind?« fragte er.
Krossner nickte wortlos.
»Erkennst du also deine Schuld?«
»Ja, verdammt!« ächzte Krossner, dem das Blut von Nase und Wangen auf den Kragen seines Arbeitshemdes tropfte. »Geben Sie mir endlich das Handy! Ich rufe Lohmann an.«
Josefs Blick glitt zu Carlo, der sich vor Schmerzen krümmte. Ein großer, roter Fleck breitete sich von seiner Schulter immer weiter über die rechte Seite seines Hemdes aus. Die Hand, mit der er seine Schulter umklammerte, war blutüberströmt. »Carlo braucht einen Arzt«, sagte Josef, zaghaft und furchtsam, aber doch vernehmlich.
Der Fremde drehte den Kopf. Zum ersten Mal schaute er Josef an, schaute ihm voll ins Gesicht. Diese Augen! Sie hatten etwas Tierisches, es war der Blick eines wilden Tieres, der Josef traf wie ein körperlich fühlbarer Schlag. »Vor allem braucht sein Herz Heilung«, sagte er. »Er muß wieder lernen zu fühlen.«
Krossner nahm das Handy und begann mit zitternden Fingern eine Nummer einzutippen.

Horst Lohmann parkte den Range Rover vor dem neuen Firmensitz der Tiefbau-Union, einem breit und flach im neuen Buchfelder Gewerbegebiet kauernden zweistöckigen Gebäude, und ging zum Büro des alten Thönnes. Der Alte saß hinter einem riesigen Mahagonischreibtisch und rauchte eine Zigarre. Seit seinem Herzinfarkt und der Bypassoperation durfte er das eigentlich gar nicht mehr.
»Hat's dir der Arzt nicht verboten?« fragte Lohmann fast schon gewohnheitsgemäß, wußte aber schon im gleichen Moment, daß es sinnlos war.
Thönnes winkte ab. »Was hab ich denn noch vom Leben, wenn ich mir nicht mal mehr ein Zigärrchen schmecken lassen darf?« Er zeigte auf die Wanduhr in Form eines Zementsilos, Geschenk eines Geschäftspartners. Fast zehn Uhr. »Du kommst spät«, brummte er.
»Hab zu Hause schon am Schreibtisch gesessen«, sagte Lohmann.
Thönnes grinste. »Hast mein Töchterchen gefickt, gib's ruhig zu.«
Lohmann erwiderte das Grinsen, sagte aber nichts. Er und Karola hatten es auf dem lila Teppich im Badezimmer getrieben. Nie konnte sie genug kriegen.
Lohmann warf einen kurzen Blick auf die große Wandkarte, auf der die Trasse der neuen Autobahn und all die anderen Aktivitäten der Tiefbau-Union in der Region leuchtendrot hervorstachen. Der Anblick erfüllte ihn mit tiefer Befriedigung. Thönnes waren schon vor dem Herzinfarkt die Ideen ausgegangen, aber Lohmann hatte dafür gesorgt, daß sich die Firma bei einigen äußerst vielversprechenden Projekten engagierte. Heute hatten sie in so vielen Dingen die Finger drin, daß auch ruhig mal ein Projekt in die Hose gehen konnte, ohne daß sie sich deswegen gleich

Sorgen machen mußten. Flughafenausbauten, die neue Schnellbahntrasse durch den Westerwald, Einkaufszentren und Industriegebiete auf der grünen Wiese, überall mischte die Tiefbau-Union fleißig mit. Auch beim Aufbau Ost hatten sie abgesahnt und von Mecklenburg bis Sachsen eine Menge Beton in die Landschaft gekippt. Zudem zahlte es sich jetzt aus, daß Thönnes damals mit Kiesgruben angefangen hatte. Darin ließ sich, gegen gutes Geld, eine Menge versenken: legal Erdaushub und Bauschutt, illegal auch Deponiemüll und Schlacke aus Müllverbrennungsanlagen. Die Aufsichtsbehörden drückten dabei gerne beide Augen zu, weil sie sowieso nicht wußten, wohin mit dem ganzen Scheiß.

Die Eifelautobahn stellte für sie ein echtes Heimspiel dar. Wohl deshalb war sie ein Lieblingskind des Alten, für das er zwanzig Jahre lang seine Parteifreunde bearbeitet und großzügig beschenkt hatte. Er erwartete von Lohmann, daß er diesem Kind besonders aufmerksame Pflege zukommen ließ. Aber das tat Lohmann sowieso, denn die Autobahn war, wie viele öffentliche, aus Steuergeldern finanzierte Projekte, eine wahre Goldgrube. Außerdem liebte Lohmann den Straßenbau, besonders den Autobahnbau, was ein Grund mehr war, sich diesmal höchstpersönlich um alles zu kümmern, nicht mehr als nötig zu delegieren.

Die Trasse für eine sechsspurige Autobahn durch das Land zu treiben, bedeutete ein unvergleichliches Machtgefühl. Nachhaltiger konnte man einer Landschaft wohl kaum ein neues Gesicht aufprägen. Für Lohmann gab es keinen besseren Beweis, daß der Mensch wirklich die Natur beherrschte. Schon bald würden dort, wo die Eifel bislang träge und verschlafen vor sich hin dämmerte, Vierzigtonner-LKWs vorbeidonnern und schnittige Mercedes, BMWs und Audis mit zweihundert Sachen zwischen Aachen und Köln auf der einen und Koblenz und Trier auf der anderen Seite hin und her brausen. Wie hatte es Henn im Wahlkampf so schön formuliert? *Mit Schwung ins nächste Jahrtausend.*

Im Moment befand sich die Baustelle wirklich direkt vor ihrer Haustür. Bis zum gegenwärtigen Kopf der Trasse brauchte Lohmann vom Büro aus nur gut zehn Minuten. Sehr praktisch. Du meine Fresse, was hatten die Grünen wegen der Buchen einen Zirkus veranstaltet. Die Trasse um Buchfelder Staatsforst und Itzwald herumführen? Zum Glück hatten sie sich mit diesem Schwachsinn nicht durchgesetzt. Das wäre so viel teurer geworden, daß das ganze Projekt dadurch in Frage gestellt worden wäre. Aber auf unsere Freunde in der Politik ist ja Verlaß, dachte Lohmann zufrieden.

»Schöne Sauerei, das mit Honadel letzte Nacht«, sagte Thönnes. Der Alte, ein gebürtiger Buchfelder, hatte seinen schweren Eifeler Zungenschlag nie abgelegt, während Lohmann, der von der anderen Seite des Rheins stammte, von der »schäl Sick«, aus Bonn-Beuel, in der Öffentlichkeit sein Hochdeutsch pflegte. Immerhin waren sie keine kleinen Kiesgrubenbesitzer mehr, sondern spielten schon lange in der Oberliga.

»Ich frage mich, wer ein Interesse daran gehabt haben könnte, ihn umzubringen«, sagte Lohmann kühl. Honadel war eine ziemlich teure Investition für sie gewesen, und dementsprechend jetzt ein ärgerlicher Verlust. Sie hatten ihm den Bürgermeisterwahlkampf finanziert und den größten Teil seines hübschen Häuschens. Große Pläne hatten sie mit ihm gehabt: Er sollte Henns Bundes-

tagsmandat erben, wenn der sich aufs Altenteil zurückzog.
»Unser Oberstaatsanwalt, der Winterscheid, hat mich gleich heute morgen angerufen«, sagte der Alte. »Er hat gesagt, es hätte fast wie ein Ritualmord ausgesehen. Die Kehle aufgeschnitten. Überall Blut. Muß irgendein perverser Irrer gewesen sein.«
»Ihr« Oberstaatsanwalt Dr. Winterscheid war ein Jagdkumpel »ihres« Bundestagsabgeordneten Henn und stets empfänglich für kleine freundschaftserhaltende Geschenke. Immerhin tat er etwas für das Geld, das er sie kostete. Als zum Beispiel vor einiger Zeit Umweltschützer nachgewiesen hatten, daß in einer der Thönnes-Kiesgruben illegal Deponieschlacke verfüllt wurde, da hatte der Herr Oberstaatsanwalt sich als ausgezeichnete Investition erwiesen. Die Ermittlungen verliefen im Sande, die giftige Schlacke wurde weiter verfüllt, und die Tiefbau-Union kassierte auch weiterhin für jede abgekippte LKW-Ladung. Öffentliche Gelder übrigens, wie Lohmann gerne grinsend zum besten gab, denn die Schlacke stammte aus einer riesigen kommunalen Müllverbrennungsanlage im Ruhrgebiet. So hatte auch der Steuerzahler etwas davon, daß das Giftzeug in den Thönnesschen Kiesgruben verschwand und nicht teuer im Ausland entsorgt werden mußte.
»Eifersucht kann ja nicht im Spiel gewesen sein?« überlegte Lohmann laut. »Ich meine, daß Sabine durchgedreht ist, weil Honadel was mit der Tochter vom Sparkassendirektor hatte?«
Thönnes schüttelte den Kopf und klopfte seine Zigarre am Aschenbecher ab. »Das hat er ihr längst gebeichtet. Und sie hat ihm verziehen, die naive Kuh.«

»Auf jeden Fall ist sein Tod eine ziemliche Scheiße«, sagte Lohmann verstimmt. »Wenn jetzt auf Henns Bundestagssitz jemand nachrückt, über den wir keine Kontrolle haben, könnte das längerfristig schlecht fürs Geschäft sein.«
»Ach was!« Thönnes wedelte mit der Zigarre. »Bisher haben wir noch alle in die Tasche gesteckt, oder etwa nicht? Was ist mit dem Kranz für die Beerdigung?«
»Karola kümmert sich darum. Sie kondoliert auch Sabine und den Eltern. Findet eigentlich Henns Gartenfest heute abend wie geplant statt?«
»Glaubst du etwa, Henn läßt sich durch einen toten Bürgermeister vom Kungeln abhalten?« sagte Thönnes.
Sie grinsten beide.
»Wer ist eigentlich diese Chris Adrian?« fragte Lohmann. »Karola hat kurz ihren Namen erwähnt.«
Thönnes verzog das Gesicht. »Habe auch gehört, daß sie wieder in der Gegend ist, diese Hexe. Ich hatte schon gehofft, sie wäre längst irgendwo in einer geschlossenen Anstalt gelandet. Wenn ich dir einen guten Rat geben darf: Sieh zu, daß sich Karola von ihr fernhält. Diese Verrückte hatte früher in der Schule einen sehr schlechten Einfluß auf meine Tochter. Hat Karola gegen mich aufgehetzt! Na, ich hab dem damals ein Ende gemacht! Wenn es nach mir gegangen wäre, hätten sie die Adrian ganz von der Schule geworfen. Dann wäre sie in der Gosse gelandet, oder in der Psychiatrie wie ihre Mutter. Pah! Eine, die mit Bäumen und Vögeln redet. Völlig bescheuert!« Er kaute grimmig auf seiner Zigarre herum.
Das Handy in Lohmanns Jackett piepste. Er holte es hervor und drückte die Sprechtaste.
Krossner. Allerdings verstand Lohmann zuerst überhaupt

nicht, was er sagte. Krossner sprach leise und furchtbar undeutlich. Er stammelte etwas von einem Gerichtsurteil und von Furchen auf der Haut. Furchen, was für Furchen? Was war denn los mit dem Mann? War er blau? Aber Krossner soff nie bei der Arbeit. »*Was* ist?« fragte Lohmann ungehalten. »Ich verstehe kein Wort.« Möglicherweise war Willi, dieser dämliche Schläger, wieder mal ausgerastet. Falls ja, dann war er fällig. Endgültig.
»Wir können nicht weiterarbeiten«, sagte Krossner, jetzt bemüht lauter und deutlicher. Trotzdem klang seine Stimme eigenartig, beinahe weinerlich. So hatte er Krossner noch nie gehört. Scheiße, was war denn da los? »Dieses Problem ...«, stammelte Krossner. »Ich kriege das allein nicht geregelt. Sie müssen herkommen, Chef. So schnell wie möglich.«
»Herrgott noch mal, Krossner!« Lohmann spürte Wut in sich hochsteigen. »Jetzt sagen Sie mir gefälligst, *was* für ein verdammtes Problem?«
»Es ist, wir ... kommen Sie her, Chef, bitte!« Dann rauschte es nur noch in der Leitung. Lohmann starrte verwirrt auf sein Handy. Einen Moment wollte er Krossners Nummer anwählen und verlangen, daß der Vorarbeiter ihm erst einmal genau erklärte, um was es ging. Aber dann beschloß er doch lieber gleich hinauszufahren. Offensichtlich mußte es sich um ein ziemlich kapitales Problem handeln, so verstört wie Krossner geklungen hatte. Vermutlich war es wirklich am besten, wenn er sich sofort selbst darum kümmerte. Er steckte das Handy ein und stand auf.
»Was ist los?« fragte Thönnes.
Lohmann zuckte die Achseln. »Keine Ahnung. Krossner hat irgendein Problem. Ich fahr mal kurz raus zu ihm.«

Thönnes nickte. »Gut so«, sagte er. »Ärger auf der Baustelle bereinigt man am besten sofort.«

Es waren vielleicht fünf Minuten vergangen, seit Krossner mit Lohmann telefoniert hatte. Der Fremde hatte Krossner das Handy aus der Hand gerissen und es weit weggeworfen, als handele es sich um ein wertloses Stück Holz. Krossner hatte hinterherlaufen und es aufheben wollen, doch die Wölfe hatten ihm knurrend den Weg versperrt. Nun saßen sie, von den Wölfen umzingelt und wachsam beobachtet, im Kreis, während der Fremde, etwas abseits auf einem umgedrehten, leeren Bierkasten hockend, scheinbar gedankenverloren ins Leere starrte. Trotzdem hatte Josef das unbehagliche Gefühl, daß ihm nichts entging, was um ihn herum geschah. Es herrschte eine unangenehme, bedrohliche Stille. Keiner der Arbeiter wagte etwas zu sagen oder sich zu bewegen, weil sonst der ihm am nächsten stehende Wolf sofort anfing zu knurren und die Zähne zu blecken. Krossner saß jetzt bei ihnen im Kreis. Mit den roten Kratzwunden im Gesicht sah er fast wie ein Indianer mit Kriegsbemalung aus, allerdings ein vom gegnerischen Stamm gefangener Indianer.
In ein paar Minuten würde Freddy mit dem leeren zweiten LKW aus der Kiesgrube zurückkehren, wo der Aushub abgekippt wurde. Was dann? Würden die Wölfe die Schwänze einziehen und die Flucht ergreifen, wenn das vierachsige Ungetüm heranrumpelte? *Normale* Wölfe ja. Carlo saß immer noch auf dem Boden, mit blassem Gesicht. Seine Bißwunde muß verbunden werden, dachte Josef. Im Bauwagen ist Verbandszeug. Ob der Fremde es erlauben würde, daß wir … In diesem Moment hob der Fremde den Kopf und schaute Josef mit diesem leeren

und doch alles durchdringenden Blick an. Josef schloß rasch die Augen. »Hole es«, sagte er leise, fast unhörbar. Josef öffnete die Augen wieder, schluckte, räusperte sich. »Ich soll ...«

»Carlos Schulter verbinden«, beendete der Fremde den Satz.

Josef hatte das Gefühl, es werde ihm der Boden unter den Füßen weggezogen. Er las ihre Gedanken, was in ihren Köpfen vorging, war für ihn wie ein offenes Buch!

»Hättest du auf deinen Gott gehört, dann wärst du jetzt nicht hier«, sagte der Fremde. Er hatte den Kopf gedreht und starrte wieder ins Leere, während er sprach. »Andererseits mag es für dich einen Sinn haben, daß du hier bist. Es ist gut, dort zu sein, wo es etwas zu lernen gibt.«

»Du klingst wie ein gottverdammter Pfarrer«, stieß Carlo zwischen zusammengebissenen Zähnen hervor. »Aus welchem Irrenasyl bist du bloß entsprungen?«

»Wahnsinn ist eine Erfindung der Menschen«, sagte der Fremde, ohne Carlo anzusehen. »Die Wildnis kennt diese Krankheit nicht. Geh jetzt, Josef, die Wölfe werden dir nichts tun.«

Josef stand langsam auf und erwartete schon, Knurren und Zähnefletschen zu hören. Doch es blieb still. Mit weichen Knien ging er langsam durch den Kreis der Arbeiter. Bei Krossner und Willi blieb er zögernd stehen. Zwischen ihm und dem Bauwagen waren fünf oder sechs Wölfe und schauten ihn an, ohne einen Laut von sich zu geben. Es war ein riesiges Rudel, insgesamt vierzehn Tiere. Er hatte sie gezählt. Josef gab sich einen Ruck und ging auf die Wölfe zu. Sie machten ihm tatsächlich Platz, ließen ihn passieren. Sie standen so dicht neben ihm, daß er sie hätte streicheln können – runde, wachsame gelbe

Augen, schnüffelnde, glänzend schwarze Nasen, aufgestellte, nach vorne gerichtete Ohren. Gott muß sie geschickt haben, um mich zu strafen, dachte Josef. Gott hat diesen Mann geschickt, als Racheengel. Oder kommt er geradewegs aus der Hölle?
Im Bauwagen lehnte er sich einen Augenblick zitternd gegen die Wand und schloß die Augen. Dann nahm er den Verbandskasten, zögerte einen Moment. Draußen stand ein Wolf und schaute zu ihm hoch. Vorsichtig stieg Josef die Stufen vor der Tür wieder hinunter. Der Wolf gab ein leises Winseln von sich und folgte ihm, ließ ihn aber in Ruhe.
Josef kehrte in den Kreis der anderen zurück. Neben Carlo niederkniend, öffnete er den Verbandskasten. Er half Carlo das blutgetränkte Hemd abzustreifen. Die Wunde blutete kaum noch, sah aber sehr tief und häßlich aus. Josef schluckte, um die in ihm aufsteigende Übelkeit zu unterdrücken. Er säuberte sie so gut es ging, wobei Carlo mit zusammengebissenen Zähnen vor sich hin stöhnte. Dann legte er einen provisorischen Verband an. »Das muß genäht werden«, sagte er. »Möglichst bald.«
»Später«, entgegnete der Fremde.
Später. Immerhin schien er nicht vorzuhaben, sie von den Wölfen in Stücke reißen zu lassen. Als er Krossner das Gesicht zerkratzt hatte, hatte Josef für einen Moment gedacht, er werde sie alle töten. Aber *was* hatte er vor?
»Da kommt Freddy«, zischte Krossner leise.
Josef hörte den LKW jetzt auch. Er rumpelte auf der Trasse heran, die leere Kippmulde schepperte. Weder den Fremden noch die Wölfe schien das heranratternde vierachsige Ungetüm sonderlich zu beunruhigen. Die Wölfe hoben die Köpfe und betrachteten eher neugierig als

furchtsam den gelben LKW, der mit seiner großen Kippmulde, seinem hochgesetzten Luftfilter, der riesigen Windschutzscheibe und den mächtigen Rädern wie ein riesenhaftes Insekt wirkte.
Der Fremde pfiff leise. Josef sah zwei Wölfe schnell wie silbergraue Blitze hinter dem Bauwagen verschwinden und in Richtung Wald davonjagen. Was hatte das zu bedeuten?
Vielleicht zehn Meter vor ihnen stoppte der Lastwagen mit zischender Bremse. Josef konnte Freddys erstauntes, verwirrtes Gesicht hinter dem Lenkrad sehen. Für einen kurzen Moment durchzuckte ihn Hoffnung: Wenn Freddy geistesgegenwärtig reagierte, würde er vielleicht dicht an sie heranrollen, den Motor laut aufheulen lassen, ein Hupkonzert veranstalten, so daß die Wölfe doch noch in Panik gerieten und flohen ...
Oder wenigstens wenden und Hilfe holen fahren. Aber Freddy war kein sehr reaktionsschneller Mensch. O nein, er würde doch nicht aussteigen! Josef sah Krossner und ein paar andere heftig abwinken, aber da kletterte Freddy, dieser Idiot, auch schon aus dem Fahrerhaus. Er machte zögernd ein paar Schritte auf sie zu. »He, Leute!« rief er. »Was ist das denn für 'ne Versammlung? All diese Hunde ...«
»*Wölfe*«, sagte der Fremde, der von dem Bierkasten aufgestanden war, plötzlich sehr laut und drohend.
Jetzt erst schien Freddy zu begreifen, daß das hier alles andere als eine gemütliche Skatrunde war. Mit erschrokkenem Gesicht ging er langsam rückwärts zu seinem Lastwagen.
Doch dort, gleich unter der offenen Fahrertür, stand ein Wolf und knurrte böse. Freddy wirbelte herum. Der zwei-

te Wolf schlich mit gesenktem Kopf um das Fahrerhaus herum genau auf ihn zu. Diese intelligenten Bestien hatten einen Haken geschlagen, waren hinüber zum Wald gelaufen, um sich dann dem LKW von hinten zu nähern. Der Fremde sagte: »Komm her und leiste den anderen Zweibeinern, deinen« – er zögerte einen Moment, als müsse er mühsam nach dem richtigen Wort suchen – »*Kollegen,* Gesellschaft.«
Freddy stand unschlüssig vor dem Lastwagen, bis die beiden Wölfe drohend die Zähne fletschten und der eine sogar nach Freddys Beinen schnappte, so daß dem LKW-Fahrer gar nichts anderes übrigblieb, als langsam zu den anderen zu gehen, von den Wölfen regelrecht vorwärts gedrängt. Er war ein kräftiger Mann, aber gegen zwei ausgewachsene, sichtlich kampfbereite Wölfe hätte er keine Chance gehabt. Es sah fast so aus, als würden die Wölfe ihn *festnehmen.* Josef schüttelte angesichts dieses verrückten Gedankens unwillkürlich den Kopf. Vielleicht sollte ich nicht so hart über Freddy urteilen, dachte er. Vermutlich wäre ich auch ausgestiegen, hätte die Situation ebenso falsch eingeschätzt. Ein riesiges Wolfsrudel, das hier in der friedlichen Eifel einen Bautrupp belagert – wer soll bei einem solchen Anblick seinen Augen trauen?
Freddy setzte sich zu den anderen in den Kreis. »Scheiße, wäre ich bloß im LKW geblieben«, murmelte er, während er sich mit dem Handrücken den Schweiß von der Stirn wischte. »Was ist denn hier eigentlich los?«
»Ich bin hier, um euch eure Schuld zu zeigen und euch an eure Pflichten zu erinnern«, sagte der Fremde. »Schau dir diese Verwüstung an, die ihr mit euren Maschinen anrichtet. Dein Herz ist kalt und dein Geist matt, Freddy. Deine Ohren sind verstopft. Sonst könntest du die Schmer-

zensschreie deiner Pflanzen- und Tiergeschwister hören. Die Zweibeiner sind vermutlich die begriffsstutzigsten Geschöpfe überhaupt. Ihr müßt verstehen und umkehren. Eure Zeit wird knapp.«
»Woher weiß er meinen Namen?« fragte Freddy leise.
»Er ist ein verdammtes Monster«, sagte Carlo.
»Kommt darauf an, wie ihr es betrachtet«, entgegnete der Fremde und schaute dabei mit einem merkwürdigen Lächeln auf Carlo herab. »Aus der Sicht der meisten nicht menschlichen Geschöpfe gibt es nichts Monströseres als das, was ihr *Zivilisation* nennt.«
In Josef stiegen Erinnerungen an seine Kindheit auf. Für einen Moment sah er sich wieder mit seinem Großvater riesige Wälder durchwandern. Er blickte auf die planierte, kahle Walderde. »Er hat recht. Was wir hier tun, ist Sünde«, sagte er und erschrak ein wenig, als er merkte, daß er seinen Gedanken laut ausgesprochen hatte.
»Wer hat dich denn gefragt?« knurrte Willi. Josef senkte den Blick.
»Was haben Sie mit Lohmann vor?« erkundigte sich Krossner vorsichtig.
Sofort verschwand das Lächeln aus dem Gesicht des Fremden. Seine Augen funkelten kalt. »Ihr seid nur kleine Handlanger, aber Lohmann ist ein großer Zerstörer. Ich werde ihn bestrafen.«
Er richtete sich auf, schien zu wachsen, größer und massiver zu werden. Sein Gesicht erstarrte zu einer harten Maske mit tiefen, steilen Falten. Dann tat er etwas, durch das er plötzlich völlig unmenschlich wirkte: Er *schnüffelte, witterte.* Mit geschlossenen Augen sagte er: »Lohmann kommt. Ich kann seine Gedanken spüren. Sie strahlen von ihm aus wie eine widerwärtige, giftige Ausdünstung.«

Trotz der warmen Morgensonne fröstelte Josef und rieb sich die Schultern. *Heilige Madonna,* bat er in Gedanken, *bitte laß mich aus diesem Alptraum erwachen.*

Lohmann lenkte den Range Rover von der Landstraße in die Baustellenzufahrt, vorbei an dem riesigen, leuchtendgelben Schild der Tiefbau-Union. »HIER BAUT ...« Jawoll, dachte Lohmann, hier bauen *wir.* Der Rover war neu, hatte mit allen Extras über hunderttausend gekostet. Der Alte hatte ein bißchen gemosert, nach dem Motto: Nur nicht ausflippen. Aber Karola war ganz begeistert von der luxuriösen Geländekutsche mit Lederpolstern und Automatik. Natürlich hatte Lohmann den mächtigen V8-Benziner geordert, nicht den sparsamen Diesel. Ein Diesel in einem englischen Luxusauto? Undenkbar. Zugegeben, der V8 soff geradezu unanständig viel Sprit, aber man gönnte sich ja sonst nichts.
Er fuhr von der Zufahrt auf die eigentliche Trasse. Der Range Rover, viel komfortabler gefedert als Lohmanns alter Pajero, schaukelte sanft über die grob vorplanierte Erde. Es hatte etwas Lustvolles, Rauschhaftes, über diese von seinen Männern in die Landschaft gegrabene Spur zu fahren, er spürte geradezu einen Adrenalinstoß in seinen Adern. Noch war er nur die Nummer zwei, aber im Grunde traf er längst alle Entscheidungen, und wenn Thönnes' notdürftig geflickte Pumpe endgültig den Geist aufgab, würde Lohmann der König sein. König der Schnellstraßen, Schnellbahntrassen und Autobahnen. Das 21. Jahrhundert würde das Jahrhundert der Bewegung sein, der immer schnelleren Bewegung. Und er würde dafür die Pisten bauen. Warum nicht auch ins internationale Geschäft einsteigen? Der Alte war da viel zu zögerlich. Das Auto

war weltweit auf dem Vormarsch. Autobahnen in Rußland, in China, in Afrika. Flughäfen ...
Lohmann näherte sich dem Kopf der Trasse. Weit vorne sah er die Planierraupen, den Bagger, den Bauwagen und den Kleinbus, der die Männer zur Baustelle brachte – alles lackiert im leuchtenden Gelb der Tiefbau-Union. Wieso standen beide Kipper dort? Einer von beiden hätte eigentlich mit Aushub unterwegs zur Kiesgrube sein müssen. Oder machten sie gerade Frühstückspause? Er schaute auf die Digitaluhr am Armaturenbrett. Nein, dafür war es zu spät. Fast halb elf.
Er hoffte zu Krossners Gunsten, daß der Vorarbeiter einen triftigen Grund hatte, ihn so früh hierher zu rufen. Krossner hatte am Telefon sehr seltsam geklungen, schien mit den Nerven völlig am Ende zu sein, was bei einem so harten Knochen ziemlich ungewöhnlich war. Bisher lagen sie gut in der Zeit. Lohmann hatte nicht die Absicht, irgendwelche ärgerlichen Verzögerungen zu dulden. Im Zweifel mußte man die Arbeiter eben härter anfassen. Vielleicht war es ratsam, Willi, diesen ewigen Streithammel, in die Kiesgrube zu stecken, wo er weniger Schaden anrichten konnte.
Lohmann würde, wie immer, für Ordnung sorgen, indem er kräftig herumbrüllte. Bauarbeiter verlangten geradezu danach, hart angefaßt zu werden, denn die meisten waren entsetzlich faul. Wenn ihnen nicht ein furchterregender Chef als ständige Drohung im Nacken saß, taten sie kaum das Allernötigste. Gewissenhafte, fleißige Leute wie der fromme und naive Josef waren die absolute Ausnahme.
Lohmann stoppte neben dem Kipper. Es war immer noch kein Mensch zu sehen. Verdammt, wo waren sie denn alle? Die Raupen standen untätig herum. Irgend etwas

stimmte hier nicht. Er spürte ein Kribbeln im Nacken, einen ganz leisen, schwachen Impuls, nicht auszusteigen, zu wenden, schnell wegzufahren. Doch er war ein Mann, der zarte Impulse und Regungen seit Jahren bewußt ignorierte. Solche Dinge ernst zu nehmen, konnte er sich in seinem lauten, brutalen Geschäft nicht leisten. Und es war *seine* Baustelle, hier bestimmte er, was geschah, niemand sonst.

Er gab eine Art Grunzen von sich und stieg aus. Langsam ging er ein Stück auf den Bauwagen zu. »Krossner?« rief er. »Was ist los? Ist hier niemand?«

Keine Antwort. Es war sehr still. Dann hörte er ein leises Winseln, offenbar von einem Hund, der sich hier irgendwo herumtrieb. Lohmann schaute sich um, sah aber niemanden, keine Arbeiter und keinen Hund. Die Sonne war warm, Hitze flimmerte über dem Blechdach des Bauwagens. »Krossner! Scheiße, wo sind Sie? Was soll denn das?« Hatten sie sich im Bauwagen versammelt? Aber wozu denn? Dort drinnen war es doch viel zu warm. Und wieso reagierte Krossner nicht? Er ging noch ein Stück auf den Bauwagen zu. Die Männer mußten hier irgendwo sein.

Plötzlich sah er eine Bewegung. Jemand trat aus dem Schatten des Bauwagens in die Sonne, ein großer, rothaariger, unrasierter Mann mit verschmutzter, zerknitterter Kleidung. Lohmann blieb stehen. Der Mann ging langsam ein paar Schritte auf ihn zu.

»Was tun Sie hier?« fragte Lohmann unsicher. »Wo sind meine Leute?«

»Meine Freunde kümmern sich um sie«, sagte der Mann ruhig. »Was tun *Sie* hier?« Lohmann gefiel der Ton nicht, in dem die Frage gestellt wurde.

»Ich bin der Chef«, sagte er. »Ich leite die Bauarbeiten.«
»Ja«, sagte der Mann, »Sie sind *verantwortlich.«* In der Art, wie er dieses Wort aussprach, lag eine Drohung. Seine Stimme klang eisig. Lohmann straffte sich abwehrbereit. Er stellte sich breitbeinig hin und stemmte die Hände in die Hüften. Wer waren die Freunde, von denen der Mann gesprochen hatte? Und wo, zum Teufel, steckten die Arbeiter? Lohmann betrachtete den Mann genauer. Dieses Gesicht ...
»Ich habe viele Freunde«, sagte der Mann, als hätte er Lohmanns Gedanken erraten. »Bei den Vierbeinern, den Geflügelten, auch bei den großen jahrhundertealten Schweigenden, die wehrlos ertragen müssen, wie ihr sie in Minutenschnelle entwurzelt und tötet.«
Das Gesicht ... Jetzt erinnerte sich Lohmann, woher er den Mann kannte. Das war dieser Bekannte von Professor Schlei. Der Wissenschaftler. Im vorigen Jahr auf Henns Gartenfest hatte er sich längere Zeit mit ihm unterhalten. Er arbeitete in Köln, im selben Institut wie Schlei. »Dr. Gablenz«, sagte Lohmann und entspannte sich, für einen Moment erleichtert.
Aber wieso trieb Gablenz sich hier auf der Baustelle herum, unrasiert und ganz verdreckt? Hatte er sich verirrt oder einen Unfall gehabt? Der Mann war ja Jäger wie Schlei und Henn. Lohmann erinnerte sich, wie ihm Gablenz damals von der Jagd erzählt hatte, besonders von der Wolfsjagd in Kanada. Aber was er sich nun zusammenredete von Vierbeinern und Geflügel – vielleicht hatte er einen Schock erlitten ...
»Richtig, der Zweibeiner trug diesen Namen«, sagte Gablenz. »Die Leidenschaft für die Jagd, für das Töten war die letzte Emotion, die sein herzloser Intellekt duldete.

So erlosch seine Seele immer mehr und war schon fast völlig erkaltet. Er war nur noch eine lebende Leiche. Ohne Herz.«
Mein Gott, er redete von sich selbst wie von einer anderen Person. Dieser starre, stechende Blick. Und wie er beim Sprechen mit dem Kopf wackelte. Unheimlich.
Gablenz machte noch einen Schritt auf ihn zu. Etwas in Lohmann wollte sich umdrehen und davonlaufen, aber er beherrschte sich und blieb weiter breitbeinig stehen, die Hände auf den Hüften.
Plötzlich hörte er Krossners Stimme, irgendwo hinter dem Bauwagen, laut und schrill: »Chef! Vorsicht! Er ist verrückt und gefährlich!« Ein lautes Knurren ertönte, Krossner stieß einen gellenden Schmerzensschrei aus und wimmerte dann leise vor sich hin.
Für eine Sekunde hatte Lohmann den Kopf gedreht, doch fast im selben Moment nahm er aus den Augenwinkeln vor sich eine schnelle Bewegung wahr. Er schaute wieder nach vorn und sah Gablenz, der sich geduckt hatte und ihn nun ansprang wie ein wildes Tier. Gablenz' großer, schwerer Körper flog gegen ihn, seine Hände krallten sich um Lohmanns Schultern. Die Wucht des Aufpralls warf den Bauunternehmer rücklings um, so daß er mit Rücken und Hinterkopf dumpf auf den Boden prallte, während Gablenz sich geschickt über die Schultern abrollte. Als Lohmann sich hochgerappelt hatte und schwerfällig die Fäuste ballte, stand Gablenz längst wieder aufrecht vor ihm und starrte ihn an, mit dem gleichen kalten, stechenden Blick wie zuvor.
»Du bist langsam, Zweibeiner«, sagte er ruhig. »Ohne deine todbringenden Maschinen gerätst du sehr rasch in einen Zustand völliger Hilflosigkeit.«

Es war für Lohmann schon sehr lange nicht notwendig gewesen, eine Auseinandersetzung mit den Fäusten zu regeln. Er kam auch nicht mehr dazu, regelmäßig Sport zu treiben, so daß sein stämmiger Körper um den Bauch herum Fett angesetzt hatte.
Jetzt stand er, in Erwartung eines neuen Angriffs, leicht geduckt da, schützte mit der einen Faust sein Gesicht, während die andere bereit war, nach Gablenz zu schlagen. »Sind Sie übergeschnappt?« keuchte er, immer noch atemlos von dem Schrecken und der jähen Wucht des Aufpralls. »Was habe ich Ihnen denn getan?«
»Es ist schade, daß du deine Schuld nicht erkennst«, sagte Gablenz, dessen Augen sich zu schmalen Schlitzen verengten. Er streckte die Nase vor, zog sie kraus und schnüffelte laut, wie ein Tier. Es sah grotesk aus und beunruhigend. Der Kerl war eindeutig vollkommen übergeschnappt. »Dabei ist doch die Luft erfüllt vom Geruch deiner Schuld. Riechst du den Verwesungsgestank nicht, der aus der verwundeten Erde aufsteigt?«
»Ich weiß nicht, wovon Sie reden!« stieß Lohmann erregt hervor. »Sie sind verrückt! Hören Sie: Kommen Sie ja nicht näher, sonst schlage ich Ihnen die Zähne aus! Ich bin schon mit ganz anderen Kerlen als Ihnen fertig geworden. Ich schlage Sie nieder und rufe die Polizei!« Das war ziemlich hochgestapelt, denn Gablenz überragte ihn um fast einen halben Kopf.
Gablenz ging ohne Vorwarnung wieder auf ihn los. Lohmann schlug nach ihm, doch der rothaarige Mann wich seinen Fäusten so geschickt aus, daß er im Vergleich dazu das Gefühl hatte, sich hilflos in Zeitlupe zu bewegen. Sein Faustschlag verfehlte Gablenz' Gesicht und streifte nur schwach dessen Schulter. Dann huschte Gablenz blitz-

schnell seitlich aus Lohmanns Gesichtsfeld, und im nächsten Augenblick traf ihn ein fürchterlicher Schlag – oder Fußtritt – in der Nierengegend. Ein stechender Schmerz durchzuckte seinen Rücken und ließ ihn laut aufschreien.

Noch ehe er reagieren konnte, tauchte Gablenz wieder vor ihm auf und schlug ihm in den Magen. Lohmann schrie erneut, krümmte sich und sackte auf die Knie. »Erkennen Sie mich denn nicht?« ächzte er. »Ich bin Horst Lohmann, der Bauunternehmer. Wir sind uns letztes Jahr auf dem Gartenfest begegnet. Bei Henn, dem Jagdkameraden von Professor Schlei. Sagen Sie doch endlich, was Sie von mir wollen. Ich habe Beziehungen. Zu Henn. Zum Landrat. Ich kann bestimmt etwas für Sie erreichen!«

»Auch diese Zweibeiner werden ich noch holen kommen«, sagte Gablenz mit eisiger Ruhe. »Ihr alle führt einen dummen, zerstörerischen Krieg. Dabei sehnt sich das Land schon lange nach Heilung.«

»Krieg? Was für ein Krieg?« fragte Lohmann verständnislos und umklammerte seinen Bauch. Der Schmerz raubte ihm fast den Atem.

Gablenz zeigte mit einer weitausholenden Geste auf die breite, braune Schneise. »Erkennst du deine Schuld wirklich nicht?«

Wovon redete dieser Irre? »Wir … wir tun nichts Ungesetzliches«, stöhnte Lohmann. Ein dumpfer Schmerz pochte in seinen Nieren. Scheiße, ich werde Blut pissen nach diesem Schlag, dachte er.

»Es gibt Gesetze, die schon existiert haben, noch ehe die ersten Zweibeiner anfingen unbeholfene Buchstaben auf Tontäfelchen zu kritzeln«, sagte Gablenz. »Doch du

mußt schon auf dein Herz hören, um sie zu verstehen. Auch die Vierbeiner, die Geflügelten und die großen, alten Bäume hätten dich diese Gesetze lehren können, aber du hast ihnen nie zugehört. Jetzt ist es dafür zu spät.«
Lohmann ächzte und stand langsam auf. »Hören Sie«, sagte er, »lassen Sie uns zusammen zu meinem Wagen gehen, okay? Von dort kann ich telefonieren. Sie sagen mir, was Sie wollen, und ich beschaffe es Ihnen, einverstanden? Wollen Sie Geld? Geld ist kein Problem.« Er mußte, wenigstens zum Schein, Gablenz' Spiel mitspielen. Der Mann war offensichtlich geistesgestört und völlig unberechenbar. Außerdem war er Lohmann im Nahkampf klar überlegen. Der war imstande und schlug ihn tot.
»Geld *ist* ein Problem«, sagte Gablenz. »Geld verwirrt euren Verstand. Ihr könnt nur essen, was das Land euch schenkt. Wenn das Land stirbt, hilft euch all euer Geld nicht weiter.« Während er das sagte, blickte er an Lohmann vorbei in weite Ferne, schien den Bauunternehmer gar nicht mehr wahrzunehmen.
Jetzt, dachte Lohmann, er ist abgelenkt. Er schwang seine Rechte, seine starke Rechte. Seine Faust hätte eigentlich genau in Gablenz' Fresse landen sollen, doch der andere wich dem Schlag mit schlafwandlerischer, katzenhaft geschmeidiger Sicherheit aus, obwohl er überhaupt nicht hingeschaut hatte! Lohmanns Schlag ging ins Leere, er taumelte nach vorn, genau in Gablenz' Faust, die ihn mit voller Wucht auf der Nase traf. Ein stechender Schmerz explodierte in Lohmanns Gesicht, schoß bis hinauf unter sein Schädeldach. Für einen Moment wurde ihm schwindelig, und er ging zu Boden.
Schwer atmend lag er auf der Erde, voller Angst und hilfloser Wut zu Gablenz hochschauend, der ruhig und ge-

lassen vor ihm stand. Meine Nase, dachte er, so eine Scheiße, er hat mir das Nasenbein gebrochen. Er spürte, wie Blut aus seiner zertrümmerten Nase lief, sah es, als er den Blick senkte, hinab auf die weiche Walderde tropfen. Er bekam nur noch durch den Mund Luft.

»Eigenartig«, sagte Gablenz, »daß du deine Schuld nicht erkennst, sie nicht *riechst.* Du hast dich wirklich außerordentlich weit vom natürlichen Weg entfernt.« Dabei ging er dicht vor Lohmann in die Hocke, und seine Augen musterten Lohmann auf eine Art, die diesen fast noch mehr in Schrecken versetzte als Gablenz' eisenharte Fäuste. Lohmann fühlte sich plötzlich wie ein kleines, interessantes Insekt, ein Exemplar einer absonderlichen Spezies, das von einem Forscher mit wissenschaftlicher Neugierde untersucht wurde.

Gablenz hob einen Brocken Walderde auf und zerkrümelte ihn zwischen den Fingern. »Ob du deine Schuld wohl *schmecken* würdest?« sagte er nachdenklich, ohne Lohmann dabei anzusehen.

Dann, noch ehe der Bauunternehmer den Mund schließen oder den Kopf wegdrehen konnte, stopfte Gablenz ihm mit einer raschen Bewegung die Erde in den Mund. Lohmann hustete und würgte. Er bekam keine Luft und spuckte die Erde aus, zusammen mit Blut, das ihm von der Nase in den Rachen gelaufen war. Der Geschmack war widerwärtig. Lohmann glaubte zu spüren, wie kleines Getier, das sich in dem Erdklumpen befunden hatte, nun in seinem Mund herumkrabbelte. Panisch stemmte er sich hoch und wischte sich mit der freien Hand heftig die Lippen ab. Durch die abrupte Bewegung breiteten sich die stechenden, klopfenden Schmerzen aus seiner Nase im ganzen Kopf aus, so daß er beinahe ohnmächtig wurde.

»O Gott«, stöhnte er, »ich gebe jede Schuld zu, die Sie wollen, aber lassen Sie mich bitte endlich in Frieden!«
Gablenz richtete sich auf und starrte wieder unergründlich in die Ferne. Seine reglose Gestalt ragte wie eine überlebensgroße Statue in den Himmel, hob sich dunkel gegen das Sonnenlicht ab, so daß sie Lohmann größer, breiter und massiver erschien als zuvor, fast wie ein mächtiger Bär, aber das lag vermutlich an der veränderten Perspektive.
»Frieden«, sagte Gablenz leise. »Deine Seele, deren leises Flehen du so lange Zeit ignoriert hast, die so sehr leiden mußte unter deiner Abkehr vom natürlichen Weg, soll ihren Frieden haben.« Er spitzte die Lippen und pfiff leise und melodisch. Es klang sehr fremd, erinnerte Lohmann aber an lange Vergessenes, an alte Kinderlieder vielleicht. Etwas in ihm brach auf. Er spürte sein Herz heftig gegen die Rippen pochen, spürte warme Tränen, die ihm über sein zerschlagenes Gesicht liefen, sich mit dem Blut aus seiner Nase vereinigten.
Hinter Gablenz tauchten zwei, drei große, kräftige Wölfe auf. Lohmann *wußte* sofort, daß es Wölfe waren, obwohl er kaum je einen gesehen hatte, vielleicht vor langer Zeit einmal im Zoo. Die Wölfe schlichen leise winselnd, mit gesenkten Köpfen, aufgestellten Ohren und Schwänzen zu ihm. Sie beugten die Vorderbeine, reckten die Hinterteile hoch und wedelten mit den Schwänzen, als wollten sie ihn zum Spielen auffordern, ihn dabei aus gelben, rätselhaften Augen aufmerksam betrachtend.
Ein jähes Erkennen, was die Wölfe tatsächlich von ihm wollten, ergriff ihn, ließ ihn laut aufschreien und rückwärts von ihnen wegkriechen, während ihre gelben Augen ihn weiter ruhig anstarrten. Wieder hörte er ein Win-

seln. Als er den schmerzenden Kopf drehte, sah er, daß auch hinter seinem Rücken Wölfe auf ihn warteten. *Frieden,* sagte eine leise Stimme in ihm, tief aus seinem Inneren schien diese Stimme zu kommen, aus seinem Herzen vielleicht, oder seinem Bauch. Als er ein kleiner Junge gewesen war, hatte diese Stimme oft zu ihm gesprochen, später noch ab und zu in seinen Träumen, Träumen, die er sofort nach dem Aufwachen verdrängte oder vergaß, noch ehe er aus dem Bett stieg.

Er ließ sich zurücksinken, lag auf dem Rücken und schaute hinauf in den blauen Himmel. Einen Moment dachte er an das einzige, das ihm in den letzten Jahren wirkliche Freude bereitet hatte: Karolas heftige Umarmungen und Küsse. Ich glaube, sie hat mich wirklich geliebt, dachte er.

Dann hörte er die Wölfe leise knurren, schloß die Augen und wartete darauf, daß Gerechtigkeit geschah. *Frieden.*

Josef kniete auf dem Boden. Unter dem Bauwagen hindurch sah er, wie ein Wolf dem mit geschlossenen Augen auf dem Rücken liegenden Lohmann die Kehle durchbiß. Blut sprudelte hervor, Lohmanns Körper zuckte einen Moment, lag dann still. Der Fremde, Gablenz, wie Lohmann ihn genannt hatte, stand offenbar ungerührt daneben. Aus dieser Perspektive konnte Josef allerdings nur seine Beine sehen, nicht sein Gesicht mit den unheimlichen Augen.

Josefs Mageninhalt drängte nach oben. Er beugte sich zur Seite und erbrach sich. Dann stand er auf, lehnte einen Moment bleich und zitternd am Bauwagen. Die Wölfe bewachten sie nicht länger, sondern scharten sich um ihren Herrn und den Toten. Die anderen Männer hatten

sich ebenfalls abgewandt, betäubt ins Leere starrend, lediglich Willi und Freddy spähten wie gebannt, mit blassen Gesichtern um die Ecken des Bauwagens.
Krossner saß, vor Schmerzen stöhnend, auf dem Boden. Die Bißwunde an seinem Oberschenkel, die ihm einer der Wölfe beigebracht hatte, als Krossner versuchte seinen Chef zu warnen, blutete stark.
Josef stellte sich neben Freddy. Einen schrecklichen Moment hatte Josef geglaubt, die Wölfe würden über Lohmanns Körper herfallen und ihn auffressen. Doch nachdem einer von ihnen Lohmann getötet hatte, nahmen sie keine weitere Notiz mehr von der Leiche und umringten den Fremden. Der drehte sich plötzlich um, schaute zu den Männern herüber. Josef hatte das Gefühl, von den Augen des Fremden regelrecht durchleuchtet zu werden.
»Achtet das Land von jetzt an!« rief er. »Sonst wird es euch nicht mehr ernähren!« Dann drehte er sich wieder um und ging, ohne den Toten noch eines Blickes zu würdigen, langsam auf den Wald zu. Die Wölfe umringten ihn, manche liefen voraus, manche neben, manche hinter ihm. Die Männer starrten ihnen nach, bis sie zwischen den Bäumen verschwanden.
»Los!« sagte Carlo. »Hauen wir ab, ehe er sich's anders überlegt!«
»Wie sollen wir das denn machen, das Land achten?« fragte Freddy aufgeregt.
»Gott hat ihn uns geschickt. Als Warnung«, sagte Josef, ahnte aber, daß die anderen sich weigern würden, diese Deutung zu akzeptieren.
»Laß mich bloß mit deiner Scheißreligion zufrieden!« fuhr ihn Willi gereizt an. »Hört mal, Leute! Er hat unseren Boß ermordet. Wollen wir uns wirklich von ihm von

der Baustelle vertreiben lassen? Wir verdienen hier schließlich unsere Brötchen. Laßt uns jetzt gleich nach Buchfeld fahren, zum alten Thönnes. Der soll dafür sorgen, daß wir Polizeischutz bekommen. Ich wette, wenn hier morgen ein Trupp Scharfschützen von der Polizei steht und die Baustelle bewacht, wird der Verrückte mit seinen Wölfen sich nicht mehr hertrauen, und wir können ungestört weiterarbeiten!«
»Willi hat recht«, sagte Krossner. »Genau so machen wir's! Polizisten mit Gewehren und Maschinenpistolen werden schon wissen, wie man mit diesen Bestien fertig wird! Los, helft mir auf, und dann fahren wir zum Alten!«
»Ihr seid ja verrückt!« rief Josef. »Begreift ihr denn nicht? Er kann unsere Gedanken lesen! Er *weiß* jetzt schon, was ihr vorhabt!«
»Ach, sei still, Polacke!« knurrte Willi. »Sonst hau ich dir eins aufs Maul!«
»O Gott!« rief Freddy plötzlich. »Josef hat recht! Da! Sie kommen zurück!«
Die Männer wirbelten herum und starrten hinüber zum Wald. Josefs Herz setzte für einen Augenblick aus, begann dann heftig zu rasen. Er sah das Rudel, das riesige Rudel auf sie zujagen.
»Schnell! Zum Bus!« rief Mehmet.
Die Männer stürzten davon, auf den gelben Kleinbus zu, der etwa zwanzig Meter weit weg parkte.
»He! Wartet!« rief Krossner mit Panik in der Stimme. Niemand beachtete ihn, bis auf Josef, der sich umdrehte, zurückrannte und dem Vorarbeiter auf die Beine half. Krossner stützte sich auf ihn, doch so kamen sie viel zu langsam voran. Sie hatten erst die Hälfte der Strecke bewältigt, als die anderen bereits in den Bus kletterten.

Josef hörte das Trappeln der Wolfsfüße, den hechelnden Atem. »Mein Gott!« keuchte er. »Kommen Sie! Schneller!« Krossner stützte sich schwer auf ihn, bewegte sich, so rasch er es mit dem verwundeten Bein konnte.
Freddy hatte sich ans Steuer des Kleinbusses gesetzt. Josef hörte, wie der Dieselmotor nagelnd ansprang, sah die blaue Rauchwolke aus dem Auspuff. »Wir schaffen es nicht!« ächzte Krossner. »Laß mich los! Lauf allein weiter!«
»Nein!« keuchte Josef.
Und dann holten die Wölfe sie ein. Josef erwartete, jede Sekunde von ihnen angesprungen und zu Boden gerissen zu werden, erwartete Reißzähne, die sich tief in sein Fleisch gruben.
Drei Wölfe liefen an ihnen vorbei. Gleichzeitig sah Josef die Rückfahrscheinwerfer des Kleinbusses aufleuchten. Freddy setzte zurück, kam ihnen entgegen. Die drei Wölfe wichen seitlich aus. Mehmet stieß die Hecktür des Busses auf und streckte die Hand aus, half Krossner einsteigen. Josef drückte Krossner nach oben, während er hinter sich die Wölfe knurren und bellen hörte. Dann kletterte er selbst in den Kofferraum des Busses.
Gerade als Mehmet die Hecktür zugezogen hatte, sprangen draußen zwei Wölfe hoch und prallten gegen die Tür, so daß ihre zähnefletschenden Schnauzen kurz am Rückfenster auftauchten. Aber jetzt waren sie in Sicherheit. Freddy gab Gas, Mehmet kletterte wieder zurück auf die hintere Sitzbank, von wo er sich nach hinten geworfen hatte, um die Hecktür aufzureißen.
Josef und Krossner saßen einander gegenüber auf dem Kofferraumboden, wurden unsanft durchgeschüttelt, während der Bus über die Trasse rumpelte. Das Gesicht

des Vorarbeiters war bleich und schweißüberströmt. »Danke«, murmelte er leise. Das war das erste Mal, daß sich einer von den Deutschen aus dem Bautrupp bei Josef für irgend etwas bedankte.
Josef nickte. »Sie hätten uns zerreißen können, wenn sie gewollt hätten«, sagte er, »aber offenbar wollten sie uns nur vertreiben.«
Er stemmte sich hoch und schaute durchs Rückfenster. Das ganze Wolfsrudel lief hinter dem Kleinbus her, in ihrem langen, geschmeidigen Galopp hielten sie mühelos Schritt. Angesichts dessen, was geschehen war, erschien Josef dieser Gedanke geradezu unanständig, und dennoch: Sie waren schön, es waren wunderschöne, elegante Tiere.
Erst als der Kleinbus von der Trasse in die Baustellenzufahrt abbog, blieben die Wölfe zurück und folgten ihnen nicht länger. »Nie mehr geh ich auf Baustelle zurück«, sagte Mehmet mit seinem schweren türkischen Akzent.
Josef schloß die Augen. *Mein Gott,* dachte er, *nie wieder, wenn du im Gebet zu mir sprichst, werde ich deine Worte mißachten.* Er beschloß, noch heute seine Sachen zusammenzupacken und zurück nach Polen zu fahren, zu seiner Frau und den Kindern. Für immer. Irgendwie würden sie es auch ohne das Geld schaffen, das er hier noch hatte verdienen wollen.
Er bekreuzigte sich, noch immer vor Angst zitternd.

8. KAPITEL

Jonas legte langsam den Telefonhörer auf und bemühte sich, seine Gedanken zu ordnen, während er aus seinem Büro auf den Buchfelder Marktplatz schaute, wo eine Handvoll Touristen das alte Rathaus fotografierte und schuleschwänzende oder arbeitslose Jugendliche sich mit ihren Mofas vor der Eisdiele trafen. Sein langes Telefonat mit Susanne Wendland hatte nicht dazu beigetragen, Licht in die ganze furchtbare Angelegenheit zu bringen.

Sie war überzeugt, daß es sich bei dem Mann, der mit dem Wolfsrudel unterwegs war, um diesen Dr. Gablenz handelte. Die Beschreibung paßte genau auf ihn, auch wenn der Staatsanwalt in der letzten Nacht davon nichts wissen wollte. Wenn Gablenz geheime wissenschaftliche Experimente durchgeführt hatte und der GENOTEC-Konzern dabei mit dem Militär zusammenarbeitete, erklärte das, wieso die MSD-Leute sich hier herumtrieben. Gablenz hatte offensichtlich äußerst mächtige Freunde, deren Arm bis nach Euskirchen reichte. Kein Wunder, daß der Staatsanwalt so lange mit seinem Vorgesetzten telefoniert und anschließend völlig abgeblockt hatte. Und heute nachmittag sollte diese Sondereinheit vom BKA und eine sogenannte »MSD-Gefechtseinheit« eintreffen, mit Suchhubschraubern und Scharfschützen. Seit wann verfügte der Militärgeheimdienst über »Gefechtseinhei-

ten«? Aber wenigstens hatten sie nun offenbar den Ernst der Lage erkannt. Vermutlich wollten sie das Problem auf möglichst geheime Weise aus der Welt schaffen.
Daß Gablenz die merkwürdige Droge an sich selbst getestet hatte und dabei irgendwie durchgedreht war, wie Susanne vermutete, ergab durchaus Sinn. Zumal ja offenbar schon jemand durch einen solchen Versuch in der Irrenanstalt gelandet war. Und daß die Leute, die hinter diesen Forschungen steckten, ein Interesse daran haben mußten, Gablenz möglichst ohne viel Aufsehen aus dem Verkehr zu ziehen, überraschte ebenfalls nicht. Diese Dinge waren zwar nicht gerade beruhigend, ließen sich aber alle auf rationale Weise erklären.
Was sich nicht rational erklären ließ, was sich überhaupt nicht rational erklären ließ, waren die Ereignisse der letzten Nacht.
Es klopfte. Schöntges brachte den Computerausdruck zweier Fotos herein. Es waren die Bilder von Gablenz, die Susanne ihm hatte faxen wollen. Jonas nickte. Kein Zweifel. Das war der Mann. Das eine Foto war eine Totale, die ihn während eines Vortrages zeigte, das andere ein Brustbild. Eine markante Erscheinung, kaum zu verwechseln. Jonas hatte ihn im Wald gesehen, und gestern aus vielleicht zehn Meter Entfernung im Lichtschein der Straßenlaterne, als sie zu Honadels Haus gerannt waren. Und auch Schöntges sagte sofort: »Das ist der Mann aus dem Wald, nicht wahr?«
Jonas nickte. Er griff wieder zum Telefon, tippte Susannes Handynummer ein. »Ja«, sagte er, als sie sich meldete, »er ist es.«
»Das habe ich erwartet. Hör mal, was mich wirklich beunruhigt, sind die Dinge, die Gablenz gestern nacht ge-

sagt oder gerufen hat, wie du mir erzählt hast. Ich meine, ich muß immer wieder an meinen Besuch in der Nervenklinik gestern denken.«

Jonas rieb sich die Nase. »Hat dieser Scholl wirklich gesagt: ›Die Droge hat ein Tor geöffnet, und dahinter lauert ein Etwas, das die Kontrolle über mich bekommen will‹, oder so ähnlich?«

»Genau das hat er gesagt. Ich finde einfach keine *vernünftige* Erklärung dafür, warum Gablenz sich so verhält, wie er sich verhält! Du hast mir ja vorhin erzählt, wie dein toter Freund, der Bürgermeister, Gablenz beschrieben hat. Genau so habe ich ihn voriges Jahr auch erlebt. Wenn ich ihn kurz und knapp charakterisieren sollte, würde ich ihn als total fortschrittsgläubigen Technokraten beschreiben. Das, was er zu deiner Freundin am Wolfsgehege, zu den Kindern im Wald und gestern nacht gesagt hat oder haben soll, klingt ja, als hätte er sich durch die Droge in eine Art übergeschnappten Ökokrieger verwandelt. Ich ... glaube einfach nicht, daß ein solches Verhalten seinem Persönlichkeitsbild entspricht. Kann eine Droge einen Menschen so vollkommen verändern?«

Das Nasereiben half Jonas meistens, Ordnung in seine Gedanken zu bringen. Diesmal ordneten sie sich auf eine Weise, daß er seine Nase sofort losließ, in der Hoffnung, so die Idee, die sich ihm aufdrängte, wieder verscheuchen zu können. »Und wenn dieser Scholl recht hätte?« fragte er laut. Nein, antwortete er sich selbst. Ausgeschlossen.

Susanne schwieg einen Moment. Dann sagte sie: »Eine Art ... Besessenheit. Aber das kann es doch nicht geben, oder? Ich meine, wer glaubt schon an so was ...«

Immer wieder hatte Jonas den Film vor seinem geistigen

Auge vor- und zurücklaufen lassen. Schnell und in Zeitlupe, wie er es bei Gewaltverbrechen stets getan hatte. Sich jedes Detail am Tatort, alles, was geschehen war, genau vergegenwärtigt. Er war einunddreißig Jahre alt, aber was die Gewaltverbrechen anging, deren Tatorte er besichtigt hatte, fühlte er sich wie einundsechzig. Fünf Jahre hatte er in Köln bei der Mordkommission gearbeitet, davon zwei Jahre unter dem legendären Hauptkommissar Möller, in dessen Büro Susanne nun saß. Er hatte Menschen gesehen, die auf die unterschiedlichsten Arten ins Jenseits befördert und zum Teil grotesk verstümmelt worden waren. Die Täter mochten, was ihre Motive anging, pervers und abartig und vollkommen geistesgestört gewesen sein, aber immer hatten sich die *Umstände* der Tat, der Tathergang, vollkommen rational erklären und rekonstruieren lassen.

Doch diesmal lieferten ihm die Bilder seines durch jahrelange kriminalistische Arbeit geradezu fotografisch gewordenen Gedächtnisses nichts, aber auch gar nichts, woran sein Verstand sich hätte festklammern können. Gablenz *war* mit dem Wolfsrudel mitten in das Neubauviertel spaziert. Gablenz *hatte* gerufen, daß er den Tod bringen werde. Und während Gablenz seine unheimliche Ansprache herausgeschrien hatte, *war* ein Wolf zielstrebig zu Honadels Haus marschiert, ins Wohnzimmer eingedrungen und hatte Jochen getötet. Nein, diesmal gab es für die Tatumstände eindeutig keine rationale Erklärung!

»He, Kollege«, hörte er Susannes Stimme im Telefonhörer, »bist du noch dran?«

»Hm?« Besessenheit. »Nein, ich glaube auch nicht, daß es so etwas gibt. Ich kann es mir jedenfalls nicht vorstellen.«

Susanne seufzte hörbar. »Aber ich finde einfach keine vernünftige Erklärung für Gablenz' Verhalten. Und die Sache läßt mir irgendwie keine Ruhe. Du kennst ja meine krankhafte Neugierde ...«
Jonas mußte unwillkürlich grinsen. O ja. Dafür war sie im gesamten Kölner Präsidium berüchtigt. Die Frau, die nicht lockerließ, bis selbst die härteste kriminalistische Nuß geknackt war. Sie war wirklich Möllers würdige Nachfolgerin!
»Also, paß auf«, fuhr sie fort, »versprich mir, mich zu verständigen, wenn sich bei euch etwas Neues tut, okay? Und ich werde mir diesen Schlei vornehmen. Der scheint kurz davor zu stehen, auszupacken, reinen Tisch zu machen. Vielleicht erfahre ich von ihm Genaueres über diese Droge, das Megatonin. Ich rufe dich dann sofort wieder an.«
Er wollte sie noch warnen, daß sie sich kein Disziplinarverfahren einhandeln sollte, wo ihr der Fall doch damals entzogen worden war, aber da hatte sie die Verbindung schon unterbrochen. Lächelnd schüttelte er den Kopf. Susanne war ohnehin nicht der Typ, der gute Ratschläge annahm.
Dann wurde sein Gesicht sofort wieder ernst. Besessenheit? Er hatte immer noch den Klang von Gablenz' Stimme in den Ohren. Gewiß, Gablenz war ein großer, schwerer Mann. So jemand mochte durchaus eine sehr laute und dröhnende Stimme haben. Aber niemals so laut. Jonas war sicher, daß alle Leute in der Straße selbst bei geschlossenen Fenstern jedes Wort verstanden hatten. Eine unmenschlich laute Stimme, als ob dem Mann statt des Kehlkopfs ein Megaphon im Hals saß. Jonas schauderte beim Gedanken daran.

Falls die Geheimdienstler tatsächlich vertuschen wollten, was geschehen war, würde ihnen das ziemlich schwerfallen. Immerhin wohnten im Lindenweg circa sechzig Menschen, und auch die Leute in den Seitenstraßen dürften noch einiges von dem Gebrüll mitbekommen haben. Beziehungsweise hatte es sich eben nicht um unartikuliertes Gebrüll gehandelt, sondern um glasklar zu verstehende Worte – wie von einem Schauspieler, der mit tief rollender Stimme über Mikrophon einen Text in eine riesige Verstärkeranlage sprach. Daß er gekommen sei, um die Menschen an ihre Pflichten gegenüber dem Land zu erinnern, hatte er zuvor schon zu Chris am Gehege gesagt, und zu den beiden Schulschwänzern.
Dann war da noch die Sache mit dem Bären. Chris hatte diese unheimliche Bärengestalt gesehen, die Gablenz gleichsam zu überlagern schien. Die Leute, die schnell damit bei der Hand waren, Menschen wie Chris als verrückt oder zumindest mit einer überreizten Phantasie ausgestattet abzustempeln, hätten vermutlich nur mitleidig den Kopf geschüttelt. Aber Jonas hatte drei Jahre lang praktisch alle Tage und Nächte mit Chris verbracht, und seither glaubte er, nein, *wußte* er, daß es Menschen mit dem zweiten Gesicht gab. Er war ein nüchterner, realistischer Polizist, aber er hatte drei Jahre lang ein Mädchen geliebt, das im Mittelalter wohl Opfer eines Hexenprozesses geworden wäre. Es gab eine andere Wirklichkeit. Die meisten Menschen sahen sie nicht, aber Chris konnte es.
Zugegeben, was den Bären anging, hätte Jonas in diesem Fall zumindest die Möglichkeit überreizter Phantasie bei Chris in Erwägung gezogen, wäre der Junge nicht gewesen. Tobias. Er sah noch vor sich, wie er und seine Freundin aufgeregt und atemlos in die Polizeiwache gestürmt

waren. Tobias hatte keuchend seine Geschichte heruntergerattert und erwähnt, er hätte aus den Augenwinkeln so etwas wie einen Bären gesehen, dort wo der rothaarige Mann, Gablenz, gestanden hatte. Jonas war kurz davor gewesen, zu fragen, ob Tobias ihnen vielleicht einen solchen aufbinden wollte, hatte es sich dann aber verkniffen. Die beiden waren so aufgewühlt und geschockt gewesen. In einer solchen Verfassung erzählten Vierzehnjährige keine Märchen. Zweimal überreizte Phantasie? Bei Chris und dem Jungen? Ausgeschlossen.

Aber was, in drei Teufels Namen, war dann mit Gablenz geschehen? Jonas fand auf diese Frage keine Antwort, die ihn auch nur ansatzweise befriedigt, geschweige denn beruhigt hätte. Im Gegenteil, je mehr er über die Sache nachdachte, desto mehr fühlte er sich, als werde ihm der Boden unter den Füßen weggezogen. Seine Handflächen wurden feucht, und er verspürte ein sehr unangenehmes Ziehen in der Magengegend. Für einen Moment sehnte er sich zu seinen Kölner Leichen zurück. Die hatten ihn wenigstens nicht vor Rätsel gestellt, die auf eine solche Art *unheimlich* waren.

Andererseits hätte ich Chris nicht wiedergetroffen, wenn ich in Köln geblieben wäre, dachte er. Sofort fühlte er sich besser. Der Gedanke an Chris vertrieb die Gespenster. Nach den schrecklichen Ereignissen hatte er sich bei ihr, als er dort im Schaukelstuhl geschlafen hatte, geborgen gefühlt wie in einer kleinen Zone des Friedens. Als wäre er nach einer langen Reise endlich nach Hause gekommen. Wie liebevoll ihr Zimmer eingerichtet war ... Sie hatte wirklich ihren Sinn für Schönheit wiederentdeckt. Ganz offensichtlich verheilte diese innere Zerrissenheit endlich, mit der sie sich jahrelang so herumgequält hatte.

Der Zauber, der ihr vor sechs Jahren völlig abhanden gekommen war, kehrte zu ihr zurück. Wie sie da auf ihrem Futon gesessen und gesagt hatte, daß es ihre Bestimmung sei, Heilerin zu werden …
Hatte er sich wirklich geschworen, sich nie wieder in sie zu verlieben? Er schüttelte den Kopf. Diesen Schwur hatte er schon gebrochen. Sie war schön, schöner denn je, so rund und üppig. All die Jahre hindurch waren seine Beziehungen zu anderen Frauen immer nur kurz und oberflächlich gewesen, kaum mehr als körperlicher Hunger und der Wunsch, morgens nicht allein aufzuwachen. Vielleicht lag das daran, daß er unbewußt nie die Hoffnung aufgegeben hatte, Chris und er würden eines Tages wieder zueinanderfinden. Wenn es tatsächlich Vorbestimmung gab, dann bestand seine wohl darin, Chris als Gefährte zur Seite zu stehen und ihr dabei zu helfen, ihre Fähigkeiten optimal zu entfalten. So wie es ihr bestimmt gewesen war, in die Eifel zurückzukehren und hier als Heilerin zu arbeiten. Und wahrscheinlich brauchte diese aus dem Gleichgewicht geratene Welt Heilerinnen mehr als alles andere …
Das Indianermandala, das in Chris' Zimmer hing, hatte ihm mit seinen leuchtendbunten, fröhlichen Farben sehr gut gefallen. Einen Moment stellte er sich vor, wie es sein könnte, mit Chris unter einem Dach zu wohnen, mit vielen Pflanzen und Tieren – und Kinder mit ihr zu haben, warum nicht? Wie früher mit ihr lange Spaziergänge durch die Natur zu unternehmen … Wenn sie wirklich hier bei ihm in der Eifel blieb und nicht wieder nach Kanada verschwand! Den Schmerz, sie zu verlieren, wollte er nicht noch einmal erleben.
Das Indianermandala erinnerte ihn an Chris' Bemerkung,

Gablenz' Worte hätten ziemlich indianisch geklungen. Damit kehrte sein ganzes Unbehagen schlagartig zurück. *Wenn der Energiefluß erlischt, stirbt das Land, und ihr mit ihm,* hatte Gablenz ihnen zugerufen. Was für eine düstere Prophezeiung. Jonas begriff nicht so recht, was Gablenz damit meinte. Meinte er die Umweltbelastung durch den Menschen? Raubten sie dem Land damit seine Energie?
Noch etwas beunruhigte Jonas sehr: Tief in ihm gab es einen Teil seines Wesens, der Gablenz' Worte als *richtig* erkannte, auch wenn Jonas das nicht rational hätte begründen können. Dieser Teil stimmte Gablenz' Botschaft voll und ganz zu. Und nicht nur den Worten – Jonas empfand großes Mitgefühl für Sabine und die Kinder, aber Jochens Tod erschien ihm wie eine gerechte, notwendige Strafe. Das erschreckte ihn, vielleicht mehr als alles andere. Sie kannten sich seit der Schulzeit, sie hatten häufig ihre Meinungsverschiedenheiten gehabt, zumeist politischer Natur, waren aber über all die Jahre befreundet gewesen. Doch jetzt vermochte er nicht zu trauern, ja, da war ein Gefühl von Befriedigung. Dieser tiefe, ihm selbst fremde Teil in ihm verspürte Befriedigung, und sie stand in unmittelbarem Zusammenhang zu dem, was Gablenz dort auf der Straße gerufen hatte – so als hätten Gablenz' Worte diesen Teil in Jonas *aufgeweckt.*
Zum Glück kam Chris bald. Er hatte Dimmig, der mit seinem Pick-up »Patrouille fuhr«, wie er es nannte, gebeten, sie im Wildpark abzuholen und hier zur Wache zu bringen. Jonas wollte mit Chris drüben beim Italiener Pizza essen. Vielleicht half es ihm, mit ihr über all das zu sprechen ...
Das Telefon klingelte. Intern. Er drückte die entspre-

chende Taste. Schöntges sagte: »Ich habe die Biggi hier über Funk, aus dem Streifenwagen.«
»Okay, stell sie mir durch.«
Biggi klang eifrig wie immer, aber auch etwas beunruhigt und aufgeregt. »Also, wir haben hier an der Kreuzung L 119/K 9 gehalten, weil der Hannes mal pinkeln mußte«, berichtete sie. »Gerade als der Hannes wieder zu mir ins Auto steigt, kommt mit einem Wahnsinnszahn so ein gelber Kleinbus von der Tiefbau-Union die K 9 herunter. Du weißt doch: Da ist ja gleich um die Ecke die Zufahrt zur Autobahnbaustelle. Also, der Kleinbus rauscht an die Kreuzung ran und überfährt, ohne auch nur den Fuß vom Gas zu nehmen, einfach das Stoppschild und donnert weiter auf der K 9 Richtung Gewerbegebiet Buchfeld. Zum Glück kam gerade kein Querverkehr, sonst hätt's gewaltig geknallt!«
Biggi holte tief Luft, dann setzte ihr stark eiflerisch gefärbter Redeschwall wieder ein: »Wir also mit Blaulicht hinterher. Erst wollte der gar nicht anhalten, aber als er unsere Kelle sah, ist er dann doch rechts ran. Der Bus war voll mit Arbeitern oben von der Baustelle. Mann, waren die fertig! Der Fahrer war leichenblaß und hat ständig in den Rückspiegel geguckt, als ob King Kong persönlich hinter ihnen her wäre. ›Etwas Schreckliches ist auf der Baustelle passiert‹, sagte er. Aber was, wollte er nicht sagen, und die anderen auch nicht. Sie wollten so schnell wie möglich nach Buchfeld, dem alten Thönnes Bescheid sagen. Und sie wollten mit der Sache nichts mehr zu tun haben, und sie würden nie wieder auf die Baustelle zurückgehen. Ehrlich gesagt, der Fahrer tat mir leid, der war so am Ende mit den Nerven. Ich hab ihn bloß verwarnt und die Personalien festgestellt. Dann hab ich sie weiter-

fahren lassen. Ein Stück ist er langsam gefahren, doch dann ist er genauso weitergebraust wie vorher. Und dann war da noch was: Zwei der Arbeiter waren verletzt, einer an der Schulter, einer am Bein. Wenn du mich fragst, sah's wie Bißverletzungen aus. Der mit der Wunde am Bein hatte außerdem das Gesicht ganz merkwürdig zerkratzt. Richtig scheußlich sah das aus ...«

Sie machte eine kurze Pause und fügte dann hinzu: »Was meinst du, ob der Verrückte mit den Wölfen da oben herumgeistert?«

»Möglich«, erwiderte Jonas nachdenklich. Sehr beruhigend klang das alles nicht gerade.

»Ich denke mir«, sagte Biggi, »Hannes und ich fahren mal hoch zur Baustelle und schauen nach dem Rechten, okay? Du könntest ja nachher beim alten Thönnes nachhören, ob die dem mehr erzählt haben.«

»In Ordnung. Aber seid vorsichtig. Wenn ihr etwas Ungewöhnliches seht, meldet euch sofort. Unternehmt nichts auf eigene Faust. Ich spreche mit Thönnes und komme dann zu euch raus.«

»Klar, Papi«, sagte Biggi und unterbrach die Verbindung.

Als Förster Dimmigs Pick-up endlich Buchfeld erreichte, atmete Chris auf. Es war sehr warm in der Fahrerkabine, und auf der für drei Personen eher schmalen Sitzbank fühlte sie sich zwischen Dimmig und dessen Forstassistenten, einem kompakten, wortkargen Jungen namens Hajo, ziemlich eingequetscht. Es war eine dieser Gelegenheiten, bei der ihr bewußt wurde, wieviel sie um Taille und Hüften herum zugelegt hatte. Außerdem ging ihr Dimmigs Gerede auf die Nerven.

Er schwelgte in wilden Jägerphantasien darüber, wie man

das Wolfsrudel unschädlich machen könne. Für das Geheimnisvolle, Unerklärliche, was sich dort draußen im Wald ereignete, schien er kein Gespür zu haben, aber vermutlich wollte er es auch gar nicht wissen, weil es ihn zu sehr verstört hätte. Statt dessen zog er es offenbar vor, sich von den Ereignissen seine tiefsitzenden Vorurteile bestätigen zu lassen: War nicht mit dem Angriff des Rudels am Dienstag und nun mit Honadels schrecklichem Tod bewiesen, was er insgeheim immer schon gewußt hatte, daß Wölfe blutrünstige Bestien waren, Feinde des Menschen, die abgeknallt gehörten, wo immer man sie vor die Flinte bekam?

Als Chris ihn danach fragte, mußte er zugeben, daß er bis vor drei Tagen noch nie persönliche Bekanntschaft mit Wölfen gemacht, sie noch nie gejagt oder in freier Wildbahn beobachtet hatte. Das hatte Chris immer wieder erlebt, in Europa ebenso wie in Kanada: Selbst dort, wo Wölfe noch natürlich vorkamen, begegneten den Einheimischen die scheuen Tiere so gut wie nie. Doch gerade Leute, die kaum je selbst einen Wolf gesehen hatten, hegten die schlimmsten Vorurteile.

Sie spürte, daß es wenig sinnvoll war, mit Dimmig zu diskutieren, so wie die Dinge lagen. Immerhin *hatten* die Wölfe getötet, das stand fest. Doch es war eben nicht ihr normales Verhalten, sondern ein völliges Rätsel, das jeder wissenschaftlichen Erklärung spottete.

Gerne hätte sie von all dem Schönen berichtet, das sie mit Wölfen erlebt hatte: von ihrer Klugheit und Sensibilität, der aufopferungsvollen, zärtlichen Art, wie sie ihre Jungen aufzogen, der feinfühligen Weise, wie sie untereinander kommunizierten. Manchmal wünschte sie sich, die Verständigung der Menschen untereinander würde so gut funktionieren wie die Verständigung unter Wölfen. Doch sie spürte deutlich, daß es verschwendete Mühe gewesen wäre, Dimmig davon zu erzählen, und war erleichtert, als der Pick-up endlich vor der Polizeiwache hielt.

Dimmig deutete mit einem Kopfnicken auf die beiden hinter der Sitzbank liegenden Jagdgewehre, bei deren Anblick Chris ein Schauder über den Rücken lief. »Wir werden weiter Ausschau halten«, sagte er finster. »Und wenn wir die Bestien finden, wird es mir ein Vergnügen sein, Jochens Tod zu rächen.«

Hajo stieg aus, um Chris Platz zu machen, die hinter ihm aus dem Fahrerhaus kletterte. »Sag Jonas, daß wir weiter Patrouille fahren«, fügte Dimmig hinzu. »Sobald wir was sehen, melde ich mich über Handy.« Hajo sagte nichts, starrte aber unverhohlen auf Chris' Busen. Gott, war sie froh, endlich aus diesem Pick-up heraus zu sein! Trotzdem schaffte sie es, »danke fürs Mitnehmen« zu sagen und dabei schief zu lächeln.

Sie schaute den beiden eifrigen Wolfsjägern nach, die rasch davonbrausten. Dann ging sie in die Wache. Gerade als sie und Schöntges sich mit freundlichem Kopfnicken begrüßt hatten, stürmte Jonas aus seinem Büro. Besorgt sah Chris, wie er sich seine Dienstpistole umschnallte.

»Ah, da bist du ja«, sagte er eilig. »Ich wollte Gerd gerade sagen, daß er sich ein bißchen um dich kümmern und dir Kaffee kochen soll, während ich weg bin.«

»Was ist denn los?« fragte Chris.

»Ich habe eben mit Thönnes telefoniert. Der Verrückte hat mit dem Wolfsrudel die Arbeiter von der Autobahnbaustelle verjagt und ... Lohmann getötet, seinen Schwiegersohn.«

»Verdammt!« stieß Schöntges hervor und schüttelte heftig den Kopf.

Die Autobahnbaustelle … Sofort mußte Chris an ihren Traum in der letzten Nacht denken. Sie hatte gesehen, wie dort Bäume gefällt wurden und die Bagger den Waldboden zerstörten. Und sie hatte den Schmerz gespürt …

»Ich fahre jetzt zur Baustelle«, sagte Jonas. »Biggi und Hannes sind schon dort, und Karl-Heinz und Toni mit dem zweiten Streifenwagen sind unterwegs.«

»Nimm mich mit«, sagte Chris, ohne lange zu überlegen.

Jonas schüttelte den Kopf. »Bleib du lieber hier bei Gerd. Ich will nicht, daß dir was passiert. Möglicherweise treibt der Kerl sich noch dort herum.«

»Aber es geht um die Wölfe. Ich bin für sie verantwortlich. Und vielleicht … kann ich dir irgendwie helfen.«

Jonas zögerte, dann sagte er: »Also gut. Wir waren lange genug getrennt. Machen wir die Dinge eben jetzt zusammen. Aber versprich mir, daß du im Auto bleibst, okay?«

Sie eilten nach draußen, wo der dritte Wagen der Buchfelder Wache parkte, ein unauffälliger blauer Opel. Sie sprangen hinein, und Jonas trat kräftig aufs Gas, so daß sie ziemlich um die Kurven flogen. Chris hörte, wie Biggi über Funk meldete, sie hätten Lohmanns Leiche gefunden. Die Baustelle läge verlassen, von dem Mann und den Wölfen sei nichts zu sehen. Daraufhin fuhr Jonas etwas langsamer.

»Das Bärenwesen« – Jonas drehte den Kopf und schaute sie erstaunt an –, »ich meine, Gablenz«, korrigierte sich Chris rasch, »hat gesagt, daß diejenigen bestraft werden, die das Land leiden lassen. Unter dem Autobahnbau leidet das Land im Moment sicher am meisten.«

Jonas nickte. »Jochen Honadel und Lohmann waren die-

jenigen, die am lautesten für das Projekt getrommelt haben. Jetzt sind noch Thönnes übrig, der Bundestagsabgeordnete Henn und der Landrat.« Er nahm eine Hand vom Lenkrad und strich sich nervös durchs Haar.
Dann warf er Chris einen Seitenblick zu. »Willst du nicht mal versuchen, ob du mit Hilfe deiner besonderen Fähigkeiten ein paar Informationen beschaffen kannst?«
Sie schaute ihn überrascht an. »Du meinst ...«
Er nickte aufmunternd, und sie wäre ihm vor Freude darüber, daß er an sie glaubte, am liebsten um den Hals gefallen. »Ein Versuch kann doch nichts schaden.«
Chris zog ihren Medizinbeutel aus der Tasche und öffnete ihn. Sie berührte kurz den Rosenquarz, nahm dann die Wolfsfigur in die eine und die Adlerfeder in die andere Hand. Sie schloß die Augen und konzentrierte sich, bemüht, sich durch die Fahrgeräusche und Vibrationen des Wagens nicht ablenken zu lassen.
– Traumwolf, bist du da? fragte sie in Gedanken.
Sofort kam er herbeigeeilt und schaute sie aufmerksam aus seinen runden Augen an. – Was kann ich für dich tun?
– Sag mir, was es mit Gablenz auf sich hat.
– Gablenz ist tot.
Sie rieb sich die Schläfen. Offenbar verstand sie nicht richtig. Sie sah vor ihrem inneren Auge eine Jagdhütte. Schleis Hütte, vermutlich. Wie eine neugierige Elster spähte sie durchs Fenster. Sie sah Gablenz, der sich gerade die Droge injizierte. Dann sah sie Gablenz mit schmerzverzerrtem Gesicht hinter dem Steuer eines Geländewagens sitzen. Er stoppte vor der Jagdhütte und schrammte dabei mit dem Wagen an einem Baum vorbei. Er stieg aus, ging ein paar Schritte und blieb wie angewurzelt stehen. Chris sah eine Art Tunnel oder Schacht,

der in eine unendlich erscheinende Tiefe hinabführte. Das Bärenwesen stieg aus dem Schacht und griff Gablenz an. Er wehrte sich vergeblich. Chris sah, wie das Wesen ihn in den Hals biß, so daß Blut hervorspritzte, und ihm dann mit der krallenbewehrten Pranke einen mächtigen Schlag versetzte. Gablenz taumelte rückwärts und stürzte in den Schacht. Chris konnte nicht sagen, *wo* dieser Kampf stattgefunden hatte, aber sie hatte das sichere Gefühl, *daß* er stattgefunden hatte, daß sie in der Zeit zurückblickte. Dann sah sie das Bärenwesen in Gablenz' Körper auf dem Waldboden sitzen, freudig von einem Eichhörnchen und einem Häher begrüßt.

Sie öffnete rasch die Augen und schüttelte den Kopf. Das war nun nicht gerade die Art von Information, die sie erwartet oder erhofft hatte. »Gablenz ist tot, glaube ich«, sagte sie leise, zweifelnd.

Jonas kratzte sich verwirrt am Kopf. »Als er vor ungefähr einer Stunde Thönnes' Arbeiter von der Baustelle verjagt hat, war er aber noch sehr lebendig. Oder ist er so eine Art Zombie?«

Chris legte Wolfsfigur und Feder wieder in den Beutel zurück. »Vielleicht ist dieser Weg, Informationen zu beschaffen, doch nicht so hilfreich«, sagte sie kleinlaut.

Jonas legte ihr einen kurzen Moment tröstend die Hand auf die Schulter. Der Wagen rumpelte jetzt über die unbefestigte, grob planierte Trasse. Vor ihnen tauchten, leuchtendgelb, die verwaist herumstehenden Baufahrzeuge der Tiefbau-Union auf. Jonas bremste, Staub aufwirbelnd, neben den beiden Streifenwagen. Zwei uniformierte Polizisten, das mußten dann wohl Karl-Heinz und Toni sein, standen mit schußbereiten Maschinenpistolen bei den Wagen. Biggi und Hannes, die sie bereits kannte, wa-

ren hinüber zu einem am Boden liegenden Körper gegangen. Beide hatten ihre Pistolen gezogen. Biggi beugte sich über den Körper und betrachtete ihn aus der Nähe.
»Okay«, sagte Jonas, während er ebenfalls seine Pistole nahm und entsicherte, »ich gehe zu ihnen. Du wartest hier, ja?«
Chris blieb im Wagen und sah zu, wie Jonas zu Biggi und Hannes ging und dabei wachsam umherblickte. Doch weit und breit war von Gablenz und den Wölfen nichts zu sehen. Jonas redete mit den beiden. Die Sonne stand hoch am Himmel, und es war sehr warm, zu warm. Das T-Shirt klebte Chris am Körper. Sie stieg aus, um etwas frische Luft an ihren Rücken zu lassen, blieb aber hinter der geöffneten Beifahrertür stehen. Sie verspürte ohnehin keine große Lust, die Leiche näher in Augenschein zu nehmen. Sie drehte sich um und sah, daß sich weit hinten auf der Trasse ein Wagen näherte, der eine große Staubfahne hinter sich herzog.
Jonas kam zurück und sagte grimmig: »Langsam gewöhne ich mich an den Anblick von durchgebissenen Halsschlagadern.« Er wollte sich in den Opel setzen, wohl, um zu telefonieren, doch als Chris ihn auf den sich nähernden Wagen aufmerksam machte, blieb er stehen.
»Das ist Thönnes«, sagte einer der beiden Polizisten mit Maschinenpistole. »Ich erkenne seinen Jeep.«
»Der hat mir gerade noch gefehlt«, brummte Jonas unwillig.
Chris merkte, wie ihr Herz einen nervösen Sprung machte. Thönnes, der ihr damals so übel mitgespielt hatte.
»Ist ... *war* Lohmann Karolas Ehemann, oder war er mit ihrer Schwester verheiratet?« erkundigte sie sich.
»Nein, mit Karola«, antwortete Jonas. Chris fragte sich,

was aus Karola geworden war, in all den Jahren. Wie würde sie mit dem Tod ihres Mannes fertig werden? In gewisser Weise enttäuschte es sie, daß Karola in Buchfeld geblieben war, statt dieser schrecklichen Familie den Rükken zu kehren und fortzugehen.

Thönnes' Jeep hielt vielleicht zehn Meter hinter den Polizeiautos. Thönnes stieg aus und kam mit entschlossenen Schritten auf sie zu, graubärtig, dickbäuchig, mit leicht krummbeinigem Gang. Er hielt ein Gewehr in der Hand, rechnete wohl damit, sich jeden Augenblick gegen angriffslustige Wölfe verteidigen zu müssen.

»Wo ist er?« Seine Stimme klang Chris noch genauso unangenehm wie früher in den Ohren. Da sie sich rasch wieder auf den Beifahrersitz gesetzt und die Tür zugezogen hatte, bemerkte er sie nicht. Er war alt geworden, sein Gesicht ungesund rot und aufgedunsen.

»Dort vorn«, antwortete Jonas und führte Thönnes zu der Leiche. Sie hörte, wie Thönnes lauthals über die Untätigkeit der Polizei schimpfte. Sein Schwiegersohn könne noch am Leben sein, wenn man rechtzeitig gegen diese Ökoterroristen vorgegangen wäre.

Jonas entgegnete: »Wir haben getan, was wir mit unseren wenigen Leuten konnten. Dafür, daß noch keine Verstärkung eingetroffen ist, bin ich nicht verantwortlich. Heute nachmittag kommt aber endlich ein großes Aufgebot, mit Hubschraubern und Scharfschützen.« Bei dem Wort »Scharfschützen« überlief Chris ein Schaudern. »Auch handelt es sich, soweit wir wissen, nicht um Ökoterroristen, sondern um eine Einzelperson namens Gablenz.«

»Unfug!« schnaubte Thönnes. »Das haben meine Arbeiter auch behauptet. Aber da muß eine Verwechslung vorliegen. Ich kenne Gablenz. Hab ihn ein paarmal bei Henn

getroffen. Bin sogar mit ihm zur Jagd gewesen. Ein toller Bursche und Parteifreund. Als Wissenschaftler ein absolutes As! Der bekommt bestimmt mal den Nobelpreis! Ausgeschlossen, daß er was mit dieser ... Schweinerei zu tun hat!« Er wedelte mit der Zigarre, die zwischen seinen dicken Fingern qualmte. Gott, wie hatte Karola früher den ewigen Zigarrengestank ihres Vaters gehaßt! »Nein, nein! Ich will Ihnen sagen, was hier gespielt wird: Da sind ein paar linksradikale Ökoterroristen am Werk, die das Autobahnprojekt sabotieren wollen. Sie setzen dressierte, auf Menschen abgerichtete Hunde ein, um Angst und Schrecken zu verbreiten. Und die Polizei geht wieder mal viel zu lasch gegen diese Revoluzzer vor. Wenn's nach mir geht, gehören solche staatsfeindlichen Elemente an die Wand gestellt.« Er hielt sein Gewehr hoch. »Kurzer Prozeß! Und fertig!«
Armer Jonas! Wenn sich seine politischen Ansichten im Laufe der Jahre nicht geändert hatten, mußte er sich jetzt ziemlich zusammennehmen. Das gelang ihm aber recht gut. Chris sah, wie er seine lange Gestalt straffte und das Kinn vorschob. Kühl erwiderte er: »Noch mal: Mir liegen keine Erkenntnisse vor, daß die Morde einen terroristischen Hintergrund haben. Aber es treffen heute nachmittag Spezialisten vom BKA ein. Vielleicht wissen die ja mehr.«
Thönnes starrte auf den Toten und kaute dabei auf seiner Zigarre herum. »Muß Karola ihn sich ansehen?« fragte er.
Jonas schüttelte den Kopf. »Das ist nicht nötig.«
»Gut.«
Chris hatte zunächst vorgehabt, sich klein zu machen, damit Thönnes ihre Anwesenheit gar nicht bemerkte, wenn er zu seinem Wagen zurückging, aber plötzlich dachte sie:

verdammt. Warum soll ich mich vor diesem Kerl verstekken? *Er* ist es, der ein schlechtes Gewissen haben müßte. Ich bin wieder da, und ich habe vor, für immer hier zu bleiben. Ob das Thönnes und seinesgleichen paßt oder nicht. Ich werde mich nicht davor fürchten, ihm Auge in Auge gegenüberzutreten!

Sie stieg aus und ging zielstrebig auf Jonas und den Bauunternehmer zu. »Sprechen Sie Karola bitte mein Beileid aus, Herr Thönnes«, sagte sie und fand, daß ihre Stimme überraschend ruhig klang.

Mit einer so heftigen Reaktion hatte sie nicht gerechnet. Er wirbelte regelrecht herum, wie von einer Nadel gestochen, und starrte sie an. Vor sechs Jahren war sie ihm zuletzt begegnet. Damals, während ihres Praktikums im Park, hatte sie Karola besuchen wollen, die aber verreist gewesen war. Er hatte ihr damals schroff die Tür gewiesen, beziehungsweise sie ihr heftig vor der Nase zugeknallt. *»Du!«* stieß er hervor. »Ich habe gehört, daß du wieder in der Gegend bist! Warum bist du zurückgekommen? Was willst du hier?«

»Ich bin in meine Heimat zurückgekehrt«, sagte Chris.

»Um Unruhe zu stiften mit deinen Verrücktheiten! Du hast einen schlechten Einfluß auf andere Leute. Halt dich bloß von Karola fern!« Sein Gesicht wurde noch röter. »Ich hatte schon gehofft du ... du wärst in Kanada von den Wölfen gefressen worden!«

»Na, Herr Thönnes, ich muß doch sehr bitten«, sagte Jonas.

Doch Thönnes schien sich in einen regelrechten Wutanfall hineinzusteigern. Chris hatte nicht erwartet, daß ihr bloßer Anblick immer noch genügte, ihn derartig in Rage zu bringen. Sie bereute es bereits, nicht im Wagen sitzen geblieben zu sein. »Du und diese ganzen ... Naturspinner. Ihr macht uns normalen Menschen das Leben zur Hölle! Dieser Unsinn, den du Karola damals in den Kopf gesetzt hast – daß ich mit meiner Arbeit die Erde verletze. *Schwachsinn!* Die Erde ist doch nicht lebendig. Sie ist bloß ein großer Haufen Kies, der nutzlos herumliegt, bis wir etwas damit anfangen! Was haben die Umweltschützer für einen Zirkus gemacht, wegen der paar Buchen, die hier gefällt werden! Na und?« Er schrie es beinahe. Seine Wangen färbten sich violett.

»Herr Thönnes ...«, sagte Biggi beschwichtigend.

»Nein, nein, nein! Wenn ich einen Baum sehe, dann sehe ich die Festmeter Holz, die er mir bringt. Dann sehe ich Tische und Schränke und Dachstühle. Die Natur ist dazu da, daß wir etwas damit anfangen, daß wir es uns hier so bequem wie möglich einrichten! Da brauche ich kein schlechtes Gewissen zu haben deswegen. In der Natur siegt immer der Stärkere. Und weil wir die Stärkeren sind, haben wir das Recht, mit der Natur zu machen, was wir wollen! *Ich* habe das Recht ...« Er hustete plötzlich und schnappte nach Luft wie ein Fisch auf dem Trockenen. Dann faßte er sich ans Herz. Sein Gewehr fiel auf den Boden. Er schwankte. Jonas und Biggi stützten ihn.

»Er muß sich hinsetzen«, sagte Jonas. »Am besten dort in den Schatten.« Während sie ihn zu dem Bauwagen führten, murmelte Thönnes weiter vor sich hin. »Ich habe was aus dem Land hier gemacht! Ich habe es nicht einfach herumliegen lassen, sondern Geld herausgeholt und Menschen Arbeit und Brot gegeben. Die Leute sollten mir dankbar sein. Etwas aus dem Land zu machen, ist doch kein Verbrechen!«

»Nein, natürlich nicht«, sagte Jonas mit sanfter, beruhigender Stimme. Sie setzten ihn am Bauwagen in den Schatten, so daß er sich mit dem Rücken anlehnen konnte. Biggi knöpfte ihm das Hemd auf, Jonas ging eilig zum Opel hinüber.

Chris stand da und fühlte sich wie ein begossener Pudel. Wäre ich doch im Auto sitzen geblieben, dachte sie. Ich konnte doch nicht ahnen, daß er herzkrank ist und daß er sich *so* aufregt. Wie sie ihn dort schwer atmend am Bauwagen sitzen sah, angstvoll die Hände auf sein Herz gepreßt, tat er ihr plötzlich leid. Er war alt und krank, und das Leben, das er geführt hatte, hatte ihn nicht glücklich gemacht. Ihr fiel das Handauflegen ein, das Silver Bear ihr gezeigt hatte. Es war eine gute Methode für Notfälle. Man strich mit den Händen über den Körperteil, wo ein Kranker Schmerzen hatte, in ein paar Zentimetern Abstand, ohne die Haut zu berühren. Dabei stellte man sich vor, daß so eine Art freundlicher Wärme durch die Hände strömte, wie Sonnenlicht. Die meisten Menschen spürten diese Wärme und empfanden zumindest eine gewisse Linderung ihrer Beschwerden. Gewiß würde ihn das nicht heilen, aber vielleicht konnte sie ihm wenigstens etwas von seiner Angst nehmen, bis der Notarzt eintraf, den Jonas wohl gerade verständigte.

Sie ging zu Thönnes und sagte sanft: »Wenn Sie möchten, kann ich Ihnen ein wenig die Hände auflegen, bis der Arzt kommt. Das wird Ihre Schmerzen lindern, und Sie können wieder freier atmen.«

Er starrte sie an wie ein Gespenst. »Bleib mir bloß vom Leib!« stieß er hervor. »Du … du … *Hexe!*«

»Gehen Sie lieber«, sagte Biggi. »Ich fürchte, Sie regen ihn nur unnötig auf.«

Chris spürte, wie ihr Tränen in die Augen schossen. Sie

lief zum Wagen zurück, hockte sich auf den Beifahrersitz und vergrub das Gesicht in den Händen. Eine schöne Heilerin bin ich, dachte sie.
Jonas, der auf der Fahrerseite saß, klappte das Handy zu und sagte: »He! Ist nicht deine Schuld. Der alte Choleriker hatte vor ein paar Monaten einen schweren Herzinfarkt. Wäre er nicht sein ganzes Leben so ein herzloser Knochen gewesen, hätte er's jetzt sicher nicht am Herzen.«
Chris schneuzte sich die Nase. »Hast du einen Krankenwagen gerufen?«
»Rettungshubschrauber. Im Krankenwagen würde er auf der Piste hier zu sehr durchgeschüttelt. Hör mal: Ich fahre jetzt zu Henn und versuche ihn dazu zu bewegen, daß er das verdammte Gartenfest heute abend absagt. Ich meine, wenn es Gablenz um die Autobahn geht, beziehungsweise um die Leute, die dafür verantwortlich sind, gibt es doch keinen besseren Ort, um zuzuschlagen. Da werden sie alle versammelt sein.«
»Werden sie das Fest denn nicht sowieso abblasen, jetzt wo Honadel und Lohmann tot sind?« fragte Chris.
»Ha, da kennst du Henn schlecht!« schnaubte Jonas. »Du hast ja Thönnes eben gehört. Sie glauben, daß es irgendwelche Ökoterroristen auf sie abgesehen haben. Henn hat gute Kontakte zum Innenministerium. Ich wette, er bekommt Bereitschaftspolizei zum Objektschutz bewilligt. Und dann werden sie da ganz trotzig feiern, nach dem Motto: Jetzt erst recht, wir lassen uns nicht einschüchtern!«
»Warum willst du dann überhaupt mit ihm reden?«
Jonas seufzte und zuckte die Achseln. »Ich will wenigstens einen Versuch machen. Gablenz kennt Henns Villa genau,

er war ja schon mehrfach dort zu Besuch, und er ist voriges Jahr auch auf dem Gartenfest gewesen. Ich finde, die gehen ein ziemliches Risiko ein, wenn das Fest stattfindet. Was soll die Bereitschaftspolizei denn machen, wenn plötzlich neunzehn Wölfe aus der Dunkelheit auftauchen und in den Garten springen? Wenn sie auf die Tiere zu schießen versuchen, riskieren sie auch, die Gäste zu treffen. Und wenn Gablenz wirklich ... ich meine, wenn dieses *Etwas*, von dem Susanne erzählt hat ...«

»Du meinst das Bärenwesen«, sagte Chris und wurde sich bewußt, daß ihr der Gedanke, Gablenz' Körper sei von einem übernatürlichen Wesen in Besitz genommen, inzwischen ganz selbstverständlich erschien. Zugleich erhielt die alltägliche Welt, die Chris rings um sich sah und spürte, dadurch etwas Irreales. Wenn Wesen aus dunklen nächtlichen Träumen in das normale Leben eindrangen, gab es nichts mehr, das sicheren Halt bot. Selbst der Erdboden unter den Füßen konnte sich dann von einer Sekunde zur anderen in den Leib einer riesigen erwachenden Schlange verwandeln, und alles, wonach die Hände griffen, konnte jederzeit zu Staub zerfallen oder sich in schillernden Nebel auflösen.

»Ich ... weiß nicht.« Jonas strich sich durchs Haar. »Vielleicht ist es ja auch einfach nur eine Nebenwirkung dieser Droge. Jedenfalls kommuniziert Gablenz auf telepathische Weise mit den Wölfen, und wenn er telepathische Fähigkeiten besitzt, dürfte er bei allem, was er tut, uns Polizisten eine Nasenlänge voraus sein. Ich würde mir, an Henns Stelle, ernsthaft Sorgen um meine Halsschlagader machen.«

Chris holte den Lederbeutel hervor, nahm den Rosenquarz heraus und hielt ihn in der linken Hand. Sofort fühlte sie sich besser, ohne sagen zu können, warum. Fest, warm und mit der Jahrtausende überdauernden Zuverlässigkeit der Steine lag er in Chris' Handfläche. Vielleicht würde der Erdboden unter ihren Füßen doch noch ein wenig länger bereit sein, Chris zu tragen.

»Ich denke schon, daß Professor Schlei bei der Besprechung zugegen sein sollte«, sagte Staatssekretär Bernauer, ein untersetzter Endfünfziger mit Brille und Stirnglatze. »Immerhin ist er Wissenschaftlicher Direktor, und als solcher Mitglied der Institutsleitung. Außerdem gehört er dem Kuratorium an. Wir sollten ihn nicht übergehen. Der Minister möchte, daß alles auf geordnete Weise abgewickelt wird.«

Dr. Roloff seufzte. »Ich glaube nicht, daß Schlei zu dieser Unterredung etwas Sinnvolles beizutragen hat, aber gut, wie Sie wünschen.« Er griff zum Telefon und tippte eine Kurzwahlnummer ein.

Sie saßen an einem großen, gläsernen Konferenztisch in schwarzen, mit chromglänzenden Armlehnen bewehrten Ledersesseln. Durch die getönten, nicht zu öffnenden Fenster sah man andere hohe Geschäftshäuser. An den dunkel getäfelten Wänden hingen moderne Gemälde, auf denen nüchterne, klare geometrische Formen dargestellt waren. Der Raum war klimatisiert und schallisoliert. Nichts vom Straßenlärm draußen drang bis hierher vor.

»Professor Schlei? Guten Tag. Roloff hier. Kommen Sie bitte zur Besprechung? Staatssekretär Bernauer und General Enderle sind da.« Dem Klang seiner Stimme war deutlich anzumerken, daß ihn diese Höflichkeit einige Mühe kostete. »Ah, da kommt auch Kriminaldirektor Kettler.«

Kettler, diesmal mit Jackett, begrüßte die anderen Anwesenden mit einem knappen Kopfnicken und setzte sich neben den General. Sein breites Gesicht wirkte mißmutig.
»Wie ist die Lage in der Eifel?« fragte Bernauer. »Ich meine, haben Sie Gablenz und das Rudel nach dem Überfall endlich aufspüren können?«
»Wie stellen Sie sich das vor?« fragte Kettler gereizt. »Bisher haben wir dort zwölf Leute ohne Hubschrauber, weil Dr. Roloff ja kein Aufsehen wollte. Und« – er schaute auf die Uhr – »seit die Bauarbeiter den Angriff und den Mord gemeldet haben, sind noch keine zwei Stunden vergangen.«
Bernauer schüttelte den Kopf. »Das wird dem Minister aber gar nicht gefallen.«
»Kettler hat recht«, sagte General Enderle mit rauher Stimme. »Das Gelände dort mit dem vielen Wald ist extrem unübersichtlich. Um es effektiv durchzukämmen, brauchen Sie eine Hubschrauberstaffel und mindestens eine Hundertschaft, besser zwei.«
»Und dann haben wir das Fernsehen auf dem Hals«, stöhnte Bernauer. »Auf eine Hundertschaft Soldaten oder Polizisten kommt mindestens eine Hundertschaft Sensationsreporter!«
»Unsere Verschleierungstaktik wird sowieso nicht mehr lange funktionieren«, sagte Kettler. »Zu viele Leute haben inzwischen ...« Er blickte auf.
Bleich, zittrig und schwitzend betrat Schlei den Konferenzraum und setzte sich wortlos, ohne die anderen anzusehen, ein paar Stühle von ihnen entfernt an den gläsernen Tisch.
Kettler fuhrt fort: »... inzwischen Gablenz und das Ru-

del gesehen. Die Leute in der Straße, wo dieser Bürgermeister getötet wurde. Die Bauarbeiter.«
»Aber die Version, daß es sich um einen geistesgestörten Ökoterroristen handelt, der mit auf Menschen abgerichteten Hunden Angst verbreitet, klingt halbwegs plausibel. Und die Medien dürften mit dieser Story zufrieden sein«, sagte Bernauer. »Alles andere wird man doch sehr schnell ins Reich der Phantasie verweisen, beziehungsweise den überreizten Nerven einiger Augenzeugen zuschreiben.«
General Enderle wandte sich an Kettler. »Wie schätzen Sie das Risiko bezüglich des Gartenfestes heute abend ein? Wie mir mitgeteilt wurde, hat der Bundestagsabgeordnete Henn verstärkten Objektschutz beantragt und will das Fest auf jeden Fall durchführen.«
Kettler hob die Hände. »Nun, da unsere durchgedrehte Laborratte« – Schlei stöhnte auf, und Bernauer verzog das Gesicht, während Roloff und der General keine Regung zeigten – »offenbar gegen die Autobahn in den Krieg zieht, warum auch immer, wäre ein Überfall auf Henns Fest natürlich eine hübsche Krönung seiner Aktivitäten.«
Der General wiegte bedächtig den Kopf. »Ich bezweifle, daß sich das Fest effektiv sichern läßt. Wölfe bewegen sich schnell und sind schwer zu treffen, und wir haben es immerhin mit neunzehn Tieren zu tun. Nein, wir sollten heute nachmittag mit einem Großaufgebot anrücken und das Gelände breit durchkämmen, bis die Wölfe und Gablenz eliminiert sind. Soll Henn sein Fest besser um ein paar Tage verschieben.«
»Der Minister hat durchblicken lassen, daß er es ebenfalls bevorzugen würde, wenn Gablenz eliminiert würde. Dann läßt sich die Version mit dem geistesgestörten

Ökoterroristen sehr viel leichter aufrechterhalten.« Bernauer putzte seine Brille, während er das sagte.
»Ausgeschlossen.« Roloffs Stimme klang sehr ruhig und kühl. Die anderen schauten ihn an. »Meine Herren, ich muß Sie doch wohl nicht daran erinnern, daß es sich hier um ein Forschungsprojekt unseres Konzerns handelt. Wir haben in Gablenz und seine Arbeit eine Menge Geld investiert. Ich bin unter keinen Umständen bereit, das Megatoninprojekt abzubrechen. Wir müssen herausfinden, welche Nebenwirkung des Megatonins Gablenz zu diesem irrationalen Verhalten veranlaßt, um diese Nebenwirkung dann effektiv ausschalten zu können. Es muß sich um einen ähnlichen Effekt handeln, wie er bei dem bedauernswerten Scholl aufgetreten ist.« Er warf Kettler einen Seitenblick zu. »Was ist übrigens mit der Wendland?«
»Um die kümmere ich mich«, sagte Kettler.
»Gut. Immerhin verläuft das Experiment partiell erfolgreich ...«
»Erfolgreich?« Schlei stieß ein schrilles, hysterisches Kichern aus. »Sie sind ja wahnsinnig, Roloff, komplett wahnsinnig!«
Roloff wandte sein gebräuntes, scharfkantiges Gesicht Schlei zu. In seinen Augen blitzte es auf. Er schien zu einer heftigen Erwiderung ansetzen zu wollen, fuhr dann jedoch beherrscht fort: »Es verläuft insofern erfolgreich, als daß sich nicht leugnen läßt, daß Megatonin Gablenz tatsächlich zu Psi-Fähigkeiten verholfen hat, mit denen er die Wölfe kontrolliert. Das zeigt mir, daß wir auf dem richtigen Weg sind. Wir müssen nur noch die unerwünschten Nebenwirkungen ausschalten. Die Wölfe interessieren mich nicht, die können Sie meinetwegen ab-

knallen. Aber Gablenz darf nichts passieren. Ich will ihn lebend, damit wir ihn hier im Labor auf Herz und Nieren prüfen und den Fehler im System, die Fehlschaltung in seinem Gehirn ausfindig machen können.«

»Ich weiß nicht, ob der Minister ...« Bernauer machte ein unbehagliches Gesicht.

Ohne von ihm Notiz zu nehmen, sagte Roloff zu Kettler und General Enderle: »Kettler, Sie mit Ihren Antiterrorspezialisten und Major Bergners MSD-Einheit müßten Gablenz doch wohl überwältigen und in Gewahrsam nehmen können. Wir werden das Fest benutzen, um ihm eine Falle zu stellen. Ich bin ebenfalls der Meinung, daß er dort auftauchen wird.«

Kettler zuckte die Achseln. »Meine Dienstanweisung lautet, Sie sicherheitstechnisch nach Kräften zu unterstützen und für eine gute Zusammenarbeit zwischen GENOTEC und der Polizei zu sorgen. Wenn Sie wünschen, daß wir es so machen, dann machen wir es so. Aber das Risiko müssen Sie tragen, auch gegenüber den Herren von der Politik.«

Roloff grinste. »Wir sind ein risikofreudiges, innovatives Unternehmen. Aber für den polizeilichen Bereich sind Sie zuständig, Kettler. Sehen Sie zu, daß die Wendland sich still verhält und keinen unnötigen Staub aufwirbelt.«

Kettler schwieg und machte ein grimmiges Gesicht.

Der General zündete sich eine Zigarette an, hustete rasselnd und sagte heiser: »Was den MSD angeht, so befolgen wir auf jeden Fall Ihre Anweisungen, Dr. Roloff. Immerhin finanziert GENOTEC die Hälfte unseres Etats. Ich berate Sie lediglich fachlich, mache Vorschläge ... die Entscheidungsbefugnis liegt selbstverständlich bei Ihnen.«

»Gut, meine Herren. Dann gehen wir vor, wie ich es soeben dargelegt habe«, sagte Roloff abschließend.
»Also, ich denke, ich sollte doch vorab telefonisch den Minister informieren«, sagte Bernauer bemüht diplomatisch. »Nur um etwaigen Mißverständnissen vorzubeugen.«
»Selbstverständlich«, sagte Roloff und winkte großzügig mit der Hand. »Sie können das Telefon im Nebenzimmer benutzen.«
Bernauer stand auf und ging rasch hinaus.
»Sie verstehen nicht, Sie verstehen überhaupt nicht!« brach es plötzlich aus Schlei heraus. »Da ist etwas ... etwas *Dämonisches* am Werk, etwas, das unsere wissenschaftlichen Erkenntnisse über Geist und Bewußtsein auf den Kopf stellt. Das ganze Megatoninprojekt hat sich in die falsche Richtung entwickelt. Ein völliger Irrweg! Immer wieder habe ich versucht das Gablenz klarzumachen! Hybris ist es, Ihr Traum von der absoluten Kontrolle! Größenwahn! Das wird kein gutes Ende nehmen. Gablenz kontrolliert die Wölfe überhaupt nicht. Scholl hat gesagt, daß dieses Etwas ...«
»Ach, halten Sie doch endlich den Mund!« fuhr ihm Roloff dazwischen. »Ich kann Ihr dummes Gerede nicht mehr hören. Miesmacher wie Sie können wir nicht gebrauchen! Wenn Ihre Nerven zu schwach für unsere dynamische Firmenpolitik sind, dann lassen Sie sich doch krank schreiben! Ich kann Ihr Gesicht nicht mehr sehen!«
Schlei stand zitternd auf. »Ich ... ich habe Sie gewarnt«, sagte er schrill. »Dieses Projekt ist ein Irrweg und wird ein böses Ende nehmen.« Dann verließ er den Konferenzraum.
Nach kurzem Schweigen sagte Roloff leise: »Wenn Gab-

lenz nicht wieder zu Verstand kommt, sondern zum Pflegefall wie Scholl wird, schmeiße ich Schlei raus. Er ist dann wirklich überflüssig.«
Kettler trommelte mit seinen fleischigen Fingern auf den Tisch. »Schlei ist eine Zeitbombe«, entgegnete er. »Gablenz hat mit ihm immer über *alles* gesprochen.«
Ein kühles Grinsen huschte über Roloffs Gesicht. »Vielleicht bekommen Sie ja demnächst Gelegenheit zu beweisen, daß die Pannen, die Ihnen bei der Beseitigung Conrads unterlaufen sind, nur auf eine vorübergehende Formschwäche zurückzuführen waren, die Sie inzwischen überwunden haben.«
Kettler kniff die Augen zusammen und starrte finster auf die Tischplatte.
Der General rauchte hustend die nächste Zigarette, schaute sehr demonstrativ zum Fenster hinaus, tat, als ginge ihn das, was da soeben zwischen Roloff und Kettler besprochen worden war, überhaupt nichts an.
»Daß die Wendland Zutritt zu Scholl erhalten konnte, war auch so ein Schnitzer, der nicht hätte passieren dürfen.« Roloff schüttelte ärgerlich den Kopf. »Scholl hätte viel besser abgeschirmt werden müssen!«
Kettler setzte zu einer Antwort an, doch da kam Bernauer herein, nahm wieder am Tisch Platz und rückte nervös seine Brille zurecht.
»Und?« fragte Roloff. »Der Minister ist mit der geplanten Vorgehensweise einverstanden, nehme ich an.«
»Selbstverständlich«, sagte Bernauer. »Ich soll Ihnen noch einmal seine volle Unterstützung zusichern. Das starke innovative Engagement von GENOTEC in diesem Land sieht er nach wie vor als wertvolle Investition in die Zukunft. Es ist sogar geplant, die Zusammenarbeit zwischen

staatlichen Stellen und Ihrem Konzern weiter zu intensivieren, zu gegenseitigem Nutzen. Er bittet nur darum, die Aktion in der Eifel mit so wenig öffentlichem Aufsehen wie möglich abzuwickeln, was ja gewiß auch in Ihrem Interesse ist, Dr. Roloff.«

Roloff lächelte zufrieden. »Natürlich.« Er schaute auf die Uhr. »Kettler, wann brechen Sie nach Buchfeld auf?«

»Gegen 17 Uhr, denke ich.«

»Gut, ich komme mit Ihnen. Ich möchte bei Gablenz' Ingewahrsamnahme persönlich zugegen sein.«

Der General wiegte den Kopf. »Wäre es aus Sicherheitsgründen nicht besser, hier in Köln zu bleiben?«

Roloff winkte ab. »Ich bitte Sie, Enderle, für wie ängstlich halten Sie mich? Kettlers Antiterrorspezialisten und Ihre bis an die Zähne bewaffneten MSD-Elitesoldaten werden doch wohl mit ein paar Wölfen und einem unzurechnungsfähigen Pharmakologen fertig werden ...«

Am frühen Nachmittag stand im Kölner Polizeipräsidium Susanne Wendland vor dem Büro von Kriminalrat Antweiler und zögerte einen Augenblick. Warum will er mich sprechen? überlegte sie. Sie hatte im Vorzimmer von Schlei angerufen und von dessen Sekretärin erfahren, daß Schlei sich wegen Kreislaufproblemen ein Taxi genommen hatte und nach Hause gefahren war, um sich auszuruhen. Sie hatte Schleis Privatadresse ermittelt und war gerade drauf und dran gewesen, zu ihm zu fahren, als Jonas anrief und sie über den Angriff auf die Autobahnbaustelle informierte. Nun erschien es ihr um so dringlicher, Schlei aufzusuchen. Sie war überzeugt, daß Schlei reden würde. Schon bei ihrem Treffen am Rheinufer hatte sie den Eindruck gewonnen, daß der Professor sich gerade-

zu verzweifelt danach sehnte, sein Gewissen zu erleichtern. Dann konnte sie Jonas genauere Informationen über das Megatonin liefern und Antweiler einen Kronzeugen präsentieren, dessen Aussage es ihnen endlich ermöglichen würde, effektiv gegen GENOTEC vorzugehen. Gewiß würde Antweiler, wie immer in solchen Fällen, im nachhinein ihre Vorgehensweise billigen und ihr augenzwinkernd gratulieren …
Einen Moment spielte sie mit dem Gedanken, Antweiler bereits jetzt über ihren Besuch bei Roland Scholl zu informieren, beschloß dann aber, damit lieber zu warten, bis sie Schleis Zeugenaussage vorweisen konnte.
Normalerweise herrschte zwischen Susanne und Antweiler, jedenfalls erschien es ihr so, eine Art stillschweigendes Einverständnis, was Susannes Alleingänge und Eigenmächtigkeiten betraf. Wenn sie ihm Erfolge lieferte, und das gelang ihr fast immer, drückte er beide Augen zu und hielt ihr den Rücken frei. Sie verstand nicht, warum er sich diesmal vom BKA so schnell die Butter vom Brot nehmen ließ. Immerhin hatte Schlei, wenn auch anonym, bei *ihr* angerufen. Damit war die Kölner Kripo wieder in der Sache drin. Sie klopfte an und betrat Antweilers Büro. Er war nicht allein. Am Fenster stand ein Mann. Susanne konnte sein Gesicht nicht sehen, weil er hinunter auf den Hof schaute, wo die Dienstwagen parkten.
»Guten Tag. Sie wollten mich sprechen …«, sagte Susanne, mit einem irritierten Blick zu dem Mann am Fenster. Antweiler erwiderte die Begrüßung nicht, was sonst nicht seine Art war. Auch schaute er Susanne nicht an, sondern betrachtete die Kunststoffoberfläche seines immer sehr ordentlich und aufgeräumt wirkenden Schreibtischs. Dann warf er einen kurzen Seitenblick zu dem Mann am

Fenster, der immer noch hinausschaute, als interessiere ihn Susannes Kommen in keiner Weise.
Endlich hob Antweiler den Kopf und sah sie mit einem eher säuerlichen Gesicht an. »Offenbar hatte ich mich gestern nicht deutlich genug ausgedrückt«, sagte er langsam, irgendwie widerwillig. Er schien sich nicht wohl in seiner Haut zu fühlen. Dieser unbehagliche Seitenblick zu dem anderen Mann. Wer war das überhaupt, und was hatte er hier zu suchen? Normalerweise sprach Antweiler unter vier Augen mit ihr, wenn er sie in sein Büro kommen ließ.
»Inwiefern nicht deutlich genug ... ?« fragte Susanne vorsichtig.
»Sie waren bei Scholl«, sagte der Mann am Fenster. Er drehte sich um, durchquerte den Raum und setzte sich lässig mit einem Bein auf die Kante von Antweilers Schreibtisch, als gehöre das Büro ihm. Er war stämmig, mit großen, fleischigen Händen und einem breiten Gesicht, dessen Züge etwas Derbes, Brutales hatten.
Aber ... woher wußte er, daß Susanne die Klinik aufgesucht hatte? Sie hatte niemandem im Präsidium davon erzählt. Susanne merkte, wie sie nervös wurde. »Wer sind Sie?« fragte sie, da Antweiler keine Anstalten machte, sie einander vorzustellen.
»Kriminaldirektor Kettler vom Bundeskriminalamt«, sagte der Mann. »Ich leite die Ermittlungen in der Sache Gablenz.«
»Und legen keinen Wert auf die Zusammenarbeit mit der örtlichen Kripo«, stellte Susanne trocken fest. Sie warf Antweiler einen Blick zu, der besagen sollte: Na und? Zuerst einmal sind wir zuständig. So schnell lassen Sie sich doch sonst nicht vom Bundes- oder Landeskriminal-

amt ausmanövrieren. Aber Antweiler zeigte keine Reaktion und schwieg.

»Es ist eine Frage der vernünftigen Koordination«, sagte Kettler. »Mir wurde berichtet, daß Sie eine sehr engagierte, pflichtbewußte Beamtin sind.« Dazu lächelte er, was aber nicht sehr freundlich wirkte, sondern mehr wie ein drohendes Zähneblecken. »Die Sache Gablenz ist, nun ja, ein wenig *heikel.* Es wäre doch bedauerlich, wenn mögliche Fahndungserfolge durch mangelnde Kommunikation zwischen den ermittelnden Beamten zunichte gemacht würden.«

»Inwiefern *heikel?«* fragte Susanne spitz. »Normalerweise ist es doch üblich, daß das BKA die Kripo vor Ort in die Ermittlungen einbezieht.« Sein Name – Schlei hatte einen Kettler erwähnt ...

Das Lächeln verschwand aus Kettlers grobem Gesicht. »Es handelt sich nicht um einen normalen Ermittlungsfall«, sagte er schroff.

Worum handelte es sich denn dann? Und wie hatten sie herausbekommen, daß Susanne Scholl besucht hatte? »Woher wissen Sie eigentlich, daß ich in der Klinik war?« fragte Susanne forsch. »Hat das BKA nichts Besseres zu tun, als die Kripokollegen vor Ort zu beschatten?«

Sie sah, wie Antweiler ärgerlich das Gesicht verzog. Er hielt es offensichtlich für angebracht, daß sie als ertappte Sünderin betreten zu Boden blickte, statt aufmüpfige Fragen zu stellen. Ihr wurde bewußt, daß sie sich auf ziemlich dünnem Eis bewegte.

Wieder zeigte der BKA-Mann die etwas gelblichen Zähne. »Daran, daß ich so gut informiert bin, können Sie sehen, wie sehr mir dieser Fall am Herzen liegt.«

»Gablenz' Experimente«, sagte Susanne, »waren verant-

wortungslos und gefährlich. Scholl ist in einem fürchterlichen Zustand.«
»Ich weiß«, sagte Kettler.
»Sie waren also auch bei ihm?«
»Mehrfach. Ich bin seit langem über seinen Zustand informiert.« Sein Grinsen wurde breiter. »Man könnte sagen, daß ich der absolute Experte in Sachen Gablenz und GENOTEC bin. Sie können ganz unbesorgt sein, Kollegin Wendland, der Fall ist bei mir und meinen Spezialisten in den besten Händen.«
»Spezialisten?« fragte Susanne unwillkürlich.
Antweiler stöhnte. »Kriminaldirektor Kettler leitet eine Spezialeinheit, die Fälle bearbeitet, bei denen militärische Geheimnisse berührt sind.«
Militärische Geheimnisse. Sofort war Susanne wie elektrisiert. »Der Vater von Conrad hat damals behauptet, Gablenz habe bei GENOTEC geheime militärische Forschungen betrieben«, sagte Susanne und bemerkte, wie Kettler und Antweiler Blicke austauschten.
»Wir wissen selbstverständlich, was er behauptet hat«, sagte Kettler ruhig.
Antweiler holte tief Luft. »Welche Forschungen Gablenz betreibt oder betrieben hat«, sagte er, ohne Susanne dabei anzusehen, »interessiert uns dienstlich von jetzt an nicht mehr.« Er hatte seine Brille abgenommen und putzte sie. »Wir sind nicht zuständig.« Er setzte die Brille wieder auf und schaute Susanne an. »Ich hoffe, Sie haben das jetzt endlich begriffen: Wir sind nicht zuständig.«
Das war unmißverständlich: Du bist draußen. Keine weiteren Ermittlungen mehr. Das machte Susanne wütend, sehr wütend. *Militärische Geheimhaltung.* So etwas hatte sie nie gemocht. In einer wirklichen Demokratie durfte

es das nicht geben. Aber Susannes Wut rührte vor allem daher, daß ihr Wissensdurst ungestillt blieb, sie jetzt in ihr Büro zurückgehen und das Ganze einfach vergessen mußte. Mallmännchen hätte das gekonnt, sie nicht. Zumal sie durch Jonas von den schrecklichen Ereignissen in der Eifel wußte.
Sie wollte dieses Thema gerade ansprechen, als Kettler, der offenbar erkannte, was in ihr vorging, in aufgesetzt väterlich klingendem Tonfall sagte: »Es ist nicht immer gut, alles zu wissen. Manche Informationen müssen auf einen kleinen Personenkreis beschränkt bleiben. Seien Sie froh, daß Sie mit der Sache nichts mehr zu tun haben. Ich kann ihre Neugierde verstehen, ich bin schließlich selbst Kriminalist, aber glauben Sie mir: Es ist besser für Sie, wenn Sie die Sache vergessen, besser für Ihre Nachtruhe.«
Wie einfühlsam, Herr Kollege! Sie spürte deutlich die berechnende Kälte hinter Kettlers Worten. Da wurde irgendein geheimes Ding durchgezogen, von dem niemand etwas erfahren sollte, dessen war sie sich sicher, etwas, das die Öffentlichkeit niemals gutheißen würde, falls es bekannt wurde. Militärische Geheimnisse waren meistens von dieser Art. Und sie wollten nicht, daß Susanne ihre Spürnase da hineinsteckte, ihnen in die Quere kam.
Sie warf Antweiler einen hilfesuchenden Blick zu, hoffte, daß von ihm vielleicht ein kleiner Wink kam: Warten Sie, bis der Kerl weg ist. Aber Antweiler erwiderte ihren Blick kühl. »Keine Eigenmächtigkeiten, Wendland! Das wär's. Sie können gehen.«
Da wußte Susanne, daß er ihr diesmal nicht den Rücken freihalten würde. Wenn sie trotzdem weitermachte, drohte ihr tatsächlich ein Disziplinarverfahren. Vermutlich

waren diese Spezialisten vom BKA und vor allem wohl die GENOTEC-Leute so einflußreich, daß Antweiler sich nicht mit ihnen anlegen mochte. Auch ihm ging es letztlich um die eigene Karriere.

»Eine Frage habe ich noch«, sagte Susanne.

Antweiler schlug mit der flachen Hand auf den Tisch. »Nein!« rief er wütend.

Kettler machte eine beschwichtigende Geste. »Okay«, sagte er. »Fragen Sie.«

»Michael Conrads Autounfall. Das BKA hat uns nie mitgeteilt, was bei der Untersuchung des Unfallwagens eigentlich herausgekommen ist.«

Kettler zog die Augenbrauen hoch. »Oh? Tatsächlich? Hat man es damals versäumt, Sie darüber zu informieren? Der Unfallwagen ist nie in Wiesbaden angekommen. Jedenfalls nicht in einem Zustand, in dem noch eine Untersuchung möglich gewesen wäre.«

Antweiler machte ein erstauntes Gesicht, und auch Susanne glaubte ihren Ohren nicht zu trauen.

»Ja. Wie sich später herausstellte, hatte der Fahrer des LKW, mit dem der Wagen nach Wiesbaden überführt wurde, Alkoholprobleme. Er hat einen Unfall gebaut. Mit satten zwei Promille im Blut. Dabei brannte der LKW mitsamt Conrads Unfallwagen auf der Ladefläche völlig aus. Was danach noch übrig war, taugte nicht mehr für eine Beweisaufnahme. Wir werden also nie erfahren, ob an Conrads Wagen etwas manipuliert wurde, wie Sie seinerzeit vermuteten, Frau Kollegin.«

Antweiler nahm die Brille ab und starrte Kettler mit zusammengekniffenen Augen an, offenbar äußerst irritiert, sagte aber nichts.

»Ich will die Qualität Ihrer damaligen Ermittlungen kei-

neswegs anzweifeln, Frau Kollegin«, fuhr Kettler ungerührt fort, »aber beim BKA sind wir aufgrund der Indizienlage zu der abschließenden Einschätzung gelangt, daß *keine* Fremdeinwirkung vorlag. Michael Conrad befand sich nach dem, wie wir ja wissen, überaus tragisch verlaufenen Drogenexperiment in einer sehr labilen nervlichen Verfassung, und er ist eindeutig mit stark überhöhter Geschwindigkeit gefahren.«
Susannes Gedanken wirbelten wild durcheinander. »Danke ... für die Auskunft«, murmelte sie, drehte sich rasch um und verließ Antweilers Büro.
Nachdem sie ein Stück über den Flur gegangen war, blieb sie an einem offenen Fenster stehen und schaute hinaus. Sie zündete sich mit nervösen Fingern eine Zigarette an und atmete den Rauch tief ein.
Militärische Geheimnisse ... Militärs und einflußreiche Politiker, die mit dem GENOTEC-Konzern gemeinsame Sache machten, vielleicht von GENOTEC gekauft waren, und ganz offensichtlich vor Mord nicht zurückschreckten. Mein Gott, was waren das für Leute? Konnte es sein, daß ihr langer Arm sogar bis ins BKA reichte? Und bis hierher ins Präsidium? Sie mußte, wenn Kettler nicht mehr bei ihm war, unbedingt noch einmal mit Antweiler sprechen und ihm von dem verschwundenen Unfallbericht erzählen.
Kettler ist ein Killer, hatte Schlei gesagt. Ein Kriminaldirektor als Killer! Susanne schüttelte ungläubig den Kopf. Handelte es sich wirklich um ein und denselben Kettler oder lag da eine Verwechslung vor? Die unglaubliche Geschichte über den ausgebrannten Unfallwagen, die er ihnen da eben aufgetischt hatte, war ihm so glatt über die Lippen gekommen. Sie begriff jetzt auch, warum Schlei

sie von einer Telefonzelle aus angerufen hatte und so übernervös gewesen war. Er fürchtete, daß ihm das gleiche Schicksal drohte wie Conrad.

Absolute Kontrolle. Gablenz' Ziel sei absolute Kontrolle gewesen, hatte Scholl gesagt. Eine Organisation, die absolute Kontrolle anstrebte? Aber wie konnte ihnen die von Gablenz entwickelte Droge dabei helfen? Susanne schwirrte der Kopf. Ich sollte aufpassen, daß ich mich nicht in irgendwelche paranoiden Verschwörungstheorien hineinsteigere, dachte sie und zwang sich zur Ruhe. Bei den Fakten bleiben! hatte Hauptkommissar Möller ihr immer geraten.

Scholl hatte ja außerdem gesagt, daß es nicht funktioniert hatte. Schließlich war er selbst der lebende Beweis für den Fehlschlag von Gablenz' Experiment. Und was sich nun in der Eifel abspielte, entsprach sicher auch nicht den Absichten dieser GENOTEC-Mafia. Dann war da noch das *Etwas,* von dem Scholl geredet hatte – was hatte er damit gemeint? Susanne zog an ihrer Zigarette und hörte draußen über dem geöffneten Fenster in der Regenrinne Tauben gurren. *Es will sich rächen für das, was die Zivilisation ihm antut.* Sie spürte, wie sich in ihr wieder diese irrationale Angst regte, die sie in Scholls Krankenzimmer empfunden hatte.

Wir sind die Angreifer, hatte er gesagt, *das Etwas verteidigt sich nur.*

»Wir selbst sind die Bedrohung«, dachte sie, »aber wir sind auch Teil der Natur. Sie ist *in* uns. Wenn nun in jedem von uns so ein Krieg tobt wie in Scholl, ohne daß wir uns dessen bewußt sind …« Sie merkte, daß sie die letzten Worte nicht nur gedacht, sondern laut ausgesprochen hatte, und ihr Körper reagierte darauf: Sie fing an zu zittern, ihr Magen krampfte sich zusammen, kalter Schweiß trat ihr auf die Stirn. Offenbar führte Gablenz nun genau das aus, wovor Scholl sich fürchtete: Er nahm Rache im Namen der Natur ...

»Frau Kommissarin? Is' et Ihnen nit jot?«

Sie zuckte zusammen und wirbelte herum. Dort stand Jupp Schmitz, der Hausmeister, mit seinem ewig grauen Kittel. Auf seinem alkoholisch geröteten Gesicht spiegelte sich echte Besorgnis. »Se sin' ja janz weiß«, fügte er in reinstem Kölner Dialekt hinzu.

»Nein, nein, alles in Ordnung«, sagte Susanne hastig. Den Hausmeister stehenlassend, der ihr vermutlich mit bedächtigem Kopfschütteln nachstarrte, ging sie mit raschen Schritten zu ihrem Büro.

Dort setzte sie sich an ihren Schreibtisch, drückte die Zigarette im überquellenden Aschenbecher aus und starrte aus dem Fenster. Ich *muß* zu Schlei, dachte sie. Er ist der einzige Schlüssel, um an weitere Informationen zu kommen. Aber ich riskiere es, daß ich wieder die Uniform anziehen muß und mich auf der Domplatte mit randalierenden Pennern herumärgern darf, und mit Omas, denen die Handtasche geklaut wurde. Oder sie schmeißen mich ganz raus ...

Mallmann, von dem sie noch gar keine Notiz genommen hatte, räusperte sich hinter dem anderen Schreibtisch. »Was ist denn, Susanne? Hat's Ärger gegeben beim Chef?« Es klang eigentlich gar nicht schleimig, sondern richtig teilnahmsvoll.

»Biet mir zum Trost bloß nicht wieder ein Stück Kuchen an!« stöhnte sie.

»Wie wär's statt dessen mit ein bißchen Schokolade?« fragte er und hielt ihr eine angebrochen auf seinem

Schreibtisch liegende Tafel hin. Sie stand auf und nahm sich ein Stück. »Da fällt mir ein, daß ich meinen Käfer noch in die Werkstatt bringen muß«, sagte sie mit vollem Mund. »Wenn jemand nach mir fragt: Ich bin in einer Stunde zurück.« Bei den letzten Worten war sie bereits draußen auf dem Flur.

Susannes Käfer stand nicht im meistens mit Dienstwagen vollgeparkten Innenhof, sondern in einer Seitenstraße. Als sie die Fahrertür hinter sich zugeschlagen hatte, atmete sie einen Moment erleichtert auf. An ihrem roten Käfer, den das handwerkliche Geschick eines befreundeten Automechanikers bislang vor der Schrottpresse bewahrt hatte, hielt Susanne mit großer Anhänglichkeit fest. Sie mußte selbst zugeben, daß dies für einen nüchternen und rationalen Menschen, für den sie sich ansonsten hielt, eine ziemlich sentimentale Anwandlung war – aber in der runden Käfer-Karosserie, deren Dachhimmel im Laufe der Jahre vom Nikotin gelblich geworden war, fühlte sie sich ein wenig wie in einer behaglichen Höhle. Es war immer unaufgeräumt in ihrem Käfer, aller möglicher Kram lag auf den Sitzen herum, der Aschenbecher quoll über, und der unvergleichliche Geruch unzähliger Kilometer und Zigaretten strömte aus jeder Ritze. Leider würde sie sich jetzt, wo die Steuern für Autos ohne Katalysator ins Unermeßliche stiegen, wohl doch bald von ihm trennen müssen.
Sie drehte den Zündschlüssel, ließ den alten Boxermotor im Heck lospoltern. Während sie durch die Innenstadt Richtung Appellhofplatz fuhr, merkte sie beim Blick in den Rückspiegel, daß man sie verfolgte. Die Hoffnung, unbemerkt das Präsidium verlassen zu können, die doch

ein klein wenig in ihr gekeimt hatte, war damit zunichte gemacht. Ein weißer Opel Vectra mit Wiesbadener Kennzeichen hing ständig so dicht hinter ihr, daß es kaum möglich war, ihn zu übersehen. Offenbar sollte sie wissen, daß man sie nicht aus den Augen ließ, jeden ihrer Schritte überwachte.

Plötzlich fiel ihr ein, daß sie ihr Handy auf dem Schreibtisch hatte liegenlassen. In manchen Situationen konnte es ziemlich unangenehm sein, nach einer öffentlichen Telefonzelle suchen zu müssen. Wenigstens hatte sie eine Telefonkarte dabei. Aber es war ausgeschlossen, daß sie mit diesen beiden Herren vom BKA im Schlepptau noch einmal zum Präsidium zurückfuhr, bloß um ihr Handy zu holen. Eine Weile überlegte sie fieberhaft, wie sie ihre beiden Kletten abschütteln konnte. Dann hatte sie plötzlich eine Idee.

Sie fuhr in die Gereonsgasse. Dort befand sich der Vordereingang des *Mayflower*, eines großen, nicht besonders guten chinesischen Restaurants, in dem vor ein paar Monaten unter Susannes Mitwirkung eine Razzia stattgefunden hatte. Die Hintertür des *Mayflower* lag an der Cäcilienstraße, keine zehn Meter von der Rolltreppe einer U-Bahn-Haltestelle entfernt.

Susanne quetschte ihren Käfer in etwas, was bei hartgesottenen Kölner Autofahrern durchaus als Parklücke durchgehen konnte – halb auf dem Gehsteig, halb im Parkverbot –, und ging, sich zu ruhigen, gelassen wirkenden Bewegungen zwingend, auf das *Mayflower* zu. Der weiße Opel hielt wenige Meter entfernt in der zweiten Reihe, so nah, daß Susanne die Gesichter der beiden Insassen erkennen konnte. Sie erwiderten ihren Blick seelenruhig, ohne eine Miene zu verziehen.

Susanne betrat das Restaurant, und als sie von außen nicht mehr zu sehen war, rannte sie so rasch in Richtung Toilette, als hätte sie eine Salmonellenvergiftung. Die Hintertür lag gleich neben den Toiletten, daran erinnerte sie sich genau. Sie lief über den engen Flur zwischen Küche und Toiletten, erreichte die Tür und rüttelte daran. Abgeschlossen. Sie verdrehte die Augen.
Sie wußte, daß ihr nicht viel Zeit blieb. Jeden Moment konnten ihre beiden Schatten das Lokal betreten, mit der Absicht, es sich ein paar Tische von Susanne entfernt bequem zu machen und ihr beim Essen Gesellschaft zu leisten.
Susanne holte tief Luft, stürmte in die Küche und zückte ihren Dienstausweis. »Schnell!« rief sie. »Ich verfolge einen Verbrecher! Er ist durchs Klofenster entkommen!«
In der Küche arbeitete dieselbe chinesische Großfamilie wie bei der Razzia, als Susanne schon einmal auf ähnliche Weise dort hereingestürmt war. Sie machten erschrockene Gesichter und begannen wild auf chinesisch durcheinanderzureden.
Dann trabte der älteste und dickste Chinese auf Susanne zu und rief: »Komm schnell!«
Er lief an ihr vorbei auf den Flur. »Da! Hinterausgang!« Er deutete lächelnd auf die Hintertür.
»Ich weiß!« stöhnte Susanne. »Ist abgeschlossen!«
»Oh, sorry«, sagte der Chinese und stampfte zu einem Büro, das schräg gegenüber der Küche lag.
Susanne beobachtete nervös die Vordertür. Wenn die beiden jetzt hereinkamen, blieb ihr nichts anderes übrig, als sich im Restaurant einen Tisch zu suchen und sich eine andere Fluchtmöglichkeit auszudenken.
Mit einem Schlüsselbund stampfte der dicke Chinese

wieder heran. »Sorry!« sagte er noch einmal, während er den passenden Schlüssel suchte.
Gerade als er die Tür aufgeschlossen hatte, tauchten am Vordereingang die BKA-Männer auf. Susanne stürmte an dem Koch vorbei nach draußen, dabei beinahe über einen Bettler stolpernd, der dort mit dem obligatorischen Pappschild und Hut auf dem Gehsteig saß. Während sie die Rolltreppe zur U-Bahn hinunterrannte, betete sie, daß die beiden sie nicht gesehen hatten.
Sie jagte durch die unterirdische Halle mit dem Kiosk und den Fahrscheinautomaten. Oben von der Treppe aus sah sie eine Bahn auf dem Gleis warten. So schnell sie konnte, rannte Susanne die Treppe hinunter, doch die Türen schlossen sich, und als Susanne keuchend auf den roten Türöffner hieb, hatte die Bahn sich bereits in Bewegung gesetzt. Die Tür öffnete sich nicht wieder.
Fluchend und nach Luft schnappend, stand Susanne auf dem Bahnsteig. Wenn die beiden sie gesehen hatten, mußten sie jeden Moment am Kopf der Treppe auftauchen, wenn nicht, würden sie das Lokal absuchen, anschließend vielleicht einen Moment vor der Damentoilette warten, ehe sie die Hintertür entdeckten. Dann blieb ihr unter Umständen gerade noch genug Zeit bis zur nächsten Bahn.
So stand sie, unruhig von einem Bein auf das andere tretend, hinter dem Kasten mit den Fahrplänen, damit die Verfolger sie nicht sofort entdeckten, und wartete. Endlich ertönte aus der dunklen Tunnelröhre das Surren der nächsten Bahn. Susanne atmete auf. Als die Bahn hielt, sprang sie hinein und ließ sich auf einen der Plastiksitze fallen. Während der Zug anfuhr und aus der Haltestelle rollte, beobachtete sie aus den Augenwinkeln, wie die

BKA-Männer die Treppe zum gegenüberliegenden Bahnsteig herabstiegen, ohne sie zu sehen. Diese Burschen waren ganz schön schnell, aber sie hatte sie trotzdem abgehängt! Erleichtert lehnte sie sich zurück.
Am Hauptbahnhof stieg sie aus, eilte nach draußen und setzte sich in ein Taxi. Sie nannte Schleis Privatadresse draußen in Seeweiler als Fahrtziel und zog ihre Zigaretten aus der Jackentasche, doch der Fahrer, ein schweigsamer Marokkaner oder Algerier, klopfte auf das Nichtraucherschild am Armaturenbrett. Susanne seufzte und steckte die Zigaretten wieder weg.
Die Fahrt nach Seeweiler würde mindestens zwanzig Minuten dauern. Scheiße, dachte sie, wenn sie mir ein Disziplinarverfahren anhängen, kann ich das Taxi noch nicht einmal auf meine Spesenabrechnung setzen. Sie lehnte sich in die Polster zurück, bemüht, sich ein wenig zu entspannen, war aber innerlich von bebender Unruhe erfüllt. Ein Teil von ihr wollte unbedingt *alle* Geheimnisse in dieser Angelegenheit erfahren, doch ein anderer Teil wäre am liebsten an der nächsten Ecke aus dem Taxi gesprungen.
Es ist besser für Ihre Nachtruhe, wenn Sie die Sache vergessen, hatte Kettler gesagt. Sie ging ein hohes Risiko ein. Möglicherweise beendete das, was sie gerade tat, ihre Karriere bei der Kölner Kripo. Und wenn Schlei doch nicht reden wollte, oder Kettlers Leute sie an der Haustür abfingen, war alles umsonst. Noch konnte sie dem Taxifahrer sagen, sie habe es sich anders überlegt, sich von ihm dorthin zurückfahren lassen, wo sie ihren Käfer geparkt hatte. Aber sie schwieg und spielte nervös mit der Zigarettenschachtel in ihrer Tasche.

9. KAPITEL

Susanne spürte ein geradezu quälendes Verlangen nach einer Zigarette. Daran war der Streß schuld, die innere Unruhe. Mein Zigarettenkonsum ist in letzter Zeit wirklich beängstigend, dachte sie, ich muß mich selbst besser kontrollieren. Der Taxifahrer hatte während der ganzen zwanzig Minuten kein Wort gesprochen. Jetzt rollte der Wagen in Seeweiler durch die Asternstraße, vorbei an großen, imposanten Häusern, die von repräsentativem, aufwendige gärtnerische Pflege verlangendem Grün umgeben waren. Vor der Nummer 23 hielt das Taxi, Susanne zahlte, ohne Trinkgeld, und stieg grußlos aus. Zu einem Fahrer, der kein Wort sprach und ihr das Rauchen nicht erlaubte, hatte sie keine besondere Lust, höflich zu sein.

Die Nummer 23 war ein kühl und modern wirkender Flachdachbungalow mit großen Fensterflächen, teuer, wie alle Häuser in dieser Straße. Den vielen Rosenstökken und exotischen Zierpflanzen nach zu urteilen war Schlei Gartenliebhaber. Es gab auch einen großen Seerosenteich mit einem kitschigen, nicht zum modernen Charakter des Hauses passenden Figurenbrunnen und unsägliche Barockstatuen aus Gips. Im Carport stand ein schwerer, silberner Mercedes, das neueste Modell.

Susanne überlegte kurz, ob sie erst noch eine Zigarette rauchen sollte, doch dann entschied sie, daß ihr dafür kei-

ne Zeit blieb. Wenn die beiden BKAler Kettler ihr Verschwinden gemeldet hatten, würde der vermutlich rasch zwei und zwei zusammenzählen. Es war nur eine Frage der Zeit, bis er mit seinen Leuten hier auftauchte, und darum zählte jede Minute. Wenn sie schon vom Dienst suspendiert wurde oder was auch immer, wollte sie vorher wenigstens noch so viel wie möglich von Schlei erfahren.
Rasch ging sie zu dem schmiedeeisernen, von Rosen umrankten Tor, hinter dem ein gepflegter, grauweißer Kiesweg zu einer Tür aus dunklem, schweren Holz führte. Als Susanne auf den Klingelknopf drücken wollte, tauchten hinter dem Tor plötzlich zwei Dobermänner auf und knurrten äußerst unfreundlich. Susanne zögerte, ihr Finger schwebte einen Augenblick unentschlossen über der Klingel. Hunde mochte sie eigentlich nicht so sehr, besonders *solche* Hunde. Katzen waren ihr als Haustiere viel sympathischer. Dann drückte sie den Klingelknopf. Ein melodischer Gong ertönte drinnen im Haus.
Niemand öffnete. Die Hunde kläfften, und Susanne klingelte ein zweites Mal. Ob Schlei zum Arzt gefahren war? Vielleicht lag er ja auch im Bett oder wollte sie ganz einfach nicht sehen. Aus seiner Akte wußte sie, daß er verwitwet war, so daß er möglicherweise allein in diesem großen Haus lebte.
Dann glaubte sie, hinter den dicken Glassteinen neben der Haustür jemanden stehen zu sehen. Fehlte ihm der Mut, sie hereinzulassen? Sie klingelte wieder. »Professor Schlei?« rief sie. Keine Reaktion. Aber, kein Zweifel, hinter den Glassteinen war schemenhaft eine Gestalt erkennbar. Die Hunde hatten aufgehört zu kläffen und starrten Susanne nur noch wachsam an. Verdammt, dachte sie, was mache ich denn jetzt? Soll ich hier Wurzeln schlagen oder

unverrichteter Dinge wieder abziehen? Sie beschloß auf die andere Straßenseite hinüberzugehen, eine Zigarette zu rauchen und Schleis Haus von dort demonstrativ zu beobachten.
Gerade, als sie sich abwenden wollte, wurde die Haustür aufgerissen, und Schlei erschien, blaß, nervös. Er eilte zum Tor. »Siegfried, Hector! Ruhig!« rief er. »Keine Angst, die tun Ihnen nichts.« Er öffnete das Tor, und die beiden Hunde machten Susanne tatsächlich Platz, aber um keinen Preis hätte sie sie zur Begrüßung streicheln mögen. *Die tun nichts!* Das sagten Hundebesitzer immer. Respektvollen Abstand zu den beiden Dobermännern haltend, ging Susanne mit Schlei ins Haus. Sie war erleichtert, daß die Hunde draußen blieben, als Schlei die Haustür zuschob.
»Ich hoffe, Ihnen ist niemand gefolgt?« fragte er besorgt. Susanne schüttelte den Kopf. »Ich habe Kettlers Leute in der Innenstadt abgehängt und dann ein Taxi genommen.«
»Zum Glück wird mein Haus bislang nicht überwacht«, sagte Schlei. »Roloff hält mich für zu feige, um mich an die Polizei oder die Medien zu wenden. Aber er würde mich gerne loswerden. Besonders, wenn Gablenz ...«
»Sie sind über die neueste Entwicklung in der Eifel informiert?«
Er schnaufte. »Allerdings. Es ist furchtbar! Ehrlich gesagt, bin ich froh, daß Sie gekommen sind. Erleichtert. Erst hatte ich Angst, Sie hereinzulassen, als ich Sie vor dem Tor stehen sah. Andererseits habe ich die ganze Zeit, seit ich vom Institut nach Hause gefahren bin, mit dem Gedanken gespielt, Sie anzurufen ... das Wissen, das ich mit mir herumtrage, ist gefährlich, für mich und für Sie. Aber ich *muß* endlich reden, ich ersticke sonst!«

»Gut«, sagte Susanne, »dann sollten wir es rasch hinter uns bringen.«
»Kommen Sie«, sagte er. »Wir gehen hinüber in meine Jagdhütte, dort sind wir ungestört.«
Vorbei an einer großen, hochmodern eingerichteten Küche, in der eine grauhaarige Hausangestellte hantierte, gelangten sie in ein geräumiges Wohnzimmer, wo die gleiche unverdauliche Mischung aus moderner, kühler Eleganz und schwülstigem Kitsch herrschte wie draußen: Sitzmöbel aus glattem, schwarzen Leder, gläserne Tischplatten, Lampen, die aus einem High-Tech-Operationssaal zu stammen schienen, andererseits in den schwarzen Regalen süßliche Puttenfiguren und Vasen, und an den Wänden alte Speere, Jagdgewehre und barocke Stilleben. Schlei führte sie durch eine breite Glasschiebetür hinaus auf eine Veranda, wo sich Susanne sofort ängstlich nach den Dobermännern umschaute, die auch prompt herbeiliefen, um sich von Schlei streicheln zu lassen, Susanne aber erfreulicherweise keine Beachtung schenkten. Die Veranda im stark verkitschten römischen Stil, mit Stuckbrüstung und armlosen Statuen, wirkte wie angeklebt, als hätte ein Schönheitschirurg aus Versehen eine falsche Nase modelliert.
Susanne blickte verwundert über einen gepflegten englischen Rasen hinweg zum anderen Ende des Gartens. Dort stand, umgeben von einigen Tannen, die wohl nordische Wälder symbolisieren sollten, tatsächlich eine kleine Jagdhütte aus dunkel imprägnierten Holzbalken, mit einem großen Hirschgeweih über der Tür.
»Gehn wir hinüber«, sagte Schlei. »Der ideale Ort für ein vertrauliches Gespräch.«
Die beiden Dobermänner waren vorausgelaufen und leg-

ten sich hechelnd in den Schatten unter dem weit vorstehenden Dach der Hütte, die eine Susanne völlig deplaziert erscheinende, unechte Trapperromantik ausstrahlte. Schlei schloß die Tür auf und bat Susanne herein. Drinnen war es warm, schwerer Holzgeruch lag in der Luft. Viele alte Schwarzweißfotos in ovalen Rahmen hingen an den Wänden. Schlei klappte beide Fenster auf, nahm hinter einem antik wirkenden, massiven Eichenholzschreibtisch Platz und bot ihr einen der beiden davor stehenden Korbsessel an. Er zeigte auf ein schweres, altes Telefon mit Wählscheibe. »Möchten Sie etwas trinken?« fragte er. »Herta kann uns etwas herüberbringen.«

Susanne schaute nervös auf die Uhr. »Hören Sie«, sagte sie etwas schärfer als beabsichtigt, »wir haben nicht die Zeit für ein gemütliches Plauderstündchen. Ich fürchte, früher oder später wird Kettler hier aufkreuzen.«

Schleis Gesicht wurde um eine Nuance blasser. »Sie sagten doch, Sie hätten seine Leute abgeschüttelt?« fragte er besorgt.

Susanne nickte. »Das habe ich auch, aber es dürfte ihm nicht allzu schwerfallen, den Grund dafür zu erraten. Sagen Sie mir also geradeheraus, was Sie wissen, damit ich rasch wieder verschwinden kann. Besser für uns beide, wenn ich weg bin, ehe Kettler hier nach dem Rechten schaut.«

Schlei wischte sich mit seinem Taschentuch den Schweiß von der Stirn. Susanne sah, wie stark seine Hände zitterten. Ein kurzes, unbehagliches Schweigen entstand, das Susanne nutzte, um sich eine Zigarette anzuzünden, ohne Schlei um Erlaubnis zu fragen. Sie *mußte* jetzt einfach rauchen und ignorierte Schleis tadelnden Blick. Offenbar fürchtete er, sie könnte seine edle Jagdhütte in Brand setzen.

»Das Haus dort ist nach meinen eigenen Wünschen gebaut«, sagte Schlei und reichte ihr, da offenbar kein Aschenbecher vorhanden war, als Ersatz ein benutztes Glas, das auf dem Schreibtisch gestanden hatte. »Mit modernster Technik, einer computergesteuerten Klimaregulierung, sich elektrisch öffnenden und schließenden Fenstern. Mein rationaler, wissenschaftlicher Verstand wird durch eine solche Konstruktion tief befriedigt.« Schlei seufzte. »Aber es wirkt auch kalt, nicht wahr? Es hat keine Seele.«

Mit seiner schlichten, rechteckigen Form, dem Flachdach, den glatten Fensterflächen erinnerte Schleis Bungalow tatsächlich an ein Instituts- oder Firmengebäude – ein nüchterner Zweckbau, nicht sehr einladend.

»Und wie jeder Mensch besitze ich nicht nur einen Verstand, sondern auch ein Gefühlsleben, das zu seinem Recht kommen will.« Ein melancholischer Ausdruck erschien auf seinem Gesicht. »Wirkliche Gefühlstiefe ist in unserer Kultur verpönt. Bei uns Verstandesmenschen äußern sich Gefühle zumeist als Sentimentalitäten. Wir klammern uns an Vergangenes und versuchen darin eine Geborgenheit zu finden, die die Produkte unseres Verstandes uns niemals geben können, so technisch perfekt sie auch sein mögen.«

Susanne mußte mit einem unbehaglichen Gefühl daran denken, wie sentimental sie selbst an ihrem alten VW festhielt. Meine Güte, warum erzählte er ihr das alles? Wütend sagte sie: »Nichts gegen Ihre persönlichen Probleme, aber was ich brauche, sind stichhaltige Informationen über Gablenz und seine Drogenexperimente, und über diesen Roloff. Und warum halten Sie Kettler für gefährlich? Ist er tatsächlich für Conrads Tod verantwortlich? Wenn Sie mir brauchbare Fakten liefern, kann ich meinen Chef vielleicht überzeugen, die Ermittlungen fortzusetzen!«

Jetzt wirkte auch Schlei verärgert. »Ich erzähle Ihnen diese Dinge nicht zum Spaß«, erwiderte er, »sondern damit Sie begreifen, worum es geht. Hören Sie mir also zu, und unterbrechen Sie mich nicht unnötig! Dadurch verschwenden *Sie* Zeit!«

Susanne seufzte und klopfte über dem schmutzigen Glas, das der Professor ihr gegeben hatte, Zigarettenasche ab.

Schlei fuhr fort: »Irgendwann erkannte ich, daß meine eigene psychische Verfassung – die des sich für ach so rational haltenden Wissenschaftlers, der mit seinen Gefühlen nicht zurechtkommt, sie oft als beunruhigend und störend empfindet – symptomatisch für den modernen Menschen ist. Es ist die Krankheit unserer Zivilisation. Eine Spaltung zwischen Verstand und Gefühl, die sich immer weiter vertieft. Unser Verstand arbeitet wunderbar, unsere Technologie funktioniert immer effizienter und perfekter, aber unsere Gefühle verkümmern. Daher fehlt es der technologischen Umwelt, die wir uns erschaffen, an Wärme, an Freundlichkeit. Darauf, daß unsere Emotionen immer mehr absterben, ist auch die drohende ökologische Katastrophe zurückzuführen. Unsere *Emotionen* sind es, die uns mit der Natur verbinden. Der Intellekt mit seinem Nützlichkeitsdenken kann den Wert eines Waldspaziergangs oder eines Sonnenuntergangs nicht erfassen.«

»Professor …« Susanne bemühte sich ihre Stimme ruhig und einigermaßen freundlich klingen zu lassen, um ihn nicht wieder zu verärgern. »Worauf wollen Sie hinaus?«

Er wischte sich erneut den Schweiß von der Stirn. »Die Zeit wird knapp, nicht wahr? Nun … was wissen Sie über das Gehirn?«

»Vermutlich viel weniger als Sie«, entgegnete Susanne, »ich bin schließlich Polizistin, keine Neurologin.«

»Erst allmählich beginnen wir zu begreifen, wie ungeheuer komplex unser Gehirn eigentlich ist. Wir tragen buchstäblich ein ganzes Universum in unserem Kopf herum. Wissen Sie, die Astrophysiker erforschen das Universum dort draußen« – dabei zeigte er durch das geöffnete Fenster hinauf in den dunstig blauen Himmel –, »und je mehr sie darüber herausfinden, desto verwirrter sind sie.«

Susanne zog entnervt an ihrer Zigarette. Er schien unfähig sich kurz zu fassen. Offenbar merkte er das auch selbst, denn als er fortfuhr, sprach er rasch, gehetzt, schaute dabei immer wieder ängstlich hinüber zum Haus.

»Mit dem Gehirn ist es ebenso. Je mehr wir darüber herausfinden, desto verwirrender und geheimnisvoller erscheint es. Immerhin haben wir es bei diesem Organ mit einem Mikrokosmos aus ungefähr hundert Milliarden Nervenzellen zu tun.«

»Und die Droge, die Gablenz entwickelt hat, beeinflußt das Gehirn?« fragte Susanne. Das war eigentlich logisch, aber vielleicht brachte sie ihn damit dazu, endlich auf den Punkt zu kommen.

»Megatonin, ja. Das heißt, eigentlich ist Megatonin keine Droge. Außerdem habe *ich* sie entwickelt, nicht Gablenz. Oder jedenfalls bin ich gewissermaßen der geistige Vater des Megatonins …«

»Oh?« Das war eine Überraschung für Susanne. »Ich dachte immer, Gablenz selbst hätte …«

Schlei schüttelte den Kopf. »Nein, nein«, sagte er mit

Nachdruck. »*Ich* habe die Grundlagenforschung geleistet, die gesamte Vorarbeit. Gablenz kam erst viel später hinzu.« Er machte ein bekümmertes Gesicht.
»Und Gablenz brachte Sie mit GENOTEC zusammen?«
»Zunächst nicht. Auf seine Art ist Gablenz wirklich ein Genie, wissen Sie? Ich war damals sein Doktorvater. Er hat die beste Doktorarbeit geschrieben, die ich je gesehen habe. Als er dann ein paar Jahre danach in mein kleines Institut in Aachen einsteigen wollte, war ich hocherfreut. Sehen Sie, ich bin mehr Theoretiker. Gablenz' Genie liegt stärker auf dem praktischen Gebiet.«
»Gut«, sagte Susanne mit einem Blick hinüber zum Haus. »Und GENOTEC?«
»Nun, wie ich schon sagte, ist Gablenz wesentlich pragmatischer als ich. Er hat unser Megatonin-Projekt eines Tages dem Konzern angeboten. Roloff war damals gerade neuer Deutschlandchef geworden und schien ein wissenschaftliches Prestigeprojekt zu suchen, mit dem er sich profilieren konnte. Anfangs erschien es mir wie die Erfüllung eines Traumes. GENOTEC bot uns viel Geld. Sehr viel Geld. Da ich kein sehr begabter Geschäftsmann bin, steckte mein Aachener Institut in den roten Zahlen. Und im supermodernen GENOTEC-Institut hier in Köln fanden wir exzellente Arbeitsbedingungen vor.«
Schlei seufzte. »Zunächst war Roloff nur an Gablenz interessiert und wollte mich auszahlen, aber Gablenz bestand darauf, daß dieser hochdotierte Posten des Wissenschaftlichen Direktors eigens für mich geschaffen wurde. Wissen Sie, er wollte mich einfach in seiner Nähe haben. Geniale Wissenschaftler sind ein wenig wie große Kinder. Ich bin für ihn so etwas wie ein väterlicher Freund. Auch wenn ich meinen eigenen Zenit als Forscher längst über-

schritten habe, braucht er doch den täglichen intellektuellen Austausch mit mir für seine Arbeit.« Schlei lächelte und schüttelte den Kopf. »Und es kann einen wirklich begeistern, Gablenz' genialem Gehirn bei der Arbeit zuzusehen. Er hat Megatonin erst zur praktischen Anwendungsreife entwickelt.« Er schüttelte traurig den Kopf. »Aber er hat dem Projekt auch eine Richtung gegeben, die ich ursprünglich nicht vorgesehen hatte. Das liegt wohl in seiner Natur. Wie viele geniale Forscher ist er letztlich amoralisch. Seine Neugierde treibt ihn unaufhaltsam voran. Er macht alles, was machbar ist.«
»Und wieso war nun dieses ... Megatonin für Roloff so interessant?« fragte Susanne. Jetzt, wo sie sich endlich dem Kern des Geheimnisses näherten, war sie ganz angespannt und erregt. Für einen Moment waren Kettler und der drohende Ärger mit Antweiler unwichtig geworden. »Und noch etwas verstehe ich nicht. Sie sagten eben, Megatonin ist keine Droge. Aber wie kann es dann das Gehirn beeinflussen?«
»Herrgott noch mal!« stöhnte Schlei. »Das alles versuche ich Ihnen ja die ganze Zeit zu erklären. Wenn Sie mich nicht ständig mit Ihren Zwischenfragen aus dem Konzept bringen würden, könnten wir schon viel weiter sein!«
Susanne biß sich auf die Lippen. »Entschuldigung«, murmelte sie, gespannt darauf wartend, daß Schlei weitererzählte. Mechanisch, fast ohne es zu merken, drückte sie ihre Zigarette aus und zündete sich die nächste an.
»Also: Ich versuche mich so kurz wie möglich zu fassen«, fuhr er in raschem Tonfall fort. »Wie ich schon sagte, gibt es in unserer Kultur eine unheilvolle Spaltung zwischen dem rationalen Intellekt einerseits und dem emotionalen, intuitiven Bewußtsein andererseits. Dabei handelt es sich

um eine neurologisch nachweisbare *synaptische Spaltung*, das heißt, bestimmte Synapsen im Gehirn sind blockiert, die Verbindung zwischen Intellekt und Emotion beziehungsweise Intuition ist gestört oder gar völlig unterbrochen.«

In Susannes Kopf formten sich schon wieder mindestens fünf neue Fragen, aber sie zwang sich mühsam dazu, den Mund zu halten.

»Diese, wie ich es genannt habe, synaptische Blockade ist nicht angeboren, sondern kulturell erworben. Die einseitig die intellektuellen Fähigkeiten betonende Bildung und Erziehung, die wir in unserer Kultur durchlaufen, läßt zahllose Nervenbahnen regelrecht verkümmern, weil sie kaum gebraucht werden. Ganze Gehirnregionen fallen gewissermaßen in eine Art Dornröschenschlaf. Mit Hilfe von PET ...«

»PET?« Jetzt konnte sich Susanne doch eine Zwischenfrage nicht verkneifen.

»... *Positronen-Emissions-Tomographie* konnte man nachweisen, daß bei Menschen, die in einem anderen kulturellen Kontext aufwuchsen – etwa als Buddhisten oder in einem sogenannten Naturvolk –, jene bei uns gehemmten intuitiven Gehirnregionen stärker aktiv sind, was beweist, daß es sich eindeutig um eine erworbene, kulturell bedingte Blockade handelt. Hinzu kommt noch ein weiterer wichtiger Aspekt: Alles deutet darauf hin, daß wir bislang nur einen Bruchteil unserer organisch vorhandenen Gehirnkapazität nutzen. Im menschlichen Großhirn schlummert also ein enormes evolutionäres Potential. Können Sie mir so weit folgen?«

»Ich denke schon«, sagte Susanne tapfer, um seinen Redefluß in Gang zu halten.

»Gut. Traditionell gibt es nur eine Möglichkeit, die synaptischen Blockaden aufzulösen, um so den Menschen wieder Zugang zu ihrem intuitiven, emotionalen Potential zu verschaffen ...« Er unterbrach sich und schaute hinüber zum Haus. Susanne folgte seinem Blick, erleichtert, daß der Garten nach wie vor leer war. Bis jetzt stürmten keine BKA-Beamten über den Rasen.

»Gott sei Dank läßt uns Kettler noch etwas Zeit«, sagte Schlei und setzte dann den unterbrochenen Satz fort: »... Meditation. Damit sich jedoch bei der Meditation signifikante Veränderungen der Gehirnzellenaktivität einstellen, braucht man eine mehrjährige Übungszeit. Aber unsere Zeit wird knapp. Sie wurde schon knapp, als ich Megatonin zu entwickeln begann, und jetzt ist sie noch knapper.«

»Wegen der Umweltprobleme?« fragte Susanne.

Der Professor nickte bedeutungsschwer. »Wenn wir es nicht schaffen, die synaptische Spaltung in unseren Gehirnen zu überwinden, ist ein ökologischer Holocaust unvermeidlich. Davon bin ich fest überzeugt.« Bei diesen Worten bekamen sein Blick und der Klang seiner Stimme etwas Beschwörendes, fast Fanatisches.

»Weil die Meditation«, sagte er, »nun einmal nur ganz allmähliche Veränderungen bewirkt, würde man vermutlich Jahrzehnte brauchen, um mit ihrer Hilfe die synaptischen Blockaden in den Gehirnen breiter Bevölkerungsschichten abzubauen. Außerdem läßt sie sich nicht von oben herab verordnen. Sie funktioniert nur, wenn die Leute sie gerne praktizieren und Freude daran haben.«

Zur Meditation hatte Susanne überhaupt kein Verhältnis. Sie hielt sich für viel zu nüchtern und realistisch, um sich auf solchen esoterischen Humbug einzulassen. Daß man

einen großen Teil der deutschen Bevölkerung dazu überreden könnte, sich täglich zum Meditieren hinzusetzen, erschien ihr in der Tat sehr unwahrscheinlich. »Und deshalb haben Sie Megatonin entwickelt?« fragte sie.
Als Schlei antwortete, schwang Stolz in seiner Stimme mit, seine Augen wurden groß, und sein Gesicht nahm einen eigentümlich kindlichen Ausdruck an. »Ja, und ich halte die Idee auch nach wie vor für exzellent, jedenfalls vom Prinzip her. Megatonin war gewissermaßen als ein Turbolader fürs Gehirn gedacht, der rasch wirken und dessen Injektion eine Art von biochemischer Erleuchtung auslösen sollte. Mit Hilfe der Gentechnik hätten wir es sicher geschafft, ein Verfahren für eine kostengünstige Massenproduktion zu entwickeln. Dann hätte man Megatonin in kurzer Zeit Hunderttausenden, vielleicht sogar Millionen von Menschen injizieren und damit eine tiefe Veränderung des menschlichen Bewußtseins auslösen können.« Als er das sagte, zitterte seine Stimme, und er wirkte sehr ergriffen.
Susanne schüttelte ungläubig den Kopf. »Sie wollten es also der ganzen Bevölkerung verabreichen, so wie eine Pockenimpfung?«
Schlei nickte. »So hatte ich es mir vorgestellt. Wobei der Vergleich mit einer Impfung nicht ganz zutrifft. Megatonin sollte ein Heilmittel sein, ein Heilmittel gegen die geistige Krankheit unserer heutigen Zeit. Und mehr als das: Ich weiß, es klingt ziemlich vermessen, aber ich wollte damit der Evolution auf die Sprünge helfen, es uns ermöglichen, unser Gehirn besser zu nutzen. Wissen Sie, ich hatte die Vision, daß so eine völlig neue Rasse entstehen könnte, eine neue, geistig höherstehende Form der Zivilisation.«

»Das ist doch eine völlig verrückte Idee!« sagte Susanne erregt. »Wie sollte so etwas denn funktionieren? Meinen Sie, die Leute ließen sich freiwillig irgendeine dubiose gentechnische Substanz verabreichen, die ihr Gehirn beeinflußt?«
»Warum nicht?« entgegnete Schlei und zeigte dabei auf Susannes brennende Zigarette. »Die Leute nehmen ja auch bereitwillig andere Substanzen zu sich, die ihr Gehirn beeinflussen – Nikotin, Alkohol, Tranquilizer und so weiter! Natürlich hätte man sie mit einer großangelegten Aufklärungskampagne von den positiven Wirkungen des Megatonins überzeugen müssen.«
Für Susanne stand nach diesen Ausführungen fest, daß Schlei, vor Angst und Nervosität schwitzend und unablässig mit einem Kugelschreiber herumspielend, verrückt war. Sie begriff nicht, wie Schlei und Gablenz überhaupt Geldgeber für diesen Schwachsinn hatten finden können, noch dazu derartig einflußreiche. Welches Motiv hatten diese Leute? Sie hatten doch wohl nicht ernsthaft geglaubt, daß Schleis größenwahnsinnige Idee von Megatonin-Masseninjektionen zur Schaffung einer neuen, geistig überlegenen Rasse, was immer er sich darunter vorstellte, je funktionieren konnte. Dennoch hatte Roloff das Projekt für offenbar eine Menge Geld eingekauft.
»Wie kam denn nun der GENOTEC-Konzern ins Spiel?« fragte sie.
»Wie schon gesagt, wir steckten damals in finanziellen Schwierigkeiten, und Gablenz war froh, endlich optimale Arbeitsbedingungen in einem supermodernen Institut angeboten zu bekommen. Anfangs entwickelte sich auch alles wirklich gut.« Wehmütig lächelnd schüttelte er den Kopf. »Wissen Sie, ich hatte dieses, nun ja, Sendungsbe-

wußtsein. Ich habe wirklich geglaubt, ich könnte mit unserem Megatonin-Projekt die Welt retten ...«

Das nahm ihm Susanne sogar ab. Gewiß waren bei ihm eine gehörige Portion persönliche Eitelkeit und überzogener Ehrgeiz im Spiel, aber sie hatte nicht den Eindruck, daß er sie anlog. Vermutlich waren seine Beweggründe wirklich uneigennützig gewesen, wenigstens zum Teil. Aber dann war da dieses unverantwortliche Experiment mit den beiden Assistenten ... »Wenn Ihre Motive so edel waren, wieso haben Sie dann Roland Scholl und Michael Conrad einem solchen Risiko ausgesetzt?« fragte Susanne. »Ich war bei Scholl. Ich weiß, in welchem Zustand er ist. Und dann Conrads dubioser Autounfall ...«

Schlei hob abwehrend die Hände. »Für dieses Experiment tragen Gablenz und Roloff die Verantwortung! Ich habe ihnen damals dringend abgeraten. Ich hielt es für viel zu früh. Ein zu hohes Risiko!«

»Aber Roloff drängte auf rasche Ergebnisse?«

»Genau.«

Er schaute wieder ängstlich zum Haus hinüber. Da Kettlers Leute noch immer nicht aufgetaucht waren, begann Susanne zu hoffen, daß der Kriminaldirektor vielleicht gar nicht daran interessiert war, sie hier bei Schlei zu ertappen. Vielleicht würde man sie statt dessen am Montagmorgen zur Hinrichtung in Antweilers Büro zitieren. Oder Schlei übertrieb ganz einfach, was Kettlers Gefährlichkeit anging.

»Also, ich habe Gablenz wirklich vor dem Experiment mit Scholl und Conrad gewarnt, das müssen Sie mir glauben«, sagte Schlei beinahe flehend. »Ich hätte es vorgezogen, zunächst einmal mit Menschenaffen zu experimentieren, die uns von ihrer Gehirnstruktur her ähnlicher

sind als die Ratten, Meerschweinchen und Katzen, an denen wir Megatonin zuvor erprobt hatten. Aber dazu fehlte Gablenz und Roloff die Geduld.«
Der Kugelschreiber, mit dem er nervös auf seiner geöffneten linken Hand herumgeklopft hatte, fiel ihm auf den Boden. Er bückte sich und hob ihn wieder auf. »Verdammt! Es hat viel zu lange gedauert, bis ich endlich kapierte, daß es Roloff gar nicht um die Verwirklichung meiner Vision ging. Megatonin als Heilmittel, um der breiten Masse der Menschen zur Erleuchtung zu verhelfen und so eine neue, friedliche, ökologische Gesellschaft zu erschaffen – das sind für Menschen seines Schlages nur naive, idealistische Träumereien.« Er lachte kurz und bitter auf, schüttelte den Kopf. »Nein, GENOTEC ging, *geht* es um etwas ganz anderes: absolute Kontrolle!«
Genau das hatte Scholl auch gesagt. *Absolute Kontrolle.*
»Ein Konzern, der nach politischer Macht strebt?« fragte Susanne.
»Wissen Sie, moderne internationale Konzerne sind äußerst machthungrige Gebilde. Um einen Konzern ständig wachsen zu lassen und die Aktionäre bei Laune zu halten, muß das Management sehr viele Faktoren kontrollieren: die Politiker, damit die Profite des Konzerns nicht durch Steuern, Abgaben oder hinderliche Vorschriften beeinträchtigt werden, die möglichen Konkurrenten auf dem angeblich freien Markt, und die Konsumenten, die die Produkte des Konzerns kaufen sollen. Das Schicksal des Managements hängt davon ab, daß es die Profite des Konzerns maximiert. Je besser man also Politiker, Konkurrenten und Konsumenten kontrollieren und manipulieren kann, desto mehr sichert man die eigene Position.«

»Aber ich verstehe nicht, warum Megatonin dann für sie so interessant war«, warf Susanne ein, »ich meine, wenn es die Leute intuitiver und emotionaler, also, na ja, irgendwie *wacher* macht, würden sie sich doch viel schwerer kontrollieren und manipulieren lassen ...«
Schlei schüttelte den Kopf. »Nein, es ging ihnen um den Psi-Faktor. Seit Jahrzehnten sind in den NATO-Ländern ebenso wie im ehemaligen Warschauer Pakt beträchtliche Summen in geheime Psi-Forschungen gesteckt worden.«
»Psi?« Susanne verzog das Gesicht. Psi hatte für sie etwas mit schlechten Gruselfilmen und Schundromanen zu tun. Es erschien ihr unfaßbar, daß sich ernsthafte Menschen mit einem solchen Unsinn beschäftigten. »Jetzt hören Sie aber auf!«
Über Schleis Gesicht huschte ein schwaches Lächeln. »Die meisten Menschen reagieren so wie Sie auf dieses Wort. Das ändert aber nichts an der Tatsache, daß die Existenz von paranormalen Fähigkeiten längst wissenschaftlich erwiesen ist. Das gilt für Telepathie, Telekinese, Hellsehen, Präkognition ...«
»Und Sie denken, daß ich Ihnen diesen Quatsch abkaufe?« unterbrach ihn Susanne. »Wir leben nicht im Mittelalter, sondern im aufgeklärten zwanzigsten Jahrhundert!« Doch gleichzeitig erinnerte sie sich voller Unbehagen an das, was Jonas über Gablenz' unerklärliche Kommunikation mit den Wölfen berichtet hatte. Sie kannte Jonas als nüchternen, genau beobachtenden Kollegen, dem gewiß nicht so leicht die Phantasie durchging ...
»Es ist mir gleich, ob Ihnen diese Dinge gefallen oder nicht«, erwiderte Schlei kühl, »auf jeden Fall *sind* paranormale Fähigkeiten experimentell nachgewiesen. Allerdings sind sie bei den meisten Menschen nur latent vor-

handen. Durch die schon erwähnte synaptische Spaltung werden sie fast völlig unterdrückt. Lediglich bei sehr wenigen Individuen treten sie deutlich zutage. *Deswegen* interessierte sich Roloff so für Megatonin.«

Susannes Augen weiteten sich ungläubig. »Sie meinen, wegen diesem Turbolader-Effekt, oder wie Sie das genannt haben?«

»Genau. Die GENOTEC-Leute hofften, daß durch Megatonin die schlummernden Psi-Fähigkeiten gewissermaßen künstlich aufgeweckt werden könnten. Sie hatten in Wahrheit nie die Absicht, Megatonin der breiten Masse zugänglich zu machen. O nein, sie sind ganz besessen von der Idee, Psi-Fähigkeiten einzusetzen, um, wie schon gesagt, Politiker, Konkurrenten und, vor allem, Konsumenten optimal kontrollieren und manipulieren zu können.« Er verzog den Mund zu einem schiefen Lächeln. »Kein Wunder, daß sie diese Forschungen streng geheimhalten. Die Öffentlichkeit würde solche Pläne natürlich niemals gutheißen. Stellen Sie sich einmal vor, es wäre möglich, den Verbrauchern auf paranormalem Wege zu suggerieren, daß sie bestimmte Produkte kaufen sollen, oder Politiker telepathisch so zu beeinflussen, daß sie Gesetze ganz zum Wohl des GENOTEC-Konzerns machen.«

»Klingt nach schlechter Science-fiction«, sagte Susanne trocken. »Sind Sie sicher, daß Sie nicht vielleicht genauso in die Irrenanstalt gehören wie Roland Scholl?«

»Die Wirklichkeit ist oft verrückter als alles, was Science-fiction-Schreiber sich ausdenken können«, entgegnete Schlei. »Und wenn Sie mich in eine Anstalt sperren wollen, dann bitte auch gleich Kettler, Roloff und all die anderen.«

»Was ich nicht begreife, ist, wieso staatliche Stellen mit

GENOTEC gemeinsame Sache machen. Politiker oder Verbraucher heimlich zu manipulieren – einmal angenommen, Ihre Behauptungen träfen zu –, wäre doch ein Hohn auf den Rechtsstaat, auf die in unserer Verfassung garantierten Grundrechte.«

Schlei schüttelte den Kopf. »Vermutlich müssen Sie als Polizistin so naiv sein, um die Freude an Ihrem Beruf nicht zu verlieren. Manche Großkonzerne interessieren sich nicht für den Rechtsstaat oder irgendwelche Grundrechte. Sie sind ausschließlich daran interessiert, Profite zu machen. Möglichst hohe Profite. Das ist ihr Daseinszweck. Und eine bestimmte Sorte von Politikern will vor allem eines: sichere Machtpositionen und Einfluß. Ihr Interesse an gezielter Kontrolle und Manipulation dürfte kaum geringer sein als bei den Konzernbossen. Sehen Sie nicht auch, daß sich da weitreichende Interessenkoalitionen ergeben?«

Das sah Susanne in der Tat und schauderte.

»Vorhin klangen Sie ein paarmal«, sagte sie nachdenklich, »als glaubten Sie selbst nicht mehr so recht an die Wirksamkeit von Megatonin ...«

»O nein, Megatonin ist hochwirksam, das steht zweifelsfrei fest!« Er schüttelte traurig den Kopf. »Die Frage ist nur, *wie* es wirkt und *was* es bewirkt.«

»Die Tierversuche ...«

»Waren sehr ermutigend. Wissen Sie, Labortiere sind wegen ihrer völlig unnatürlichen Lebensbedingungen einem extremen Streß ausgesetzt. Die Megatonin-Injektionen bewirkten, daß sie viel friedlicher und ausgeglichener wurden, außerdem, das fand ich besonders faszinierend, wurde ihr Spielverhalten kreativer, und sie lernten leichter. Das verleitete mich zu einem verhängnisvollen Feh-

ler, der in unserer reduktionistischen Wissenschaft leider weit verbreitet ist: Ich schloß vorschnell, daß die Wirkung beim Menschen die gleiche sein müßte.«
Er schüttelte wieder den Kopf. »Heute weiß ich, daß das viel zu simpel gedacht war, zu mechanistisch. Damals war ich noch überzeugt, das Gehirn sei lediglich ein biochemischer Computer, den wir einfach umprogrammieren könnten. Das ist der Größenwahn von uns Wissenschaftlern: Wir glauben, wir könnten der Natur ins Handwerk pfuschen, und greifen überheblich in biologische Systeme ein, deren Funktionsweise wir nicht einmal annähernd verstehen. Wie ich zu Beginn sagte, je mehr wir über das Gehirn herausfinden, desto verwirrender und komplexer erscheint es uns.«
Er machte eine kurze Pause, schaute Susanne in die Augen und sagte: »Ich weiß, das ist ein ungewöhnliches Eingeständnis für einen Wissenschaftler, aber ich bin in den letzten Monaten sehr, nun ja, *spirituell* geworden. Lange Zeit war ich felsenfest davon überzeugt, daß es so etwas wie den *Geist* überhaupt nicht gibt, daß das, was wir als unser Bewußtsein erleben, unsere Gedanken und Gefühle, lediglich chemische Reaktionen im Gehirn sind, mehr nicht. Aber vielleicht existiert noch eine andere Dimension, eine Art spiritueller, jenseitiger Bereich. Vielleicht ist der Geist gar nicht an den Körper gebunden, sondern existiert in dieser spirituellen Dimension. Vielleicht kommen unsere Gedanken und Gefühle von dort, und das Gehirn ist lediglich eine Art Empfangsstation. Die moderne Teilchenphysik hält die Existenz solcher anderer Dimensionen für möglich ...«
Bei den letzten Sätzen hatte seine Stimme unsicher geklungen. Jetzt kaute er auf seiner Unterlippe wie ein

Schüler angesichts einer schwierigen Mathematikaufgabe.
Mein Gott, was für ein Gerede, dachte Susanne und sagte: »Tut mir leid, in solche Regionen kann ich Ihnen nicht folgen. Dazu bin ich wohl doch zu nüchtern. Wenn ich Sie also richtig verstehe, wissen Sie überhaupt nicht, was Megatonin im menschlichen Gehirn anrichtet?«
Schlei zuckte resigniert die Achseln. »Nehmen Sie Roland Scholl. Sie waren doch bei ihm. Was ist dieses *Etwas*, vor dem er sich so fürchtet? Zunächst hatte ich die Theorie, daß es sich um seine eigenen abgespalteten Gefühle handelt. Scholl hatte eine ähnliche Mentalität wie Gablenz, hielt sich ganz und gar für einen rationalen Forscher, kühl und logisch, betrachtete Gefühle als störend und überflüssig. Dem wissenschaftlichen Weltbild zufolge ist das Universum seelen- und sinnlos. Der Glaube an ein solches Weltbild kann extreme existentielle Angst auslösen, die dann meistens ins Unterbewußtsein verdrängt wird. Möglicherweise verstärkte Megatonin bei Scholl diese Angst und ließ sie als ungeheure Bedrohung erscheinen, vor der er dann buchstäblich in den Wahnsinn flüchtete.«
»Aber jetzt zweifeln Sie an dieser Theorie?«
»Ich bin mir nicht sicher. Angenommen, es gibt diese jenseitige, spirituelle Dimension wirklich und Megatonin reißt das Tor zu dieser Dimension, das normalerweise geschlossen oder höchstens einen Spaltbreit geöffnet ist, mit einem Mal weit auf – wissen wir, was uns dort erwartet? Engel? Dämonen? Oder beides? Vielleicht gibt es ja gute Gründe dafür, dieses Tor geschlossen zu halten ...«
Susanne winkte ab. »Ich bitte Sie, Professor! Bleiben Sie besser bei Ihrer ersten Theorie, die klingt wenigstens

halbwegs plausibel.« Andererseits hatte Gablenz' Amoklauf in der Eifel tatsächlich etwas ... *Dämonisches.* Rasch schob sie den Gedanken beiseite und fragte: »Michael Conrad – was passierte mit dem?«

Schlei seufzte. »Ach, Conrad! An ihm konnte man sehen, daß Megatonin offenbar bei jedem Menschen anders wirkt, entsprechend seinem Charakter und seiner emotionalen Verfassung. Conrad war viel weicher und sensibler als Scholl. Er drehte nicht sofort durch, sondern begann tatsächlich paranormale Fähigkeiten zu entwickeln. Bei Telepathietests schnitt er so gut ab, daß er Kettler und Roloff richtig unheimlich wurde. Dann fing er an größenwahnsinnig zu werden, auf eine, nun ja, recht sympathische Weise: Er hielt sich für einen Messias, dessen Bestimmung es war, die Menschen vor der drohenden ökologischen Katastrophe zu warnen. Er wollte unbedingt Zeitungsinterviews geben und im Fernsehen auftreten. Dadurch entwickelte er sich für sie zu einem untragbaren Risiko. Kettler bekam den Auftrag, ihn zu ermorden.« Er lachte bitter. »Es ist nicht so leicht, einen Telepathen umzubringen, aber Kettler schaffte es. Er ist wirklich ein Killer allererster Güte. Sie haben es als Autounfall getarnt.«

»Dieser Kettler ist tatsächlich der *Kriminaldirektor* Kettler – bullige Gestalt, breites, derbes Gesicht?«

Schlei nickte stumm.

Entweder war Schlei vollkommen paranoid, oder es ging in Deutschland offenbar zu wie in einer lateinamerikanischen Bananenrepublik. Hatte der GENOTEC-Konzern den Staat kurzerhand aufgekauft? »Und der MSD?« fragte sie.

»Das ist General Enderles supergeheime Truppe. Militärischer Sicherheitsdienst, ein ziemlich dubioser Verein, der angeblich so geheim ist, daß noch nicht einmal diejenigen davon wissen, deren Aufgabe es eigentlich sein sollte, die Geheimdienste zu kontrollieren. Fragen Sie mich nicht, wie so etwas überhaupt möglich ist! Die MSD-Leute treten, je nach Bedarf, in Zivil auf oder in einer grauen, an Feldjäger erinnernden Uniform mit weißer Mütze und weißem Koppel. Sie haben ein großes Sortiment an sehr praktischen Ausweisen, unter anderem auch vom BKA. Es gab das Gerücht, daß sie gar nicht der Bundesregierung unterstellt sind, sondern dem NATO-Hauptquartier in Brüssel. Etwas Genaues weiß ich darüber nicht. Was ich aber weiß, ist, daß die Hälfte des MSD-Etats von GENOTEC finanziert wird. Ein ungeheuerlicher, verfassungswidriger Vorgang!«

In der Tat. Aber Susanne wunderte sich inzwischen über gar nichts mehr.

Das Wählscheibentelefon auf Schleis Schreibtisch klingelte, kein elektronischer Summton, sondern eine richtige, altmodische Klingel. Schlei ignorierte es und sagte eilig: »Megatonin existiert bislang nur in winzigen Mengen, denn seine Gewinnung ist sehr kompliziert und teuer. Da eine synthetische Herstellung noch nicht gelungen ist, muß die Hirnzellen-DNS menschlicher Föten als Grundstoff benutzt werden.«

Susanne schüttelte angesichts der Scheußlichkeit dessen, was Schlei eben gesagt hatte, angewidert den Kopf. Ihr Körper straffte sich. Das Telefonklingeln ließ nichts Gutes ahnen.

Schlei starrte auf den Apparat wie ein Kaninchen auf die Schlange. Beim dritten Klingeln hob er ab. »Oh ...« Susanne sah ihn regelrecht im Stuhl zusammensinken. »Du ... du mußt sie hinhalten ... sag, ich bin nicht da!«

Er legte auf und starrte Susanne angstvoll an. »Herta sagt, sie sind vor dem Haus. Sie müssen jetzt gehen, schnell! Kettler darf Sie nicht hier sehen.« Er sprang auf. »Über den Zaun hinter der Hütte kommen Sie aufs Nachbargrundstück. Das geht auf die Parallelstraße hinaus. Da haben Sie vielleicht eine Chance. Los!«
»Moment noch«, sagte Susanne. »Wie lange wirkt es, ich meine, wann ist Gablenz wieder normal?« Soweit man einen derartigen Menschen überhaupt als normal bezeichnen konnte.
»Habe ich Ihnen das denn nicht erklärt?« Schlei spie die Worte gehetzt aus, starrte dabei gebannt hinüber zum Haus. »Megatonin ist keine Droge. Es dauert eine Zeitlang, bis die volle Wirkung einsetzt und sämtliche synaptischen Blockaden im Gehirn aufgelöst sind. Aber diese Veränderung bleibt dann bestehen. Lebenslang.«
Auf der Veranda oder im Garten sah Susanne noch niemanden, aber die beiden Dobermänner waren aufgestanden und schauten wachsam hinüber zum Haus. Susanne lief aus der Hütte. Dahinter, vielleicht zehn Meter entfernt, sah sie zwischen den Tannen einen Palisadenzaun, durch den sie nicht hindurchsehen konnte. Ohne sich noch einmal umzudrehen, rannte sie zu dem Zaun, der etwa zwei Meter hoch war. Für Susannes leichten, beweglichen Körper stellte er kein unüberwindliches Hindernis dar. Sie sprang, zog sich mit den Händen hoch und wollte gerade ihr Bein über den Zaun schwingen, als sie plötzlich innehielt.
Sagte Schlei die Wahrheit, oder war er ganz einfach verrückt? Darüber konnte sie nur Gewißheit erhalten, wenn sie beobachtete, was in Schleis Garten geschah. Würde Kettler selbst den Professor aufsuchen, und wie würde er

sich verhalten? Um sich Klarheit über den Wahrheitsgehalt von Schleis Geschichte zu verschaffen, *mußte* sie dableiben und das Gespräch von Schlei mit Kettler belauschen. Falls Kettler überhaupt persönlich kam.
Leise glitt sie wieder hinunter ins Gras und schlich geduckt, die Tannen als Deckung nutzend, zur Hütte zurück. Gerade als sie vorsichtig um die Ecke spähte, tauchte Kettler auf der Veranda auf, gefolgt von zwei großen, breitschultrigen Burschen, deren graue Uniformen mit breiten, weißen Gürteln an Feldjäger erinnerten. Waren das MSD-Leute?
Susanne zog rasch ihren Kopf zurück und lehnte sich mit dem Rücken gegen die Hütte. Die beiden Dobermänner knurrten laut. »Siegfried! Hector!« sagte Schlei in der Hütte mit dünner Stimme. Susanne dachte zunächst, er wolle die Hunde zu sich rufen, doch dann stieß er laut und haßerfüllt hervor: »Siegfried! Hector! *Faßt!*« Obwohl Schlei sie ja gar nicht gemeint haben konnte, glaubte Susanne eine Schrecksekunde lang, die Hunde würden sie anfallen, aber als sie wieder um die Ecke spähte, sah sie, wie beide Hunde knurrend auf die Veranda zustürmten.
Kettler riß seine Pistole aus dem Schulterhalfter, nahm sie in beide Hände, ging hinunter aufs linke Knie und schoß auf den vorauslaufenden Hund. Gleich der erste Schuß traf. Der Hund jaulte und überschlug sich. Kettler zielte mit kaltblütig sicheren Reflexen auf den zweiten Hund, der nur noch ein paar Meter von der Veranda entfernt war, und erledigte auch ihn mit einem einzigen Schuß. Susanne konnte selbst gut mit der Pistole umgehen, aber eine solche Meisterleistung hatte sie noch nicht gesehen. *Ein Killer allererster Güte,* hatte Schlei gesagt.

Kettler stand wieder auf. Ohne die noch zuckenden, Blut versprudelnden Hundeleiber eines Blickes zu würdigen, ging er mit raschen Schritten über den Rasen, ließ dabei die Pistole wieder in der Jacke verschwinden. Susanne glaubte schon, er sei nach dieser kalten, tödlichen Aktion genauso beherrscht und kontrolliert wie in Antweilers Büro, doch als er näher kam, sah sie, daß sein Gesicht wutverzerrt war. Dann verschwand er aus ihrem Sichtfeld und blieb anscheinend dicht vor dem offenen Hüttenfenster stehen, hinter dem Schlei vermutlich kreidebleich zitterte und schwitzte.
»Jetzt sind Sie wohl total übergeschnappt!« rief Kettler. »Ihre Hunde auf mich zu hetzen!«
Schleis Stimme, schrill und dünn: »Ich wünschte, sie hätten Sie zerfleischt!« Susanne fand, daß er zugleich haßerfüllt und vollkommen verzweifelt klang.
»Wo ist die Wendland?« fragte Kettler schneidend. Susanne zuckte zusammen und hielt den Atem an.
»Wie ... wie kommen Sie darauf, daß sie hier war? Ich hatte heute noch keinen Besuch.« Es klang kläglich, alles andere als überzeugend.
»Das hat Ihre Herta auch schon behauptet, aber sie ist keine sehr talentierte Lügnerin, genau wie Sie.« Susanne schien es, daß Kettler beim Sprechen böse grinste. »Ich bin sicher, daß sie hier war. Warum hätte sie denn sonst meine beiden Aufpasser abschütteln sollen? Und ich wette, Sie haben ihr alles erzählt, Sie dämlicher Idiot. Daß wir erst jetzt kommen, verdanken Sie ausschließlich der Tatsache, daß diese Stadt Freitag nachmittags ein einziger beschissener Verkehrsstau ist.« Als Susanne das hörte, mußte sie unwillkürlich grinsen. Daß Kettler im Stau steckengeblieben war, gönnte sie ihm von Herzen. Das

Aufsehen, einen Streifenwagen anzufordern, der ihm mit Blaulicht den Weg bahnte, scheute er offensichtlich.
»Ich nehme an, sie ist über den Zaun getürmt. So blöd, sich hier auf dem Grundstück zu verstecken, wird sie ja wohl nicht sein. Aber meine Männer riegeln gerade ringsherum alles ab. Sie werden sie schon schnappen«, sagte er.
Susanne schlug das Herz bis zum Hals. *Los, verschwinde endlich,* sagte eine Stimme in ihr, *ehe es zu spät ist!* Aber sie zögerte noch.
»Kommen Sie!« hörte sie Kettler zu Schlei sagen. »Ich habe Herta gebeten, daß sie Ihnen Zahnbürste, Hemd und Unterwäsche einpacken soll. Ich werde Sie für ein paar Tage aus dem Verkehr ziehen, bis wir den aufgewirbelten Staub wieder unter den Teppich gekehrt haben.«
»Und wenn ich mich weigere?«
»Werden meine beiden grauen Gorillas dort drüben Sie aus Ihrer albernen Trapperhütte herausprügeln, und dann brauchen Sie hinterher mindestens ein neues Gebiß. Kommen Sie also lieber freiwillig mit.«
»Diesmal wird es Ihnen nicht gelingen, alles zu vertuschen! Die Sache mit Gablenz und den Wölfen hat viel zu viel Aufsehen erregt!«
Kettler schwieg einen Moment, dann sagte er rauh: »Da haben Sie ausnahmsweise recht. Hätte Roloff auf meinen Rat gehört und das Experiment im Labor durchführen lassen, wäre uns dieser Schlamassel erspart geblieben. Aber daß das Megatonin wirkt, steht ja nun wohl fest. Gablenz *kontrolliert* die Wölfe telepathisch. Er veranlaßt sie Dinge zu tun, die sie sonst nie tun würden.« Während Kettler das sagte, veränderte sich der Klang seiner Stimme. Susanne glaubte, Unsicherheit herauszuhören, viel-

leicht sogar Angst. »Warum er sich so verhält, wie er sich verhält, dafür habe ich allerdings auch keine Erklärung. Ich wünschte, ich wüßte es. Die psychische Veränderung scheint bei ihm noch bizarrer als bei Scholl oder Conrad. Er könnte uns völlig außer Kontrolle geraten. Mir wäre es lieber, ihn zu eliminieren, so wie Conrad, aber Roloff will ihn ja unbedingt lebend. Auf jeden Fall steht fest, daß Megatonin erheblich modifiziert werden muß, ehe man es gefahrlos benutzen kann.«

»Unsinn, Kettler! Begreifen Sie doch endlich, daß das ganze Projekt ein Irrweg ist. Ich wünschte, ich hätte diese Forschungen niemals begonnen. Megatonin verwandelt Menschen in Psimonster.«

»Ich weiß nicht«, sagte Kettler nachdenklich. »Vielleicht war Gablenz ja auch vorher schon ein Monster, und Megatonin hat nur verstärkt, was sowieso in ihm steckte. Aber darüber sollen sich andere den Kopf zerbrechen, das ist nicht mein Job. Los, jetzt, Professor, holen Sie Ihre Sachen! Ich habe nicht den ganzen Nachmittag Zeit.«

Das reichte, Susanne hatte genug gehört. *Ihn zu eliminieren, so wie Conrad,* hatte Kettler gesagt. Was mochte sich in der Eifel abspielen? Sie mußte unbedingt Jonas anrufen. Das alles war verrückt. Vollkommen verrückt. Aber nun stand jedenfalls fest, daß Schleis Geschichte stimmte. Sie betete, daß nicht plötzlich einer von den grauuniformierten Gorillas zwischen den Tannen auftauchte, und lief so schnell sie konnte zurück zum Zaun, die Hütte als Deckung nutzend. Ohne zu zögern oder sich noch einmal umzudrehen, zog sie sich am Zaun hoch und schwang sich hinüber, in der Hoffnung, daß Schleis Nachbar nicht ebenfalls eine Vorliebe für Dobermänner hatte und sie Kettlers Männern nicht genau in die Arme sprang.

Doch der Garten auf der anderen Seite war leer, keine Männer und, gottlob, auch keine Hunde. Susanne lief an einem Komposthaufen vorbei, dann an einem kleinen Teich mit hohen Schilfkolben. Zum Glück schien niemand zu Hause zu sein, die Tür der großen Veranda war geschlossen. Zwischen Doppelgarage und Haus gab es ein hohes, schmiedeeisernes Tor hinaus zur Straße. Es zu überklettern war eine mühsame Angelegenheit, da das Tor nur senkrechte Streben hatte. Sie blieb an einer der oben aufragenden Eisenspitzen hängen und wäre beinahe kopfüber hinunter auf die Steinplatten gestürzt, fing sich aber noch, so daß sie sich lediglich ein Loch in die Jeans riß.

Dann stand sie im Schatten des Hauseingangs und schaute die Straße hinauf und hinunter. Die meisten Häuser hatten Carports oder Doppelgaragen. Nur wenige Autos parkten entlang der Straße. Soweit sie sehen konnte, saß in keinem von ihnen jemand. Einen Moment fragte sie sich, ob Kettlers angebliche oder tatsächliche BKA-Beamte es wagen würden, sie kurzerhand auf offener Straße zu verhaften, aber wenn es sich um eine illegal operierende Geheimorganisation handelte – nachdem sie das Gespräch mit Kettler belauscht hatte, glaubte sie nicht mehr, daß Schlei diesbezüglich übertrieb –, schreckten sie vermutlich vor kaum etwas zurück.

Sie mußte telefonieren. Schnell. Jonas anrufen. Und Antweiler. Zweifellos handelte es sich um die unglaublichste Geschichte, mit der sie ihm je gekommen war, doch sie hatte keine andere Wahl. Irgendwie mußte sie ihn überzeugen. Sie hielt es für ausgeschlossen, daß er mit Kettler und seinen Hintermännern unter einer Decke steckte. Bestimmt war er ganz einfach auf Kettlers offenbar perfekte Tarnung als normaler BKA-Beamter hereingefallen. Jetzt hätte sie sich dafür ohrfeigen können, daß sie ihr Handy vergessen hatte. Verdammt! Mit dem Handy hätte sie sich hinter irgendeiner Gartenmauer im Gebüsch verstecken und einigermaßen sicher telefonieren können. Sie sah keine Telefonzelle in der Nähe. Irgendwo an einem Privathaus zu klingeln, um von dort aus anzurufen, erschien ihr zu umständlich, außerdem riskierte sie, daß vielleicht erst beim zweiten oder dritten Haus geöffnet wurde. Das einzige Geschäft in dieser Wohnstraße war eine Bäckerei auf der anderen Straßenseite, etwa fünfzig Meter entfernt. Sie löste sich aus der Deckung des Hauseingangs und rannte auf die Bäckerei zu. Über dem Asphalt flimmerte die Hitze, die Luft drang heiß in Susannes Lungen.

Als sie sich der Bäckerei näherte, drehte sie sich im Laufen um. Ein Wagen rollte langsam heran, ein weißer Wagen. Susanne sprintete über die Straße, so schnell sie konnte. Sie hörte, wie der Wagen mit aufheulendem Motor und quietschenden Reifen beschleunigte. Ein paar Meter trennten sie noch von der Bäckerei, als der Wagen an ihr vorbeischoß und mit kreischenden Bremsen vor dem Geschäft abstoppte. Die Türen flogen auf, und zwei Männer in Zivil sprangen heraus. Susanne erkannte ihre Gesichter sofort. Sie blieb keuchend stehen. Hinter ihr jagte ein zweiter Wagen heran.

»Wir haben einen Riesenärger bekommen, als Sie uns entwischt sind«, sagte einer der beiden Männer, und man merkte ihm die Genugtuung deutlich an. »Das passiert garantiert kein zweites Mal.«

»Was wollen Sie von mir?« fragte Susanne mit Unschuldsmiene. »Liegt ein Haftbefehl gegen mich vor, oder was?«

Hoffentlich merkten sie ihr nicht an, daß ihr das Herz bis zum Hals schlug.
Der zweite grinste. »Wußten Sie nicht, daß Joggen bei mehr als fünfundzwanzig Grad im Schatten verboten ist?« sagte er. »Wegen der Ozonbelastung. Schlecht für die Gesundheit.«
»Ich bin schon im freien Wochenende. Wenn es etwas Dienstliches zu klären gibt, können wir das Montag im Präsidium tun.«
Er grinste immer noch. »Klar. Und in Ihrer Freizeit lassen Sie sich gerne mal von Professor Schlei seine Nippessammlung zeigen. Hat er Ihnen auch vorgeführt, wie schön seine beiden Köter Männchen machen können?«
Susanne drehte sich um. Hinter ihr stand ein roter Passat Kombi quer auf dem Bürgersteig. Der Beifahrer war ausgestiegen und beobachtete sie wachsam.
Sie blickte wieder nach vorn. Der, der zuerst gesprochen hatte, war offenbar weniger zum Scherzen aufgelegt als sein grinsender Kollege. Er funkelte Susanne böse an. »Ich habe keine Lust, wegen Ihnen noch mal von Kettler zusammengestaucht zu werden! Machen Sie kein Theater und steigen Sie in den Wagen, sonst verpasse ich Ihnen eine Ohrfeige, daß Sie sich eine Woche lang im Spiegel nicht wiedererkennen!«
Susanne zögerte. Würden sie es wirklich wagen, sie hier auf offener Straße anzugreifen, vor einem Geschäft und den Hausfrauen, die garantiert längst an den umliegenden Küchenfenstern hingen? »Sie haben keine rechtliche Handhabe, um mich zum Einsteigen zu zwingen«, sagte sie mit fester Stimme. »Ich werde jetzt in das Geschäft dort gehen und meinen Chef anrufen. Wenn er einverstanden ist, werde ich mitkommen. Sonst auf gar keinen Fall!«

Aufrecht und mit festen Schritten ging sie auf die Bäckerei zu. Der mit dem bösen Blick fluchte laut, rannte ihr nach, packte sie an den Schultern, doch Susanne riß sich los und trat ihm mit voller Wucht zwischen die Beine. Er schrie auf und ging vor Schmerz in die Hocke.
Dann blieb sie reglos stehen. Sein Kollege richtete eine Pistole auf sie. »Kettler hat gesagt, er will Sie lebend. Von unverletzt war nicht die Rede. Ich könnte Ihnen ein Knie kaputtschießen. Oder beide. Dann werden Sie nie mehr vor irgendwas wegrennen!« Er winkte mit dem Pistolenlauf. »Los! Einsteigen!«
Susanne leistete keinen Widerstand mehr. Der, den sie getreten hatte, packte sie und stieß sie brutal auf den Rücksitz, setzte sich dann neben sie. Der andere sprang hinters Lenkrad, schob den Wählhebel der Automatik vor und gab Gas, so daß der zuvor im Leerlauf ratternde Motor aufheulte und der Wagen ruckend, mit quietschenden Reifen beschleunigte. Sie fuhren um den Block zurück in die Asternstraße, zu Schleis Haus.

Henns Villa befand sich in einer hervorragenden Wohnlage, unmittelbar am Waldrand, eigentlich idyllisch, doch in der momentanen Situation empfand Jonas den Wald gegenüber der Auffahrt als bedrohlich. Trotz Sonnenschein, friedlich summenden Insekten und harmlosem Vogelzwitschern erschienen ihm die schweigenden Bäume wie stumme Soldaten einer fremden Armee, die die Villa umzingelten und darauf warteten, jeden Moment zuzuschlagen.
Eine Armee – Unsinn! Jonas schüttelte den Kopf, wischte sich den Schweiß von der Stirn und stieg aus dem Wagen. Alles sah so aus wie immer, sommerlich harmlos. In Henns

Garten waren die Festvorbereitungen in vollem Gange. Große, mit Alufolie abgedeckte Tabletts wurden aus einem Lieferwagen zu den Buffet-Tischen getragen. Auf einer kleinen, eigens aufgebauten Bühne packte eine Band gerade ihre Instrumente aus. Als Jonas den Namen der Gruppe las, der groß und schwungvoll auf dem Schlagzeug und einem Schild vor dem Keyboard prangte, mußte er unwillkürlich grinsen: FREEWAY. Wirklich sehr passend. Henn stand neben der Bühne mit einem tiefgebräunten, blondgelockten, aber um Mund und Augen schon ein wenig zerknitterten Beach Boy, bei dem es sich, wie Jonas vermutete, um den FREEWAY-Leadsänger handelte.
»Ich will Schwung und Schmiß«, sagte Henn, »es darf ruhig ein bißchen rocken und fetzen, aber« – er hob die Hände – »nicht zu hart und laut. Immerhin sind einige betagtere Herrschaften unter den Gästen. Herzschrittmacherträger und so weiter – Sie verstehen?«
»Klaro«, sagte der faltige Beach Boy mit einem Lächeln, das Jonas ölig fand, sonnenölig in diesem Fall. Er wußte schon jetzt, daß ihm der Sound dieser Band nicht gefallen würde. »Wir sind Profis. Sie sind der Boß, Sie bestimmen, was gespielt wird. Und wir kassieren die Gage.«
Henn klopfte ihm auf die Schulter. »Gut so«, sagte er. Dann drehte er sich zu Jonas um, klopfte ihm ebenfalls auf die Schulter – für sein Schulterklopfen war Henn im ganzen Wahlkreis berüchtigt – und schüttelte ihm die Hand. »Ah, unser Polizeichef! Gut, daß Sie vorbeischauen. Was haben Sie auf dem Herzen?«
Wenn Henn durch Honadels und Lohmanns Tod in irgendeiner Weise aus dem Gleichgewicht gebracht war, dann gelang es ihm gut, das zu verbergen. Er wirkte jovial und, wie immer, auf diese schmierige Art freundlich, die

Jonas zum Kotzen fand. Sein gewelltes weißes Haar war wie gewohnt tadellos frisiert. »Häuptling Silberlocke« war einer seiner schmeichelhafteren Spitznamen. Er befand sich noch nicht in Abendgarderobe, sondern trug Jeans und ein lässig aufgeknöpftes Polohemd. Tennisspielen und Rennradfahren bewirkten, daß er für einen Sechzigjährigen noch gut in Form war.

»Sie wissen, was passiert ist?«

Henn nickte. »Ja, natürlich«, sagte er leise. Für einen kurzen Moment schien seine joviale Maske Risse zu bekommen, schienen ihm die Gesichtszüge ein wenig zu entgleisen. Dann hatte er sich wieder in der Gewalt. »Kommen Sie«, sagte er.

Er führte Jonas in den hinteren Teil des Gartens zu einer Sitzecke, wo offenbar niemand mithörte. Sie setzten sich in Korbstühle, und Henn bot Jonas aus einem silbernen Etui einen Zigarillo an. Jonas schüttelte den Kopf. »Ach ja, Sie rauchen ja nicht«, sagte Henn, während er sich selbst einen dieser vermutlich sehr teuren, aber für Jonas' Nase trotzdem unangenehm stinkenden Glimmstengel zwischen die Lippen steckte. Es war ein unvermeidliches Ritual. Henn bot Jonas *jedesmal* einen Zigarillo an. Vermutlich stand er unter dem unbewußten Zwang, seiner Umgebung immer wieder demonstrieren zu müssen, daß er sich heute solches Luxuszeug leisten konnte.

Henns Eltern hatten in Buchfeld eine kleine Metzgerei betrieben. Daß ihr Sohn seinen Weg in dieses prächtige Haus gemacht hatte, war durchaus eindrucksvoll. Wenn man Wert auf solche Dinge legte. Jonas hatte es lieber eine Nummer kleiner. Häuser, Autos, alles eine Nummer kleiner. Überschaubarer. »Je größer das Haus, desto kleiner das Herz«, hatte seine Oma immer gesagt. Zugegeben,

das mochte ein ziemlich proletarischer Standpunkt sein. Sicherlich gab es auch reiche Leute mit großen Herzen. Aber Jonas war mit seinem Polizistengehalt sehr zufrieden, und er war fest überzeugt, daß die Geldsummen, mit denen der Thönnessche und Hennsche Klüngel jonglierte, ihm lediglich Alpträume bescheren oder ihn dazu verleiten würden, mit dem Saufen anzufangen, wie Honadel zuletzt. Beim Gedanken an Honadel spürte er einen bitteren Kloß im Hals, den er rasch herunterschluckte. Als seine Kehle wieder frei war, sagte er:
»Ich halte es nicht für ratsam, das Fest durchzuführen, solange das Problem mit Gablenz und dem Wolfsrudel nicht unter Kontrolle ist.«
Henn blies Zigarillorauch in die Luft. »Gablenz? Es ist nicht erwiesen, daß Dr. Gablenz in diese Angelegenheit verwickelt ist.«
Jonas hustete. »Möglicherweise handelt es sich ja um seinen eineiigen Zwilling – oder um einen GENOTEC-Klon.«
Henn hob die Brauen. »Despektierliche Bemerkungen sind dem Ernst der Lage wohl kaum angemessen. Zu Ihrer Beruhigung: Ich habe, wie Sie wissen, beste Kontakte zum Innenministerium. Dort hat man mir noch einmal versichert, daß ich für das Fest ausreichenden Objektschutz erhalte. Es wird eigens eine Spezialeinheit unter Leitung des Antiterrorexperten Kettler vom BKA zum Schutz meines Anwesens abgestellt.« Bei diesen Worten schwang deutlicher Stolz in seiner Stimme mit.
Jonas ahnte, daß es sinnlos war, unternahm aber trotzdem noch einen Versuch. Er streckte die Hand zum Wald hin aus. »Ob es sich nun um Gablenz handelt oder nicht: Dort draußen läuft ein Irrer herum, der, fragen Sie mich

nicht, wie, dieses Wolfsrudel in seiner Gewalt hat. Und der Bursche führt Krieg gegen die Autobahn. Sie und Ihre Gäste geben heute abend ein geradezu ideales Ziel ab. Ich bezweifle, daß sich Ihr Grundstück effektiv gegen den Angriff eines Rudels von neunzehn Wölfen schützen läßt. Zumal meine Vorgesetzten und die Staatsanwaltschaft nach wie vor davon überzeugt sind, es handele sich nicht um die Wölfe, sondern um zwei, drei auf Menschen abgerichtete Hunde.«

Henn betrachtete einen Moment schweigend die Spitze seines Zigarillos, dann sagte er: »Ihre Theorie mit dem Wolfsrudel klingt für mich, ehrlich gesagt, ziemlich abstrus. Die andere Theorie, daß es Ökoterroristen sind, die dressierte Hunde auf Menschen hetzen, ist schon abenteuerlich genug, aber sie bewegt sich wenigstens noch in einem Rahmen, den ich verstandesmäßig akzeptieren kann.«

»Wie Sie meinen«, entgegnete Jonas. »Aber in jedem Fall haben wir es mit einer unkalkulierbaren Gefahr zu tun, und deshalb rate ich Ihnen dringend das Fest zu verschieben. Warum unnötig Menschenleben riskieren?«

Henn wedelte mit der Hand. »Was ist mit der Band?« fragte er. »Soll ich die wieder nach Hause schicken? Und das Riesenbuffet mit meiner Frau alleine aufessen? Einige Gäste, die von weiter weg kommen, sind bereits unterwegs.« Er schüttelte energisch den Kopf. »Nein. Das Fest ist wichtig. Es ist mir wichtig. Und ich habe einen Ruf als Law-and-Order-Mann zu verlieren. Man läßt sich nicht von Terroristen einschüchtern. Schon aus Prinzip nicht.«

»Manche Prinzipien können im Zweifel ziemlich ungesund sein«, bemerkte Jonas trocken.

Einen Moment blitzte es in Henns Augen wütend auf,

dann zuckte er die Achseln und lächelte schmal. »Ich bin kein Feigling. Ich weiß, daß Sie mich für ein korruptes Arschloch halten, Faber. Vermutlich bin ich das auch. Aber ich bin nicht feige.«
Jonas war versucht, triefend vor Spott zu entgegnen: »Da bin ich ja mächtig beeindruckt.« Doch er verkniff es sich.
Henn veränderte seine Haltung. Er richtete sich im Stuhl auf, lächelte routiniert und sagte in einem Tonfall, als sei eine Kamera auf ihn gerichtet und er spräche in Reportermikrofone: »Wissen Sie was? Es wird nichts passieren. Ich bin sicher, daß nichts passieren wird. Als Politiker bin ich es gewohnt, positiv zu denken. Es wird ein schönes, gelungenes Fest. Natürlich wird die Trauer um Jochen Honadel und Horst Lohmann die Stimmung ein wenig trüben. Aber es wird trotzdem ein gelungenes Fest werden. Ich habe ein gutes Gefühl.«
Jonas seufzte und stand auf. »Es ist Ihre Entscheidung«, sagte er, eher bitter als wütend. »Ich habe Sie jedenfalls gewarnt. Das Risiko liegt bei Ihnen.«
Henn blies eine blaue Rauchwolke in Jonas' Richtung. »Wenn man es genau betrachtet, ist doch das ganze Leben ein ziemliches Risiko, oder etwa nicht?«
»Ich bin Polizist, kein Philosoph«, erwiderte Jonas schroff. Und für Dummschwätzer wie dich müssen unsere jungen Bereitschaftspolizisten den Kopf hinhalten und ihr Leben riskieren, fügte er in Gedanken hinzu.
»Werden Sie und Ihre Männer heute abend auch Dienst tun?« fragte Henn.
Jonas schüttelte den Kopf. »Kriminalrat Weyerbusch hat uns angewiesen, uns völlig aus der Sache herauszuhalten. Im Grunde habe ich mit meinem Besuch hier schon meine Kompetenzen überschritten.«

»Es ehrt Sie ja, daß Sie sich um unsere Sicherheit sorgen. Wissen Sie was, seien Sie doch heute abend privat mein Gast. Ich finde, der örtliche Polizeichef sollte anwesend sein. Und bringen Sie auch Frau Adrian mit. Ich möchte mich einmal mit ihr über die Wölfe unterhalten.«

Schon die Musik des platinblonden Beach Boys wäre ein guter Grund gewesen, die Einladung auszuschlagen, aber wenn Gablenz tatsächlich auftauchte, wollte Jonas an Ort und Stelle sein, daher sagte er zu, verabschiedete sich mit einem knappen Kopfnicken und ging zum Auto zurück.

Während er Henns Garten durchquerte, der eigentlich schon mehr ein kleiner Park war, versuchte Jonas sich vorzustellen, wie das Wolfsrudel über die Mauer sprang und die Gäste anfiel. Es gelang ihm nicht. Der Gedanke war einfach zu bizarr. Kein Wunder, daß Henn diese Gefahr nicht ernst nahm.

FREEWAY begann mit dem Soundcheck. Die Musiker spielten ein paar Takte von *Let it be,* der abgehalfterte blonde Strandjunge sang dazu. Jonas verzog das Gesicht und verließ möglichst rasch Henns Garten.

Während er zu seinem Wagen zurückging, überlegte er, ob er Chris auf das Fest mitnehmen sollte. Möglicherweise wurde es gefährlich. Andererseits mochte er sie auch nicht im Park allein lassen. Was Gablenz zu Chris gesagt hatte, beunruhigte ihn: *Ich werde dich zu mir rufen, und dann wird sich deine Bestimmung erfüllen.* Wie hatte er das gemeint? Chris würde unbedingt mitkommen wollen, und im Grunde war es ihm am liebsten, wenn sie in seiner Nähe war. Dann konnte er sie wenigstens beschützen, wenn es sein mußte auch gegen sonderbare Bärenwesen oder was auch immer …

Als er die Fahrertür aufschloß, ertappte er sich dabei, daß

er über die Straße spähte und den Waldrand nach Wolfsaugen absuchte. Zu seiner Erleichterung entdeckte er aber keine.

Vor Professor Schleis Haus standen zwei Limousinen und ein olivgrüner Kleinbus mit Bundeswehrkennzeichen. Der Gorilla hinter dem Steuer, der gedroht hatte, Susanne die Knie kaputtzuschießen, stoppte ziemlich unsanft.
»Schön sitzen bleiben«, knurrte Gorilla Nummer zwei neben ihr mit einem finsteren Seitenblick. Dann stieg er aus und setzte sich auf den Beifahrersitz.
Kettler erschien in Schleis Haustür. Mit raschen Schritten kam er zum Wagen, nickte seinen beiden Leuten zu und setzte sich neben Susanne. »Sie machen mir wirklich eine Menge Ärger«, sagte er wütend. Die Überlegenheit, die er in Antweilers Büro zur Schau gestellt hatte, war einer nervösen Gereiztheit gewichen. Unter seinem linken Auge zuckte ein Muskel.
»Was Ihre Leute hier machen, ist ungesetzlich!« gab Susanne zurück. »Ich will sofort meinen Chef sprechen.«
»*Sie* haben Ihre Kompetenzen überschritten, Frau Kollegin!« fuhr Kettler sie an. »Sie hatten die Anweisung, sich aus der Angelegenheit herauszuhalten. Die Konsequenzen haben Sie sich ganz allein zuzuschreiben!«
Susanne holte tief Luft und sagte: »Ich glaube kaum, daß Kriminalrat Antweiler mit Ihnen zusammenarbeiten würde, wenn er Ihre wahre Identität kennen würde.«
Kettler grinste, aber es wirkte starr, eine Grimasse. Sein Auge zuckte immer noch, und seine Lippen zitterten. Susanne ahnte, daß nicht so sehr ihre eigenen Aktivitäten, sondern viel mehr die Ereignisse in der Eifel der Grund für seine Nervosität waren – im Gespräch mit Schlei hat-

te er geradezu ängstlich geklungen, als Gablenz' unheimliche Fähigkeiten zur Sprache gekommen waren. Offenbar hatten Kettler und die Leute von GENOTEC die Kontrolle über das Geschehen verloren. Sie mußte unbedingt mit Jonas telefonieren, so schnell wie möglich.
»Sie kaufen Schlei doch wohl nicht seine paranoiden Hirngespinste ab?« sagte er heiser.
Susanne überlegte fieberhaft, wie sie die Situation irgendwie zu ihren Gunsten verändern konnte. »Wenn es sich nur um paranoide Hirngespinste handelt«, sagte sie, »können wir doch jetzt beide zu Antweiler fahren und das Ganze mit ihm besprechen. Und danach kann er mich ja meinetwegen vom Dienst suspendieren.«
Kettler schüttelte den Kopf. »Kein guter Vorschlag«, sagte er schroff. »Dafür ist keine Zeit.«
Er schien sich wieder besser in der Gewalt zu haben. »Meine Männer werden Sie jetzt nach Hause bringen«, fuhr er ruhiger fort. »Ich will, daß Sie das ganze Wochenende in Ihrer Wohnung bleiben. Und telefonieren Sie nicht. Das ist das Wichtigste: Telefonieren Sie nicht. Wenn Sie sich kooperativ zeigen, werde ich mich dafür einsetzen, daß man auf ein Disziplinarverfahren verzichtet.«
Du willst mich also kaufen, dachte Susanne, mich erpressen, damit ich stillhalte. Andererseits hatte sie von ihrer Wohnung aus möglicherweise eine Chance, ihren Bewachern zu entkommen und in der Altstadt unterzutauchen. Von dort könnte sie versuchen zu telefonieren. Ihr eigener Apparat wurde garantiert abgehört, und ihr Handy lag nutzlos im Büro herum. Oder würden die beiden Typen vorn im Wagen, von denen der eine sie ständig finster im Rückspiegel beobachtete, ihr das ganze Wochen-

ende Gesellschaft leisten? Vielleicht war es besser, wenigstens zum Schein auf Kettlers Angebot einzugehen.
»Okay«, sagte sie leise. »Sie haben gewonnen. Ich lasse mich von Ihren liebenswürdigen Gorillas nach Hause fahren.«
Kettler wirkte befriedigt. »Gut. Sehr vernünftig.«
In diesem Moment wurde Schlei, der eine Reisetasche trug, von den beiden grau Uniformierten aus dem Haus eskortiert.
»Was passiert mit ihm?« fragte Susanne.
»Ein Kurzurlaub«, sagte Kettler. »Er braucht Erholung, wissen Sie. Die Nerven ...« Ohne ein weiteres Wort stieg er aus. Der Opel Vectra fuhr an, und durchs Seitenfenster beobachtete Susanne, wie Schlei kreidebleich in den olivgrünen Kleinbus kletterte. Sie fragte sich besorgt, was diese Gangster mit ihm anstellen würden. Daran, daß Kettler keine Skrupel hatte, Schlei und auch sie selbst zu beseitigen, wenn er das für nötig hielt, zweifelte Susanne keine Sekunde.
Während der Vectra sich durch den Feierabendverkehr quälte, überlegte Susanne verzweifelt, wie sie auf schnellstem Wege Antweiler und Jonas erreichen konnte. Ihre beiden Aufpasser schwiegen eisern. Die Fahrtrichtung stimmte bislang, sie hatten also offenbar tatsächlich vor, Susanne in ihre Wohnung zu bringen – nicht in irgendeine Kiesgrube. Wenn geplant gewesen wäre, sie zu beseitigen, hätte Kettler sich wohl kaum die Mühe gemacht, vorher noch einmal mit ihr zu reden.
»Werde ich mich denn das ganze Wochenende an Ihrer Gesellschaft erfreuen dürfen?« fragte sie.
Der hinter dem Lenkrad schaute in den Rückspiegel und grinste. »Aber natürlich«, sagte er. »Und uns ist es selbst-

verständlich auch ein Vergnügen. Der Chef möchte, daß Sie in Ihrer Wohnung bleiben und nicht telefonieren, und wir werden schön achtgeben, daß Sie auch wirklich in Ihrer Wohnung bleiben und nicht telefonieren.«

Der andere schimpfte vor sich hin. »Warum habe ich Idiot nicht meinen Resturlaub genommen, wie ich es ursprünglich vorhatte?« knurrte er. »Dann hätte ich mit dieser ganzen Kacke nichts zu tun.«

»Unsinn, Grabbe!« Der Fahrer schüttelte den Kopf. »Du glaubst doch nicht im Ernst, daß der General dir *jetzt* Urlaub bewilligt hätte.« Dann schwiegen sie wieder.

General? Das ließ darauf schließen, daß sie wirklich Militärgeheimdienstler waren und das Wiesbadener BKA-Kennzeichen des Vectra nur Tarnung.

Sie fuhren auf der Venloer Straße in Richtung Innenstadt. Susanne saß hinter dem Beifahrer. Ohne Zweifel war auf ihrer Seite die Kindersicherung verriegelt. Fensterkurbeln hatte der Vectra hinten keine, wie ein Streifenwagen. In ungefähr zehn Minuten würden sie bei Susannes Wohnung ankommen. Sie wohnte im vierten Stock, so daß sie, wenn sie sich erst einmal dort befanden, gefangen war wie ein Kaninchen in seinem Bau. Ihr Telefon würden sie vermutlich kurzerhand funktionsuntüchtig machen und dann vor der Wohnungstür Wache halten, Tag und Nacht, sich mit ihren offenbar zahlreichen Kollegen abwechselnd. Susannes Chancen, unbemerkt aus der Wohnung zu entwischen, standen gleich Null. Daß jemand aus dem Präsidium sie vermißte und bei ihr nach dem Rechten schaute, hielt sie für äußerst unwahrscheinlich, denn es war Freitagnachmittag, und sie hatte ihr freies Wochenende. Das Mallmännchen war bestimmt längst nach Hause gefahren.

Auf der linken Seite konnte die Kindersicherung nicht verriegelt sein: Der Gorilla war dort ausgestiegen, anschließend Kettler. Diese Tür ließ sich also von innen öffnen. *Ich habe nur eine Chance zu telefonieren, wenn ich aus diesem Wagen herauskomme,* dachte sie. Entweder hatten sie vergessen, die Kindersicherung an dieser Tür zu verriegeln, oder sie rechneten einfach nicht damit, daß sie so verrückt sein würde, aus dem Wagen zu springen. Die Straßen waren hier sehr belebt. Würden sie Susanne verfolgen und es wagen, unter den Augen zahlreicher Passanten auf sie zu schießen? Als sie sie vor der Bäckerei geschnappt hatten, schien ihnen das Aufsehen, das sie erregten, wenig auszumachen. Hinauszuspringen, während der Wagen an einer roten Ampel stand, erschien ihr töricht, weil sie dann zu wenig Vorsprung gehabt hätte. Und wenn sie bei größerer Geschwindigkeit hinaussprang, würde sie hinterher wohl kaum noch in der Verfassung sein, zum nächsten Telefon zu laufen.

Nein, wenn überhaupt, dann mußte sie den Moment nutzen, in dem der Wagen an einer Ampel anfuhr. Der Fahrer würde dann vermutlich unwillkürlich voll auf die Bremse treten, so daß die nachfolgenden Wagen auffuhren und auf der Kreuzung ein Chaos ausbrach. Das Überraschungsmoment gab ihr eine Chance zu entwischen. Es war nur eine kleine Chance, aber sie mußte es versuchen. Sie hatte keine andere Wahl.

Möglicherweise war auch auf ihrer Seite die Tür nicht verriegelt, aber sie hatte nur einen Versuch und entschied sich deshalb dafür, gleich die linke Tür zu nehmen, auch wenn das bedeutete, genau vor dem anrollenden Gegenverkehr auf die Straße zu springen. Halsbrecherisch.

Sie näherten sich der nächsten Kreuzung. Die Ampel

sprang auf Rot. Ihr Wagen war der dritte hinter der Ampel. Susannes Herz begann heftig zu klopfen. Sie setzte die Füße fest auf und bemühte sich gleichzeitig, ein völlig unverräterisches Gesicht zu machen. Wenn sie sich über die Rücksitzbank nach links warf, mußte sie gleich beim ersten Versuch den Türgriff erwischen. Sie durfte aber nicht nach links schielen, um das Ziel ins Auge zu fassen, denn dann hätte sie sich verraten, falls einer der beiden in den Rückspiegel schaute. Sie *beschloß* einfach die Hand zielgenau nach dem Türgriff auszustrecken, wenn sie sich zur Seite warf.
Das grüne Ampellicht leuchtete. Der Vectra ruckte an, rollte langsam, dann immer schneller in die Kreuzung hinein. Es war eine große Kreuzung zweier vierspuriger Straßen, Venloer und Melatenstraße. Als der Vectra sich dem Ende der Kreuzung näherte und schon fast zu schnell war, warf sich Susanne zur Fahrerseite hinüber, zog am Griff, stieß die Tür auf und sprang. Der Aufprall auf den Asphalt war härter und schmerzhafter als erwartet. Sie rollte sich über die Schulter ab, sprang auf und rannte los. Aus den Augenwinkeln sah sie zwei Autos auf sich zurasen und hörte Bremsenquietschen, dann lautes Krachen, als die nachfolgenden Wagen auffuhren. Sie schlug Haken wie ein Hase und erreichte den schräg gegenüberliegenden Bürgersteig.
Ob auch der Vectra eine Vollbremsung gemacht und einen Auffahrunfall verursacht hatte, konnte sie nicht sehen, weil sie nicht wagte, sich umzudrehen. Sie nahm an, daß sie sich bei dem Aufprall auf die Straße etliche blaue Flecken geholt hatte, aber sie war noch in der Lage zu rennen. Also rannte sie, so schnell sie konnte.

Es war unglaublich rasch gegangen. Flink wie eine Raubkatze hatte dieses Miststück sich zur Seite geworfen, die Tür aufgestoßen und war verschwunden. Und natürlich hatte Heppinger eine Vollbremsung gemacht. Der Aufprall des folgenden Wagens ließ Grabbes Kopf vor und zurück pendeln. Als er wieder klar sehen konnte, hatte die Wendland auf der Gegenfahrbahn ebenfalls eine Massenkarambolage verursacht und schon fast den Bürgersteig erreicht. Unversehrt. Sie lief verflucht schnell. Und höchstens vierzig Meter weit weg leuchtete das blaue Schild einer U-Bahn-Station in der Sonne. Sich losschnallen und aus dem Wagen springen war praktisch eine Bewegung. »Nein! Nicht schon wieder die U-Bahn!« stieß Grabbe hervor und rannte ihr nach, zog im Laufen seine Pistole, entsicherte sie. Passanten schrien und schimpften. Grabbe stieß einen von ihnen mit einem groben Schlag zur Seite. Die Wendland hatte die U-Bahn-Treppe fast erreicht. Sie hatten schlichtweg vergessen, die Kindersicherung zu verriegeln. Kettler war ausgestiegen, und sie waren einfach losgefahren.

Sie darf nicht telefonieren, sie darf auf keinen Fall telefonieren, hatte Kettler gesagt. *Es darf keine weiteren Pannen geben!*

Was soll ich denn machen, verdammte Scheiße? Sie auf offener Straße niederschießen? dachte Grabbe. Am Kopf der Treppe drehte sie sich kurz um, sah ihn, rannte weiter, die Treppe hinab. »Stehenbleiben!« keuchte Grabbe. »Sonst schieße ich!« Passanten rannten kreischend auseinander. General Enderles Kettenraucherstimme: *Vor allem kein unnötiges Aufsehen erregen. Wir sind die Sicherheitselite – geräuschlos und effizient.*

Sie würde telefonieren wollen. Dazu brauchte sie ein paar

Minuten Ruhe. Die öffentlichen Telefone in der U-Bahn-Station zu benutzen, wäre töricht gewesen, denn dort hätte er sie sofort entdeckt. Wenn es ihr gelang, mit einer U-Bahn zu entwischen, konnte sie irgendwo in Köln untertauchen, diese verdammte Stadt war riesengroß. Soweit er wußte, war das hier kein Kreuzungsbahnhof, es gab also nur zwei Bahnsteige, für jede Richtung einen. Während er die Treppe hinabstürmte, zwei Stufen auf einmal nehmend, überlegte er, was er an ihrer Stelle täte. Wahrscheinlich würde er in die Innenstadt hineinfahren. Dort boten sich bessere Möglichkeiten, unterzutauchen. Am Fuß der Treppe rannte er eine alte Frau um, die schreiend liegen blieb. Die Wendland *durfte* nicht entwischen!

Richtung Innenstadt zu fahren, war das Vernünftige, zu Erwartende ... Grabbe grinste und lief zu dem Bahnsteig der Züge in die andere Richtung, nach Bickendorf. Oben an der Treppe blieb er stehen. Kein Zug stand auf dem Gleis, einige Leute warteten. Entweder war der Zug schon weg und sie entwischt, oder ... Sie stand hinter dem Fahrplankasten dicht an die Wand gepreßt. Als sie ihn sah, rannte sie sofort los, auf die Treppe am anderen Ende des Bahnsteigs zu.

Grabbe lief zurück in die große Halle unter der Straßenkreuzung, in der wenigstens kein dichtes Menschengewühl herrschte. Er sah die Wendland am anderen Ende der Halle den Treppen entgegensprinten, die hinauf ins Licht führten. Er würde sie nicht einholen, sie war schlank und schnell wie eine Gepardin. Wenn er schon schießen mußte, dann hier unten, wo relativ wenige Leute unterwegs waren. »Stehenbleiben!« Sie reagierte nicht, hatte das Ende der Halle schon fast erreicht. Grabbe hob

die Pistole. Sie nicht *er*schießen … nur stoppen. Er versuchte auf ihre rechte Schulter zu zielen.
Der Schuß hallte von den Wänden wider wie ein Donnerschlag. Sie wurde herumgerissen, stolperte, rappelte sich auf, umklammerte mit der linken Hand ihren rechten Oberarm und rannte weiter. Jemand hielt ihn fest. Jemand hielt ihn von hinten fest, nahm ihn in den Schwitzkasten, hielt ihm ein Messer an die Kehle. Grabbe ließ die Pistole fallen. Es stank gräßlich nach billigem Fusel. Verdammt. »He, Arschloch«, sagte eine heisere Stimme. »Was bist du für einer, daß du auf schöne Frauen schießt?«
Der Typ schien seine Zunge nicht mehr gut unter Kontrolle zu haben, aber sein Griff war fest. Ein Berber. So ein Idiot. Gottverdammter Penner. Grabbe brach den Arm, der das Messer hielt. Es fiel klirrend zu Boden. Der Mann kreischte laut auf. Grabbe wirbelte herum und schlug in das bläulich rote, unrasierte, von verfilztem Haar umrahmte Gesicht.
Als er sich wieder umdrehte, war die Wendland verschwunden. Er hob seine Pistole auf und lief zu der Stelle, wo er sie angeschossen hatte. Im Laufen nahm er seine Waffe kurz in die linke Hand, um sich die Rechte angewidert am Jackett abzuwischen. Verdammt, hatte dieser Kerl gestunken! Kein Blut auf dem Boden. Es gab drei Treppen. Links, rechts und geradeaus. Er hatte gehofft, daß sie eine Blutspur hinter sich herziehen würde. Aber offenbar blutete die Wunde dafür nicht stark genug. Spontan entschied sich Grabbe für die rechte Treppe.

Susanne hatte die linke Treppe genommen. Oben hetzte sie, ohne sich umzudrehen, in eine Seitenstraße. Der

Streifschuß an ihrem rechten Oberarm brannte wie Feuer, war aber, soweit sie das im Moment beurteilen konnte, ungefährlich.
Scheiße, wieso bin ich nicht gleich hier hochgerannt? dachte sie. Das mit der U-Bahn war so verlockend gewesen, weil es beim ersten Mal so gut geklappt hatte, doch nun hatte sie dadurch wertvolle Zeit verloren.
Geschäfte, etliche Passanten, aber kein dichtes Menschengewühl, das sie einfach verschluckt hätte. Telefonieren, telefonieren, telefonieren. Eine Kneipe. Sie stürzte herein und hielt dem Wirt, der erschrocken auf ihren blutenden Arm starrte, ihren Dienstausweis unter die Nase.
»Wo ist das Telefon?«
Er zeigte auf einen offen neben dem Tresen hängenden Apparat. Die Kneipe war nicht gerade überfüllt, aber es saßen doch einige Leute an den Tischen und vor dem Tresen. *Würde er mich hier über den Haufen schießen? Erst mal muß er mich finden. Konzentrier dich aufs Telefon. Wenn er dich vorher erwischt, kannst du's sowieso nicht mehr ändern.* Sie wählte Antweilers Büronummer. Hoffentlich war er noch dort. Er machte oft Überstunden, auch freitags. Das Freizeichen. Einmal. Zweimal. Dreimal. Viermal. Verdammt!
Da meldete er sich doch noch, leicht atemlos. »Wendland? Sie? Da haben Sie aber Glück, ich war schon draußen auf dem Flur!«
»Passen Sie auf, ich hab nicht viel Zeit, einer von Kettlers Leuten ist mir auf den Fersen.« Sie bemühte sich klar und deutlich zu sprechen, trotz ihrer erschöpften Lungen, der blutenden Armwunde, der beim Sprung aus dem Wagen erlittenen Prellungen, die sie jetzt erst richtig zu spüren begann. »Ich war bei Schlei ...«

»Bei Schlei? Aber, Sie sollten doch ...«
»Verdammt, unterbrechen Sie mich nicht! Kettler spielt ein Doppelspiel. In Wahrheit arbeitet er für den MSD, das ist ein ganz dubioser Verein, der teilweise vom GENOTEC-Konzern finanziert wird. Sie haben Schlei entführt und sind hinter mir her. Einer von Kettlers Leuten hat auf mich geschossen ...«
»Ich habe geahnt, daß mit Kettler etwas faul ist, seit er uns diese Unfallwagengeschichte aufgetischt hat ...«
Susanne atmete erleichtert auf.
»... ich bin selbst gerade dabei, einige Nachforschungen anzustellen. Wo sind Sie jetzt? Sind Sie verletzt?«
»Nicht der Rede wert. Ich bin im ›Brünnchen‹, in der Hansemanngasse, an der Kreuzung Venloer–Melatenstraße. Aber Kettlers Gorillas machen Jagd auf mich.«
»Okay«, sagte Antweiler rasch. »Bleiben Sie dort. Ich schicke Ihnen sofort einen Streifenwagen. In der Kneipe sind Sie vermutlich am sichersten.«
Susanne wollte ihm sagen, er möge sich für sie mit Jonas in Verbindung setzen, unterließ es dann aber. Was war, wenn sie Antweiler doch nicht mehr trauen konnte? Im Moment glaubte sie, überhaupt niemandem mehr über den Weg trauen zu können.
Sie legte auf. Die Nummer von Jonas' Polizeiwache hatte sie vergessen, deshalb rief sie auf der Leitstelle an und ließ sie sich vom Diensthabenden heraussuchen. Rasch, mit einigen gehetzten Seitenblicken, tippte sie die Ziffern in die Tastatur.

Grabbe stand an der Melatenstraße und schaute sich um. Zwei Seitenstraßen. In der einen Geschäfte, in der anderen auf der Ecke ein Café, dahinter mehrere Kneipen.

Zum Telefonieren würde sie bestimmt in das Café oder eine Kneipe gerannt sein, also entschied er sich für diese Seitenstraße. Er öffnete die Tür des Cafés und spähte hinein. Zwei Telefone neben der Garderobe. Niemand zu sehen.
In der zweiten Kneipe sah er hinten, im Halbdunkel, eine dunkelhaarige Frau am Telefon stehen. Er spannte sich innerlich an, ging weiter in die Kneipe hinein. Dann sah er, daß die Frau eine Brille trug und etliche Jahre älter als die Wendland war. Auf die dritte Kneipe folgte eine Wäscherei, dann reine Wohnhäuser.
Er rannte zurück, starrte unschlüssig in die Gasse mit den Geschäften. Wie würde Kettler reagieren, wenn er erfuhr, daß sie ihm entwischt war? Der Gedanke daran bereitete Grabbe geradezu körperliche Schmerzen. Eine Metzgerei, dahinter ein Schreibwarengeschäft, dann zwei poppig bunte Boutiquen. Ah, dahinter befand sich noch eine Kneipe. Ein mit geschwungenen Buchstaben beschriftetes Schild: »Im Brünnchen«. Los, Grabbe, nicht aufgeben! Die zur Straße hinausgehenden Fenster der Kneipe standen weit offen. Grabbe schaute vom Bürgersteig aus hinein. An der Theke saßen ein paar Männer und eine ältere Frau, die sich angeregt unterhielten. Ein paar Tische waren ebenfalls besetzt. Udo Jürgens sang »Gestern, heute, morgen«, einen dieser Ohrwürmer.
Die Wendland stand neben der Theke am Telefon und sprach hinein. Der rechte Ärmel ihrer Jacke war blutgetränkt. *Sie darf nicht telefonieren.* Er konnte hineingehen, schnell hineingehen, sie packen und vom Telefon wegstoßen. Dann hatte er den Wirt und die anderen Kneipengäste am Hals. Außerdem sprach sie, während er hineinging, vielleicht gerade die entscheidenden Sätze ins

Telefon. In jeder Situation immer an die oberste Direktive denken. *Sie darf nicht telefonieren* war die oberste Direktive. Sie hatten es vermasselt. Hätten sie die Kindersicherung an der Fondtür verriegelt, wäre nichts passiert. Mörder war er ohnehin schon. Er hatte an Conrads Beseitigung mitgewirkt. Ich hätte mich niemals von Kettler anwerben lassen dürfen, dachte er. *Sie darf nicht telefonieren, jede Sekunde zählt.* Vielleicht war es aber auch schon zu spät. Schlei wußte vom Mord an Conrad, und die Wendland nun gewiß auch. Grabbes rechte Hand wanderte unter das Jackett, zum Schulterhalfter.

»Verdammt! Ich will einfach nicht, daß die Wölfe abgeschossen werden. Sie sind unschuldig. Ich meine, sie sind nicht verantwortlich für das, was geschieht«, sagte Chris gerade, als das Telefon auf Jonas' Schreibtisch klingelte. Sie war richtig wütend geworden, ihre Wangen hatten sich gerötet.
»Das werden die Leute so nicht nachvollziehen können. Schließlich sind die Wölfe nur Tiere«, sagte Jonas.
»*Nur* Tiere?« stieß Chris aufgebracht hervor. »Wieso *nur?!*«
Jonas konnte ihre Wut ja verstehen, aber er zweifelte nicht mehr daran, daß der Abschuß der Wölfe nun unvermeidlich war. Auch wenn es Chris in der Seele weh tat.
Das Telefon klingelte. Ein Außenanruf, den Schöntges offenbar direkt durchgestellt hatte. Eine Frauenstimme, im Hintergrund Musik, Stimmengewirr – Kneipenakustik. Susanne. Susanne Wendland. Sie sprach gehetzt, atemlos, so daß er sie zuerst gar nicht erkannt hatte.
»... Jonas. Der MSD ...«
»Ja, die werden hier heute noch anrücken ...«

»Paß auf«, schnitt sie ihm das Wort ab, »das ist eine illegale Geheimdienstorganisation, von GENOTEC finanziert. Ein paar Politiker stecken offenbar auch mit drin. Diese Leute ... sind gefährlich. Sie ... sie, ich ...« Ihre Gedanken und Worte schienen sich förmlich zu überschlagen. »Da ist dieser Mann«, setzte sie neu an, »der angeblich beim BKA die Einsatzleitung in Sachen Gablenz hat. Kettler. Er ...«

Drei kurze, peitschende Geräusche. Jonas hielt unwillkürlich den Hörer vom Ohr weg. O Gott! »Susanne?«

Stille. Eine Art Rascheln. Ein dumpfer Aufprall. Ein Stöhnen. Dann andere Stimmen.

»Er hat sie einfach erschossen! Vom Fenster aus!«

»Nein, sie lebt noch!«

»Schnell, ein Krankenwagen!«

Es klackte. Die Verbindung war unterbrochen.

Chris hatte sich vor seinem Schreibtisch im Stuhl aufgerichtet, mit weitaufgerissenen Augen. »Waren das ... Schüsse?«

Jonas war einen Moment starr vor Entsetzen, völlig gelähmt, dann schüttelte er sich, drückte auf die Gabel und wählte die Nummer der Kölner Leitstelle.

»Da ist gerade auf eine Ihrer Kolleginnen geschossen worden. Susanne ... Wendland ...«

»Mein Gott. Wo denn?«

»Bitte? Wo? Ich ... ich weiß es nicht.« Jonas hängte ein und verbarg das Gesicht in den Händen.

10. KAPITEL

Ein silberner 7er-BMW fuhr langsam durch Buchfeld. Kurz vor dem Ortsende bog er in eine unmittelbar am Waldrand entlangführende Straße ein, wo sich nur auf der linken Seite einige stattliche Häuser mit großen Gartengrundstücken befanden. Der BMW stoppte vor Henns Villa. MSD-Major Bergner, in Zivil, der wartend auf dem Bürgersteig gestanden hatte, setzte sich auf den Beifahrersitz und zog die Tür wieder zu. Er drehte sich im Sitz um. Im Fond saßen Roloff und Kettler.

»Wie lauten Ihre Befehle, Dr. Roloff?« fragte er.

»Ich habe darüber nachgedacht, was ich an Gablenz' Stelle täte«, sagte Roloff. »Zwei Dinge scheinen ihm wichtig zu sein: Er exekutiert die Leute, die er für den Bau der Autobahn bestrafen will, und er hält den anderen eine Predigt. So verhielt er sich bei der Ermordung Honadels. Gegenüber den Bauarbeitern hat er sich eigentlich auch nicht anders benommen, wenn man sich deren Zeugenaussagen anschaut. Ich gehe daher davon aus, daß er zuerst das Wolfsrudel in den Garten schicken wird, um die Gäste in Schach zu halten und sie zu zwingen seiner Predigt zuzuhören.«

»Wenn die Wölfe erst im Garten sind, werden wir ein Blutbad kaum noch verhindern können«, sagte Bergner. »Dann riskieren wir, Gäste zu verletzen oder gar zu töten, wenn wir auf die Tiere schießen.«

»Das ist das Dilemma. Riegeln wir das Grundstück völlig ab und lassen die Wölfe nicht herein, verderben wir Gablenz seinen großen Auftritt. Er wird vermutlich gleich wieder im Wald untertauchen, wo es viel schwerer sein wird, ihn zu fangen.«

»Was hat denn Priorität?« fragte Kettler. »Gablenz' Festnahme oder der Schutz der Festgäste?«

Roloff warf zuerst Bergner, dann Kettler einen langen Blick zu. »Ich will Gablenz. Lebend und möglichst bald. Und ich will diese Predigt hören. Die wird er hier bestimmt wieder halten. Ich will wissen, ob er dabei wirklich mit unnatürlich lauter Stimme spricht, wie einige Zeugen behauptet haben. Das würde bedeuten, daß sich durch Megatonin auch körperliche Leistungsparameter verändern, wofür es bislang keine Hinweise gab. Außerdem will ich hören, *was* er sagt. Daß eine Person wie er unter der Wirkung von Megatonin zum fanatischen Umweltkämpfer mutiert, ist eine überaus erstaunliche, unerwartete Entwicklung. Ich bin sehr gespannt, dieses Phänomen persönlich in Augenschein zu nehmen. Vielleicht gewinnen wir so Hinweise darauf, wie wir ihm den Kopf wieder zurechtrücken können, wenn wir ihn erst einmal in unserer Gewalt haben.«

Kettler starrte hinunter auf seine großen, fleischigen, im Schoß gefalteten Hände. »Gut. Dann sollten wir die Wölfe auf jeden Fall in den Garten lassen. Hinterher können wir uns damit herausreden, das Grundstück hätte sich wegen seiner Größe und seiner Lage am Waldrand bei Dunkelheit nicht völlig absichern lassen. Und sind die Tiere erst einmal im Garten, ist es, wie Bergner schon sagte, zu gefährlich, massiv das Feuer zu eröffnen. Zumindest liefert uns das einen Grund, tatenlos abzuwarten, bis Gablenz seine

Rede hält. Ich schätze, daß er dafür einen erhöhten Standort wählen wird, vielleicht das Dach der Garage oder die Gartenmauer. Während er dort oben steht und redet, ist er am verwundbarsten. Dann sollten wir ihn rasch umzingeln. Auch wenn er noch so verrückt ist, zwanzig auf ihn gerichtete Maschinenpistolen werden ihn gewiß überzeugen, sich uns kampflos zu ergeben. Danach können wir mit den Wölfen immer noch kurzen Prozeß machen.«
Roloff nickte zufrieden. »Ich denke, das ist eine gute Strategie«, sagte er.
»Was ist mit Henn und dem Landrat?« fragte Bergner. »Sie dürften die gefährdetsten Personen sein.«
Roloff zuckte die Achseln. »Unser Hauptinteresse gilt Gablenz. Falls es Ihnen nebenbei noch gelingt, die beiden zu beschützen, gut. Wenn nicht – korrupte Abgeordnete und Landräte sind ersetzbar.«
»Es darf natürlich nicht nach grober Fahrlässigkeit aussehen«, gab Bergner zu bedenken.
Roloff winkte ab. »Ach was. Wenn tatsächlich neunzehn Wölfe in den Garten springen und angreifen, wird man es wohl keinem Sicherheitsbeamten verübeln, daß er ein wenig nervös reagiert und vorübergehend den Überblick verliert. Sobald wir Gablenz haben, können wir dann massiv das Feuer auf die Wölfe eröffnen und so viele von ihnen abknallen wie möglich. Die Gäste werden ohnehin geschockt sein und keine dummen Fragen stellen.«
»Falls Gablenz überhaupt auftaucht«, sagte Kettler.
»Er wird kommen.« Roloff schaute auf die Uhr. »Gut, meine Herren. An die Arbeit!«

Der Abend hatte sich auf Buchfeld herabgesenkt, und die seicht dahinplätschernde Musik von FREEWAY lag, wie

Chris fand, unangenehm klebrig über Henns Garten. Chris saß etwas abseits von den anderen Gästen auf einer der langen Brauereibänke und starrte in ihre Apfelsaftschorle. Jonas war ins Haus gegangen, um zu telefonieren. Es ließ ihm keine Ruhe, daß er noch immer nicht wußte, ob Susanne Wendland überlebt hatte. Dieses entsetzliche peitschende Geräusch im Telefonhörer … drei Schüsse.

Plötzlich tauchte Henn auf und setzte sich mit einem Bierglas auf die Bank ihr gegenüber. »Hat Kommissar Jonas Sie allein gelassen, Frau Dr. Adrian?« fragte er und zündete sich einen Zigarillo an.

»Ich … habe nicht promoviert«, sagte Chris. »Ich bin normale Diplombiologin.« Jonas hatte recht, diese Dinger stanken wirklich furchtbar.

»Oh, Sie werden aber doch gewiß noch eine ganz hervorragende Doktorarbeit schreiben«, schwadronierte Henn. »Man erzählt ja, daß Sie im Wildpark ganz ausgezeichnete Vorträge über die Wölfe halten.«

Er wirkte sehr jovial und aufgeräumt und schien sich nicht im geringsten zu fürchten. »Damit ich wieder Vorträge über sie halten kann, müssen die Wölfe erst einmal zurück im Gehege sein.« Obwohl Henn ihr unsympathisch war, bemühte sie sich redlich, höflich zu sein. Immerhin war sie als Gast auf seinem Fest und wollte ihn nicht vor den Kopf stoßen. Allerdings war sie nicht gekommen, weil sie sich durch Henns Einladung irgendwie geehrt fühlte, sondern weil Jonas sie darum gebeten hatte. Und letztlich war wohl auch das nicht der wahre Grund. Sie *spürte* einfach, daß sie hier sein mußte. Es hatte etwas mit den Wölfen zu tun, mit dem Bärenwesen und ihrer Bestimmung und machte ihr angst.

Henn sprang auf, sagte mit breitem Lächeln: »Bis später« und steuerte auf einen offenbar wichtigeren Gast zu, um Konversation zu machen. Chris war erleichtert, von seiner Gesellschaft befreit zu sein.
Neben ihr, ein paar Meter entfernt, saßen zwei jüngere Männer vor ihrem Bier. Der eine klagte mit melancholischem Gesichtsausdruck über den immer größer werdenden Streß im Beruf. Der Konkurrenzkampf werde immer härter, und er bekomme seine Familie kaum noch zu Gesicht.
Der andere tat das mit einer Handbewegung ab. »Du darfst dich nicht durch negatives Denken selbst herunterziehen«, sagte er. »Wenn du emotional nicht gut drauf bist, kannst du keine Verkaufserfolge erzielen.« Dann erzählte er von einem Seminar bei irgendeinem amerikanischen Trainer, das er mitgemacht habe. Dabei seien sie sogar über glühende Kohlen gelaufen. Seither wisse er, daß er jeder Herausforderung gewachsen sei. Man müsse positiv und kämpferisch bleiben. »Wenn du deinen Gefühlen nachgibst, bist du bei dem brutalen Wettbewerb heutzutage immer der Verlierer.«
Chris, die nur mit halbem Ohr zugehört hatte, trank ihre Schorle aus und ging hinüber zum Buffet. Es war sehr fleischreich und alles andere als vollwertig. Sie nahm sich Pommes frites und Gewürzgurken und knabberte, neben dem Buffet stehend, mißmutig darauf herum. Sehnsüchtig dachte sie an die leckeren Dinge aus dem Bioladen, die zu Hause in der Küche auf sie warteten.
Sie stellte den Teller wieder weg und irrte etwas ziellos durch den Garten. Die meisten Gäste saßen essend und biertrinkend an den Tischen, einige tanzten auf der Terrasse neben dem Schwimmbecken. Der Abend war ster-

nenklar. Ein kühler Wind kam auf, der ein paar Papierservietten über den Rasen wehte. Chris fröstelte. Als sie Jonas entdeckte, der von der Straße her auf sie zukam, war sie ganz erleichtert.

»Und, hast du etwas erfahren?« fragte sie.

»Der Diensthabende in ihrem Kommissariat wußte nur, daß sie gerade in der Uniklinik operiert wird. Aber immerhin lebt sie noch.« Er führte Chris ein Stück von den anderen Leuten weg an den Rand des Gartens. »Susanne hat mich am Telefon vor Kettler gewarnt, und ausgerechnet der ist hier nun Einsatzleiter. Ich habe meinen Chef über Susannes Verdacht informiert, aber er meinte, das könne sich nur um eine Verwechslung handeln. Kettler habe, soweit er wisse, einen einwandfreien Ruf als hervorragender Antiterrorfachmann.«

»Aber du glaubst Susanne.«

Jonas nickte. »Susanne würde nie eine solche Behauptung aufstellen, ohne Beweise dafür zu haben.«

»Dann ist dieser Kettler für die Schüsse auf sie verantwortlich ...«

»Und was hier abläuft, gefällt mir auch ganz und gar nicht. Ich habe mich ein bißchen umgeschaut. Die müßten doch eigentlich den ganzen Garten abriegeln, um die Wölfe gar nicht aufs Grundstück zu lassen. Aber sie haben ringsum nur ganz wenige Männer postiert, die anderen sitzen, Gewehr bei Fuß, draußen in den Mannschaftstransportern. Wozu? Worauf warten die? Wenn die Wölfe erst im Garten sind, ist es zu spät, um sie gezielt abzuschießen.«

Bei dem Wort »abschießen« zuckte Chris unwillkürlich zusammen. Sie sträubte sich innerlich dagegen, daß die Wölfe getötet werden sollten, aber sie konnte auch Jo-

nas' Standpunkt verstehen. Er wollte nicht, daß noch mehr Menschen starben.
»Was willst du unternehmen?« fragte sie.
Jonas zuckte die Achseln. »Ich habe Henn darauf hingewiesen, daß Kettlers Leute meiner Meinung nach das Grundstück unzureichend sichern, aber er hat nur geantwortet, das seien Spezialisten, die würden ja wohl wissen, was sie tun. Ansonsten sind mir die Hände gebunden. Weyerbusch hat mir noch mal eingeschärft, daß ich mich dienstlich aus der Sache völlig raushalten soll.«
Chris hatte Kettler vorhin kurz gesehen, als er mit Henn gesprochen hatte. Man sollte nicht nach Äußerlichkeiten gehen, aber mit seinem groben, brutal wirkenden Gesicht fand sie ihn alles andere als vertrauenerweckend. Er war in Begleitung eines großen, hageren, grauhaarigen Mannes mit sehr harten, scharfgeschnittenen Gesichtszügen gewesen, der Henn gegenüber, wie Chris fand, sehr arrogant und herablassend aufgetreten war, ohne daß der Abgeordnete ihr deswegen besonders leid getan hätte. Außerdem hatte Jonas draußen auf der Straße jenen Geheimdienstmajor wiedererkannt, von dem die Leiche im Wald beschlagnahmt worden war.
Während sie hinüber zum Schwimmbecken gingen, um sich dort ein wenig hinzusetzen, hatte Chris plötzlich eine Vision, oder mehr einen gefühlsmäßigen Eindruck von den Wölfen, die am Waldrand zwischen den Bäumen standen und von dort das Fest beobachteten. Und sie spürte, daß das Bärenwesen ganz in der Nähe war. Es wartete draußen in der Dunkelheit. Chris faßte Jonas am Arm. »Sie … sind ganz in der Nähe. Ich kann sie … spüren«, flüsterte sie.
Angst stieg in ihr hoch. »Laß uns von hier verschwinden.

Wir fahren zu mir in den Park, okay? Da machen wir die Rolläden zu und bleiben in meinem Zimmer bis ... bis alles vorbei ist. Komm, bitte!«
Jonas schaute sie fragend an. »Gut«, sagte er widerstrebend, »wenn du das wirklich willst, bringe ich dich nach Hause.«
Chris schüttelte den Kopf. Nein, sie wollte es ja gar nicht wirklich. Sie fürchtete sich nur auf einmal so. Sie atmete tief durch und zwang sich zur Ruhe. »Ich ... muß hierbleiben, das fühle ich«, sagte sie leise.
Sie suchten sich einen Platz am Schwimmbecken, von wo aus sie den ganzen Garten überblicken konnten. Jonas holte sich ein Bier und brachte Chris einen Orangensaft mit. Der Abend verstrich ohne besondere Zwischenfälle. Henn erschien, stellte ihnen Marion vor, seine zwanzigjährige Tochter, und verschwand zu Chris' Erleichterung gleich wieder. Marion entpuppte sich als recht nett. Sie plauderte angeregt mit ihr und Jonas und war überaus interessiert an Chris' Erlebnissen in Kanada. Marion gestand, von den Indianern und vom Schamanismus sehr fasziniert zu sein. Sie lese gerade die Bücher Castanedas.
Als Marion von einem jungen Mann zum Tanzen aufgefordert wurde und mit ihm hinüber auf die Terrasse ging, war es bereits kurz nach Mitternacht. Dennoch war von den Gästen bislang kaum jemand gegangen, die Biertische und die Tanzfläche waren nach wie vor gut besetzt. Chris trank ihren Orangensaft aus und ließ den Blick schweifen.
Wieder kam Wind auf und wehte kühl und herbstlich durch den Garten.
Zwischen den Sträuchern drüben neben der Garage sah Chris einen Schatten, der sich langsam bewegte, einen tief

am Boden geduckt in den Garten schleichenden Schatten. Im Erdgeschoß des Hauses ging ein Licht an. Der Lichtschein fiel über den Rasen und verlieh dem Schatten eine klar erkennbare Kontur. Runde gelbe Augen leuchteten auf. »Die Wölfe kommen«, zischte Chris. Sie blickte sich um. Überall im Garten krochen geduckte Schatten auf die feiernden Menschen zu.
»Oh, verdammt!« sagte Jonas. »Warum schießen diese Idioten nicht? Jetzt wäre doch noch Gelegenheit dazu ...« Er sprang auf und rief laut: »Achtung! Die Wölfe! Die Wölfe sind im Garten! Alles ins Haus! Türen und Fenster zumachen!«
Doch da sah Chris, daß dieser Fluchtweg bereits versperrt war. Zwei Wölfe standen vor der Verandatür und knurrten laut. Die anderen siebzehn bildeten einen Kreis, der sich immer enger um die Festgäste schloß. Alle Wölfe knurrten jetzt drohend. Die Band hatte zu spielen aufgehört. Die Tanzpaare auf der Terrasse lösten sich voneinander und starrten mit hängenden Armen auf die geduckt näher kommenden Wölfe. Die Leute an den Biertischen blieben entweder starr vor Schreck sitzen oder sprangen auf und warfen dabei Gläser und Geschirr um. Doch es gab keinen Fluchtweg. Ringsherum lauerten die Wölfe, starrten die Menschen wachsam an, knurrten und bleckten die Zähne.
Plötzlich lösten sich aus diesem bedrohlichen Ring zwei Tiere und drangen in das Innere des Kreises vor. Chris glaubte zu erkennen, daß es sich bei ihnen um Zora und Hektor handelte. »Henn und der Landrat!« stieß Jonas hervor und wollte hinüber zu Henn laufen, der wie angewurzelt an der Biertheke stand, offenbar um den Abgeordneten zu warnen oder zu beschützen. Aber Chris hielt

ihn mit aller Kraft fest. »Bleib hier«, sagte sie. »Ich will nicht, daß dir was passiert! Gegen zwei kampfbereite Wölfe kannst du nichts ausrichten!« Erst stemmte er sich gegen Chris' Umklammerung, entspannte sich dann aber wieder. »Bitte«, sagte sie leise, »bleib hier bei mir.«

»Verdammt«, murmelte er fassungslos. »Da sind vierzig Mann draußen. Schwer bewaffnet. Warum tun die denn nichts?«

Am Zittern ihres Fells und den sich unruhig bewegenden Ohren merkte Chris, unter welcher Anspannung die Wölfe standen. Hier in diesen hellerleuchteten Garten einzudringen, wo sich über fünfzig Menschen aufhielten, mußte ihnen schreckliche Angst machen, und dennoch gehorchten sie der Macht des Bärenwesens.

Als Zora immer weiter auf ihn zuschlich, ließ Henn zitternd sein Bierglas auf den Rasen fallen. Das Bier versikkerte im Boden. Der Landrat saß an einem der Biertische. Hektor näherte sich ihm knurrend. Die Leute sprangen auf und wichen zurück. Als klar wurde, daß der Wolf es offenbar auf den Landrat abgesehen hatte, rückten die anderen eilig von ihm ab, bis der kleine, dicke Mann mit den runden Brillengläsern allein mit dem Rücken zu einem umgekippten Tisch stand.

Beide Wölfe sprangen gleichzeitig. Zora ging Henn an die Kehle, und Hektors Zähne gruben sich in den fleischigen Hals des Landrats. In diesem Moment rief eine dröhnende Stimme: »Menschen, die ihr auf diesem Land lebt! Hört gut zu!«

Gablenz stand mit ausgebreiteten Armen auf der Mauer, die den Garten zur Straße hin begrenzte. »Das vergossene Blut soll euch an eure Pflichten erinnern!« Seine Stimme war unmenschlich laut, donnernd wie das Brausen eines Orkans. »Für dieses Mal ist das Strafgericht beendet. Kehrt um und findet zum natürlichen Weg zurück! Liebt und achtet das Land! Ehrt es wie die Menschen in den alten Tagen! Euch wird noch eine letzte, eine allerletzte Chance gegeben. Nutzt sie gut! Sonst werdet ihr alle sterben, und euer Tod wird qualvoller und schrecklicher sein als bei diesen beiden dort, die von den Wölfen hinab in die Dunkelheit geschickt wurden.«

Henn und der Landrat lagen reglos in ihrem Blut. Ihre Körper zuckten nicht mehr. Zora und Hektor kehrten in den Kreis der Wölfe zurück. Chris hörte das Trappeln schwerer Stiefel. Männer in Kampfmontur tauchten aus der Dunkelheit auf und richteten Maschinenpistolen auf Gablenz, der das entweder gar nicht wahrnahm oder es bewußt ignorierte.

»Nutzt eure letzte Chance!« rief er noch einmal mit so gewaltiger Stimme, daß die Menschen in der Nähe der Mauer sich wimmernd die Ohren zuhielten. »Sonst sind eure Tage gezählt!« Die Worte sangen förmlich in Chris' Trommelfellen. Ein mächtiger Windstoß fegte durch den Garten, warf Stühle um und heulte in den Markisen. Dann war es für einen Moment vollkommen still.

Chris sah, wie die Gestalten Kettlers und dieses hageren, grauhaarigen Mannes sich aus dem Schatten des Hauses lösten und auf Gablenz zugingen, der schweigend oben auf der Mauer stand, sichtlich unbeeindruckt von den auf ihn gerichteten Maschinenpistolen.

Gleichzeitig kam Bewegung in die Wölfe, ihr Kreis löste sich auf. Sie stürmten in den hinteren Teil des Gartens, wo das Grundstück nur durch eine Hecke eingefriedet war. Jetzt eröffneten einige der Soldaten oder Polizisten das Feuer auf sie, während die anderen ihre Waffen weiter

auf Gablenz anlegten. Obwohl die Wölfe gerade unter dem Bann des Bärenwesens zwei Menschen getötet hatten, schlug Chris' Herz für sie, und als sie einige von ihnen im Kugelhagel sterben sah, schloß sie die Augen.
Als das Gewehrfeuer verstummte, sagte Jonas neben ihr leise: »Nur sieben. Die anderen konnten entkommen.« Er streichelte sanft und beruhigend Chris' Arm.
Chris drehte sich rasch um und schaute hinüber zur Gartenmauer, um sich den Anblick toter oder zitternd sterbender Wölfe zu ersparen. Kettler und der andere Mann standen jetzt ein paar Meter vor Gablenz, Kettler mit gezogener Pistole. Von den Gästen hatte sich noch niemand zu rühren gewagt. Sie starrten alle gebannt auf den großen, rothaarigen Mann mit der gewaltigen Stimme.
»Gablenz?« sagte der Grauhaarige in die Stille hinein. »Sie kennen mich doch noch? Ich bin Dr. Roloff. Wir möchten Ihnen gerne helfen. Sie werden doch jetzt gewiß vernünftig sein und von dieser Mauer heruntersteigen? Kettler und ich sind gekommen, um Sie nach Köln ins Institut zurückzubringen. Dort werden wir Sie untersuchen und feststellen, wie wir Ihnen am besten helfen können. Einverstanden?«
Gablenz musterte sie einen Moment schweigend. Chris konnte sein Gesicht im Licht der Straßenlaterne, die draußen vor der Mauer stand, deutlich erkennen. Dann beugte er sich vor, streckte die Nase vor und schnüffelte laut, wie ein Wolf – oder wie ein Bär. Mit einer geschmeidigen, fließenden Bewegung sprang er von der Mauer und stand unten im Garten.
Langsam ging er ein paar Schritte auf Kettler und Roloff zu. Die Läufe der Maschinenpistolen folgten ihm, aber niemand schoß. Er blieb wieder stehen und sagte mit der

Stimme des Bärenwesens leiser als zuvor, aber doch so laut, daß es alle hören konnten: »Gablenz ist nicht hier. Ihr werdet jetzt wie er hinab in die Dunkelheit gehen. Dort bekommt ihr Gelegenheit, über eure Schuld nachzudenken.«

Er *verwandelte* sich. Chris wußte, daß nicht nur sie es sah, denn neben ihr keuchte Jonas erschrocken auf und murmelte: »Das … das gibt es doch nicht …« Bei den umgestürzten Biertischen stießen einige Leute gellende Entsetzensschreie aus.

Vor Kettler und Roloff, die im Vergleich dazu jetzt winzig klein wirkten, ragten die dunklen Umrisse eines riesigen, auf den Hinterbeinen stehenden Bären auf. Kettler ließ seine Pistole fallen, und Roloff schlug schreiend die Hände vors Gesicht. Der Bär, oder was immer es war, beugte sich über sie, und die Finsternis seines Schattens schien die beiden Männer regelrecht zu verschlucken.

Jetzt kam Bewegung in die Festgäste. Kreischend stürzten die meisten von ihnen in Richtung Straße oder Haus davon. »Feuer!« brüllte eine Stimme, und aus den Maschinenpistolen jener wenigen Polizisten, die nicht panisch geflohen waren, ging ein Kugelhagel auf das Bärenwesen nieder, das, davon anscheinend unbeeindruckt, mit zwei, drei unglaublich großen Sprüngen über die Mauer setzte und verschwand.

Dort, wo es eben noch gestanden hatte, lagen Kettler und Roloff auf der Erde, äußerlich offenbar unversehrt, aber völlig regungslos.

Chris griff sich plötzlich an die Schläfen und stöhnte laut auf. Sie spürte, wie etwas mit aller Kraft in ihren Geist eindringen wollte. Es fühlte sich an wie riesige Fäuste, die von außen an einer Tür rüttelten. Wie damals auf dem

Dachsberg, dachte sie entsetzt. Doch diesmal flog die Tür mit einem Ruck auf, und die Stimme des Bärenwesens ertönte in ihrem Kopf:
Ich rufe dich jetzt zu mir, Schwester Wolfsträumerin. Du mußt allein kommen. Dein Krafttier wird dich zu mir führen. DU bist die letzte Chance, die den Menschen hier gegeben wird. Ihr Schicksal hängt davon ab, ob du bereit bist, deine Bestimmung zu erfüllen. Ich erwarte dich bei Sonnenaufgang.
Die Tür in ihrem Kopf wurde so heftig wieder zugeschlagen, daß Chris benommen schwankte und hingefallen wäre, wenn Jonas sie nicht festgehalten hätte. »Was hast du denn?« fragte er besorgt.
»Das ... das Bärenwesen ... hat mich gerufen«, stammelte sie.
Jonas faßte sie an den Schultern und sah ihr in die Augen. »Aber du wirst keine Dummheiten machen, du bleibst schön hier bei mir, okay?«
»Jonas!« rief jemand aufgeregt. »Da bist du! Was sollen wir machen? Du mußt Verstärkung aus Euskirchen holen!«
»Ich gehe eben schnell telefonieren.« Jonas' Stimme schien leise und weit weg zu sein, erreichte Chris kaum. »Ich komme sofort zurück. Warte bitte hier auf mich, ja?«
Du mußt allein kommen, hatte das Wesen gesagt. Jonas würde sie nie allein in den Wald lassen. Wie konnte es sein, daß *sie* die letzte Chance für die Menschen hier war? Worin bestand ihre Bestimmung? Sie mußte jetzt sofort gehen, solange Jonas im Haus war und telefonierte. Ihre Knie zitterten, dennoch setzte sie sich in Bewegung, ging erst langsam, dann immer schneller auf die Gartenmauer zu, vorbei an Kettlers und Roloffs bleich und starr am

Boden liegenden Körpern. Durch das weitgeöffnete Tor ging sie hinaus auf die Straße. Sie nahm keine Notiz von den aufgeregt umherlaufenden Polizisten und dem gespenstischen Lichtschein, den die Blaulichter der eintreffenden Rettungswagen auf die Hauswand warfen. Chris sah nur den Wald, der auf der anderen Seite der Straße emporragte wie eine schwarze, schweigende Wand.

Als Chris in die Dunkelheit unter den Bäumen eingetaucht war, geriet sie plötzlich in Panik. Sie wollte auf die Straße zurücklaufen, vor Henns hellerleuchtetes Haus. Die Stämme der Buchen waren finstere, stumme Schatten. Sie blieb keuchend stehen, lauschte. Das Stimmengewirr von Polizisten, Rettungssanitätern und verstörten Festgästen schien bereits sehr weit entfernt zu sein. Vor ihr lag eine andere Welt, erfüllt von fremden und zugleich uralt vertrauten Sprachen und Gesängen. Welt von Fell und witternder Nase und leuchtenden Nachtaugen, von Feder, Kralle und Schnabel, Welt von flüsternden Zweigen und träumenden Steinen. Wenn du jetzt weitergehst, gibt es kein Zurück mehr, dachte sie, laufe zu Henns Haus, suche Jonas, lasse dich von ihm wegbringen, packe deine Koffer, setze dich ins Flugzeug.
Lebe ein normales Leben als angesehenes Mitglied der wissenschaftlichen Gemeinde. Frau Dr. Chris Adrian. Rationale, das Leben nüchtern beobachtende Zoologin. Vortragsreisen, Fachpublikationen, Professur. Verschließe dich vor der Wildnis. Nimm Schlaftabletten gegen verstörende Träume.
Weiter in den Wald hinein, damit Jonas sie nicht fand und beschützte. War es der Wind, oder besaßen die Zweige ein eigenes Leben? Leise raschelnde Schlangen. Sie blieb

wieder stehen und zog den Medizinbeutel aus der Tasche. *Du bist niemals allein.* Rosenquarz für Herzensstärke und Mitgefühl. *Die Erde hat ein Herz aus flüssigem Feuer.* Sie spürte die Maserung der kleinen hölzernen Wolfsfigur unter ihren Fingerspitzen. Traumwolfs silbernes Fell vor dem roten Flimmern ihrer geschlossenen Lider.

– Mach die Augen auf, für dich ist die Nacht taghell, durch meine Kraft hast du die Nachtaugen der Wölfe.

– Traumwolf, wird das Bärenwesen mich töten?

– Das Land gibt Leben und nimmt Leben. Wenn der Mensch freiwillig gibt, was er geben muß, wird es ihm nicht unter Schmerzen entrissen. Letztlich gibt es keinen Tod, nur Wandel. Alles wechselt unaufhörlich die Form. Du mußt wieder lernen zu tanzen, dann wirst du aufhören, solche dummen Fragen zu stellen.

– Ich habe Angst, in dieser Welt keinen Halt mehr zu finden.

– Du mußt deine eigene Kraft finden und ihr vertrauen. Ich werde von jetzt an nicht mehr zu dir sprechen.

– Traumwolf! Ich habe gerade angefangen, mich wieder auf dich zu verlassen, wie früher, als ich Kind war. Geh nicht weg!

– Worte sind nur ein erster Weg, um den Kontakt herzustellen. Du mußt lernen, über die Worte hinauszugehen zu den Bildern und Gefühlen in deinem Herzen. Immer wenn du an mich denkst und meine Kraft in dein Herz einläßt, werde ich bei dir sein. Du mußt lernen, die Bilder der Alltagswelt und die Bilder der anderen Welt auf schöpferische, heilende Weise miteinander zu verbinden. Dabei wird meine Wolfskraft dir helfen.

Sein Bild trieb davon wie Wolkenfetzen im Sturm. Sie war allein. Für einen Moment stürzte die Dunkelheit des Waldes auf sie ein, schien Chris ersticken und unter sich begraben zu wollen. Dann spürte sie, daß Traumwolf gar nicht wirklich fort war. Er wohnte in der Leere zwischen den Atomen ihres Körpers und wartete darauf, daß sie ihn hereinließ. Also öffnete sie ihr Herz, und jetzt pulsierte Traumwolfs Kraft in ihrem Blut.

Sie war kein unbeholfener Mensch mehr, der ohne Taschenlampe durch finsteres Dickicht stolperte, sondern ein Waldwesen, verschmolzen mit der Dunkelheit. Ihre Nase witterte die Düfte der Nacht, sie hatte Wolfsaugen und Wolfsohren, und sie lief mit Wolfskraft in ihren Schenkeln, geschmeidig und lautlos wie ein silberner Schatten.

Jetzt war die Nacht hell, und das Licht der Sterne, das sich in Chris' geweiteten Pupillen fing, ließ die Konturen aller Dinge deutlich hervortreten. Alle Furcht war vergessen. Furcht bestand aus sinnlos kreisenden Gedanken, doch in Chris gab es jetzt nur Wachheit, die Wachheit der wandernden Wölfin, völlig eins mit ihrer Umgebung. Sicher fanden ihre Füße den Weg. Kein Tier floh vor ihr, denn sie war ein Teil ihrer Welt. Während die Sterne allmählich verschwanden und Licht den Himmel füllte, schritt Chris fest und stetig zwischen den Bäumen bergan. Als sie aus dem Wald trat und auf die baumlose, grasbewachsene Kuppe des Dachsberges stieg, ging die Sonne auf.

Dort oben bei den Hügelgräbern, wo man weit über das Land schauen konnte, saß Gablenz mit dem Rücken an einen mächtigen, verwitterten Stein gelehnt, der entweder vom Himmel gefallen oder von den Menschen der Urzeit dort eingepflanzt worden war. Gablenz blutete aus mehreren Schußwunden. Offenbar hatten doch nicht alle Kugeln ihr Ziel verfehlt.

Die überlebenden Wölfe lagen ringsherum im Gras und ruhten sich aus. Sie schauten Chris aus ihren gelben Augen wie eine vertraute Schwester an.
»Ich bin gekommen, um meine Bestimmung zu erfüllen«, sagte Chris, und die Kraft des Wolfes in ihr bewirkte, daß sie kaum außer Atem war.
Gablenz drehte den Kopf und sah Chris an. Ein dünner Blutfaden rann ihm aus dem Mundwinkel hinunter zum Kinn. Mit seinem aschfahlen Gesicht und all dem Blut, das aus seinen Wunden sickerte, schien sein Körper mehr tot als lebendig zu sein, aber seine Stimme klang volltönend und fest, und Chris wußte, daß der Geist des Bärenwesens aus ihm sprach.
»Von hier oben kann man das Land überschauen, das ich in deine Obhut gebe.« Er hob den rechten Arm und vollführte damit eine langsame, weitausholende Geste. »Von den Wiesen und Feldern um Jünkersdorf und Bühlingen im Osten und um Wiesbach und Heidehof im Westen, vom Itzwald und dem Itzbachtal und der Wachholderheide, die du so liebst, im Süden bis zu den Auen der Altwasser und dem Buchfelder Staatsforst, wo der Erde diese häßliche Wunde geschlagen wurde, im Norden – dieses Land, das du von hier oben sehen kannst, gebe ich in deine Obhut, Schwester Wolfsträumerin.« Er hustete und spuckte etwas Blut, das den Hemdkragen rot färbte.
Chris fragte: »Noch kann ich meine Bestimmung nicht klar erkennen. Was bedeutet es, daß du dieses Land in meine Obhut gibst?«
Mit ihrem Alltagsgesicht sah Chris die rauhe Maserung des Steins und Gablenz' daran gelehnten verblutenden Körper. Zugleich nahm ihr zweites Gesicht andere Bilder wahr, Bilder aus einer fernen Zeit. Sie sah Ochsengespan-

ne und Reiter auf der alten Römerstraße, die über die Eifelhöhen geführt hatte. Sie sah weißgekleidete keltische Druiden, Frauen und Männer, die unter mächtigen Bäumen Rituale vollzogen.
Wieder sprach die Stimme des Bärenwesens aus Gablenz' Mund, leiser jetzt, da der Körper offenbar zu schwach wurde, die Energie des Wesens in sich zu tragen. »Die alten Völker, die früher hier lebten, wußten noch, daß sie vom Land abhängig sind. Sie bemühten sich um Harmonie mit allen Geschöpfen und besaßen Rituale und Gebete, mit denen sie den Tieren und Pflanzen für ihre Hilfe dankten. So erhielten sie den Kreislauf der Energie lebendig. Sie erfüllten ihre Pflichten gegenüber dem Land und erfreuten sich dankbar an seinen Gaben.«
Chris sah eine Frau, jung und blond, die ihr selbst aufs Haar glich. Sie wurde von Männern in braunen Mönchskutten an einen Pfahl gebunden, unter dem Feuerholz aufgeschichtet war. Der verzweifelte Ausdruck im Gesicht der Frau schnitt Chris ins Herz. Die Stimme wurde noch leiser. Gablenz' Kopf neigte sich zur Seite. Seine Lippen zitterten beim Sprechen. »Die letzten Hüterinnen des Landes sind vor Jahrhunderten auf den Scheiterhaufen gestorben. Seither ist die Verbindung zwischen Land und Menschen immer schwächer geworden. Euch bleibt keine Wahl. Entweder ihr kehrt um, oder ihr verschwindet für immer vom Antlitz der Erde.«
Chris sah ein verkarstetes, wüstes Land, auf das eine tödlich grelle Sonne herniederbrannte. Sie sah zu Ruinen zerfallene Städte und Dörfer, wo zerlumpte, knochendürre Gestalten hungrig und verzweifelt durch mit rostigen Autowracks übersäte Straßen streiften, vergeblich bemüht, sich gegen den giftigen Staub zu schützen, den ein

unbarmherziger Wind ihnen in die krebsig verbrannten Gesichter blies.
Gablenz' Körper richtete sich noch einmal auf. Die Stimme des Wesens wurde wieder lauter: »Noch muß diese tödliche Vision nicht Wirklichkeit werden. Aber eure Zeit wird knapp. Ich gebe dir den Auftrag, die Menschen auf den natürlichen Weg zurückzuführen, Schwester Wolfsträumerin. Dein zweites Gesicht und die Wolfskraft werden dir dabei helfen, neue Rituale zu finden, mit denen du eure Beziehung zum Land und seinen Kindern heilen kannst. Das ist eure letzte Chance.«
Mit ihrem zweiten Gesicht sah Chris, wie der Geist des Bärenwesens aus Gablenz' Körper austrat, ein dunkler Nebel, der zunächst formlos aufstieg und sich dann zu einer mächtigen Raubtiergestalt verdichtete. Chris sah den runden, massigen Bärenschädel, die kleinen, wachsam funkelnden Augen, die krallenbewehrten Pranken. Die Wölfe stimmten ein lautes Geheul an. Ein rundes Loch tat sich im Erdboden auf, ein in unbekannte Abgründe hinabführender Schacht oder Tunnel. Das Wesen stieg in den Schacht und verschwand in den Tiefen der Erde.
Chris glaubte schon, das Loch werde sich wieder schließen, doch in der Öffnung erschien ein wunderschönes Leuchten, ein warmes, freundlich wirkendes Licht. Gablenz stöhnte und hustete. Er schaute sie an, und in diesem Moment wußte sie, daß sein eigenes Bewußtsein zurückgekehrt war.
»Wie schön«, sagte er schwach, »hier draußen auf einem Berg zu sterben. In der ... warmen Morgensonne.« Er spuckte Blut und winkte Chris nahe zu sich heran. Als sie sich über ihn beugte, flüsterte er mühsam: »Ich kenne

Sie nicht, aber sagen Sie Schlei und Roloff, daß ich mich geirrt habe. Ich habe mich, was die Natur des Lebens und des Universums angeht, in praktisch allen Punkten vollkommen geirrt.« Er schüttelte langsam den Kopf. »Das ... Leben ist so wunderbar. Aber ... wir Wissenschaftler wollen das nicht sehen. Wir laufen ... blind am Wesentlichsten vorbei.« Die letzten Worte hauchte er nur noch, kaum hörbar: »Muß ... jetzt gehen ... das Licht ... wartet auf mich ...« Als sein Kopf zurücksank und sein Blick brach, lächelte er.

Chris sah, wie das schöne, warme Leuchten verschwand und das Loch in der Erde sich wieder verschloß. Langsam richtete sie sich auf.

Auch die Wölfe waren aufgestanden und schauten sie an. Zwölf von ihnen hatten überlebt, darunter Zora und Hektor, der jetzt vermutlich den Platz von Rex als Alphawolf des Rudels einnehmen würde. Chris fühlte sich mehr denn je für sie verantwortlich. »Was fange ich denn nun mit euch an?« fragte sie laut. »Ich will nicht, daß man euch jagt und tötet. Und ich will auch nicht, daß ihr wieder in ein Gehege gesperrt werdet. Ihr sollt frei umherstreifen können, wie es eurer Natur entspricht. Lauft! Sucht euch eine neue Heimat. Haltet euch in den Wäldern auf, meidet Straßen und Siedlungen. Viel Glück!«

Die Wölfe bewegten die Ohren und starrten sie aufmerksam an, rührten sich aber nicht. Sie verstanden Chris nicht. Natürlich nicht. Die Sprache der Wölfe kannte keine Worte. Einen Moment spielte Chris, die immer noch die kleine Wolfsfigur in der Hand hielt, mit dem Gedanken, Traumwolf um Rat zu fragen. Dann fiel ihr ein, daß er nicht mehr in ihrer eigenen Sprache zu ihr sprechen würde. *Du mußt lernen, über die Worte hinauszugehen, zu den Bildern und Gefühlen in deinem Herzen*, hatte er gesagt. *Lerne die Bilder der Alltagswelt und die Bilder der anderen Welt auf schöpferische, heilende Weise miteinander zu verbinden.*

Das war die Sprache der nichtmenschlichen Geschöpfe. Bilder und Gefühle. Chris' Herz war immer noch erfüllt von Traumwolfs Kraft. Sie stellte sich vor, daß diese Kraft wie ein roter Lichtstrahl hinüber zu den Wölfen strömte und das ganze Rudel in diesem roten Licht gebadet wurde. Dann schickte Chris auf dem Lichtstrahl Bilder zu ihnen hinüber. Sie zeigte ihnen, begleitet von freundlichen Gefühlen, die Wälder der Eifel, deren Rehe, Hirsche und Wildschweine ihnen Nahrung boten. Begleitet von einem warnenden, achtsamen Gefühl, zeigte sie ihnen Bilder von Menschen mit Jagdgewehren, von Autostraßen und Häusern. Und zum Schluß ließ sie das Licht ganz hell und leuchtend werden, ein Energieschub, der den Wölfen Kraft und Mut mit auf die Wanderschaft geben sollte.

Zora kam näher, fast nah genug, daß Chris sie hätte streicheln können. Chris sah, wie der Wind mit Zoras schönem Fell spielte. Die Wölfin wuffte leise, dann wandte sie sich um und trabte den Hang hinunter, auf den Wald zu. Die anderen Wölfe folgten ihr. Chris spürte ein warmes Glücksgefühl. Ihre Botschaft war angekommen. Am Waldrand blieben die Wölfe noch einmal stehen und schauten zu ihr hoch. Chris hob den Arm und winkte. Dann verschwanden sie zwischen den Bäumen.

Chris seufzte und steckte den kleinen Holzwolf in den Beutel zurück. Die Wolfskraft wich aus ihrem Körper, und sie war wieder eine ganz normale, mollige junge Frau, der von all den mysteriösen Ereignissen der Kopf schwirrte. Sie ließ den Blick über das Land schweifen, das ihr anver-

traut worden war. Das kleine Tal des Itzbachs lag noch im Nebel. Die Wacholdersträucher auf seinen Hängen wirkten wie ein Heer geheimnisvoller Kobolde. Drüben bei Jünkersdorf weideten braunweiße Kühe, und auf den abgemähten Feldern leuchteten große, dicke Räder aus gepreßtem Stroh in der Morgensonne.
Ohne sich noch einmal umzudrehen, verließ sie den Ort ihrer Vision. Sich matt und erschöpft und angesichts der vor ihr liegenden Aufgabe ziemlich klein fühlend, folgte sie dem Pfad, der durch den Wald hinab ins Itzbachtal führte.

Susanne trieb in einem geheimnisvollen Ozean, wo ihr ein riesiges, gefährlich aussehendes bärenartiges Geschöpf begegnete, das zärtlich eine kleine gelbe Blume in seinen mächtigen Pranken hielt. Sie sah Jonas, der im Garten eines alten Forsthauses saß, zwei kleinen Kindern beim Spielen zuschaute und sich dabei versonnen seine große Nase massierte. Sie sah eine sehr mollige blonde Frau, die auf einer verlassenen Baustelle, wo frisches, üppiges Grün aus der planierten Erde sproß, eine Art Ritual ausführte. Die junge Frau hatte die Arme ausgebreitet und bat das Land um Verzeihung für die Wunden, die ihm zugefügt worden waren. Sie dankte den Pflanzen und Tieren und bat sie, den Menschen wohlgesinnt zu sein und ihnen eine gute Ernte zu schenken. Anschließend verbrannte sie getrocknete Kräuter und fächerte den Rauch in die vier Himmelsrichtungen.
Das Bild verblaßte, und Susanne spürte, wie sie leichter wurde und im Ozean nach oben stieg. Hier wurde es immer heller, und plötzlich durchstieß Susannes Gesicht die Wasseroberfläche. Nun wurde ihr klar, warum das Licht

so grell war: Sie hatte die Augen geöffnet. Die nebelhaften Umrisse neben ihr verdichteten sich zu der Gestalt von Torsten Mallmann, der an ihrem Bett saß und sie besorgt anschaute. »Susanne ...«, sagte er leise, beinahe zärtlich. Ihr Oberkörper schien nur aus Schmerzen zu bestehen. In ihrem linken Unterarm steckte eine Kanüle, von der ein Schlauch nach oben zu einer Infusionsflasche führte. Und das EKG auf dem Monitor neben dem Bett war offensichtlich ihr eigenes. »Ich ... lebe also noch«, murmelte sie mühsam.

»O ja«, sagte das Mallmännchen. »Die beiden Kugeln, die dir herausoperiert wurden, haben zum Glück keine lebenswichtigen Organe verletzt. Der Arzt sagt, du kannst in sechs Wochen wieder an deinen Schreibtisch zurückkehren.«

Erleichtert merkte Susanne, daß sie ihre Zehen spürte und bewegen konnte. Beine und Füße fühlten sich warm und lebendig an. Ehe sie in die Dunkelheit versank, war ihre größte Angst gewesen, eine der Kugeln könnte das Rückgrat verletzt haben. Sie wäre lieber tot gewesen als an den Rollstuhl gefesselt. »An meinen Schreibtisch ... ich bin also nicht vom Dienst suspendiert?«

»Ach wo. Antweiler hat gesagt, du hast einen Orden verdient. Er war übrigens auch schon hier und hat nach dir geschaut.« Mallmann schüttelte lächelnd den Kopf. »Der Chef tut immer so cool, aber als der Arzt ihm sagte, daß du die Operation gut überstanden hast und wieder ganz gesund wirst, sind ihm vor Rührung die Tränen gekommen.«

»Aber es war alles umsonst«, sagte Susanne matt. »Bestimmt hat Kettler inzwischen Schlei aus dem Weg räumen lassen ...«

»Kettler ist tot.«
Susanne hob ihren Kopf, der daraufhin sehr schmerzhaft pochte, und starrte Mallmann erstaunt an.
»Und Roloff auch. Aber die Umstände ihres Todes sind so ... sonderbar, daß ich dir davon lieber erst erzähle, wenn es dir etwas bessergeht. Jedenfalls haben die beiden Bewacher Schleis kalte Füße bekommen, als sie vom Tod ihres Chefs erfuhren, und Schlei im Präsidium abgeliefert, und sich auch gleich selbst gestellt. Schlei hat heute nacht alles, was er offenbar dir zuvor schon erzählt hatte, noch einmal in Anwesenheit Antweilers und eines Oberstaatsanwalts zu Protokoll gegeben. Und dieses Arschloch, das dich fast erschossen hätte, sitzt in U-Haft.«
Susanne spürte Erleichterung wie eine sanfte Meeresbrandung. »Das ist ... und GENOTEC ... und der MSD?«
»Da kommt offenbar eine Menge in Bewegung. Noch heute soll beim GENOTEC-Institut eine Hausdurchsuchung stattfinden. Dieser General Enderle ist bereits vom Dienst suspendiert worden. Und Antweiler glaubt, daß eine offizielle Untersuchung über die Verflechtungen zwischen dem Konzern und dem MSD stattfinden wird. Der Oberstaatsanwalt gibt in einer knappen Stunde eine erste Pressekonferenz.«
Susanne hob wieder den Kopf und schaute sich im Krankenzimmer um. »Ich hoffe, hier gibt's einen Fernseher?«
Mallmann lachte. »Der Arzt hat gesagt, daß du viel Ruhe brauchst. Aber ich werde mal die Schwester fragen, ob sich da was machen läßt.«
»Gut. Wenn ich schon die nächsten Tage hier ans Bett gefesselt bin, muß ich wenigstens wissen, was draußen vorgeht.«
Sie schaute Mallmann an. Er schien richtig glücklich zu

sein, daß sie so glimpflich davongekommen war. Konnte es sein, daß er sie wirklich gern hatte?
»Du ... opferst extra deine Freizeit, um hier an meinem Bett herumzusitzen?«
Er wirkte verlegen. »Da ist ja niemand, den wir benachrichtigen konnten. Keine lebenden Verwandten ...«
Susanne seufzte. »Ja, ich bin von den Wendlands als einzige übriggeblieben.«
»Kein ... Freund.«
In diesem Moment wurde Susanne schlagartig bewußt, wie allein sie war. In den letzten Jahren hatte sie so völlig für den Beruf gelebt, kaum noch Freundschaften gepflegt. Ich bin schon ein verdammter Workaholic, dachte sie.
Mallmann zeigte auf den Infusionsschlauch und das EKG. »Warum hast du mich denn nicht eingeweiht? Ich hätte dir doch helfen können. Dann wäre es vielleicht gar nicht dazu gekommen, daß dieses *Schwein* ...« Er brach ab und schluckte. Dann räusperte er sich und sagte: »Können wir denn nicht in Zukunft zusammenarbeiten? Ich meine, wenn du mich gar nicht ausstehen kannst, werde ich Antweiler natürlich bitten, daß er mich versetzt ...«
Das Mallmännchen. Vielleicht hatte er es gar nicht verdient, daß ihn alle so nannten. Sie beschloß, ihn in Zukunft mit seinem Vornamen anzureden. Torsten. Eigentlich ein ganz netter Name. Sie streckte ihre Hand aus, die sich schwer wie Blei anfühlte. »Okay ... Partner«, flüsterte sie.
Torsten sah sehr gerührt aus. Er nahm ihre Hand, und nun bekam auch Susanne plötzlich feuchte Augen. Sie machte sie rasch zu, damit er es nicht merkte.

Er ließ ihre Hand nicht wieder los, sondern hielt sie sanft in seiner. Susanne sank erschöpft und erleichtert ins Kissen zurück. Sie schlief wieder ein und träumte. Von Wölfen, die durch die nächtlichen Straßen Kölns trabten. Von einem ganzen Stapel spannender, faszinierender Fälle, die auf ihren neuen, Möllers alten Schreibtisch flatterten. Fälle, die sie nicht mehr im Alleingang löste, sondern mit einem Partner, der ihr beim Kombinieren half wie Dr. Watson und sie gelegentlich davor bewahrte, vor lauter neugierigem Ungestüm mitten in einen Kugelhagel zu laufen.

Jonas lehnte erschöpft und mutlos am Stamm einer Buche. Stundenlang hatte er mit Stablampe und gezogener Pistole im Wald nach Chris gesucht. Jetzt, als die Sonne aufging, hatte ihn die Hoffnung verlassen. Gewiß würde in den nächsten Stunden eine der Hubschrauberbesatzungen über Funk melden, daß sie irgendwo eine Frauenleiche entdeckt hatten.
Er würde sich niemals verzeihen, daß er nicht besser auf Chris achtgegeben hatte. Er war ins Haus geeilt, um zu telefonieren, hatte mit der Rettungsleitstelle in Euskirchen gesprochen und dann Kriminalrat Weyerbusch aus dem Bett geklingelt. Ehe er nach draußen zu Chris zurückkehren konnte, wurde er von Leuten umlagert und mit Fragen bestürmt, auf die er keine befriedigenden Antworten wußte.
Hatte sich Gablenz tatsächlich vor aller Augen in einen riesigen Bären verwandelt und war über Kettler und diesen Dr. Roloff hergefallen? Hatte es sich dabei um so etwas wie eine Massenhalluzination gehandelt? Und wieso waren Kettlers und Roloffs Leichen dennoch äußerlich

völlig unversehrt? Der Notarzt hatte lediglich Herzstillstand als Todesursache festgestellt. Natürlich würde man sie obduzieren, aber Jonas bezweifelte, daß dabei etwas Aufschlußreiches herauskommen würde. Die Todesursache bei Henn und dem Landrat war offensichtlich: zerbissene Kehle, durchtrennte Halsschlagader. Wieso hatten die Wölfe nur diese beiden angefallen und alle anderen Gäste nicht angerührt? Sieben Wölfe waren tot auf dem Rasen zurückgeblieben, die anderen in der Nacht verschwunden. Wann würde man sie endlich einfangen oder abschießen?

Als er sich endlich losmachen und in den Garten fliehen konnte, war Chris verschwunden gewesen. Er hatte das ganze Grundstück nach ihr abgesucht, bis ihm jemand gesagt hatte, er habe sie eilig in den Wald verschwinden sehen. Da war Jonas von dumpfer, kopfloser Panik erfaßt worden. Das Wesen hatte Chris zu sich gerufen, und gewiß würde es sie genauso töten wie Kettler und Roloff. Jonas hatte seine Stablampe aus dem Wagen geholt und war in den Wald gerannt. Gesucht hatte er und gesucht, immer wieder ihren Namen gerufen. Und je tiefer er in den Wald vorgedrungen war, desto mehr wuchs seine Verzweiflung.

Das Licht des Morgens brachte ihm keinen Trost. Er hatte Chris verloren, für immer.

Auf dem Pfad, der vom Dachsberg herabkam, näherten sich Schritte. Er blickte auf.

Da stand sie gesund und unversehrt in einem Sonnenstrahl, der durch das Blätterdach fiel.

»Jonas!« Sie breitete die Arme aus und rannte auf ihn zu und drückte ihn an sich, und ihre Umarmung war wie ein warmer, zärtlicher Wind.

Seine Augen füllten sich mit Tränen. »Oh, Chris! Bin ich froh, daß dir nichts passiert ist! Ich habe überall nach dir gesucht. Ich dachte schon, du wärst verletzt ... oder ... oder ...« Er stammelte hilflos und glücklich.
Dann setzten sie sich im Schneidersitz auf den Waldboden, und Chris erzählte. Alles, was sie in den Stunden erlebt hatte, seit sie dem Ruf des Bärenwesens gefolgt war. Wie die Wolfskraft sie hinauf auf den Dachsberg geführt hatte. Wie das Bärenwesen ihr den Auftrag gegeben hatte, das Land zu heilen und für die Menschen einen neuen Weg zu finden. Wie Gablenz von der Welt Abschied genommen hatte. Und wie sie den Wölfen die Freiheit geschenkt und sie auf Wanderschaft geschickt hatte.
Jonas, der sich jetzt, wo Chris zurückgekommen war, wie neugeboren fühlte, wiegte den Kopf und rieb sich nachdenklich die Nase. »Es ist wirklich unsere letzte Chance, nicht wahr?«
Chris senkte traurig den Blick. »Ich wünschte, wir Menschen hätten noch unendlich viele Chancen, aber das ist das, was das Bärenwesen wörtlich zu mir gesagt hat: eure letzte Chance.« Sie seufzte. »Und ich kann den Weg, der vor uns liegt, überhaupt noch nicht klar sehen. Wir können nicht in eine heile Welt ohne Technik und Wissenschaft zurück. Aber vielleicht können wir lernen, eine sanfte Technik zu entwickeln, die harmonisch mit der Natur zusammenarbeitet. Ich werde mir ganz genau alles ins Gedächtnis rufen müssen, was ich von Silver Bear über das Denken der Indianer gelernt habe. Ich werde auch das Wissen der anderen Naturvölker studieren müssen, die es heute noch auf der Erde gibt. Und das Wissen der Kelten, die früher auf dem Land hier gelebt haben. Aber vor allem werde ich viel draußen in der Natur sein müssen, um un-

mittelbar mit den Steinen zu kommunizieren, mit den Pflanzen und den Tieren. Und zwar in ihrer Sprache ... mit Hilfe von Bildern und Empfindungen. Der Versuch mit den Wölfen vorhin war schon recht ermutigend.« Sie lächelte. »Eigentlich ist es ja schön, daß ich nun einen guten Grund für das habe, was ich sowieso am liebsten tue: draußen herumstreifen durch Wald und Wiesen und Wacholderheide und ganz nah bei den Tieren und Pflanzen sein.« Nach einem kurzen, versonnenen Schweigen sagte sie: »Vielleicht gelingt es mir, wenn ich nächstes Jahr Nachfolgerin von Dr. Wegmeier werde, aus dem Park so etwas wie eine Arche Noah zu machen, eine kleine Insel der Hoffnung, wo die Menschen, besonders die Kinder, lernen können, auf neue Art in Freundschaft mit der Natur zu leben ...« Chris verstummte und schaute mit ihren großen blauen Augen träumerisch in eine unbestimmte Ferne.

»Da hat dieses Bärenwesen, das« – Jonas zeigte auf die Erde zu ihren Füßen – »von dort unten heraufgekommen ist, dir eine ziemliche Aufgabe aufgebürdet. Glaubst du, du kannst dabei die Hilfe eines durchschnittlich intelligenten Polizeibeamten gebrauchen, der in seiner Freizeit gerne gärtnert?«

Chris sah ihn an, beugte sich vor und umarmte ihn. »Oh, Jonas«, seufzte sie, »du willst mir helfen? Meinst du, es könnte zwischen uns wieder so wie früher sein?«

Jonas nahm sie bei den Schultern und schob sie ein Stück weg.

»Nein.« Er schüttelte den Kopf.

Sie machte ein enttäuschtes Gesicht.

»Es wird noch viel schöner sein«, sagte Jonas. »*Du* bist heute schöner denn je.«

Chris strahlte, dann zog sie skeptisch die Nase kraus. »Ich bekomme ein Doppelkinn.«
»Es wird das schönste Doppelkinn der ganzen Eifel sein.«
Chris lachte und sagte: »Ach, du mit deiner riesengroßen Nase! Glaubst du denn, daß du stark genug bist, mit einer Frau zu leben, die das zweite Gesicht hat?«
Jonas grinste. »Wenn du weiter zunimmst, werde ich irgendwann vielleicht nicht mehr stark genug sein, um dich hochzuheben, aber ich werde mich nie vor deiner Liebe fürchten.«
Sie knuffte ihn kichernd in die Seite. Dann standen sie auf und nahmen den Weg, der hinab zum alten Forsthaus führte. Über ihren Köpfen kreisten Hubschrauber. Jonas ahnte, daß seine Kollegen Gablenz' Leiche entdecken und vergeblich nach den Wölfen suchen würden, aber das war ihm alles im Moment völlig gleichgültig. Er hatte seine Hexe wiedergefunden. Während er mit Chris durch den Wald ging, beäugten wie früher Eichhörnchen, Häher und Rehe neugierig und ohne Scheu die erstaunliche Frau an seiner Seite. Und der Glanz der Morgensonne schien ihm über dem Land zu liegen wie eine zarte Hoffnung.

DANKSAGUNG

Bei meiner Beschäftigung mit den Wölfen erhielt ich durch zwei Bücher wichtige Anregungen: In *Der Wolf* beleuchtet Erik Zimen anschaulich und wissenschaftlich fundiert Verhalten, ökologische Bedeutung und Mythos der Wölfe. *Der weiße Wolf* von L. David Mech gibt einen faszinierenden Einblick in das Leben eines Wolfsrudels.
Sehr herzlich danken möchte ich Gerd Kaminski, der mich kompetent und sachkundig beriet; Andrea Lindlohr, die Teile des Manuskripts vorab las und mir dazu wertvolle Hinweise gab; Rupert Kröll; Susanne Aernecke; Michael, dem besten aller Brüder und Agenten; Ines von der Agentur und Stephanette, die mich immer wieder inspirierte und mit mir dem Heulen der Wölfe lauschte.